SEM

Martina Parker

Giardino con delitto

Traduzione di Emilia Benghi

Titolo originale dell'opera
ZUAGROAST
Gartenkrimi

Traduzione dal tedesco di
EMILIA BENGHI

IF – Idee editoriali Feltrinelli srl
Socio unico Giangiacomo Feltrinelli Editore srl
Prima edizione in "Sem Classic" settembre 2024

Stampa Grafica Veneta S.p.A. di Trebaseleghe – PD

ISBN 978-88-93-90622-7

FSC
www.fsc.org
MISTO
Carta | A sostegno della gestione forestale responsabile
FSC® C021883

GRAFICA VENETA
GV CARBON NEUTRAL

Questo libro è stampato da Grafica Veneta S.p.A.
con un processo di stampa e rilegatura certificato 100% carbon neutral
in accordo con PAS 2060 BSI

La citazione a p. 9 è tratta da A. Schweitzer, *Filosofia della civiltà*,
trad. di A. Guglielmi Manzoni, Fazi, Roma 2014.

Le vicende narrate, ambientate nella regione austriaca del Burgenland, sono frutto dell'immaginazione dell'autrice, solo i luoghi citati sono reali. Ogni riferimento a persone esistenti o fatti realmente accaduti è puramente casuale.

www.semlibri.com

A Te

Sono vita che vuole vivere in mezzo a vita che vuole vivere.

ALBERT SCHWEITZER

Prologo

Certe notti d'estate in Pannonia non rinfresca. Quella sera, anche se il sole era già tramontato da tempo, i vestiti gli si incollavano addosso. Avrebbe potuto accendere l'aria condizionata, ma il rumore del motore l'avrebbe tradito e nessuno doveva sapere che era lì. Il nuovo complesso residenziale in riva al lago era quasi completato. Mancava l'illuminazione stradale e l'oscurità era sua alleata. Parcheggiò dietro al cassone dei detriti e aspettò che arrivassero. E infatti eccoli.

In uno degli appartamenti della nuova costruzione si accese la luce abbagliante di una lampadina che penzolava dal soffitto. Non c'erano ancora lampadari, né tende, né mobili. I due stavano davanti alla finestra dell'appartamento vuoto come manichini in vetrina.

L'uomo dentro l'auto sibilò tra i denti. Lo aveva sospettato. Voleva la certezza. Aveva pensato che nulla potesse essere peggiore di quel dubbio che lo rodeva da settimane, conficcato nelle viscere come una freccia avvelenata. Ma dopo averli colti sul fatto, il dolore della freccia era ridicolo, niente in confronto al tormento che provava ora. Era come se un pugno di ferro lo colpisse allo stomaco e, con ogni nuova immagine che gli marchiava a fuoco la retina, tornava a colpire. Ma lo stesso non riusciva a distogliere lo sguardo.

Vide l'uomo in vetrina avvicinarsi alla donna e stringerla d'assedio con un sorriso sfrontato. Le si strofinò contro, le ficcò la lingua in bocca. La donna indietreggiò finché non fu contro il muro.

Il costruttore aveva forse intenzione di lasciare la parete grezza? Probabile. I muri di cemento facevano tanto New York, anche nel profondo Burgenland. Ma sul serio rifletteva sul futuro della parete in quella situazione? Colpa dello shock?

La donna indossava un top leggero. Il muro doveva essere freddo e ruvido. La donna rideva. L'uomo le sollevò le braccia e le tenne ferme le mani con le sue, poi le infilò il ginocchio tra le gambe. Lei gettò indietro la testa. Le piaceva. Proprio lei, con tutti quei suoi bei discorsi femministi, si faceva sbattere così, contro il muro. Il tizio le alzò il top. *Il reggiseno te l'ho regalato io a Natale*, pensò l'uomo nella macchina. Fu allora che si accorse di avere le guance bagnate. Sudore? Lacrime? Non si ricordava quando era stata l'ultima volta che aveva pianto.

Shock. Sconcerto. Rabbia. Da quanto andava avanti tra i due? Da quanto veniva beffato in quel modo? Lei si concedeva a un altro e nel frattempo continuava, come se niente fosse, ad andare a letto con lui. Si era innamorata o si era semplicemente goduta il sesso con quest'altro uomo per settimane e mesi? Lo aveva preso in giro, gli aveva fatto fare la figura dell'idiota.

Il cellulare nella tasca della giacca vibrò. Guardò chi era e premette "rispondi".

"Sei lì?"

"Sì," rispose, con una voce che non sembrava la sua.

"E?"

"È come pensavi tu." Fu travolto da un'ondata di dolore. Sua moglie, la madre dei suoi figli, l'unica a cui confidava i suoi stati d'animo se la faceva con un altro sotto i suoi occhi. Per un attimo pensò di irrompere nell'appartamento. Ma per far cosa? Prenderla a parolacce, fare una scenata, sfidare il tizio a duello? Voleva fare la figura del classico marito cornuto?

L'interlocutrice doveva aver indovinato i suoi pensieri.

"Non devi star lì fino alla fine dello spettacolo," disse a bassa voce. "Torna indietro. Ci vediamo da te. Poi parliamo."

L'uomo annuì senza fare un fiato.

"Hai capito?"

"Sì," disse lui piano, "ma non ha più senso ormai."

"Per favore, fai come ti dico," disse la voce supplichevole, "vedrai, troviamo una soluzione, te lo prometto. Adesso attacca, devi concentrarti."

L'uomo avviò il motore; al punto in cui erano arrivati, i due non avrebbero più fatto caso al rumore. Comunque non accese i fari fino a quando non ebbe raggiunto la strada principale. Il pugno aveva smesso di colpirgli le budella, aveva piuttosto la sensazione che una colata di lava incandescente gli risalisse lungo l'esofago. *Il reflusso*, pensò, *ci mancava solo quello*. Aveva l'impressione di far fatica a respirare, una reazione da stress, presumibilmente legata allo shock. Avrebbe fatto meglio a fermarsi, ma voleva andar via da quel posto il prima possibile.

Con la sinistra tastò la tasca laterale della portiera. Doveva esserci ancora una bustina di antireflusso. Grazie a Dio c'era. Tornò a sudare copiosamente. Ma ora poteva finalmente attivare l'aria condizionata. La mise al massimo, aprì la bustina coi denti e succhiò il liquido lattiginoso al sapore di menta. Di consistenza ricordava lo sperma, pensò. Diede un'inchiodata, spalancò la portiera del passeggero e vomitò sulla carreggiata. Un'auto che veniva in senso opposto lampeggiò selvaggiamente suonando il clacson.

"Stupido ubriacone," urlò il conducente dal finestrino aperto dell'auto.

Per fortuna non avevo nessuno dietro, mi avrebbe preso in pieno, pensò l'uomo, che non si sentiva affatto brillo, anzi era lucidissimo. Tremava. Doveva proseguire. Mancavano solo altri due chilometri per arrivare a casa. Era ancora casa sua? Non lo sapeva, ma la donna che più di chiunque altro conosceva i suoi pensieri sarebbe stata lì. Lei avrebbe saputo cosa fare.

Il cartello del suo paese lo accolse. Il bruciore di stomaco era peggiorato di nuovo, non c'era da stupirsi, sputando veleno e bile doveva essersi irritato l'esofago. Una zanzara gli ronzò all'orecchio, doveva essere entrata in macchina mentre vomitava. Perché faceva ancora così caldo? Erano già passate le dieci di sera.

L'ultima svolta a sinistra. Davanti a casa c'era l'auto parcheggiata. Grazie a Dio, lei era già lì. Stava davanti alla porta d'ingresso e lo guardava. Attese di provare il sollievo di vederla ma sentì bruciare non solo l'esofago, tutto il torace era in fiamme, come se il pugno di ferro fosse tornato a colpire. Gli mancava l'aria. Rantolava. Gli si annebbiò la vista. Cadde riverso sul volante.

Quando la sua auto si schiantò contro quella di lei nemmeno se ne accorse.

1.
Uva spina e limacce

Pur essendo ermafrodite, quindi in grado di autofecondarsi, le lumache senza guscio si accoppiano con passione. Alcune limacce si strusciano l'una contro l'altra anche per ventiquattro ore prima di andare al sodo. La più dotata è la Limax redii, *che per un corpo di tredici-quindici centimetri ha un pene che può arrivare a ottantacinque centimetri di lunghezza.*

Nella sua vita precedente, in città, Vera Horvath non avrebbe mai pensato di uccidere volontariamente. Ma ormai viveva nel Burgenland e la campagna evidentemente tirava fuori il peggio di lei.

Era una mattina che profumava di speranza per gli amanti degli orti e dei giardini: un bel sole, il cinguettio degli uccelli, la prospettiva di un'imminente abbondante raccolto. Così almeno l'avrebbe descritta un'anima poetica, ma Vera era più un tipo pratico.

Camminava lungo il vialetto che dalla casa della bisnonna portava all'orto, l'erba era alta e imperlata di rugiada e l'umidità filtrava attraverso la rete sottile delle sue sneaker rendendole le dita dei piedi fredde e appiccicose.

Vera le ritrasse, si chinò su un piccolo cespuglio spinoso e afferrò con cautela un grosso chicco d'uva spina.

Come la chiamava sua nonna in dialetto? *Egretcherl.* Uno scioglilingua. Verificò la consistenza del frutto verde stringendolo tra indice e pollice. Era ancora duro. Ripeté il test su altri chicchi e una lunga spina le si conficcò nel polpastrello. Imprecando passò ai chicchi sul retro del cespuglio, più esposti al sole, e alla fine ne trovò uno che sembrava maturo. Con le unghie staccò l'estremità ispida e la base del gambo e se lo mise in bocca.

Addentandolo, il frutto scoppiò, la polpa gelatinosa era più dolce che acida. Mancavano ancora due settimane, forse tre, alla piena maturazione, però il sapore era buono e Vera prese qualche altro chicco da portarsi dietro nel suo giro di ispezione.

Sotto l'ortensia, il nano da giardino le sorrise. L'ortensia si chiamava Annabelle, il nano non aveva un nome e non le era nemmeno simpatico, glielo avevano regalato i colleghi della rivista "Natura amica" per cui aveva lavorato negli ultimi otto anni come redattrice.

"Natura amica" era stato per anni il prodotto di maggior successo della casa editrice, come tutte le riviste sul mercato che avevano la parola "natura" nel titolo. Api, campagna e armonia invece di guerra, crisi e cambiamento climatico. *Nei momenti migliori avevamo più lettori persino di "Profil"*, pensò Vera con amarezza. Ma gli anni d'oro erano finiti. La crisi della stampa non aveva risparmiato neanche le riviste che promuovevano un mondo idilliaco.

Sankt Martin, un paesino dell'Austria sudorientale che Vera a diciotto anni aveva pensato di essersi lasciata per sempre alle spalle. Ora, a quarantadue, era tornata lì a casa della bisnonna buonanima e cercava di addomesticare un posto che non aveva proprio nulla a che fare con i lussureggianti giardini fotografati in "Natura amica". La bisnonna era stata a lungo in casa di riposo prima di morire e lasciare la casa a Vera. Nel frattempo ortiche e rovi avevano invaso le aiuole una volta curate, Vera ne vedeva i getti spuntare ovunque.

C'era qualcosa di peggio? Sì, le lumache, una piaga vischiosa e vermiforme che distruggeva tutte le piantine. In una notte avevano divorato i germogli di piselli e l'insalata da taglio, poi erano passate alle zucche e ai cetrioli. Le lumache erano le nemiche del giardiniere, bloccavano la ripartenza, distruggevano l'ottimismo.

Vera aveva provato tutti i consigli di "Natura amica" per la lotta alle limacce, aveva sparso gusci d'uovo come barriera dissuasiva attorno alle piantine, ma non era servito a fermare le bestiacce che superavano senza problemi ostacoli come filo di rame, segatura e fondi di caffè.

Le trappole fai da te costruite interrando bicchieri di plastica pieni di birra fin quasi all'orlo avevano avuto l'unico effetto di attirare tutte le lumache dei dintorni per una sbronza di massa. E davvero gli ubriachi hanno sempre fortuna, come si suol dire, perché solo poche erano annegate.

Nel frattempo, Vera aveva già speso così tanto per le barriere antilumaca e per sostituire ogni volta le piantine – ovviamente varietà antiche e rare, non geneticamente modificate, di alta qualità biologica – che avrebbe potuto benissimo comprare la verdura nell'alimentari più costoso di Vienna.

Si mise in bocca un chicco di uva spina.

Quel giorno era peggio del solito, le lumache rosse erano spudorate. Alcune dondolavano tra i rami dei lamponi estivi e avevano già ricoperto i frutti in via di maturazione con uno strato di bava che, essiccata al sole, brillava come una sottile pellicola trasparente. La situazione era particolarmente critica nell'orto. Una decina di esemplari grassi e coriacei strisciava sui cavoli rapa, divorando con metodo i giovani frutti, il cavolo cappuccio era teatro di una vera e propria orgia di lumache, due o addirittura tre esemplari si accoppiavano mettendo in atto bizzarri intrecci. In tutto questo il nano da giardino manteneva il suo sorriso ebete.

Vera ripensò al licenziamento. Scartata. Era stata rottamata. Troppo vecchia, inutile, e apparentemente anche incapace di tenere in ordine il giardino della bisnonna e liberarsi di qualche lumaca senza cervello. Aveva un nodo in gola, gli occhi le si riempirono di lacrime mentre sentiva la rabbia montare.

Si mise in bocca i chicchi residui di uva spina tutti in una volta, per avere la mano libera. Quindi prese l'estirpatore che aveva lasciato lì nell'orto dopo aver lottato il giorno prima con i germogli di rovo a bordo dell'aiuola. Un ultimo sguardo al suo primo bersaglio, poi alzò la mano e colpì. La lumaca reagì al suo tentativo di tagliarla in due sprofondando nel terreno morbido e Vera affondò ancora più volte, per esser certa che fosse morta. Con l'esemplare successivo fu più furba, lo spostò fuori dall'aiuola, per poi ucciderlo sull'erba. Far fuori la terza lumaca fu più facile, perché strisciava lungo il bordo in legno dell'aiuola, che opponeva adeguata resistenza all'attrezzo. Bastò un solo affondo della lama affilata. Le viscide interiora grigio giallastre colavano dai cadaveri. Le lumache non hanno sangue, ma Vera non poteva definire la sua azione se non come una furia sanguinaria, le eliminava una dopo l'altra con febbrile energia. Dieci, undici, dodici, tredici – le contò – ventinove, trenta, trentadue… Scuoteva le limacce dai rami dei lamponi prima di eliminarle provando un benefico senso di liberazione e appagamento… finché non masticò l'ultimo chicco di uva spina e si accorse che i viscidi resti del massacro compiuto avevano la stessa sgradevole consistenza della purea di frutta che aveva in bocca. Vera lasciò cadere l'estirpatore in preda alla nausea.

Conficcò l'utensile varie volte nel terreno per liberarlo dalla mucillagine delle sue vittime, poi tornò lentamente verso casa.

In realtà, la casa della bisnonna era un casale, ma Vera aveva finito per usare il termine con cautela, viste le perplessità che notava in chi arrivava dalla città. Si aspettavano un edificio imponente, con il cortile interno, invece la casa della bisnonna aveva solo quattro stanzette col soffitto basso e piccole finestre a riquadri. Cucina, bagno, soggiorno e camera da letto.

La bisnonna viveva esclusivamente in cucina: sulla panca accanto alla stufa a legna, su cui sobbolliva tutto il giorno una zuppa. La chiamavano cucina economica perché assolveva a più compiti a costo minimo. Riscaldava l'ambiente, a lato c'era una bacinella di acqua calda sempre disponibile e il forno non serviva solo a "rostire le patate" ma anche a essiccare noci e funghi e a rianimare i piedi ghiacciati.

Vera ricordava ancora la volta che da bambina, in inverno, aveva giocato in un mucchio di neve fino a inzupparsi completamente scarpe e calze. Quando se n'era accorta, la bisnonna l'aveva sgridata. "Madonna santa, ora ti ammali," aveva detto. Poi l'aveva fatta sedere su uno sgabello davanti alla stufa, aveva aperto lo sportello del forno e ci aveva infilato dentro una coperta, così che Vera potesse poggiarci i piedi nudi sopra.

Quindi aveva appeso ad asciugare le calze e i guanti bagnati di Vera sulla griglia sopra la stufa. Le scarpe di pelle le aveva messe nello scomparto riscaldato sotto il forno.

Vera sentiva ancora quel calore. La bisnonna non riscaldava mai la sala e non solo per risparmiare, la stanza si usava esclusivamente a Natale o quando qualcuno moriva e oltre agli aghi dell'abete e ai dolci natalizi, anche i defunti esposti in casa fino al funerale si mantenevano più a lungo in un ambiente freddo.

Vera aveva fatto dividere la camera da letto della bisnonna in due con un muro di cartongesso. L'operaio incaricato si era strappato i capelli per quell'insulto architettonico, ma non le era venuta in mente nessun'altra soluzione. Sua figlia Letta di 13 anni aveva bisogno di una stanza tutta sua dove rifugiarsi.

La cosa aveva funzionato. Quando non era a scuola, Letta trascorreva la maggior parte del tempo con le cuffie in testa dentro il suo rifugio, così definiva la sua cameretta, in attesa di essere abbastanza grande per trasferirsi di nuovo in città.

"Odio il Burgenland," diceva spesso a sua madre e gli occhi scuri le si incupivano ulteriormente. "Lo sai, sì, che mi hai rovinato la vita." Letta viveva il trasferimento a Sankt Martin come una sorta di deportazione.

Vera si tolse le sneaker bagnate e le mise ad asciugare al sole sul parapetto del portico. Tutti i casali del Burgenland, anche i più piccoli, erano dotati di un porticato.

Vera sapeva che fino alla metà dell'Ottocento i contadini della zona vivevano ancora in case di mattoni d'argilla col tetto di paglia, ma in seguito, affrancatisi dai latifondisti, avevano voluto dare alle loro dimore un aspetto più nobile, grazie a strutture ad arco coperte, in stile rinascimentale, con funzioni pratiche oltre che ornamentali. Almeno in estate il portico costituiva uno spazio vitale aggiuntivo in cui non si doveva stare attenti più di tanto a non sporcare, perfetto per attività come diraspare il ribes, sgusciare i fagioli o rompere le noci. E sotto gli archi, protette dalla pioggia, si mettevano appese a seccare le pannocchie e le trecce d'aglio e di cipolla.

Per assenza di raccolto Vera non aveva ancora avuto modo di usare il portico a quei fini. *Allora*, pensò tornando in cucina, *per pranzo faccio dei toast al formaggio, almeno quelli Letta li mangia*. Si lavò le mani e accese la piastra.

"Di nuovo tutto spalancato, va a finire che vi rubano qualcosa." Vera trasalì spaventata. Alle sue spalle era apparsa dal nulla la madre, Hilda Horvath.

"Chi dovrebbe rubarci qualcosa?" chiese Vera aggrottando la fronte. Rimpiangeva profondamente di aver regalato un iPad alla madre settantacinquenne. Da quando si aggirava nel delirio del web ogni giorno si presentava con nuove terrificanti notizie.

"Eh, i truffatori," rispose Hilda. "Puntano le donne anziane e sole, come te."

Vera trasalì. Lei aveva quarantadue anni, era single e madre single, ma non era sola.

"Lo hai letto stamattina sul 'Krone'?" indagò.

"Ho disdetto l'abbonamento, adesso ce l'ho gratis online."

"Ma così non sei abbonata, hai solo messo un like sulla pagina Facebook del giornale."

"Sulla mia pagina Facebook c'è scritto 'abbonato' accanto a 'Krone'", insistette Hilda.

"E infatti sul tuo feed arriva tutta 'sta robaccia." Visto l'andazzo non c'era da meravigliarsi che la carta stampata fosse destinata a morire.

"Che cos'è il feed?" chiese Hilda. "E non è mica robaccia, si trovano informazioni interessanti. Ieri parlavano di Heidi. Non capisco proprio perché sta ancora con quel cantante. Una volta era bello, ma adesso è ingrassato tantissimo."

"Heidi chi?"

"La modella. Ma forse le piacciono grassi. Quello delle auto, Flavio Brillatore, era grasso anche lui."

"Si chiama Flavio Briatore, mamma. E cosa c'entra con i truffatori?"

"Niente. Era così, per parlare," disse alzando gli occhi al cielo.

"Comunque i truffatori entrano nelle case. Sono in due, uno chiede un bicchier d'acqua o di andare in bagno e nel frattempo l'altro saccheggia l'appartamento."

"E dove è successo, mamma?"

Vera, da ex giornalista, verificava tutto quello che raccontava la madre. Deformazione professionale.

"In Germania, ma sicuramente succede anche qui da noi. Ieri hanno suonato il campanello a casa mia la sera dopo le sette. Che maleducazione, non ho mica aperto."

"Non hai guardato chi era dallo spioncino?"

"Certo che ho guardato. Erano Harry e Dietmar della polisportiva."

"E perché non hai aperto se li conosci?"

"Perché volevano i miei soldi. Proprio come i truffatori. Vanno in giro a raccogliere offerte, ma non mi va di dargli dieci euro e cinque sono pochi, poi vanno a dire che la vecchia Horvath è tirchia. Allora è meglio far finta di non essere a casa. Mi avrebbero regalato un calendario. Adesso. Ma che se ne fa uno di un calendario a maggio? Roba da matti. Che stai cucinando?"

Il formaggio. Cazzo. Si era liquefatto spargendosi su tutta la piastra in una massa bruciacchiata puzzolente. Una volta il formaggio grigliato manteneva la forma, faceva solo una crosticina ai margini e quando lo mordevi filava. Quello si era ridotto a una sbobba gialla come il tuorlo d'uovo.

"Robaccia da supermercato," commentò Hilda. "Su Facebook ho letto che nel formaggio ormai non c'è più il latte. E in un caseificio in Stiria ci hanno trovato dentro addirittura degli scarafaggi. Io compro il formaggio alla cooperativa, ma solo quando è di turno la Fuith di Mariasdorf, perché le altre commesse..."

"Cos'è sta puzza?" chiese Letta con una smorfia. L'appetito l'aveva evidentemente spinta a lasciare il suo rifugio. Si tolse le cuffie. "Leave me alone..." dai diffusori uscì la voce del deprirapper NF.

"Ho sbagliato formaggio," ammise Vera.

"Fantastico. A Vienna avremmo potuto ordinare la pizza, ma in questo posto dimenticato da Dio ci tocca morire di fame."

"Vieni a casa con la nonna, ti faccio la cotoletta col riso," disse Hilda alla sua unica nipote. Era sempre pronta a fare cotolette a ogni ora del giorno e della notte e per questo Letta aveva con lei rapporti più cordiali di quelli che intratteneva col resto del mondo.

"Come è andata a scuola?" chiese Hilda.

Letta alzò gli occhi al cielo. "Così. Oggi mi hanno chiesto se mia mamma è stata con un giocatore di basket."

Vera ebbe un sussulto. Sapeva a cosa alludevano. Nella squadra di basket regionale giocavano diversi cestisti americani. Si chiese per un attimo se ci fosse del razzismo nella domanda, ma probabilmente era solo curiosità senza secondi fini.

Letta aveva la pelle più scura dei suoi compagni. Per disegnarsi non aveva mai usato la matita rosa carne come tutti gli altri bambini, ma quella ocra. Doveva il suo colore al padre brasiliano, un fotografo con cui Vera aveva avuto una relazione intensa anche se fortemente complicata, in cui la distanza tra Rio e Vienna era stata il problema minore. Da quando era rimasta incinta non aveva avuto più contatti con lui. Letta, diminutivo di Violetta, era davvero l'unica cosa positiva che il rapporto con quel tizio le avesse dato, pensava.

"Sei stata con un giocatore di basket?" chiese Letta con sguardo indagatore.

"No," sospirò Vera.

"Anche Heidi ha dei figli di colore," disse allegra Hilda. "E adesso ti preparo una cotoletta."

ELABORAZIONE DEL LUTTO
FASE 1

Il mio unico pensiero era: voglio vederlo ancora! Guardarlo. Toccarlo per l'ultima volta. Ma non mi è stato concesso. La dottoressa mi ha dato un calmante forte, che mi ha indotto una completa letargia. Non perdonerò mai a quella gente di non avermelo lasciato vedere.

2.
Eva e Paul

Le mosche sentono il sapore del cibo attraverso i recettori del gusto che hanno sulle zampe. Se una mosca si posa su un alimento che le aggrada – dalla cacca di cane ai dolci – ci resta sopra il più possibile, in modo da portarsi poi dietro un po' di quel buon sapore.

Eva premette il simbolo + sul lucido display, ma non accadde nulla. Ritentò. Niente da fare. Sospirando prese uno strofinaccio di lino grigio-viola e lo passò sulla superficie per asciugare eventuali tracce di umidità. Odiava quel piano cottura ipermoderno. Programmi automatici, termometro wireless per alimenti, sistema pirolitico, ma il pannello di controllo touch le faceva venir voglia di piangere.

Era stato una scelta di Paul, così come la casa, il trasferimento e tutto ciò che costituiva la vita di Eva. Se Paul fosse stato un piano cottura sarebbe stato esattamente così, pensò amareggiata, esternamente elegante e liscio come uno specchio, ma imprevedibile nel comportamento. In preda alla frustrazione Eva prese a tamburellare con le dita sul piano di vetro.

Risuonò un segnale acuto. Anche Paul negli ultimi tempi alzava spesso la voce. “Tu te ne stai beata a casa tutto il giorno come una principessa, non hai idea di tutto quello che ho da fare!" urlava. Una principessa. C'era stato un tempo in cui Eva era effettivamente la sua principessa, quando a quindici anni aveva interpretato Biancaneve alla recita scolastica e non riusciva a credere che Paul, alto, biondo e carismatico fosse interessato a lei.

Il più figo della quinta C, era diventato un architetto di successo. O, meglio, un "quasi-architetto". Solo Eva sapeva che Paul non si era mai laureato. Non che fosse necessario, lo Studio Achleitner funzionava lo stesso e i timbri per validare i progetti si potevano comprare.

Le urla le entravano nelle ossa. Eva era una donna sensibile e fin troppo empatica, le miriadi di percezioni che aveva la lasciavano esausta. La folla, il rumore e la velocità la opprimevano e la spaventavano. Un tempo questa sua sensibilità suscitava in Paul un istinto protettivo, ora se ne mostrava sempre più irritato. "Non fare così. Le altre donne non si comportano come te." Le altre donne erano state sempre il punto dolente nel loro rapporto.

"A Buchschachen possiamo ricominciare," le aveva promesso, quando era venuta fuori la sua ultima scappatella e lui, di punto in bianco aveva trasportato moglie e figlia dal Nord al Sud del Burgenland. Eva sospettava che il motivo del trasferimento più che a scrupoli di ordine morale fosse legato alle irregolarità riscontrate nel suo ultimo grande progetto edilizio, il "Paradiso del Seewinkel".

"Seconde case per viennesi carichi di soldi," come amava dire Paul. In ogni caso il progetto, assieme alla vendita della casa di famiglia nel Nord, aveva fruttato abbastanza da permettergli di acquistare la residenza ultramoderna che si librava come un'astronave nera sopra Buchschachen. La casa era appartenuta a un tizio mandato in rovina dal mutuo in valuta estera. "E poi ha perso anche la moglie," le aveva raccontato la vicina. A volte anche

Eva avrebbe voluto andarsene. Semplicemente sparire. Ma dove?

Dopo aver letto il manuale d'istruzioni tre volte, finalmente era riuscita ad accendere il fornello e aveva iniziato a rosolare cipolle e carne nell'olio d'oliva. Un piatto francese, *Boeuf en Daube*, uno spezzatino provenzale fatto con il manzo delle paludi del Burgenland; attenzione alla tradizione regionale e respiro internazionale: esattamente quello che Paul voleva trasmettere. Eva doveva sbrigarsi. Gli ospiti sarebbero arrivati solo la sera, ma a Paul non piaceva che la casa puzzasse di cipolla, cosa inevitabile negli spazi aperti stile loft dell'astronave.

Eva aprì la porta d'ingresso per arieggiare. Sulle scale c'era un cartone di uova. Stando alla dicitura erano scadute da due mesi. La prima volta Eva era rimasta sbalordita dal fatto che i vicini le avessero lasciato delle uova scadute fuori dalla porta, era forse un messaggio in codice, una minaccia? Poi aveva capito che erano le uova delle loro galline, messe in un vecchio cartone del supermercato. Non significava però che fossero sempre fresche, le galline ruspanti le deponevano qua e là, a volte passavano settimane prima che i vicini le trovassero.

Eva le immerse in una ciotola piena d'acqua. La maggior parte si mise subito in piedi. Non erano più abbastanza fresche per il tiramisù, meglio farci dei brownie al cioccolato o una torta ai semi di papavero con yogurth e salsa di lamponi.

A Eva era sempre piaciuto cucinare e fare dolci. Nel suo ruolo di factotum nell'organizzare eventi per sostenere le iniziative imprenditoriali di Paul, aveva perfezionato questa abilità. Paul la voleva premurosa, solidale, leale, paziente e allegra, ventiquattro ore al giorno, sette giorni su sette.

Ma soprattutto quando avevano ospiti.

Quella sera erano persone importanti, il direttore dell'impresa di costruzioni Edil Pannonia e la moglie. "Deve andare tutto liscio," le aveva detto Paul.

Almeno quella sera sarebbe stato di buon umore. Suo marito profondeva il suo charme in proporzione all'importanza degli ospiti, più erano influenti e potenzialmente utili più tirava fuori il suo lato solare, spiritoso e carismatico. Alle amiche di Eva riservava in genere indifferenza, a meno che non lo attirassero fisicamente.

Eva mise lo stufato in forno, impostò la temperatura a centosessanta gradi e si preparò a uscire. Doveva ancora andare a prendere sua figlia Carla, che aveva lezione di danza jazz nella vicina Pinkafeld. Aveva dovuto abituarsi a spostarsi sempre in macchina lì nel Sud, la rete degli autobus era molto meno sviluppata e le case a Buchschachen erano sparse rispetto a quelle dei paesi del Nord, allineate lungo la strada principale.

"In realtà qui a Buchschachen sembra già di essere in Stiria," aveva spiegato loro il precedente proprietario della casa e lo intendeva in senso positivo, cioè che Buchschachen aveva un aspetto più danaroso rispetto ai villaggi circostanti del Burgenland. I forestieri cittadini che vi si stabilivano investivano soldi nella ristrutturazione dei casali con i porticati e apprezzavano il paese per la sua vicinanza all'autostrada. Stavano volentieri in campagna, ma volevano anche potersene andare in fretta.

Eva salì sul suo suv nero, mise in moto e diede gas. L'auto uscì lentamente dal vialetto e si immise sulla statale. Due donne sedute sulla panchina di fronte alla chiesa le fecero un cenno di saluto. Eva ricambiò. Riconobbe la sua vicina dal vistoso grembiule a fiori. Naturalmente non sentì la successiva conversazione tra le due.

"Era quella di Vienna che ci porta sempre le uova?" chiese una e aggiunse con una certa sufficienza: "Mica ti capisco. Con quella macchinona se le può anche comprare no?".

"Lo faccio per curiosità," rispose l'altra. "E poi guarda che non è di Vienna, è di qui, solo del Nord."

"Oh Gesù, del Nord Burgenland... lascia perdere, dammi retta. Preferisco i negri."

***

Davanti alla scuola dove si teneva il corso di danza avevano già parcheggiato molti genitori. C'era vento. Eva decise di entrare nell'aula magna e aspettare lì Carla. Una delle madri in attesa Eva la conosceva di vista. Si chiamava Viktoria? Veronika? No, Vera. Ricordava il nome perché all'iscrizione era in fila dietro di lei e le era rimasta impressa la figlia, con gli occhi luminosi e i riccioli scuri. In qualche modo Vera e la figlia avevano un aspetto cittadino, anche per via dell'abbigliamento. Vera aveva i capelli scuri raccolti in uno chignon spettinato e indossava le Dr. Martens con un semplice abito grigio dal taglio asimmetrico. Doveva essersi accorta che Eva la fissava, perché le lanciò uno sguardo interrogativo alzando il mento. Eva arrossì.

"Sei la madre di Carla, giusto?" le chiese Vera con un largo sorriso. Doveva essere davvero di città, a giudicare dalla spontaneità con cui le aveva dato del tu. Le altre madri fino ad allora avevano sempre dato del lei a Eva.

"Sì, ci siamo trasferiti a Buchschachen solo sei mesi fa. Pensavo che per Carla la danza potesse essere divertente."

"Qualunque attività impedisca a mia figlia di stare sdraiata sul letto a spippolare sul cellulare per me va bene," disse Vera.

Eva sorrise, poi la sua consueta timidezza riprese il sopravvento. Non era particolarmente brava nella piccola conversazione. Quello era il campo di Paul. In tre minuti Vera le aveva raccontato metà della sua vita e il motivo del suo ritorno a Sankt Martin. Eva faceva molta più fatica ad aprirsi. Imbarazzata fissò gli occhi sulla bacheca che aveva di fronte, piena di foglietti e volantini. Feng shui, un appello alla raccolta differenziata, l'annuncio di un concerto scolastico. Un foglio con un'impronta digitale verde.

Vera seguì il suo sguardo.

"Toh, organizzano un gruppo di giardinaggio. Sarebbe perfetto per me. Se non riesco a tener testa alle lumache, divento matta. Quelle bestie mi hanno divorato l'orto. Avete anche voi il giardino a Buchschachen?" Eva annuì. Sull'argomento piante si sentiva sicura. "Sì, pochi ortaggi però, per lo più sono arbusti e vecchie rose. In gran parte le ho portate con me dal Nord, ma il giardino qui è enorme, ci sono ancora molti spazi vuoti, c'è tanto da fare ancora."

"Allora," disse Vera fotografando l'annuncio con il cellulare per salvare i contatti, "magari ci vediamo lì."

"Forse," rispose Eva.

La lezione di danza era finita. La porta della palestra si aprì e decine di ragazzini sciamarono fuori, correndo verso i rispettivi genitori. Vera fece un altro cenno di saluto a Eva e si dileguò con Letta al seguito.

Eva rimase pensierosa davanti al volantino. "Cosa stiamo aspettando?" chiese Carla. "Faccio solo una foto a quell'annuncio lì," disse Eva. "Ma poi dobbiamo muoverci, altrimenti papà si arrabbia."

Il papà era davvero arrabbiato. "Eva si può sapere dove sei stata tutto questo tempo," la aggredì. "Ti ho detto che la cena di stasera è importante e tu te ne vai in giro tutto il pomeriggio."

"Non sono andata in giro, ho preso Carla a lezione di danza," si difese Eva.

Ma fu inutile, Paul era su tutte le furie: "Gli ospiti arrivano tra due ore e la casa puzza di cipolla, non c'è niente di pronto e tu sei in condizioni penose. È una cena di rappresentanza, l'hai capito o no? È importante! Tutte le volte che ti chiedo una cosa ecco il risultato. Forza, muoviti, fai quel che devi".

Eva fece un gran sospiro, come se non sapesse cosa c'era da fare! Poi si mise all'opera.

Era già la terza cena di rappresentanza per futuri clienti e contatti quella settimana. Paul teneva corte, letteralmente: con gli ospiti si comportava come un sovrano che mostrava il suo regno.

Il primo atto era il giro della casa. Portava gli invitati persino in camera da letto. Eva non sopportava gli sguardi degli ospiti maschi che andavano dal lussuoso letto imbottito a lei, riusciva a leggergli nel pensiero. *È qui che si scopa la moglie. Carina, ma se sei ricco come Achleitner le donne ti cadono ai piedi.*

Come se lei avesse sposato Paul per denaro. Quando lo aveva conosciuto non aveva un centesimo, era stato il padre di Eva a dargli i soldi per fondare l'impresa al momento delle nozze. Il padre di Eva era un patriarca, con la dote aveva esaurito i suoi doveri di sostentamento nei confronti della figlia e l'ambizioso Paul aveva soddisfatto le aspettative riposte in lui, con quell'aiuto iniziale aveva creato un'impresa edile fiorente. Ma il fatto di non aver mai completato gli studi di architettura era il suo tallone d'Achille, soprattutto dal momento che Eva invece si era laureata in scienze agrarie. A che scopo poi chissà, si diceva lei. Non aveva mai esercitato la professione di architetto paesaggista, il suo lavoro consisteva nel gestire la casa e sostenere Paul in tutte le sue attività. Dopo vari aborti spontanei era arrivata Carla e ormai era troppo tardi per avviare una carriera. Sapeva di essere lo stereotipo ambulante della casalinga disperata nonostante le sue doti intellettive e quella consapevolezza la affliggevano ancor più della situazione in sé.

Lo squillo del campanello la strappò bruscamente ai suoi pensieri. Il direttore della Edil Pannonia e sua moglie erano arrivati. "Benvenuti nella mia umile dimora," esordì Paul, un artificio retorico per spingere gli ospiti a incensare l'astronave e il suo comandante. Paul si crogiolava nei complimenti. *Guardate chi sono! Guardate cosa ho realizzato!" E il messaggio implicito era: "Come miei alleati, potete far parte di questo splendore.*

Eva conosceva esattamente l'andamento della serata. Dopo il tour obbligato della casa, Paul avrebbe stappato lo champagne e il direttore Zieserl e sua moglie sarebbero diventati Harald e Sylvia.

Fino al "pop" del tappo dello champagne avrebbe avuto il tempo di preparare gli antipasti.

Spalmò il paté di fegato d'oca locale sui canapè e li decorò con un po' di gelatina di uva fragola. L'accostamento dei sapori era azzeccato. Paul amava la cucina di carne rivisitata. Il veganismo lo considerava una malattia.

Eva servì gli antipasti al momento del brindisi e dei baci di rito. La bocca del direttore si poggiò carnosa e morbida sulle sue gote. Sylvia le si accostò sporgendo le labbra, senza sfiorarla.

Offrì i canapè. Harald Zieserl ne prese uno e ne lodò il sapore definendolo "una prelibatezza". Chi usava più ormai quel termine assurdo?

La pancia del direttore di "Edil Pannonia" fuoriusciva tonda dalla cinta. Aveva la faccia simpatica, guance da criceto, un leggero doppio mento e tutta l'aria di essere una buona forchetta. Probabilmente doveva i suoi chili di troppo alle decine di eventi professionali e politici a cui presenziava.

La moglie Sylvia era palesemente più giovane di lui e tosta sotto ogni profilo, le gambe toniche fasciate nei pantaloni aderenti infilati negli stivali a tacco alto, i seni rifatti che spuntavano quasi perpendicolari al petto da sotto il top, la bocca severa. Aveva evidenziato gli occhi grigi con una buona dose di kajal nero. Anche i capelli erano neri, corvini. Eva avrebbe scommesso che da qualche parte avesse anche un tatuaggio nero, ricordo dei tempi in cui non era ancora la moglie del direttore, magari un tribale sul fondoschiena. Data l'età, poteva darsi. Paul avrebbe svelato il mistero. Eva conosceva fin troppo bene gli sguardi che lanciava a Sylvia con la coda dell'occhio. Ma suo marito era troppo furbo per mostrare apertamente interesse. Aveva tempo per farsela. La priorità per il momento era cucinarsi il marito e lo stava facendo a regola d'arte.

Paul era un brillante affabulatore, aveva sempre pronta una raffica di aneddoti, Eva avendoli già sentiti cento volte si limitava a sorridere, ma i coniugi Zieserl pendevano dalle labbra di suo marito. Inoltre, Paul sapeva come far sentire gli altri speciali. Si era preparato bene per la serata, aveva fatto ricerche sul background del direttore di Edil Pannonia e lo riempiva di complimenti. "Parliamo del centro residenziale Pinkatal. Hai fatto un colpaccio, caro amico. È di gran classe. Non credo che Zaha Hadid avrebbe saputo fare di meglio." Il direttore si gonfiò d'orgoglio.

E già Paul aveva spostato la conversazione sull'argomento a cui era mirata la serata. "A dire il vero gli appartamenti di Pinkatal ricordano un po' il mio ultimo lavoro, il 'Paradiso del Seewinkel' sul Lago di Neusiedl. Possiamo fare una cosa del genere anche qui. Con un progetto residenziale attraente come questo attiriamo le persone nella nostra regione, rafforziamo l'economia del Sud Burgenland e creiamo posti di lavoro."

Paul avrebbe potuto davvero entrare in politica, pensò Eva. Diceva già "la nostra regione", anche se viveva lì solo da qualche mese. Ma il tizio di "Edil Pannonia" si beveva tutto. "Data la mia posizione sono ovviamente un fautore dello sviluppo della regione," disse addentando felice il quinto canapè di fila.

"Il nostro ospite ha appetito, a che punto siamo con la cena?" Il "muoviti" se lo era risparmiato in presenza dei commensali, ma Eva l'aveva sentito lo stesso. "È pronta!" rispose con un finto sorriso smagliante e sparì in cucina.

Lei non aveva per niente appetito, aveva già mangiato qualcosa prima con Carla, che dopo la danza era affamata e probabilmente ora se ne stava in camera sua a guardare una serie in tv. Eva avrebbe preferito sdraiarsi accanto a lei nel letto e farle compagnia.

Comunque quando alzò il coperchio dello stufato in cucina si sparse un aroma delizioso di timo, rosmarino, alloro e ginepro. La carne era un burro, il sugo cremoso. La bottiglia del vino che aveva usato per cucinare era ancora accanto al lavandino. Eva se ne concesse un bel sorso. Altrimenti non avrebbe retto tutta la serata. Come contorno aveva preparato della polenta bianca e insalata amara con una vinaigrette di aceto di mele e ginepro. Gli ospiti avrebbero gradito.

Portò in tavola. Lo champagne era già finito. Paul stava aprendo una bottiglia di Desiderius 2013. Gli ospiti dovevano essere davvero importanti se metteva in campo armi così pesanti.

"Ah, il vino di Szemes. Pensavo che quell'annata fosse già esaurita," disse Harald Zieserl con ammirazione.

"Basta conoscere le persone giuste," fece Paul con un sorriso complice. "Nel nostro settore, i contatti sono tutto." Poi strizzando l'occhio al direttore di Edil Pannonia aggiunse: "Vuoi che te ne procuri una cassa?".

Eva masticava con studiata lentezza una foglia di insalata. In serate come quella, spesso si sentiva spettatrice di una bizzarra rappresentazione teatrale. Non solo Paul e Harald, anche Sylvia Zieserl si lasciò servire le pietanze abbondantemente. *Questa Sylvia mangia troppo per essere così magra*, pensò Eva. *O fa il digiuno intermittente oppure è bulimica. Ti prego, buon Dio, fa che non vomiti nel mio water.*

"Vermetto, dove sei con la testa? Il direttore è a secco, versagli un altro po' di vino." Eva odiava quando Paul la chiamava vermetto, il soprannome che le aveva dato perché era patita di giardinaggio. Era un architetto paesaggista, non un verme da compostaggio. Ma non era il momento di affrontare il discorso. Sylvia Zieserl sorrise divertita. "Vermetto? Che nomignolo originale." E, dopo una breve pausa, aggiunse: "Posso fumare qui?".

No, pensò Eva che non voleva che l'astronave dopo puzzasse come un posacenere. "Ma certo," disse Paul, prendendo l'accendino posato accanto al caminetto e accostandosi a Sylvia con disinvoltura. Eva vide che le sfiorava la mano con il mignolo. Sylvia alzò un sopracciglio sorpresa, ma sembrò più lusingata che irritata. Harald Zieserl non si accorse di nulla.

Paul era già arrivato all'atto principale della commedia. "Dovremmo davvero pensare a un progetto come il 'Paradiso del Seewinkel' da realizzare qui al Sud. La piana del Lafnitz sarebbe la location ideale. Vivere a stretto contatto con la natura. Seconde case di charme per i fine settimana dei bobo urbani che hanno più soldi che buon senso e vogliono rallentare."

Harald Zieserl annuì interessato. "Cos'è un bobo?" chiese Sylvia, annoiata.

"Uno pseudoidealista borghese che per via della crisi climatica non va più in aereo alle Mauritius, ma nella sua seconda casa in montagna ha troppo freddo. Qui nel Sud Burgenland il tempo è bello quasi come in Toscana, così il fine settimana il bobo può godersi la tanto incensata vita di campagna e, grazie al buon collegamento autostradale, il lunedì riesce ad arrivare puntuale in ufficio in città," spiegò Paul. "Non ne avete mai sentito parlare? Borghesia bohémienne, il settimo e l'ottavo distretto di Vienna e il Lendviertel di Graz sono pieni di gente così."

I coniugi Zieserl erano tutti orecchie. "La cosa deve essere ovviamente finanziariamente vantaggiosa per noi," disse Paul strofinando il pollice della mano destra contro il dito medio. "I sindaci devono collaborare per la riconversione, ma su al Nord non è stato un problema. Una mano lava l'altra. Sono sicuro che tu conosci le persone giuste. Win-win, niente di più. Dobbiamo solo assicurarci che la voce non arrivi troppo presto alle orecchie dei Verdi. Quelli sono contrari a qualsiasi attività edilizia e non capiscono che un complesso residenziale attraente, con aree verdi e comuni invitanti, è anche funzionale alla tutela del territorio."

"Io comunque ho buoni agganci anche a livello di governo federale," disse Harald Zieserl con orgoglio.

"Cos'è questo odore?" chiese Sylvia, stropicciandosi il naso disgustata.

Eva si precipitò in cucina. Sulla piastra a induzione di sinistra era posata la tortiera di plastica con dentro la torta ai semi di papavero che aveva preparato nel pomeriggio. La piastra era accesa, la plastica si era fusa rilasciando una puzza terribile.

Eva cercò di staccare la tortiera dalla piastra, ma senza successo. Altrettanto infruttuoso fu il suo tentativo di spegnere il fornello che bippava impazzito.

Paul l'aveva seguita. Aveva la rabbia scritta in viso, odiava gli inconvenienti che rovinavano la sua perfetta esibizione. "Cos'hai combinato di nuovo?" sibilò. "Come si fa a mettere una cosa di plastica su un fornello acceso? Si può essere più stupidi?"

"Giuro che il fornello non era acceso!" disse Eva. "È da mezz'ora che non entro in cucina, deve essersi acceso da solo!"

"Sì, come no," ironizzò Paul. "Sarà opera dello Spirito Santo. Togli di mezzo 'sta roba e pensa a qualcosa per il dessert. C'è ancora del gelato in freezer? Prendi quello e mi raccomando non servire il dolce che la donna delle pulizie porta sempre dall'Ungheria, è fatto coi fagioli invece che con le castagne. Nel frattempo apro un vino da dessert."

Paul tornò subito dagli ospiti, lo sguardo cupo con cui aveva fulminato Eva lasciò il posto al suo solito sorriso vittorioso.

"Un piccolo problema coi fornelli."

Nel frattempo Eva era riuscita a spegnere i fuochi. Con il raschietto staccò la plastica fusa dalla piastra. Aveva azionato l'aspiratore alla massima potenza e acceso una candela profumata, ma c'era ancora una puzza terribile. Velocemente mise il gelato nelle coppe. Ancora non riusciva a spiegarsi perché il fornello fosse acceso. Era certa al cento per cento di non averlo utilizzato. Forse stava impazzendo. Paul le rimproverava costantemente di essere una paranoica che vedeva fantasmi e aveva bisogno di uno psicologo.

Eva prese il vassoio, vi poggiò sopra le coppe col gelato, i coni e una ciotola di panna montata, e tornò da Paul e i suoi ospiti. Finché c'erano loro non l'avrebbe più tormentata. Di sicuro lo avrebbe sentito più tardi.

La vera colpevole, non solo rimase impunita, ma fu recidiva: la grossa mosca ronzò per un po' attorno ai fornelli per poi posarsi, per la seconda volta, sul simbolo + del display, dove, pressoché invisibile, residuava una goccia di gelatina di uva fragola.

3.
Settimana bianca

È sempre la femmina di drosofila a decidere se e quando accoppiarsi e non rende le cose semplici al prescelto. Invece di cedere subito al corteggiamento, inizialmente lo rifiuta. Ma una volta che il maschio è riuscito ad accoppiarsi, ha vinto. Questo perché il suo liquido seminale innesca nella femmina un misterioso atteggiamento postcoitale di difesa da ulteriori pretendenti e l'aumento della produzione di uova.

Paul si svegliò con un'erezione mattutina. Pensò per un attimo se farne partecipe la moglie, che stava ancora dormendo. Ma poi decise che era fatica sprecata. La sera prima, dopo che gli Zieserl se ne erano andati, aveva avuto un'altra violenta discussione con Eva. L'aveva accusata di essere incapace di mettere in tavola una cazzo di cena quando per lui era davvero importante. E poi le aveva chiesto se il suo intento fosse di umiliarlo. Eva aveva pianto e aveva dato di matto.

Ormai era troppo tardi per il sesso riparatore. Se la conosceva un po', Eva era già entrata in "modalità offesa e insultata" e non gli avrebbe quasi rivolto la parola per tutto il giorno, limitandosi a fissarlo con sguardo ferito. Quanto odiava quell'atteggiamento da martire.

Il vittimismo di sua moglie lo disgustava. Non aveva proprio un po' di grinta? Come quella donna, la Zieserl. Pensò alle sue tette. Erano davvero sexy. Fece scorrere la mano sui boxer e immaginò il suo cazzo tra quelle tette. Muoveva lentamente la mano su e giù. Escluse che Eva potesse accorgersi di qualcosa, aveva messo i tappi per non sentirlo russare oltre a prendere le gocce di cannabidiolo, come faceva sempre quando era nervosa. Ma quello fu l'ultimo pensiero che rivolse a Eva. Pensare alla Zieserl era molto più piacevole. Grugnì soddisfatto, abbandonandosi alle sue fantasie.

Eva si svegliò percependo il ritmico movimento del materasso. Si irrigidì.

Non poteva essere vero. Suo marito sdraiato accanto a lei si stava masturbando.

Cosa doveva fare? Poteva tirarsi su, sbraitare, svergognarlo. Invece tenne gli occhi ben chiusi e fece finta di dormire. Sentiva un nodo in gola. Si morse la lingua, gli occhi le si riempirono di lacrime dietro le palpebre chiuse. Aveva già vissuto un'altra volta un'esperienza del genere, anzi, peggiore.

Era successo al secondo anno delle superiori. Eva era follemente innamorata di Paul. Era la più piccola della classe, quindici anni appena compiuti e ancora vergine. Paul voleva farlo, ma lei aveva paura che fosse doloroso, di rimanere incinta e, soprattutto, di fare una figuraccia in confronto alle altre ragazze della classe più esperte con cui Paul era già stato, come Bettina o Sandy.

Eva aveva imparato a baciare col gioco della bottiglia, che all'epoca si faceva a tutte le feste di classe. Aveva sempre pregato di non beccare Robert, pieno di brufoli, o Alex, che puzzava di sudore, bensì Paul. E alla fine la bottiglia si era fermata proprio davanti a lui. Eva ricordava ancora l'etichetta, Mavrodaphne, il vino greco dolce che si erano scolati. Eva non reggeva l'alcol. Tutta rossa in faccia, quando arrivò il suo turno fece ruotare con forza la bottiglia che, dopo otto giri si fermò oscillando, il collo puntato verso Paul, che sorrise e strisciò verso Eva in ginocchio, le prese il viso tra le mani e la baciò.

E il bacio era stato davvero bello, non umido e impacciato come quelli di Dietmar e degli altri ragazzi della classe che aveva sempre beccato al gioco della bottiglia con la sua solita sfortuna. Da quel momento in poi Eva era sempre stata innamorata di Paul. E per qualche strano motivo, anche Paul aveva preso una cotta per lei. L'unico problema era fare sesso, o meglio il non farlo.

Poi arrivò la settimana bianca, il momento clou dell'anno scolastico, anche se l'alloggio lasciava molto a desiderare. Un ostello a Zell am See, stanze da sei o da otto con letti a castello. Se dormivi sotto ti cadeva addosso il crine del materasso di sopra, ma almeno potevi dare un calcio nella schiena a chi la notte ti disturbava girandosi troppo nel letto, badando però a non far uscire le doghe dagli incastri. Se dormivi sopra, il soffitto era così basso che bisognava stare attenti a non sbattere la testa mettendosi sotto le coperte.

Eva dormiva sopra perché era la più piccola della classe e aveva bisogno di meno spazio rispetto a Sandy, che era già una donna, alta e sviluppata.

Eva non era particolarmente appassionata di sci. Era portata per lo sport, faceva danza e ginnastica ritmica, ma lo sci non era per lei. Traballanti risalite in seggiovia e skilift, col rischio di cadere, dita bagnate e doloranti quando la neve ti entrava nei guanti dopo una caduta. Ingombranti scarponi che la facevano sempre inciampare sulle scale del rifugio per andare in bagno. Sci a noleggio troppo lunghi che andavano dove volevano. Piste ghiacciate, cunette, fanghiglia.

A entusiasmarla era il dopo sci, quando gli insegnanti dormivano e Paul assieme ad altri ragazzi si infiltrava nel dormitorio delle femmine e se ne stavano seduti stretti sul letto a castello a leggere insieme "Bravo", sgranocchiando patatine alla paprika e bevendo il Fernet che avevano portato in gita di nascosto. Gli insegnanti avevano avvertito che se un ragazzo fosse stato trovato nella stanza delle ragazze sarebbe stato espulso dalla scuola. Ma Paul già allora sapeva come fare per non farsi scoprire.

E poi era arrivata la fatidica ultima sera e la festa in discoteca. Le ragazze si erano messe tutte in tiro, magliette coi brillantini e burro cacao rosa chiaro per accentuare l'abbronzatura appena conquistata sulle piste.

La discoteca era un locale senza finestre ma con la musica a palla dallo stereo portatile e sulle note di *Everything I do, I do it for you* di Bryan Adams, Paul aveva ballato con Eva e le aveva sussurrato all'orecchio che sarebbe andato in camera sua, ma stavolta da solo e molto più tardi. E lo avrebbero fatto.

"No," aveva risposto Eva spaventata. Ma era diventato matto? In settimana bianca in una stanza con altre persone? Lui le aveva rivolto un sorriso ebete alzando le sopracciglia e aveva bevuto altra Cola a cui i ragazzi si erano premuniti di aggiungere una buona dose di rum. Poi l'aveva ignorata per il resto della serata.

In piena notte Eva si era svegliata perché il letto a castello si muoveva ritmicamente. All'inizio non aveva capito cosa stesse succedendo. Un terremoto? Una valanga? Stava per accendere la luce.

Poi però aveva sentito dei gemiti soffocati e aveva capito che sotto di lei Sandy se la faceva con qualcuno.

Non era durato a lungo, forse dieci minuti, che però a lei erano sembrati eterni. Era piena di imbarazzo e turbata, ma anche in qualche modo emozionata ed eccitata.

Poi il tipo che era nel letto di Sandy si era alzato e si era tirato su i pantaloni della tuta. Non aveva le scarpe, solo le calze. Si era avviato furtivo alla porta e quando l'aveva aperta per uscire, la luce del corridoio gli era caduta sul viso ed Eva lo aveva riconosciuto. Era Paul.

Eva aveva pianto tutta la notte. Il giorno dopo nel viaggio di ritorno in bus non aveva scambiato neppure una parola con lui. Stranamente Paul non aveva rivolto la parola nemmeno a Sandy.

Per una settimana tra Eva e Paul cadde il silenzio stampa. Eva avrebbe dovuto odiarlo, invece aveva la sensazione che fosse tutta colpa sua. Era successo perché lei era immatura e ansiosa, incapace di soddisfare il suo ragazzo. Non voleva perderlo. Non poteva. Aveva bisogno di lui.

Il fine settimana successivo Paul passò a prenderla il sabato. Andarono in discoteca a Eisenstadt. Eva tracannò sei shottini di tequila uno dietro l'altro e poi gli disse che si sentiva pronta.

Paul la portò in macchina nel bosco e la sverginò. Faceva male. Eva si sentiva goffa. In seguito si chiese cosa ci trovavano tutti gli altri nel sesso. Ma da quel giorno in poi lei e Paul furono ufficialmente una coppia.

Paul era nato leader. Otteneva sempre quello che voleva e anche se non era amato proprio da tutti dava l'impressione di godere di grande popolarità.

Già a dieci anni se un altro bambino gli diceva "Non sei più mio amico", rispondeva "Chissene frega", con un'alzata di spalle e un sorriso beffardo.

A dodici era campione nei giochi violenti. A quattordici si schiacciava le lattine di birra sulla fronte e aveva scoperto l'alcol e le ragazze. E loro lui. Quelle che contavano di più nei gruppetti a scuola se lo contendevano. Tutte queste interazioni nascevano da un grave equivoco di base: nella scelta del partner si privilegiava la popolarità. Più che a te, doveva piacere agli altri.

Nella classe Eva non aveva un ruolo determinato, non era né forte né debole, né pecora né lupo, nella dinamica di gruppo mafiosa era semplicemente neutrale. Ed era la prima persona a cui Paul piaceva per come era, non per la sua popolarità. L'unico problema era che Paul non si piaceva particolarmente e non sapeva se doveva amare o disprezzare Eva per quello che provava per lui.

ELABORAZIONE DEL LUTTO
FASE 2

Dicono che la morte rapida sia un dono. Ma lui non avrebbe dovuto morire. Non c'è giustizia. Voglio che gli venga un cancro a quello là. So cosa significa avere il cancro. L'ho già visto. Ho visto la fatica a respirare, i dolori che attanagliano. I polmoni pieni d'acqua. Il ventre che si gonfia. Gli occhi gialli e i capelli che cadono. Ma il cancro colpisce sempre le persone sbagliate. Chi vuole giustizia deve farsela da solo.

4.
Il negozio di Johanna

In Asia esistono monaci e monache che praticano la filosofia di non nuocere a nessun essere vivente del pianeta, neppure il più piccolo, con pensieri, parole e azioni. I seguaci del Jainismo indossano sempre una mascherina per evitare di inghiottire accidentalmente insetti e usano uno scopino per liberare il suolo su cui poggiano i piedi in modo da non schiacciarli.

Il blu è un colore raro nei giardini. Una realtà che tormentava anche Johanna. Al centro della sua aiuola blu c'era un'ortensia che sbocciava bella azzurra, ma poi virava al grigio-lilla.

Johanna aveva provato vari trucchi per farle cambiare idea. Aveva interrato allume e chiodi arrugginiti attorno alla base della pianta, aggiunto aceto all'acqua per l'irrigazione e rincalzato il terreno con terriccio per rododendri, con alterni successi. Ma solo a inizio autunno, quando i fiori diventavano sempre più verdi, la lotta per il colore giusto terminava e Johanna si riconciliava con la pianta – fino all'anno dopo.

Imprevedibili erano anche le aquilegie, autoseminatesi nell'aiuola blu, perché ne spuntava sempre una color rosa che Johanna si affrettava a trapiantare da un'altra parte. Di sradicarla e buttarla nella compostiera non aveva il coraggio. Johanna amava quei fiori fin dall'infanzia, i fiori delle fate.

Quando era piccola, sui dieci anni, si intrufolava sempre di nascosto nel giardino dei vicini. Per i suoi genitori era un campo abbandonato, per lei un luogo incantato. Era il giardino della seconda casa di ricchi viennesi, che scendevano al Sud solo due o tre volte l'anno e quindi raramente vedevano i fiori meravigliosi che vi spuntavano accanto alle ortiche e al convolvolo. Questo li rendeva ancora più affascinanti agli occhi di Johanna. Le aquilegie assomigliavano ai fiori dei suoi libri di fiabe: campanelle su cui danzavano fate e spiriti del bosco. Johanna amava le aquilegie dei vicini e a volte le era anche sembrato di vedere una fata. Nei suoi sogni era la padrona di quel giardino magico. Quarant'anni dopo, aveva creato il suo giardino magico e si beava a guardarlo, almeno finché vedeva il blu al posto giusto.

In realtà, Johanna aveva fallito solo con una pianta, proprio quella per cui aveva inizialmente progettato l'aiuola blu: la speronella. La pianta blu era un elemento fisso del tipico giardino inglese, ma il terreno argilloso del Sud Burgenland non sembrava fornirle il substrato adatto.

Johanna non era tipo da arrendersi facilmente, ma a un certo punto aveva dovuto accettare la regola del giardinaggio secondo cui il luogo è tutto. "Sono vent'anni che tento di far crescere la speronella nel Burgenland meridionale," amava dire ai visitatori del suo giardino, perché, si trattasse di piante acquistate, di talee donate o di piantine coltivate da lei stessa partendo dal seme, il *Delphinium* semplicemente si rifiutava di crescere da Johanna. Nemmeno le belle e delicate piantine selvatiche che un'amica le aveva portato per anni erano sopravvissute al terreno argilloso del Burgenland, oggetto anche di detti popolari. A un certo punto, anche Johanna si era resa conto che contro la natura non c'era nulla da fare e aveva sostituito la speronella con l'aconito, robusto ma velenoso. "Più adatto a me," ironizzava alludendo alla propria corporatura e al carattere deciso, che però emergeva solo quando qualcuno "voleva farla fessa".

Altrimenti Johanna era una persona bonaria e generosa.

Se non era in giardino, era nel suo negozio, subito accanto, un misto tra una bottega del contadino e un bazar. Oltre al pane, alla carne, al latte, alle uova e alle verdure, Johanna si prendeva il lusso di vendere tutto quello che le piaceva. Lana di pecora tinta con coloranti vegetali e stampini per biscotti dalle forme originali, scope di crine legate a mano, variopinte stoviglie di ceramica locale, tovaglie di lino grezzo e tante cianfrusaglie.

Se il negozio fosse stato in città, probabilmente Johanna si sarebbe arricchita, ma in quel paesino di trecento anime i clienti erano per lo più pensionati che non disponevano di un'auto per raggiungere il supermercato più vicino. E gli anziani ormai non avevano più bisogno di piatti, scope o stampini per i biscotti. Venivano in negozio a comprare il pane o un litro di latte o semplicemente a fare due chiacchiere. A Johanna non dava fastidio. Aveva persino messo un tavolino e qualche sedia verniciata di verde accanto al banco, in modo che i visitatori potessero sedersi a fare due chiacchiere. Perché a tutti piaceva chiacchierare.

Con il tipico senso di ospitalità del Sud Burgenland Johanna offriva sempre ai suoi clienti abituali una caraffa di caffè o una tisana di erbe che raccoglieva personalmente e un dolcetto. Naturalmente gratis, un fatto che aveva stupito il funzionario dell'Agenzia delle entrate di Oberwart durante un controllo. All'inizio non le aveva creduto e le aveva chiesto di mostrargli la licenza di ristorazione, poi aveva pensato che volesse corromperlo, perché la torta di mele coperta di Johanna, servita calda, era strepitosa. Ma lei si era messa a ridere.

Gli introiti del negozio erano modesti, ma lei si sentiva comunque ricca, anche se gli altri non lo capivano. "Sei felice quando hai quanto basta e se non hai tanto, te lo fai bastare," era il suo motto.

Pur avendo una disponibilità limitata sapeva sfruttarla al meglio grazie alle sue abilità e ai suoi contatti. I mobili del negozio erano di risulta, la serra se l'era costruita da sola con delle vecchie finestre e anche il vialetto del giardino l'aveva realizzato posando vecchie pietre tra cui crescevano timo e camomilla piantati da lei. Per coltivare gli ortaggi utilizzava vasche da bagno dismesse, invece di costose aiuole rialzate. Donava semi e talee con la stessa generosità con cui condivideva il suo sapere su orto e giardino.

Le rose è meglio potarle in primavera o in autunno? Cosa posso fare contro gli afidi? Perché le mie pere hanno delle macchie marroni all'interno? Johanna aveva la risposta per tutto. "Dovresti fondare un club di giardinaggio," le aveva detto uno dei suoi clienti abituali e in qualche modo quel pensiero non l'aveva più abbandonata. Incontri regolari tra appassionati come lei per scambiarsi esperienze e semi, visitare assieme giardini... che meraviglia.

Il giorno successivo Johanna era andata dallo zio, che lavorava in una tipografia, e aveva fatto stampare dei volantini di invito al primo incontro del "Club del pollice verde". Ora era in negozio, in spasmodica attesa che si presentasse qualcuno.

***

Rotatorie, ovunque rotatorie. Quando Vera andava a scuola lì nel Sud Burgenland non ce n'era neanche una. Ora era pieno. Aveva letto che potevano arrivare a costare anche un milione di euro, incredibile per pochi metri quadrati di asfalto. Dovevano averne spesi chissà quanti di milioni lì nel distretto. C'era persino una rotatoria a doppia corsia davanti al centro commerciale in periferia, ma più che velocizzare il traffico sembrava rallentarlo. Vera aveva rischiato di tamponare l'auto di un anziano che, entrato nella rotatoria, aveva frenato bruscamente invece di prendere la curva in velocità. Ora la macchina dell'uomo era in mezzo alle due corsie. La freccia lampeggiava impazzita a destra e a sinistra, le altre macchine suonavano il clacson. Vera provò compassione per il vecchio signore. Quando aveva preso la patente lui non c'era ancora bisogno di sapere come cambiare corsia in una rotatoria da milioni di euro.

Era in ritardo per l'incontro del club di giardinaggio a cui si era iscritta. Entrando nel negozio, Vera capì subito chi delle presenti era Johanna. La donna bassa e robusta con i riccioli rosso Tiziano e gli occhi verdi vispi emanava una competenza naturale, che la indicava subito come la padrona di casa.

"Scusate il ritardo... il traffico," disse Vera e subito si morse la lingua. Si poteva dare la colpa al traffico in campagna o sembrava una scusa stupida? "Cioè, dico, la rotonda." Bene, più stupida ancora. Per fortuna le altre ignorarono il suo imbarazzo.

Vera usò il giro di presentazioni che seguì per osservare le donne presenti. Un gruppo variegato. Johanna indossava stivali di gomma verde scuro e una tunica verde acido, colori che facevano risaltare ancora di più i suoi capelli rossi.

Accanto a lei c'era una donna alta e snella che si presentò come Isabella.

"Lei è un'educatrice erboristica e gestisce la farmacia di Pinkafeld," spiegò Johanna.

Vera non sapeva cosa fosse un'educatrice erboristica. Le erbe avevano bisogno di essere educate? Decise di approfondire alla prima occasione.

"Piacere, Mathilde," disse una terza donna. Sembrava una sposa rockabilly. Quando vera le strinse la mano la manica della blusa si alzò mostrando un tatuaggio. Una ghirlanda di fiori.

"Mathilde è cuoca al Kurfürstenhotel di Bad Tatzmannsdorf," disse Johanna.

Vera non sapeva se le altre si aspettassero che dichiarasse a sua volta qual era la sua professione. Cosa avrebbe dovuto dire? La prima cosa che le venne in mente fu: giornalista licenziata con un problema di lumache. Mentre ancora rifletteva sul da farsi entrarono nel negozio due anziane signore. Sembravano clienti abituali, perché furono accolte calorosamente da Johanna nel dialetto del Sud Burgenland. "Ecco, già che ci siete venite a prendervi una tazza di caffè."

Poi le presentò: "Loro sono Grete e Mitzi". A quel punto fece il suo ingresso Eva.

"Che bello che sei venuta anche tu" disse Vera tutta contenta di vederla.

"Ora che ci siamo tutte, possiamo iniziare," disse Johanna, spuntò da una lista i nomi delle partecipanti e riscosse la quota annuale di iscrizione di tre euro a persona.

"La quota associativa è purtroppo necessaria, altrimenti avrei problemi con l'Agenzia delle entrate," sospirò. "Mi accusano sempre di gestire una caffetteria in nero, quindi ho registrato tutto come associazione culturale. In questo modo è tutto in regola."

Con i nostri spiccioli non si farà certo ricca, pensò Vera, ma all'apparenza Johanna non puntava ai soldi. Il primo argomento dell'incontro era non per niente "il giardinaggio economico e sostenibile".

Vennero distribuiti dei fogli informativi. I consigli di Johanna spaziavano dal ricavare vasetti per la semina dai cartoni delle uova e dai rotolini della carta igienica, all'uso dei fondi di caffè come fertilizzante, alla realizzazione di un traliccio per rampicanti con rami di salice intrecciati.

Adesso finalmente so cosa fare dei vecchi cartoni delle uova che i vicini mi lasciano sempre davanti alla porta, pensò Eva. Riguardo al suggerimento numero cinque, "sterilizzare in forno la terra sollevata dalle talpe per poi utilizzarla come terriccio per le piantine da semina" rimase molto perplessa. Terriccio di talpa in forno. Sapeva esattamente come Paul avrebbe reagito a una cosa del genere. "Adesso sei proprio da manicomio," avrebbe detto.

Johanna iniziò il suo discorso: "La cosa più conveniente è praticare il giardinaggio secondo il ciclo della natura. Coltivate solo varietà di semi stabili, non ibridi, quindi destinate un quinto del raccolto alla produzione di semi. Funziona benissimo con lattuga, bietole, cetrioli, pomodori. Negli ortaggi a radice spesso i semi si formano solo nel secondo anno. I semi di zucchine e zucche mature sono particolarmente facili da raccogliere, basta che nelle vicinanze non crescano zucche decorative non commestibili, perché rischiano di incrociarsi. L'incrocio può essere anche interessante, nel corso degli anni otterrete varietà di piante che si adattano perfettamente al vostro terreno. Con i fagioli è particolarmente divertente, colorati, macchiati, puntinati, la natura ha sempre delle sorprese in serbo. E quando acquistate bustine di semi, state attente alle enormi differenze di prezzo e contenuto. In alcune ci sono solo cinque semi, in altre il doppio o il triplo. Comunque, propongo uno scambio di sementi al nostro prossimo incontro". "Scambio di sementi," disse Mathilde prolungando le vocali. "Suona interessante!"

"E con i semi di fiori che avanzano, possiamo poi creare delle seedball capaci di far fiorire tutto il Burgenland," suggerì una delle due anziane passate in negozio. "Ploberger in televisione ha spiegato come si fa. Basta mescolare semi, terriccio, polvere di argilla e acqua e poi formare delle palline da usare per il guerriglia gardening." La donna che avanzava la proposta indossava un berretto. Aveva sicuramente più di ottant'anni, ma il piglio era, appunto, da guerrigliera.

Aveva un aspetto familiare, pensò Vera. Non era la pittrice, Grete Sobotka, che aveva acquistato una casa di campagna nel Sud Burgenland? Negli anni ottanta, Sobotka aveva manifestato a difesa dell'area naturale Hainburger Au incatenandosi agli alberi. Il suo spirito combattivo sembrava ancora intatto.

Bombe di semi, non era mica una cattiva idea. *Ad esempio per bombardare quelle orrende rotatorie*, pensò Vera, ma considerata la quantità, ci sarebbero volute probabilmente tonnellate di semi di fiori.

"Un tempo facevo parte della pro loco, ma ne sono uscita perché vogliono sempre piantare gerani," disse la guerrigliera Grete con fare bellicoso. "Non hanno proprio gusto né senso del territorio. In realtà, i fiori di campo locali sono molto più belli di quella robaccia artificiale importata dall'Olanda."

"Io posso dare un contributo," disse Mathilde. "Da noi in hotel avanzano sempre un sacco di bidoncini del latte di plastica e taniche d'olio vuote, che vengono poi gettati via. Li posso portare la prossima volta, se servono. Si possono usare per preparare il decotto di ortica o per raccogliere le lumache." Un mormorio di approvazione riempì la stanza.

"Posso chiedervi cosa fate contro le lumache?" chiese Vera.

"Cristo, le lumache," sospirò Mitzi, l'altra anziana. "Ricordo esattamente quando sono apparse le prime lumache rosse a Oberwart. Era nell'87. Sono arrivate da Bocksdorf passando per Stegersbach. Il mio giardino, nella parte vicino al ruscello, pullulava di lumache. Da aver paura."

"Le lumache spagnole sono state portate in Austria negli anni ottanta sui camion dei trasporti ortofrutticoli," aggiunse Johanna. "A quanto sembra non erano dentro le cassette della verdura, ma nei vuoti dei cerchioni. E poiché le lumache qui non hanno nemici naturali si sono moltiplicate rapidamente, diventando un enorme problema."

"La gente ha abbandonato gli orti perché le lumache divoravano tutto ed è da lì che hanno cominciato a comprare verdura e frutta al supermercato," confermò Mitzi.

Johanna annuì. "Adesso c'è un ritorno agli orti e al concetto di autoproduzione, manca però ancora una soluzione al problema delle lumache. Le anatre indiane sono gli unici uccelli che mangiano le lumache nonostante il sapore amaro, ma hanno bisogno di uno stagno, di un ruscello e devono essere tenute a distanza dalle verdure se no mangiano anche quelle. La cosa migliore è impedire alle lumache l'accesso alle aiuole. Io coltivo le verdure per lo più dentro vecchie vasche da bagno."

Vera ringraziò per la risposta, che era sensata e comunque degna di riflessione, anche se non aveva idea di come rimediare delle vecchie vasche da bagno.

"Ora vorrei affrontare l'argomento 'concimazione naturale'," disse Johanna.

"Io tengo appesa una calza piena di letame di pollo nel serbatoio dell'acqua piovana, così annaffio con acqua concimata. Prima, quando ero giovane, dovevo raccogliere lo sterco dei cavalli di passaggio, ma oggi non ce ne sono più in paese. Però ho le galline e può darsi che mi prenda anche una capra."

"Il concime di origine animale è ottimo, ma va già bene iniziare a compostare gli scarti alimentari," disse Johanna. "Ho invitato un esperto della ditta 'Terra Inca' che vi spiegherà come fare, dovrebbe arrivare a breve. Chi gradisce intanto una fetta di torta di mele?" Tutte accettarono volentieri e la torta era una poesia.

"Potrei avere la ricetta?" chiese Eva.

"Non c'è ricetta, si fa a occhio," disse perplessa Johanna. "Semplice pasta frolla con ripieno di mele."

Vera rise. Quando lavorava a "Natura amica", aveva ricevuto spesso la stessa risposta dalle donne di campagna che, come Johanna, facevano i dolci così, senza pesare o misurare niente.

La porta del negozio si aprì. Entrò un giovane in pantaloni da lavoro e maglietta.

"Ecco Finz, di 'Terra Inca', stavamo giusto parlando di te," disse Johanna.

Finz aveva l'aria simpatica. Un tipo normale, si disse Vera, si era aspettata qualcuno di più esotico, col poncho e un flauto di Pan, lo stereotipo dell'inca. Sorrise di quel pensiero.

Finz aveva portato con sé una pila di opuscoli e diversi pacchetti di terriccio.

Vera era in dubbio se prendere appunti o registrare le spiegazioni. Non sarebbe stata una cattiva idea. Ma in quel contesto fare tutto con lo smartphone le parve fuori luogo.

"Qualcuno ha una penna?" chiese e prese uno scontrino trovato in borsa per scriverci sopra. Le altre avevano bloc-notes e penna nei cestini di vimini. Tutto lì era ancora così piacevolmente analogico.

Finz si schiarì la voce e si passò la mano tra i folti capelli castani.

"La cosa più importante da sapere è che il suolo è un organismo vivente. Nel sottosuolo si alimenta una quantità di vita dieci volte superiore a quella in superficie, venticinque tonnellate di organismi viventi per ettaro, se il suolo è intatto. Ma l'agricoltura tradizionale impoverisce il suolo. I greci, i romani, tutte le grandi civiltà prima o poi sono fallite per questo motivo. Per un po' di tempo sono riuscite a compensare grazie alle guerre e alla conquista di altri paesi, ma nessuna è durata oltre i mille anni. Se vogliamo mantenere il suolo fertile, cosa che in tempi di crisi climatica e di esplosione demografica è particolarmente importante, dobbiamo restituirgli sostanza ed è possibile solo accumulando humus. In Austria, già tremila agricoltori si sono posti questo obiettivo, ma ognuno di noi può contribuire praticando il compostaggio domestico."

Finz parlava in tono calmo, si esprimeva in termini chiari e sembrava convinto di quello che diceva. "Ecco," disse prendendo un sacchetto di terra, lo aprì e lo fece girare. "Cos'è?" Vera tastò il contenuto. Era ruvido e fibroso e aveva un leggero odore di torba. "Al tatto sembra normale terriccio."

"Esatto," disse Finz, aggrottando la fronte. "Solo che il terriccio spesso non è vera terra, ma un mix di torba e nutrienti. Per ottenere la torba si distruggono paludi millenarie. Non ha niente a che fare con la terra, è materia morta, le verdure coltivate sulla torba sono insipide. Certi scienziati sostengono che le moderne malattie derivano dal fatto che coltiviamo gli ortaggi su substrati artificiali privi di organismi viventi. E ora guardate questo."

Fece girare il secondo sacchetto. Questa volta il contenuto era più umido e friabile. Il terreno sembrava più grasso, pensò Vera, più autentico.

"Questo è compost. Una manciata di questa terra contiene otto miliardi di microorganismi." Eva, che teneva il sacchetto in mano, trasalì spaventata, come se avesse aperto un sacco di pulci. "Non preoccuparti, non mordono," disse Finz con un sorriso. Eva arrossì. "Chi di voi ha una compostiera a casa?" Tutti tranne Vera alzarono la mano. "E cosa ci mettete dentro?"

"Scarti di cucina," disse Mathilde.

"Giornali, verde di risulta, fogliame," aggiunsero le altre. Le donne del Burgenland sembravano tutte esperte di compostaggio. "E cosa non deve assolutamente finirci dentro?" chiese Finz.

"Agrumi trattati, erbe infestanti che producono semi e scarti di carne," disse Vera, orgogliosa di conoscere la risposta. Anche se non aveva una compostiera, aveva scritto un articolo a riguardo una volta.

"Sbagliato," disse Finz. "Si legge ovunque, ma è una stupidaggine. Tutto ciò che è organico può essere compostato, basta solo che il compost raggiunga una temperatura sufficientemente alta da degradare i pesticidi e uccidere i semi. E la carne non marcisce, si compostifica. Il vostro compost si riscalda se creato correttamente. Vi segnalo il canale YouTube 'Sussurra alla terra', troverete un video esplicativo."

"Sussurra alla terra," sussurrò Vera a Eva. Si sentiva una scolara rimproverata dall'insegnante e reagì come ai tempi della scuola, mettendosi a parlare con la compagna di banco. Ma Eva non si lasciò distogliere, si limitò ad annuire continuando a prendere appunti diligentemente.

"Se avrete creato il vostro compost caldo nella maniera giusta potrete compostare anche piante malate, ad esempio le piante di pomodoro affette da peronospora," spiegò Finz. "La natura risolve il problema formando antagonisti attivi nel compost: è così che funziona la moderna protezione delle piante. Almeno in teoria. Perché in pratica la maggior parte dei cumuli di compost sono cumuli di rifiuti puri e semplici. Ricordate una cosa: se puzza, non è una compostiera. Con troppi sfalci d'erba o troppi scarti di cucina, inizia a puzzare e a marcire. E questo non fa che attirare le lumache."

Lumache, sempre lumache, pensò Vera. In qualche modo quelle creature erano onnipresenti.

Finz fece girare un terzo sacco. Un compost nero che aveva realizzato lui stesso secondo una ricetta segreta degli inca.

Ma quale poncho e flauto di Pan, il nome della ditta veniva da lì.

Vera studiò Finz chiedendosi come mai un ragazzo giovane fosse così interessato al compost.

5.
Finz

L'ossitocina è considerata l'ormone della fiducia o l'ormone dell'amore. Non è presente solo negli esseri umani, ma anche nei cavalli, nelle capre e nei pesci rossi. Di conseguenza, la somiglianza tra gli esseri umani e animali da essi molto distanti sotto il profilo evolutivo è probabilmente maggiore di quanto si pensasse in passato.

Ogni persona ha un dono particolare, una forza, un talento o una passione che determina il suo fattore X. Qualcosa che la rende unica.

L'X factor di Vera era arrivare alle persone con i suoi scritti, quello di Johanna era il pollice verde, il fattore X di Eva era una capacità aumentata di percezione. Il fattore X di Seraphin, che tutti chiamavano solo Finz, era il sesso.

Per molto tempo non si era reso conto di essere straordinariamente bravo a letto. Che termini di paragone aveva? Se ne accorse solo dalle reazioni delle donne con cui andava, che prima o poi finivano tutte per innamorarsi di lui. Persino e soprattutto quelle che in precedenza lo avevano trattato con sufficienza e sottovalutato.

In realtà, a prima vista, non c'era nulla di particolare in Finz. Un disegnatore della scientifica ne avrebbe cercato invano i tratti distintivi per farne l'identikit.

Di media altezza, di peso medio, aveva i capelli di un castano medio. Non era né bello né brutto, non spiccava, ma in campo erotico, era imbattibile. Sapeva leggere le donne come un libro. Percepiva i loro desideri ancor prima che esse stesse ne fossero consapevoli. Nell'intimità si faceva guidare dal respiro, che gli rivelava sempre cosa piaceva alle sue partner. Ne stimolava il desiderio e si prendeva tutto il tempo possibile per soddisfarlo, abbandonandole a una agonia orgiastica per poi condurle a picchi di piacere inimmaginati. Tutte le donne reagivano al sesso con Finz nello stesso modo: confondevano il piacere con l'amore. Volevano sperimentarlo ancora e ancora. La loro voglia superava ogni limite grazie al fattore X di Finz. Dopo poco tempo, facevano con lui cose che non avrebbero mai sognato e questo le sconvolgeva, così cercavano una giustificazione morale ai loro atti. La soluzione era l'amore. Ogni donna che Finz scopava, si innamorava di lui. E ogni volta con una furia che lo lasciava basito.

Ai tempi della scuola, le ragazze con cui era andato a letto puntualmente lo bombardavano di bigliettini e telefonate. A trentun anni aveva lo stesso identico effetto sulle sue partner sessuali, cambiavano solo le modalità dei loro attacchi terroristici postcoitali grazie a WhatsApp, Facebook, Messenger e Instagram.

Se l'X factor di Finz non fosse stato il sesso, probabilmente avrebbe avuto prima o poi una relazione normale, che si sarebbe sviluppata lentamente e naturalmente. Avrebbe avuto il tempo e lo spazio per costruire sentimenti più profondi. Ma la reazione delle donne era così violenta da farlo sentire subito in gabbia e il suo unico pensiero era fuggire.

Tutto ciò aveva portato in passato a scenate spiacevoli: rimproveri, lacrime, insulti. Donne che sostenevano che le stesse solo usando.

Un'affermazione che a Finz sembrava paradossale. Erano loro che lo volevano in continuazione.

Per un po' di tempo si era tenuto alla larga dalle donne. Ma un talento che è un X factor non può essere represso a lungo. Per caso, aveva trovato la soluzione al suo problema. E questa soluzione aveva le radici nell'infanzia di Finz.

Il padre era stato un artista, famoso per i suoi ritratti realistici nello stile del russo Yaroslav Kurbanov. Da bambino Finz passava ore davanti alle opere incomplete. Una lo aveva colpito particolarmente: ritraeva una donna con grandi occhi imploranti, che teneva un dito sulle labbra con fare cospiratorio, quasi stesse chiedendo allo spettatore di non rivelare a nessuno il suo segreto. La donna nel quadro affascinava l'undicenne Finz. Ogni giorno, entrava di nascosto in atelier e la guardava, in cerca di un modo per entrare in contatto con lei. Alla fine seppe come fare. Prese il pennello e dipinse un minuscolo puntino sulla tela, dove non si notava. La mattina seguente, quando il padre entrò nello studio, Finz temette che se ne sarebbe accorto, sapeva che in quel caso rischiava una sfuriata, addirittura le botte. Ma il padre non si accorse di nulla. E quando la tela intitolata *Il segreto* fu completata, il puntino nascosto rimase per sempre il segreto di Finz, che da allora in poi ripeté quel gesto su ogni dipinto del padre che gli piaceva, con la gioia segreta di entrare a far parte del ritratto.

Ora, circa vent'anni dopo, faceva essenzialmente la stessa cosa. Era la macchia di colore segreta nella vita di donne che non gli appartenevano.

Usciva solo con donne sposate. Finz apprezzava le relazioni clandestine perché gli lasciavano spazio sufficiente. Le donne sposate non potevano e non volevano vederlo ogni giorno. Ogni chiamata, ogni messaggio era un potenziale rischio per loro di perdere il marito, i figli, la loro esistenza, per cui il contatto doveva essere limitato a livelli accettabili per entrambi. E, cosa più importante, le donne sposate non volevano trasferirsi da lui, né cambiarlo in modo significativo o imporgli come vivere la sua vita. Questo Finz lo apprezzava molto, perché la sua vita gli piaceva così com'era.

Se l'era presa comoda all'inizio, poi, per caso, aveva trovato un lavoro che non lo stressava troppo, ma che era abbastanza vario da non annoiarlo. Ci era letteralmente caduto dentro durante uno dei suoi viaggi nella foresta pluviale amazzonica. Durante un'escursione era inciampato sul terreno accidentato ed era finito in una fanghiglia nera. La guida gli aveva detto che era terra preta – la terra nera segreta degli inca.

Nella foresta pluviale lungo il Rio delle Amazzoni c'è una zona particolare ricoperta da uno spesso strato di questo terreno nero e ricco di sostanze nutritive. Per molto tempo ci si è interrogati su come fosse arrivato lì, perché sotto il profilo geologico l'area doveva essere desertica; dopo lunghe ricerche, gli scienziati hanno trovato una spiegazione: gli inca avevano creato nei secoli quel terriccio usando carbone di legna e di piante, frammenti di argilla, ossa, lische di pesce e feci animali e umane per rendere fertile il suolo amazzonico povero di nutrienti. Il "perché" era chiaro, ma con l'estinzione delle popolazioni indigene, si era persa la conoscenza esatta del "come".

Carbone, scarti alimentari e tanta merda, Finz pensò a un modo di trasformare tutto questo in denaro. Doveva riprodurre quel terriccio. L'esportazione di terra preta dal Brasile è illegale, pena la reclusione, ma Finz non si era mai fatto problemi a infrangere la legge. Approfittando della distrazione della guida si era riempito le tasche dei pantaloni cargo di oro nero senza che nessuno se ne accorgesse.

Rientrato in Austria, aveva fatto ricerche sul potenziale della terra inca come fertilizzante naturale con riscontri promettenti. "I pomodori piantati nella terra preta rendono quattro volte di più," lesse. "Una volta presente nel suolo il carbonio resta disponibile per più di mille anni. Un motore perpetuo di fertilità."

Non era forse proprio quello che poteva vendere a tutti i forestieri che spendevano una fortuna per ogni schifezza bio?

Finz provò a fare la terra preta con carbone di legna, rifiuti organici e la sua stessa urina, un esperimento che non fu subito coronato dal successo. Aveva bisogno di un professionista come partner e lo trovò.

Il fratello di un suo ex compagno di scuola, che gestiva un impianto di biomassa in zona e compostava fanghi di depurazione e verde di risulta provenienti dai comuni circostanti, era stanco di smaltire sempre e solo i rifiuti altrui. Finz riuscì in un battibaleno a conquistarlo all'idea di produrre insieme in loco la terra nera degli inca. Per tre anni i due lavorarono alla composizione del loro oro nero. Poi la terra degli inca fu pronta per il mercato.

Un ottimo prodotto, una storia spendibile alla grande. La stampa locale ne fu entusiasta. Anche i forestieri. Pagavano, senza batter ciglio, un euro al litro per la terra nera.

Finz non riusciva più a far fronte alle consegne. Si procurò un vecchio pick up con un grande cassone per poter soddisfare la domanda. Ora non doveva più preoccuparsi per i soldi. Né per la sua vita sessuale. Perché la maggior parte delle sue clienti erano donne sposate.

ELABORAZIONE DEL LUTTO
FASE 3

Il giorno del funerale ero proprio furiosa. Ho trovato l'elogio funebre mendace, il rinfresco scadente, il meteo inopportuno. Erano stupidaggini, ma io sapevo cosa mi mandava in bestia. L'ipocrisia.

A un certo punto non ho più sopportato quella farsa e ho detto quello che pensavo. Allora mi hanno portato via. Come se avessi fatto qualcosa di sbagliato. Non possono mica trattarmi così!

6.
Vera in visita a Paul ed Eva

Gli uccelli giardinieri maschi costruiscono una sorta di teatro della seduzione, pareti parallele di ramoscelli che adornano con graziose decorazioni come fiori, farfalle o pietre bianche. Al centro delle pareti si posiziona la femmina e il maschio che vuole accoppiarsi deve montarla da dietro. Se non è interessata, lei esce dalla parte anteriore della struttura.

Sobria eleganza, razionalità moderna: è ciò che rappresenta la scuola Bauhaus ancora oggi, a cento anni dalla fondazione. Partita nel 1919 a Weimar come esperimento mirato a coniugare arte e artigianato, si trasformò in uno stile che a tutt'oggi influenza l'architettura, lo stile Bauhaus appunto, essenziale, senza fronzoli, minimale. Blocchi di cemento, tetti piatti, elementi prefabbricati, facciate lisce, vetrate.

Nella Repubblica di Weimar scarseggiavano gli spazi abitativi a un prezzo accessibile, il fondatore della Bauhaus, Walter Gropius, si vantava di poter creare alloggi alla portata di tutti. La città di Dessau lo incaricò nel 1926 di costruire un insediamento residenziale che fungesse da campione, l'intero progetto doveva essere moderno, sociale, conveniente, perché Gropius aveva promesso di essere più economico della concorrenza e più veloce. Case costruite come in catena di montaggio. L'insediamento sorse dal nulla a ritmo impressionante – in poco tempo vennero edificate abitazioni per migliaia di persone – ma gli inquilini notarono ben presto gravi difetti di costruzione. L'isolamento termico era pessimo, le pareti troppo sottili, comparivano crepe. I costi di riparazione e ristrutturazione furono più alti del previsto e il progetto sociale divenne un problema sociale, sempre più grave. La socialdemocrazia voltò le spalle al Bauhaus. E Gropius lasciò la città e il Bauhaus.

Chi non impara dalla storia è condannato a vederla ripetersi. Se solo Paul avesse completato i suoi studi di architettura forse sarebbe stato più avveduto, ma così la storia si ripeté identica nel caso suo e del "Paradiso del Seewinkel".

Paul era venuto via da lì, aveva dichiarato il fallimento della sua impresa edile e il giorno seguente aveva fondato una nuova società di progettazione. Ora si muoveva da one man show. Era un visionario: progettare, concepire, entusiasmare gli altri – in quello era più abile che nella realizzazione pratica. Aveva attribuito i difetti di costruzione alle ditte subappaltatrici. Certi sindaci e politici locali avevano perso un sacco di soldi e un sacco di voti ed era meglio per lui stargli alla larga, ma chi era stato complice di Paul nell'acquisizione truffaldina di terreni e in cambi di destinazione urbanistica pilotati teneva la bocca chiusa. Fatto sta che Paul era uscito dalla situazione senza subire danni di immagine significativi.

Solo gli acquirenti degli alloggi non gli davano tregua. Era un bene che si fosse trasferito a Buchschachen.

Paul fischiettava allegro mentre si vestiva. Sapeva sempre come presentarsi al meglio. Per l'incontro con Zieserl e il sindaco aveva scelto un abito cachi di Dsquared2, una camicia azzurra sopra una t-shirt bianca, entrambe di Arket, e costose sneaker bianche Yeezy. Era certo che quei marchi non dicessero niente ai campagnoli locali, per cui si mise al polso il Rolex vintage, segnale discreto anche per i più sempliciotti del suo status di uomo di successo.

Si spruzzò un po' di profumo Terre d'Hermès e si ravviò i capelli osservandosi soddisfatto allo specchio. Irene, una donna con cui aveva avuto una breve relazione nel Nord Burgenland lo aveva definito un misto tra Leo Hillinger e Ryan Gosling, solo coi capelli più lunghi. Era innamoratissima. Da parecchio non pensava a lei, che del resto difficilmente lo avrebbe cercato. Peccato, perché gli piaceva, era simpatica e disinvolta.

Eva guardava Paul che si preparava. Ma quanto ci metteva? Lei aveva invitato Vera e Johanna perché le dessero consigli sugli alberi da frutto che aveva comprato e intendeva piantare nei giorni successivi e non voleva che le due incrociassero suo marito.

Paul si sentì osservato.

"Già che sei qui, fammi un caffè che poi vado," ghignò.

Eva corse in cucina e obbedì. La credenza era di nuovo piena di mosche, eppure aveva tenuto le finestre aperte per pochissimo.

Suonarono alla porta. Le sue preghiere non erano state esaudite, le sue ospiti erano già arrivate, esageratamente puntuali, come tutti lì al Sud. Andò ad aprire.

"Chi è?" chiese Paul.

"Johanna e Vera, del club di giardinaggio."

Paul rivolse alle due donne uno sguardo fugace e un cenno di saluto, ma rimase in ascolto mentre Eva diede avvio alla conversazione. Paul si vantava di conoscere gli uomini, ma soprattutto le donne.

Aveva bollato le due come "non interessanti". Quella con gli zoccoli di legno, il camicione di lino e i capelli rossi rientrava per lui nella categoria "contadinella locale" mentre l'altra, una moretta snella con la coda di cavallo, non era male esteticamente, ma aveva l'aria battagliera. E le donne battagliere le trovava faticose.

"Vi lascio sole, signore, ho un importante appuntamento con la Edil Pannonia e l'amministrazione comunale," disse. "Vermetto, ci pensi tu a fargli vedere la casa?"

"Volevamo andare in giardino," lo liquidò Eva, passandogli accanto con le sue ospiti.

Paul lanciò in aria con gesto dimostrativo le chiavi della sua Bmw e le riprese al volo avviandosi in garage. "Ricordati che le richieste di finanziamento vanno spedite entro questa settimana."

"Lo so," rispose Eva innervosita. Tipico che volesse fare il boss davanti alle sue nuove amiche.

Con le Yeezy, che sbrasone, pensò Vera guardando Paul. Grazie a Letta era sempre aggiornata sui marchi di tendenza. Gli Achleitner devono essere davvero pieni di soldi. A Johanna il messaggio non era arrivato, aveva occhi solo per la rosa rosso arancio che spiccava sul muro del garage.

"Una rosa dei Fratelli Grimm, da fiaba, è perfetto che sia in mezz'ombra, così il colore resta più bello," osservò.

Eva fu ben lieta del diversivo. "Ho colto qualche bocciolo e ho messo i petali nello spumante assieme alle fragole. Posso versarvene un po'?" disse e distribuì la bevanda ghiacciata in tre bicchieri panciuti. Vera ne prese un sorso. Era buona, non troppo dolce, non troppo forte. Perfetta per una giornata primaverile come quella. "Gli alberi da frutto che ho comprato sono laggiù. Li ho presi in un vivaio locale specializzato in vecchie varietà."

Vera studiò le etichette sui tronchi. "Mele chiare, le adoro fin dall'infanzia. Non le trovi mai al supermercato perché stando lì diventano farinose, ma appena colte sono croccanti e fresche, agrumate, le migliori mele estive del mondo. E la bisnonna ne faceva sempre la composta, da mangiare con le frittelle di patate. Mia nonna, la bisnonna di Letta. È morta qualche anno fa. Noi ora viviamo in casa sua."

"Mica avrai comprato un sambuco?" esclamò Johanna sorpresa, sbarrando gli occhi.

"Sì, perché?" disse Eva. "Cosa c'è di strano? Mi piace l'albero, le bacche fanno bene alla salute e con i fiori si può fare lo sciroppo."

"Ma comprare il sambuco è assurdo, da queste parti cresce selvatico dappertutto. Laggiù ad esempio." Johanna indicò degli arbusti sul lato opposto della strada. "Vai lì e prendi quello che vuoi," aggiunse scuotendo la testa. Comprare il sambuco. Quei forestieri si facevano infinocchiare facilmente, avevano più soldi che cervello. Compravano l'aglio selvatico anche se i boschi ne erano pieni e i semi di tarassaco, che da qualche tempo erano in vendita al supermercato. Magari avrebbero comprato anche le ortiche se ci mettevano sopra un cartellino col prezzo.

"Dove li vuoi mettere gli alberi?" chiese Vera.

"Pensavo di piantarli qui lungo il muretto," rispose Eva, "così per raccogliere le mele ci salgo sopra."

"Allora dovevi comprarli d'alto fusto, perché quelli di medio e basso fusto di questa età non crescono più in altezza, solo in larghezza e ci vorranno cinque o sei anni prima che diano i primi frutti."

Eva era già disorientata da tutte quelle informazioni. Aveva un master in architettura del paesaggio ma si sentiva una sprovveduta. Vero è che all'università si era concentrata sugli spazi urbani, avendo a che fare con alberi adatti a parchi e viali più che con le particolarità degli alberi da frutto.

"Il sambuco ci mette di meno," la consolò Vera. "Potrai fare lo sciroppo già quest'anno."

Un furgone si fermò davanti all'astronave. "Sarà Finz con la terra degli inca," disse Eva. "Mi ha detto che mi portava il compost per le buche d'impianto."

Ci si rivede presto, pensò Vera osservando Finz che risaliva disinvolto il vialetto. Disinvolto era la parola giusta. Tutto in Finz era leggero e naturale, a differenza della maggior parte delle persone, che sembrano portare il peso del mondo sulle spalle, Finz aveva l'aria spensierata. Non solo aveva con sé i sacchi di terra inca promessi, ma anche un progetto. "In realtà, si dovrebbero piantare gli alberi a febbraio, ma quelli che hai comprato sono in vaso, non a radice nuda, quindi va bene anche adesso. Posso lavarmi le mani, per favore?" Si era sporcato maneggiando i sacchi di terra. "Certo, andiamo tutti dentro. Ho comprato dei salatini e del paté, qualcuno ne vuole?"

"E io ho portato una torta di mele," disse Johanna aprendo il suo cesto. "Non pensavate mica che venissi a mani vuote?"

Questo mangiare in continuazione qui al Sud mi rovinerà il fisico, pensò Vera. Finz non sembrava avere questa preoccupazione, perché si lavò le mani nel lavandino e poi si servì abbondantemente.

Vera trovò la casa splendida, ma ne aveva già viste di simili nei quartieri bene di Vienna o a Klosterneuburg. Cucina di design open space, molta pietra e metalli pregiati, lussuosi divani ad angolo e, sparsi qua e là, classici del design come la Lounge chair di Eames. Quadri costosi alle pareti e al posto delle finestre, grandi vetrate.

Johanna seguì lo sguardo di Vera: "Che finestroni, non vorrei doverli pulire".

"Paul dice che i vetri sono a effetto loto, autopulenti," rispose Eva. "La vista è fantastica, sì, ma da fuori si vede dentro e mi sento come in vetrina, soprattutto quando è buio. A volte ho anche un po' di paura quando sono sola. Ma Paul non vuole sentir parlare di tende."

Finz non partecipava alla conversazione. Delle vetrate non gliene fregava niente, per usare un eufemismo, ma trovava Eva carina. Indossava dei jeans blu scuro che evidenziavano il suo fisico minuto, scarpe da ginnastica bianche e una camicia bianca. Sembrava una modella della pubblicità di Ralph Lauren, mancavano solo il cavallo e il labrador. A occhio e croce doveva avere cinque, sei anni più di lui. Ed era sposata. La sua preda tipo.

Al momento nella sua vita non c'era nessuna donna interessante. Certo, avrebbe potuto risvegliare qualche ex, ma la sua ultima amante fissa lo aveva lasciato quando era rimasta incinta inaspettatamente. C'era da sperare che il bambino assomigliasse al marito e non a lui.

Studiò il viso di Eva. Era ovale e pallido, erano gli occhi a renderla così carina, grandi occhi azzurri luminosi come zaffiri, in contrasto con la pelle chiara e i capelli scuri. Quegli occhi lo affascinavano, perché sorridevano amorevoli, comprensivi. Finz si accorse che stava fissando Eva e distolse subito lo sguardo.

La porta d'ingresso si aprì e Paul apparve sulla soglia. Era passato così velocemente il tempo? Era stato via appena un'ora. Eva notò immediatamente che era di cattivo umore. "Questo sindaco è proprio un idiota," imprecò invece di salutare. "Zero visione, io e Zieserl proveremo ora sul versante della Stiria, speriamo che abbiano più cervello di questi cretini qui del Sud Burgenland."

Eva avrebbe voluto sprofondare. La situazione era tremendamente imbarazzante. "E questo chi è?" Paul aveva notato Finz che lo osservava, addentando tranquillo il suo Salzstangerl. Conosceva fin troppo bene i mariti collerici. Gli spiaceva per Eva che Paul facesse così lo stronzo.

"Il signor Kreishofer ci ha consegnato del terriccio," disse Eva.

"In cucina?" chiese Paul sarcastico. Ma non perdeva tempo con i fattorini. La sua attenzione tornò alla moglie: "Spero tu sia già andata in posta".

"No, ma volevo... insomma, non me ne sono dimenticata, stavo per andare, cioè, vado adesso," balbettò Eva. Vera cercò di capire come alleggerire l'atmosfera, ma non le venne in mente nulla. Che situazione. L'imbarazzo di Eva era tangibile.

Fu Johanna a intervenire. "Dovrebbe far dipingere la parete dietro i fornelli di un colore diverso," disse a Paul con un sorriso cordiale. "L'arancione attira le mosche. Può creare grossi fastidi in estate."

Era raro che Paul rimanesse senza parole, ma in effetti non sapeva cosa rispondere. Sul serio quella campagnola aveva messo in discussione il suo stile di arredamento?

E il peggio era che aveva anche ragione. Non poté fare a meno di pensare alla cucina componibile ideata per i complessi di case popolari progettati da Ernst May a Francoforte nel 1926, la cosiddetta Frankfurt Kitchen, esposta al Mak di Vienna. Sulle superfici visibili quella cucina era dipinta di blu-verde, perché secondo gli studiosi dell'Università di Francoforte le mosche evitano le superfici blu-verdi. Come mai non ci aveva pensato quando aveva progettato la cucina?

Paul si voltò in silenzio e uscì dalla stanza, era proprio una giornata no.

Sentiva montare l'ira come un'onda gigantesca, che lo attraversava provocandogli una sensazione di profonda inquietudine e impotenza.

Lo infastidiva che il sindaco di Buchschachen non avesse condiviso le sue visioni. Voleva davvero realizzare qualcosa in quel posto, un complesso turistico con seconde case che fossero più stilose dei soliti condomini dalle finestre minuscole e le orribili facciate variopinte con cui le cooperative edilizie in genere deturpavano il paesaggio. Lusso moderno e minimalista. Un progetto che attirasse persone cittadine di gusto. Persone come lui. L'architettura doveva stupire, ma allo stesso tempo soddisfare la nuova esigenza di rallentare i ritmi, e quella era la zona ideale. Distava circa un'ora da Vienna e da Graz, era quindi facilmente raggiungibile per il target urbano che, superate le infinite rotatorie, si ritrovava in un ambiente idilliaco. Dolci colline, natura incontaminata, vigneti, in certi punti sembrava di essere in Toscana. Un'enclave per chi era in cerca di tranquillità, perfetta anche come rifugio per i vip. Si sarebbero potute progettare anche delle dimore mirate a quel tipo di clientela. Le persone del luogo erano semplici e cordiali, non ostinate come in Tirolo o nel Nord del paese, un vip poteva starsene davvero in pace lì. Non c'era da stupirsi che il Sud Burgenland fosse già meta di tanti personaggi famosi, attori e musicisti. Si diceva che perfino David Bowie avesse cercato casa a Stadtschlaining. La gente del posto o era troppo villica per riconoscerli o si faceva scrupolo di assediarli, per timidezza.

Paul sapeva che doveva per forza appoggiarsi a Zieserl se voleva mettere in piedi il progetto. Aveva sempre considerato un segno di debolezza avere un partner, ma lì al Sud non poteva fare altrimenti. Nel Nord Burgenland era il capobanda, conosceva le regole e i personaggi chiave, lì invece navigava alla cieca, aveva bisogno di Harald per orientarsi. Ma quella sensazione di impotenza lo irritava. Conosceva le leggi della natura, solo i più forti sopravvivono. Doveva ristabilire il giusto rapporto di forza, e sapeva anche in che modo. Come si chiamava la moglie di Harald? Sylvia? Digitò il nome sul cellulare e arrivò subito al profilo social della donna. Sorrise compiaciuto alla vista della foto del profilo in cui Sylvia era in posa con le labbra arricciate. Poi le inviò una richiesta di amicizia.

7.
Paul il narcisista

Le farfalle sono considerate i delfini degli insetti, anche se in realtà sono esseri disgustosi. Si nutrono di carogne e bevono sangue, sudore e lacrime, addirittura la propria urina, con un tale abbandono che le si può catturare senza che se ne accorgano.

Il giorno seguente iniziò per Eva, come sempre, con un diluvio di rimproveri. "Com'è che non mangi niente? Siediti qui, come fanno le altre donne, siediti e mangia qualcosa. Fammi il favore."

Eva sentì una stretta allo stomaco. Non aveva proprio appetito, ma non voleva mettere a rischio un'altra volta la pace domestica per amore di Carla. Paul teneva molto alla colazione in famiglia la domenica, preferibilmente in terrazza, per mostrare ai vicini quanto fossero felici gli Achleitner. Proprio una famiglia modello.

Forse amava tanto le vetrate per esporre pressoché in permanenza quella vita da favola.

Il tavolo della terrazza consisteva in un piano unico di legno di quercia, poggiato su una struttura d'acciaio. Sopra le panche che lo attorniavano erano stese delle pelli di pecora grigie. Era maggio e faceva ancora freschino. Eva aveva apparecchiato in grigio e nero con pesante vasellame acquistato da una rinomata ceramista locale, che produceva anche stoviglie per famosi cuochi stellati. Un'atmosfera molto esclusiva e nordica. Paul prediligeva il design nordico, non altrettanto la cucina. Per i piatti con muschio e licheni non provava alcuna simpatia. Eva aveva messo in tavola uova strapazzate con prosciutto, un vassoio di formaggi con noci e spicchi di mela, uno Striezel e pane integrale fatto con le sue mani, senza impastatrice, come voleva Paul. Inoltre, aveva preparato un frullato di lamponi, barbabietole rosse, zenzero e curcuma. Le restava solo da fare il caffè.

"Sembri tesa, ti sta venendo il ciclo?" A Paul piaceva dare interpretazioni non richieste degli stati d'animo di Eva. Pallida, insoddisfatta, scontenta, nervosa, erano gli attributi che le assegnava anche quando faceva semplicemente tranquilla le sue cose, come il caffè in quel momento. Tu sei questo, tu sei quello. Sei sempre qualcosa.

Eva accennò un sorriso forzato passandogli accanto per uscire in terrazza e mise la caffettiera in tavola. "Prendo ancora la marmellata." Andò verso la dispensa a scomparsa e premette la porta che si spalancò. Marmellata di cotogne con peperoncino, pesca di vigna con cedrina, gelatina di rose... Eva aveva l'hobby di preparare marmellate insolite, ma la sua famiglia non le gradiva molto. Paul la mattina preferiva il salato, e Carla amava solo i gusti classici. Eva prese un bicchiere di marmellata di fragole con cioccolato bianco. Carla l'avrebbe considerata ancora "normale".

Tornata in terrazza, rimase sorpresa nel vedere Vera e Letta. "Abbiamo preso delle biciclette elettriche a noleggio a Oberwart e volevamo arrivare fino alla Meierhofermühle, ma ci siamo perse," disse Vera. Sembrava agitata. "Non vogliamo disturbare. Volevo solo chiedere se posso caricare il mio cellulare da te o usare il tuo. Avevo

Google Maps acceso e ha consumato così tanta batteria da scaricarlo. Senza il navigatore non troveremo mai la strada giusta in bici."

"Non disturbate affatto, sedetevi con noi. Stavamo per fare colazione, avete fame?" disse Paul gioviale.

Letta sbirciò avidamente la padella di uova strapazzate e prosciutto al centro della tavola. "Va bene, ma solo se davvero non siamo di troppo."

"Ma figurati, siamo felici di avervi qui. Carla, vai per favore a mettere in carica il telefono di Vera," disse Paul.

Gli piaceva invitare alla sua tavola le persone che pensava potessero tornargli utili. Il giorno prima, aveva pressoché ignorato Vera, ma nel momento in cui aveva scoperto che era una giornalista era scattato l'interesse. Si era ripromesso di informarsi su di lei, e ora ne aveva l'occasione.

Eva era la perfetta padrona di casa. "Vi porto subito piatti e posate, caffè per te, Vera. Letta, vuoi una cioccolata calda? Ho preparato anche un frullato, con la curcuma, che dicono faccia così bene."

"Posso avere anche io un caffè, per favore?" Carla guardò ammirata Letta, che evidentemente già aveva il permesso di bere caffè. Letta sembrava comunque più adulta di lei, adulta ed esotica, come la cantante albanese Dua Lipa, che a quindici anni già viveva da sola a Londra. Carla era una grande fan di Dua Lipa.

"Con molto latte, per favore," si affrettò a specificare Vera.

"Prendo solo un attimo il mio tablet e ti mostro le foto dei miei progetti," disse Paul con entusiasmo. Eva sapeva come sarebbe andata a finire. Paul avrebbe fatto scorrere le immagini sullo schermo perdendosi in descrizioni dettagliate e autocelebrative finché il caffè e le uova strapazzate non si sarebbero raffreddati. La colazione perfetta che Eva aveva preparato sarebbe andata sprecata.

"Tesoro, lasciaci mangiare prima," esclamò calcando il tono gentile.

"Ma no, dai," disse Vera. "Non ho appetito e davvero mi interessa. Ho già dato un'occhiata ad alcuni dei tuoi progetti su internet, Paul. Molto belli."

Il viso di Paul si illuminò.

Eva pensò alle innumerevoli volte in cui aveva dovuto assistere adorante alle azioni di Paul, che si aspettava approvazione, qualunque cosa facesse. *Persino quando appende un quadro, vuole che io stia lì ad annuire a ogni martellata*, pensò.

Prese la sua tazza di caffè e si mise a osservare Paul e Vera. Lui che parlava e spiegava come se fosse in gioco la sua vita, e la sua nuova amica, che lo seguiva interessata sorridendo. Paul era affascinante, eloquente e simpatico. Chiaro che le piaceva. Piaceva a tutti.

Le due ragazze si erano già da tempo ritirate in camera di Carla, da dietro la porta chiusa risuonavano le note di *New Rules*, un brano di Dua Lipa.

"Now I'm standing back from it, I never learn, I never learn."

"Abbassa un po' la musica!" gridò Paul.

"I finally see the pattern." *Finalmente vedo lo schema*, pensò Eva.

Paul si fingeva interessato a Vera, in realtà stava solo valutando come poterla sfruttare in seguito. Per la seconda volta in quella settimana, Eva ebbe la sensazione di essere l'unica in grado di decifrare Paul.

In passato, in un'altra epoca, Paul si era comportato così anche con Eva. L'aveva corteggiata, lusingata, irretita. Era pazzo di lei. Trovava adorabile la sua inesperienza, il fatto che lo ammirasse e si lasciasse guidare solleticava il suo ego. Era la sua donna ideale, l'unica che avrebbe mai sposato, e infatti l'aveva sposata. La sua moglie esemplare.

Ora non capiva cosa ne fosse stato di quella donna, era scomparsa da tempo, al suo posto aveva accanto una persona piagnucolosa e incapace, nei cui confronti nutriva sempre maggior disprezzo.

Dal punto di vista di Eva, la situazione era diversa. Più cercava di emanciparsi dal marito, più lui faceva di tutto per sminuirla. Paul era bravo con le parole, aveva sempre saputo come influenzare l'opinione che Eva aveva degli altri. Le instillava dubbi fino a farle perdere fiducia nelle sue stesse opinioni. Ci era quasi riuscito anche in riferimento ai genitori di lei. "La tua fragilità deriva sicuramente dall'infanzia, i tuoi genitori non ti hanno amato abbastanza," le aveva detto. Le proteste di Eva erano rimaste inascoltate, Paul si era limitato a ridere, sprezzante e supponente. Non riconoscere di avere un problema era la tipica reazione delle persone malate di mente come lei, le aveva detto, i traumi infantili vengono semplicemente rimossi, lo sanno tutti! Eva si era messa a piangere, colpita al cuore e Paul aveva definito il suo pianto isterico e folle, tipico di una persona ipersensibile, ma aveva centrato l'obiettivo, ossia renderla insicura. Eva aveva passato la notte a rimuginare sulla sua infanzia. Era successo davvero qualcosa? I suoi genitori non l'avevano amata, oppure lei non era abbastanza degna d'amore? La sua mente le diceva che aveva con i suoi genitori un rapporto perfettamente normale, nella media, al contrario di Paul, che nei confronti della propria madre non provava che disprezzo. "Una donna in carriera che se n'è fregata della famiglia per poi essere solo una segretaria oberata di lavoro e senza prospettive di avanzamento professionale." Non era quella la sua idea di vita familiare.

"Vermetto, sei di nuovo tra le nuvole, facci un altro caffè, che questo è già freddo." La voce di Paul strappò Eva ai suoi cupi pensieri.

"No, non disturbarti," intervenne Vera, "dobbiamo proprio andare. Letta!" Gridò forte il nome della figlia in direzione della casa. Ma il richiamo nulla poté contro la voce tonante di Dua Lipa.

"Vado a prenderla," disse Eva. "Carla sarà dispiaciuta che andiate già via. Le è simpatica Letta, me l'ha detto dopo la lezione di ballo. Inoltre, odia stare a casa con noi."

"Lo stesso vale per Letta. Carla può venire a trovarci domani, se vuole," disse Vera.

"Ci sentiamo, potresti scrivere un articolo su di me," disse Paul e baciò Vera sulle guance, lasciandole addosso un sentore di Terre d'Hermès. Poi rientrò in casa con passo elastico. Vera e la figlia andarono via in bici.

Eva si mise a sparecchiare. Il tablet di Paul era rimasto sul tavolo. Vide una notifica push in arrivo su Messenger. Non riuscì a staccare gli occhi dallo schermo. Leggendo il messaggio rimase di stucco: "Sylvia Zieserl ha accettato la tua richiesta di amicizia".

ELABORAZIONE DEL LUTTO
FASE 4

Due mesi a mezzo dopo la sua morte sono andata da una psicologa per l'elaborazione del lutto. Non è servito assolutamente a niente. Mi diceva che dovevo imparare a perdonare. Che cretinata. Ha solo confermato il mio sospetto che la gente studia psicologia perché ha il cervello bacato. I miei amici mi dicevano che mi ascoltavano volentieri, ma non potevano aiutarmi. Ero sola.

8.
Eva a casa della vicina

Nel Medioevo, la giustizia attribuiva agli animali dei sentimenti, una coscienza e quindi anche responsabilità giuridica. Un processo del 1520 vide dei tarli imputati di danneggiamento di mobilio. Anche le coccinelle finirono nel mirino della giustizia medievale: avevano divorato il raccolto nei campi e furono loro concessi tre giorni di tempo per sgomberare.

Eva aveva riflettuto a lungo su come potersi sdebitare con la vicina per le uova che le portava regolarmente. Alla fine aveva optato per una violetta africana in vaso e una bottiglia di prosecco, azzeccando in pieno. La vicina aveva una collezione di violette africane in tutte le sfumature del viola nella tromba delle scale.

Eva era certa che la donna fosse in casa per via del fumo che usciva dal camino. La vicina bruciava di tutto, cartone, carta, tutti i volantini del supermercato che arrivavano ogni giorno per posta. Bruciare era per molti in campagna il sistema tradizionale di smaltire i rifiuti. A volte il fumo che usciva dal comignolo aveva un colore strano, violetto come le piantine sulla scala e puzzava terribilmente. Vera preferiva non sapere cosa bruciasse la vicina in quei giorni.

Paradossalmente chi sporcava l'aria teneva moltissimo alla pulizia domestica. Si capiva già dallo zerbino con la scritta "Entrare con piedi e zampe puliti". Quando Eva suonò il campanello le corse incontro un maltese dal pelo immacolato, sbiancato dalla tolettatrice.

Il campanello aveva la suoneria di *The Final Countdown* degli Europe.

"Heinzi, mio marito, adora quel brano," spiegò la vicina. "Lo passano sempre alla radio. Io invece preferisco i cantanti melodici come Andreas Gabalier. Heinzi non lo sopporta, mi sa che è un po' geloso."

Eva le diede i regali e la vicina fu contentissima. "Il prosecco lo apriamo subito e poi mi racconti come vi trovate qui." Era una donna tarchiata, sulla cinquantina, con una pettinatura che a Eva ricordava i pupazzetti della Playmobil di sua figlia: un elmetto marrone scuro, come i leggings su cui indossava una maglietta fantasia arancio. Ai piedi calzava sandali dorati con la chiusura a strappo e la zeppa, un tentativo di essere alla moda senza rinunciare alla praticità. Il trucco risaliva alla mattina ed era ormai sfatto, sulle labbra dai contorni tatuati restavano solo tracce di rossetto mattone. Anche le sopracciglia erano tatuate, gli archi marrone scuro si alzavano e abbassavano ritmicamente mentre la vicina parlava. "Entra pure, ma prima pulisciti i piedi per favore." Il maltese annusò le gambe di Eva e poi le si abbarbicò, cercando di montarla. "Butzi, smettila. Basta Butzi, vergogna."

La vicina allontanò il cagnetto con il piede e lui tentò di morderle il velcro dei sandali senza successo. Le zampette sbiancate slittavano sul pavimento di laminato effetto faggio. "Scusa sai," disse, "Butzi si agita sempre per la contentezza quando abbiamo visite."

Fece entrare Eva nel soggiorno, che era in perfetto ordine. Presumibilmente aveva bruciato tutta la roba inutile che c'era in giro, la stufa di maiolica era ancora calda. Sul tavolo era posato un centrino fatto all'uncinetto. La vicina andò a prendere dei sottobicchieri di sughero, li posò sul centrino di pizzo e vi appoggiò sopra i calici da spumante. Cristallo molato. C'era anche un posacenere di cristallo, ma in casa non si fumava, conteneva i bollini di una catena di supermercati. Eva si guardò intorno: mobili di ciliegio a incasso, soprammobili ovunque, angeli, rose di porcellana. Un calendario con su degli aforismi. "La sincerità è un dono prezioso che non ci si può aspettare da persone da poco," diceva.

"Che bella casa," disse Eva per educazione.

"Sì, l'armadio a muro ce lo ha fatto un falegname dell'Oststeiermark, lavora bene e lascia pulito, passa persino l'aspirapolvere. Sul prezzo con lui ci si mette d'accordo," disse strizzando l'occhio a Eva con fare complice. "Caso mai potesse servirvi."

"Grazie sai, ma Paul ha già i suoi contatti."

"Era solo per dire." La vicina parve un po' irritata.

Eva guardò fuori. Un uccello stava in equilibrio sulla conifera di fronte alla finestra del soggiorno. Una mosca camminava sul vetro, ma non lo avrebbe fatto per molto, dato che un fiore adesivo impregnato di insetticida le sbarrava la strada. Le mantovane arancioni e le tende gialle facevano da variopinto scenario alla sua morte incombente.

La vicina aprì un sacchetto di salatini. Party-mix del discount.

"Raccontami un po' come ti trovi, sono felice che finalmente abbiamo di nuovo dei vicini. Fosse anche solo per i ladri. Uno si sente più sicuro. Il paese si è svuotato, i giovani si trasferiscono e lasciano andare tutto in malora. Oppure litigano per l'eredità. Nessuno vuole più lavorare. Hai sentito che il Michelbauer, su all'incrocio, ha diseredato il figlio? Perché ha il vizio del gioco. Poker online. Si mangerebbe tutto, è meglio che lasci il ragazzo a mani vuote e venda il casale a un prezzo esagerato a qualche stupido forestiero." Si coprì subito la bocca con la mano. "Non parlavo di voi, naturalmente, ma degli altri viennesi." Cadde un silenzio imbarazzato. La vicina prese il suo bicchiere.

"È bello poter finalmente brindare tra vicini!" disse alzandolo. "Ti vedo sempre affaccendata in giardino, hai messo nuove piante, vero?"

Eva annuì. "Ci siamo fatti portare la terra inca..."

"È una sciocchezza," la interruppe bruscamente la vicina. "Con quella roba biologica ti attiri le erbacce in giardino." Poi alzò il dito e con fare finto minaccioso aggiunse: "Guai a te se mi porti l'ambrosia dentro casa. Ma ti dico una cosa in confidenza. Per fortuna Heinzi riesce ancora a procurarsi il glifosato. Se mai dovesse servirti...".

"Be', io ci andrei cauta col glifosato, è cancerogeno," disse Eva.

"Stupidaggini, il cancro non ti viene per gli anticrittogamici. Viene dal cervello. La tipa che abitava prima in casa vostra si è ammalata di cancro alle ovaie, ma era psicosomatico, per via della separazione." La vicina scosse tristemente la testa. "Oggi la gente si separa con troppa facilità. Il matrimonio richiede impegno, fatica. Se Heinzi e io non ce l'avessimo messa tutta ci saremmo già lasciati da tempo. Ma la gente oggi pensa solo a divertirsi. Puro egoismo. Nessuna morale."

La vicina guardò pensierosa il suo bicchiere e poi Eva negli occhi, con fare indagatore.

"Ti faccio una confidenza: conosci Gerlinde, tre case dietro di te?"

Eva scosse il capo.

"Credo che si prostituisca. Tutti i pomeriggi manda i bambini a giocare fuori. Perché la mamma è stanca, la mamma deve sdraiarsi, la mamma deve riposarsi. E sulla strada parcheggiano delle auto sconosciute."

La vicina abbassò la voce e proseguì in tono cospiratorio.

"Sono sicura che riceve degli uomini. Ma non ti ho detto niente, eh? Potrebbe anche trattarsi del gigolò di Unterwart. Un arabo, un albanese o un afghano, uno straniero insomma. Fa dei lavoretti in casa e in giardino. Ma tutti sanno come stanno realmente le cose. È quello che succede quando gli uomini sono a Vienna tutta la settimana. Una volta nelle discoteche di Oberwart il giovedì era la serata delle donne. Ci si andava con le amiche, si ballava, si beveva qualcosa e poi si tornava a casa. Una cosa perbene. Ma oggi a Unterwart ci sono i gigolò orientali. Che mondo."

Eva rimase a bocca aperta. Un salatino coi semi di sesamo le si era attaccato al palato. Prese un sorso di prosecco per farlo andar giù, anche se cominciava a girarle la testa. "Posso avere un bicchiere d'acqua, per favore?"

"Certo, abbiamo un filtro per l'acqua, che evita che il calcare e le impurità si depositino nelle tubature. Heinzi era tecnico idropotabile, meglio che non ti dica cosa si trova nell'acqua del rubinetto."

Eva era disorientata, ma la vicina non la smetteva più di parlare. Passò in rassegna tutti gli abitanti del paese, nascite, matrimoni, divorzi, chi era morto, chi stava per morire, o quantomeno era pronto per l'ospizio. Con grande disappunto della donna, Eva non conosceva nessuno degli interessati. Non c'era gusto a spettegolare.

"Ma come? Non avete ancora fatto conoscenze?" chiese frustrata.

"Sì, gli Zieserl sono venuti a cena ieri."

"Ah, gli Zieserl."

"Che c'è che non va?"

"Be', la Zieserl non è raccomandabile."

"In che senso?"

"Che è una poco di buono. Se fossi in te starei attenta, quella ti ruba il marito! A proposito, proseguendo verso il bosco da casa vostra c'è un punto dove è pieno di preservativi. Vanno tutti nel bosco a scopare. Ti va un liquore all'uovo? Me n'è rimasta una bottiglia da Pasqua."

Eva non lo accettò. Aveva la nausea, non sapeva se per via del pettegolezzo, perché aveva bevuto troppo o per il fumo tossico che probabilmente ancora stagnava su quella casa. "Mi sa che devo andare, la nuova donna delle pulizie viene oggi per la prima volta e devo spiegarle tutto."

"Spero che non sia un'ungherese, sono così lente," disse la vicina.

Eva guardò l'orologio. La donna delle pulizie ungherese sarebbe arrivata solo mezz'ora dopo, ma lei aveva voglia di farsi una doccia. Anche se aveva passato l'ultima ora in una casa pulitissima, all'improvviso si sentiva sporca.

Appena Eva fu andata via, la vicina prese il telefono. "Gerlinde, ciao, sono io. Sei sola? No? Allora manda fuori i bambini se fanno così rumore. Devo dirti una cosa. Sai, la forestiera è appena uscita da casa mia. Non ci crederai, la Zieserl è già stata da loro. Mi mangio una scopa se non è già andata a letto con l'architetto. È proprio il suo tipo. Ti ricordi il macellaio con cui aveva una relazione prima? Era identico a lui. Lo stesso genere di uomo. Somiglia a Hillinger, l'attore. Lei com'è, Eva dici? Carina. Un po' ingenua. Compra anche lei quella terra cara ammazzata. La madre dei cretini è sempre incinta. Senti Gerlinde, adesso devo lasciarti. Suonano alla porta. È arrivato il giardiniere."

Risuonarono le note di *The final countdown*. La vicina andò ad aprire. L'uomo avrà avuto vent'anni e, non fosse stato per la barba scura corta e curata, ne avrebbe dimostrati anche meno. Fine di lineamenti aveva gli zigomi alti e occhi allungati, scuri come le gocce di cioccolato. I folti capelli neri erano pettinati all'indietro con il gel. Era solo leggermente più alto della vicina. Aveva un che di femmineo e virile al contempo. Indossava i jeans, una maglietta e scarpe da ginnastica, vecchi, ma in ordine, proprio come la bicicletta che aveva con sé.

La vicina andò in garage e tornò con un erogatore per diserbante. "Oggi tu pulire fughe terrazzo, capito? Ma attenzione, non respirare niente, è veleno. E poi entrare, fare doccia. Io aspettare te."

9.
La quotidianità di Vera

I gatti sono predatori e in caso di necessità si nutrono di qualsiasi cosa pur di sopravvivere – anche di carne umana. Prediligono i cadaveri in stato iniziale di decomposizione di cui addentano le parti esposte come naso, bocca, mani o piedi.

“Rexi, Reeexi, Reeeeeeexxxxxxxiiii.” Le urla svegliarono Vera di soprassalto. Guardò il display del cellulare poggiato sul comodino. Le 5.35. “Reeeeeexxxxxxxxiiiiii, dove ti sei cacciato, vieni qui su, dai Rexi, dov’è il mio Rexi, bravo vieni dalla padrona, REEEEEXXXXXIIIII.” La vicina si sgolava ma Rexi si fingeva sordo, o lo era diventato sul serio. Con un gran sospiro Vera si tirò la coperta sulla testa. La tranquillità della campagna era un mito. La vicina aveva fatto uscire come ogni mattina il suo pastore tedesco e Rexi – come ogni mattina – non ci pensava proprio a rientrare. Vera aveva simpatia per la vicina e anche per Rexi, ma ormai era impensabile riaddormentarsi e inoltre era quasi ora di alzarsi. Scese dal letto e andò assonnata alla finestra per vedere che tempo faceva. Era grigio e ventoso, sembrava novembre più che inizio maggio. Rexi stava alzando la zampa per fare pipì sul sacco giallo dei rifiuti in plastica che Vera il giorno prima aveva messo sul ciglio della strada.

Lì in campagna la raccolta differenziata dei rifiuti era effettuata in giorni prestabiliti a seconda delle zone, ma solo in pochi conoscevano a memoria il calendario, in genere andavano per imitazione. Difficile immaginare cosa sarebbe successo se qualcuno per scherzo avesse messo fuori la carta il giorno della raccolta della plastica, ad esempio. Il paese sarebbe piombato nel caos.

Il vicino di fronte aveva messo fuori un sacco nero, probabilmente aveva esaurito i sacchi gialli messi a disposizione dal comune. Accanto alla spazzatura c'era una confezione da sei di birra Puntigamer, chiaramente un tentativo di corrompere i netturbini in modo che chiudessero un occhio. *Un giorno scriverò un libro su tutto questo*, pensò Vera, aprendo lentamente la porta del rifugio di Letta. "Letta, alzati, oggi c'è scuola."

Letta brontolò stizzita. Il fatto che lo scuolabus passasse alle 6.40, perché lì in campagna la scuola iniziava alle 7.25, per lei era una tortura. "Però così alle 13.00 sei libera," l'aveva consolata nonna Hilda. Ma per far cosa? In quella landa desolata i pomeriggi erano interminabili e noiosi. Vera mise acqua e caffè nella Bialetti e la posò sul fornello.

Non sapeva se fosse accettabile che una tredicenne bevesse caffè italiano forte, ma per Letta non c'era altro modo di iniziare la mattina e in ogni caso aggiungeva molto latte. Impensabile farle mangiare qualcosa a quell'ora. Vera le preparò uno spuntino, una mela che la ragazzina avrebbe portato avanti e indietro per settimane prima di gettarla via, ormai ammaccata e marcia, e un panino integrale con hummus e peperoni che invece sarebbe finito da subito nella spazzatura. Letta si sarebbe presa al distributore automatico una merendina zeppa di conservanti e grassi idrogenati, ma Vera non aveva più voglia di affrontare l'eterna discussione sulla merenda a scuola. Decise di comprare delle compresse di vitamine in farmacia, per compensare.

Letta indossò di malavoglia il giubbotto di jeans e, zaino in spalla, si avviò alla porta. “Ciao, tesoro mio, divertiti,” la salutò Vera allegramente.

“Di sicuro lo farò,” rispose Letta. “Tra due anni. Non appena potrò lavorare tornerò a Vienna.”

“Non abbandonerai la scuola, prenderai la maturità!” le gridò dietro Vera, ma la porta si era già richiusa.

Vera fece un respiro profondo. La gatta le si strusciò contro le gambe, aveva approfittato dell’uscita di Letta per entrare alla velocità della luce dalla porta aperta. Quella gatta grigia, vecchia, spelacchiata e senza nome era in casa della bisnonna già da prima che Vera e Letta vi si trasferissero. Non apparteneva a nessuno e mangiava da chiunque avesse la bontà di nutrirla. Vera aveva il cuore tenero. Aprì una scatoletta di cibo per gatti, infastidita che una parte del contenuto le schizzasse ogni volta sulla mano. Prima o poi avrebbe scritto un’e-mail di reclamo al produttore, non poteva progettare diversamente il coperchio?

Era di umore pessimo, e non solo perché era stata svegliata dalle urla della proprietaria di Rexi; perché Letta voleva abbandonare la scuola e perché si era sporcata la mano di disgustoso cibo per gatti. Per la prima volta nella sua vita, non sapeva davvero come andare avanti.

Non aveva quasi più soldi sul conto e, peggio ancora, non aveva prospettive.

Aprì il computer portatile per controllare la posta.

La prima e-mail era della banca. Il suo consulente le aveva girato una comunicazione. Probabilmente aveva utilizzato tutto lo scoperto garantito. Vera cancellò l’e-mail. Era questo il lato positivo della digitalizzazione, l’avatar del consulente, che in ogni caso non aveva mai incontrato, poteva marcire nella casella di posta.

Le squillò il cellulare. Era Eva. "Ciao, tutto bene?"

"Oh ciao, grazie, sono al computer." Almeno così dava l'impressione di avere un'occupazione. Non c'era bisogno di specificare che era quasi arrivata al punto di guardare i video di gattini su internet. "Senti, ti chiamo appunto per lavoro. Hai detto che scrivi anche testi per siti web. Bene, Paul ora ha un nuovo studio di progettazione e avrebbe bisogno di aiuto per il sito." Vera drizzò le orecchie. Veniva proprio a fagiolo.

"Al momento non può pagare molto," aggiunse Eva, smorzando il suo entusiasmo. "Sta ripartendo con l'attività, sai. Ma non serve un testo lungo, solo la homepage, una breve bio e magari la descrizione di un paio di progetti perché la gente qui possa farsi un'idea di chi è e cosa fa." Eva specificò l'importo dell'onorario proposto. Era bassissimo, meno della metà del prezzo delle sneaker alla moda che indossava Paul. Un'agenzia di Vienna per quella cifra non avrebbe prodotto più di tre righe di testo, ma Vera non era più a Vienna. Accettò lo stesso, a denti stretti. Le merendine di Letta in qualche modo doveva pur pagarle.

"Ti mando subito un'e-mail con tutte le info."

"Va bene, grazie, ci vediamo comunque alla prossima riunione del club di giardinaggio." Mentre Eva la salutava, Vera stava già digitando il nome di Paul sul motore di ricerca. Le immagini che vennero fuori non dicevano molto, foto di abitazioni moderne squadrate come le case fatte con i lego, ma non altrettanto colorate, oppure ritratti lusinghieri di Paul. Paul che stringeva la mano al governatore della regione, Paul a un evento sul tema "Abitare il futuro", Paul alla cerimonia di posa della prima pietra del "Paradiso del Seewinkel". Era molto bello Paul, carismatico, in tutte le foto aveva la postura e il sorriso del vincente. Vera, che era seduta ingobbita davanti al portatile, raddrizzò inconsciamente le spalle con una smorfia.

Avviò una nuova ricerca a tema "Paradiso del Seewinkel". Gli articoli che trovò in rete riprendevano pari pari i testi del materiale promozionale. Lussuose residenze sul lago, architettura contemporanea, rilancio dell'immagine della regione. Gli elogi si sprecavano. Un'unica rivista fiutava violazioni delle norme di tutela dei luoghi patrimonio dell'umanità dell'Unesco che si applicavano alla regione del lago. Nei commenti all'articolo si era scatenato un acceso dibattito tra i paladini del complesso residenziale e gli ambientalisti. Un commento in particolare attirò la sua attenzione: "Tanto le case non dureranno a lungo, sono già piene di muffa e umidità," scriveva un certo Costa Pannonius.

Vera avviò un'altra ricerca digitando "Paradiso del Seewinkel" e "difetti di costruzione". Bingo! In men che non si dica, trovò una chat in cui gli acquirenti lamentavano varie problematiche. Crepe nell'intonaco, macchie di umidità tra vetrate e pareti, tetti piatti da cui pioveva dentro. A quanto pareva i lavori di riparazione erano ancora in corso. Chissà se l'azzimato Paul aveva fatto un passo falso. Strano che i media non ne avessero parlato.

"Non devi scrivere un articolo investigativo, ma fare pubblicità al tipo," si rimproverò Vera. "È per questo che ti paga."

Ciononostante rimase seduta davanti al computer ancora un bel po'. Finché non fu bruscamente strappata ai suoi pensieri da un chiocciare eccitato. Corse fuori. In una delle fioriere di fronte alla casa c'era un uovo e una gallina andava su e giù per il giardino. Vera non credeva ai suoi occhi. Era certa di non avere una gallina. E lo stesso valeva per i suoi vicini. Da dove saltava fuori? La gallina era rossiccia screziata di bianco e sembrava un po' male in arnese. Il collo era spennacchiato. Presumibilmente era l'ultima nella scala gerarchica del pollaio, fuggita in cerca di un luogo sicuro in cui deporre. Vera prese in mano l'uovo, era ancora caldo. La gallina si allontanò in direzione dell'orto e si mise a zampettare sulla lattuga che cresceva in una delle aiuole. *Fantastico*, si disse Vera. Per un attimo pensò di scacciarla, ma un uovo fresco in cambio di qualche misera pianta di lattuga era un buon affare. E poi Letta amava gli animali. Forse la gallina l'avrebbe distratta dai cattivi pensieri.

Vera temeva per la figlia da quando si era accorta che prendeva tutto quello che c'era di affilato in casa: coltelli, forbici, lame di rasoio, taglierini, vetri rotti, ecc.

L'autolesionismo è uno strano fenomeno: mentre la maggior parte delle persone evita istintivamente il dolore o il danno fisico, altre si tagliano. Di solito si tratta di adolescenti, per lo più ragazze.

Letta non ricordava nemmeno più come aveva iniziato. In realtà era andata nel solito modo, stress a scuola, discussioni con la madre. Le due avevano litigato e Letta si era chiusa nel bagno del vecchio e spazioso appartamento viennese. Il rasoio di Vera era appoggiato sul bordo della vasca, Letta lo aveva preso e si era passata la lama molto lentamente sull'avambraccio sinistro. Una volta. E poi ancora. E ancora. Era stata una bella sensazione, le aveva dato sollievo. Quel giorno per la prima volta si era tagliata.

Per mesi era riuscita a nascondere i sanguinamenti e le cicatrici. Portava le maniche lunghe anche in piena estate quando fuori c'erano trentacinque gradi. Per le lezioni di educazione fisica si cambiava in bagno e nascondeva gli avambracci sotto delle polsiere e un'infinità di braccialetti.

Vera era stata informata della "cosa" dal coordinatore della classe del liceo viennese che Letta frequentava all'epoca. Alcune mamme della classe si erano lamentate dicendo che Letta aveva "contagiato" le loro figlie.

Vera le aveva strappato la giacca di dosso e aveva visto le cicatrici. Quelle vecchie biancoargentee, geometriche come una ragnatela. Quelle nuove rosse e gonfie. Cicatrici che erano prova di disperazione.

"Perché lo fai?" aveva chiesto Vera.

"Mi aiuta a sopportare la tristezza," aveva risposto Letta. Da dove le veniva quella tristezza? Silenzio.

"È molto comune adesso tra le ragazzine," avevano detto le amiche di Vera per rassicurarla. "Noi avevamo tutte disturbi alimentari, le adolescenti di oggi si tagliano. È una moda."

Ma Vera era comunque rosa dai sensi di colpa. Letta era diversa, già al primo sguardo, per via del colore della pelle, e di questo lei aveva tutta la responsabilità.

"Letta non si sente se stessa," aveva sentenziato la psicologa scolastica. "Si guarda da fuori. In una situazione del genere il dolore almeno provoca una sensazione, nel momento in cui sanguina lei si rende conto di essere ancora viva."

"Letta idealizza la sofferenza," aveva detto il coordinatore. "Abbiamo letto *I dolori del giovane Werther* e mentre il resto della classe pensava che Werther esagerasse rendendosi patetico, Letta lo difendeva a spada tratta."

Vera aveva fatto seguire Letta da uno psichiatra. Dopo dieci sedute aveva smesso di tagliarsi, ma continuava a essere triste. Le altre mamme avevano impedito alle figlie di frequentarla.

"Deve stare in campagna, qui cambierà testa," aveva detto nonna Hilda. E, considerata la situazione lavorativa di Vera, trasferirsi nel Sud Burgenland era in ogni caso l'unica soluzione. Nuova scuola, un nuovo inizio, nuovi amici. Lezioni di danza, perché Letta ritrovasse il contatto col proprio corpo. Vera sperava che le sue aspettative si realizzassero.

ELABORAZIONE DEL LUTTO
FASE 5

Ho stabilito dei piccoli rituali che mi aiutano ad affrontare la sua morte. Quando la sofferenza è insopportabile mi metto ad accarezzare degli oggetti che mi ha lasciato.

Vado ogni giorno al cimitero e pulisco la sua tomba con la stessa energia con cui lavavo i vetri di casa nostra. Parlo molto con lui, come se mi stesse accanto. E a volte mi risponde. Mi dice: “Devi fare qualcosa. Non devi permettere che lui la passi liscia”.

10.
Paul e la Zieserl

Nelle mosche un'area particolare situata nella regione dorso-frontale dell'occhio dei maschi, il cosiddetto "punto dell'amore" è deputata a individuare e inseguire le femmine. Questo "spot" serve a tenere d'occhio una potenziale partner in volo.

Paul sapeva che il modo migliore per mentire è non discostarsi molto dalla verità. Disse a Eva che doveva andare a Graz per incontrare l'ingegnere civile di cui, in mancanza della laurea in architettura, aveva bisogno per il timbro sui progetti. Sylvia Zieserl, invece, aveva detto al marito che doveva andare a Graz da un chiropratico perché soffriva di dolori alla schiena da quando si era rifatta il seno. La mastoplastica additiva era stata il suo regalo per il quarantesimo compleanno. Ora sarebbe stato lui a beneficiarne, Paul non aveva dubbi in proposito. La Zieserl aveva accettato immediatamente la sua richiesta di amicizia su Facebook. Anche suo marito peraltro, povero ingenuo.

Paul sapeva che si sarebbe scopato la Zieserl fin da quando le aveva acceso la sigaretta la prima sera. Lei lo aveva guardato in modo inequivocabile. Aveva capito subito che aveva una possibilità, lo capiva sempre prima. Conosceva quel genere di donna, una che in passato si era data un gran da fare e poi, per puro calcolo, aveva accalappiato un uomo ricco ma noioso, che non aveva mai capito come soddisfarla. I momenti clou della coppia erano gli appuntamenti mensili con l'alta società di Oberwart. Ma ora le cose sarebbero cambiate. La Zieserl era già seduta al caffè quando Paul arrivò. Aveva deliberatamente tardato un po'. L'esperienza gli aveva insegnato che lasciare una donna sulle spine portava i suoi frutti. Sylvia era sexy, top attillato e scollato, reggiseno push up, gli occhi evidenziati dalla matita nera. Guardò Paul e disse fredda: "Se vogliamo fare conoscenza, meglio che ti sbrighi, sto per andarmene".

Paul alzò le sopracciglia divertito. "Allora non perdiamo tempo."

***

Quando Paul rientrò da Graz verso le 22 Eva percepì subito qualcosa di strano in lui, l'aria soddisfatta che aveva sempre quando riceveva conferma della sua virilità. Lo annusò furtivamente quando la salutò con un bacio sulla bocca. Aveva lo stesso odore di sempre, né fresco di doccia né sudato, asettico, come se dopo il sesso si fosse lavato senza bagnoschiuma. Lo aveva già sperimentato in passato. Forse si stava solo facendo dei film. Paul le aveva promesso che il trasferimento al Sud avrebbe segnato un nuovo inizio anche nel loro rapporto.

"Carla è già a dormire. Noi abbiamo mangiato la pasta al forno, vuoi che te ne scaldi un po'?"

"Non ho fame, ho mangiato con Nemeth. Ogni volta si aspetta che offra io, come se già non lo pagassi abbastanza per quel suo stupido timbro."

Eva annuì comprensiva. L'avidità di quel Nemeth era una piaga per il suo consorte, architetto mancato.

“Ma ho fame di qualcos’altro!” disse Paul candidamente. Eva indossava pantaloni del pigiama rosa a cuoricini bianchi, una maglietta verde col cappuccio e calzini rosa di spugna. Di sesso voglia zero, ma quando Paul sorrideva, aveva ancora quella fossetta sulla guancia sinistra di cui si era innamorata a quindici anni.

“Vieni qui, ho avuto una giornata davvero stressante, potresti aiutarmi a rilassarmi.” Eva esitò. Da madre pressoché single, aveva avuto anche lei una giornata stressante. Non ne aveva voglia, ma Paul era così di buon umore, lo preferiva di gran lunga allegro piuttosto che cinico e aggressivo. Inoltre erano davvero secoli che non facevano l’amore. Quello poteva essere il momento buono, magari l’avrebbe riconciliata col sesso. Che cosa strana, meno fai sesso, meno te ne viene voglia. Almeno nel suo caso.

“Potremmo anche riaprire la cesta dei giocattoli,” le sussurrò Paul all’orecchio.

Eva si bloccò. All’uscita di *Cinquanta sfumature di grigio*, dieci anni prima, a Paul era venuto il trip del bondage e aveva trasformato la palestra in una camera sadomaso. Con suo grande disappunto Eva non aveva gradito affatto la cosa. Come madre di una bimba piccola subiva già la tortura delle notti insonni e dei capezzoli doloranti per l’allattamento, aveva bisogno di tenerezza e di sonno, non di un marito che le mettesse le pinze sul seno.

Per fortuna tutto finì quando, con Carla più grandina, divenne impossibile dedicare una stanza della casa di famiglia a quelle pratiche. Gli accessori sadomaso caddero nel dimenticatoio, Eva non sapeva neanche più dove fossero. Paul sorrise suadente. “Oppure potresti succhiarmelo.” Era davvero eccitato. Si era sbaciucchiato con la Zieserl in macchina quando l’aveva accompagnata alla sua auto, che aveva lasciato nel parcheggio sotterraneo di Graz, e tutto era andato secondo i piani. Ma poi lei era ricorsa allo stupido trucchetto del "non sono una donna facile" e se n'era andata.

Facendo l'amore Eva e Paul paradossalmente pensarono entrambi alla Zieserl. Paul perché era ancora eccitato dalle sue tette ed Eva perché dubitava che Paul e la donna fossero davvero solo amici su Facebook.

Dopo, mentre lui dormiva russando piano, Eva entrò di soppiatto in bagno. I vestiti di Paul erano poggiati sul bordo della vasca. Frugò nelle tasche dei pantaloni e trovò il portafoglio in quella anteriore destra. Eva lo aprì con mani tremanti. Doveva avere la certezza. Tirò un sospiro di sollievo quando sentì sotto le dita la bustina con il contenuto circolare. Eva non prendeva la pillola. Paul teneva sempre nel portafoglio uno dei suoi preservativi di una marca particolare, usava solo quelli. Il preservativo era ancora al suo posto.

11.
Sapone fatto in casa

Gli scorpioni sono presenti anche nel Sud dell'Austria. Durante la stagione degli amori, le femmine emettono una sostanza che attira i maschi. Una volta che i maschi hanno trovato una femmina disponibile, la afferrano per le chele in una sorta di danza di accoppiamento che a volte dura ore intere.

"Pezzo profumato alla lavanda", scriveva Johanna sulle etichette con la sua grafia allungata e angolare quasi quanto il corsivo gotico di sua nonna. Provava ancora rabbia ripensando al colloquio con l'ispettore alimentare, che le aveva vietato di vendere i suoi saponi naturali finché non avesse adempiuto alle norme vigenti.

Johanna si era informata e le modifiche strutturali e i costi di installazione di una cucina dedicata sarebbero stati anche un ostacolo superabile, ma poi avrebbe dovuto commissionare a un laboratorio una costosa valutazione della sicurezza per ogni singolo tipo di sapone, cosa impossibile, visto che ne inventava sempre di nuovi. Avrebbe dovuto far approvare anche le etichette, dietro un cospicuo pagamento. I costi sarebbero cresciuti spropositatamente e lei avrebbe incassato solo pochi centesimi a pezzo.

Le grandi lobby hanno fatto un ottimo lavoro introducendo tutte quelle regole fino a rendere impossibile saponificare a casa, pensava Johanna irritata. Odiava le ingiustizie. Fare il sapone era da secoli un'attività artigianale. Il sapone era pulito. Il sapone era utile. Il sapone aveva salvato milioni di vite durante la pandemia.

Però aveva trovato il modo di aggirare l'ostacolo denominando i suoi saponi "profumatori per la biancheria intima". Se poi la gente li usava diversamente lei non ne poteva nulla. Cosa avrebbe avuto da ridire l'ispettore alimentare?

Johanna avrebbe condiviso le sue esperienze con le altre donne del "Club del pollice verde". Se erano in tante potevano ribellarsi tutte assieme alle restrizioni imposte dai lobbisti, dare avvio a una rivoluzione del sapone. Sarebbe stato liberatorio.

Eva era da sempre interessata all'argomento, magari in famiglia i saponi avrebbero riscosso più successo delle marmellate. Anche Vera era intrigata dall'idea di fare il sapone in casa.

Erano arrivate anche le altre, tutte con il cesto di vimini d'ordinanza, che stavolta conteneva vari ingredienti per la saponificazione. Fiori secchi, semi di papavero, crusca di frumento, oli essenziali. Johanna aveva procurato gli ingredienti base.

Il corso si teneva nella cucina professionale che aveva allestito nel garage, proprio accanto al negozio, dotata di un lavello profondo per lavare le verdure dell'orto, un fornello a sei fuochi per preparare marmellate, sughi e chutney, innumerevoli scaffali in legno per le provviste e un grande tavolo da lavoro. Gli scaffali e i piani di lavoro erano ora ricoperti di carta di giornale.

Johanna sembrava pronta a eseguire un intervento chirurgico, con occhiali protettivi, mascherina e spessi guanti di gomma.

"La saponificazione non è pericolosa se si seguono attentamente la ricetta e le norme di sicurezza," disse. "Ma produciamo una lisciva, che è corrosiva, quindi non deve entrare a contatto con gli occhi o la pelle. Se vi finisce sulla pelle, usate l'aceto per neutralizzare. La lisciva si forma mescolando la soda caustica con acqua. Trovate la soda caustica in farmacia da Isabella. Attenzione alle dosi, vanno rispettate al grammo."

Vera non aveva mai visto la soda caustica, erano cristalli simili al sale marino, ma ingerirli sarebbe stato letale. Johanna misurò l'esatta quantità di soda con un bilancino, quindi la versò con cautela in un recipiente di plastica contenente la dose d'acqua necessaria. Il composto iniziò a fumare e a puzzare, sembrava di stare a lezione di chimica a scuola, per fortuna la porta del garage era spalancata. Johanna posò il recipiente sul tavolo fuori.

"Non bisogna inalare i vapori. Per via della reazione chimica ora la lisciva è anche molto calda, dobbiamo aspettare che si raffreddi e arrivi a quaranta gradi. Nel frattempo portiamo i grassi e gli oli alla stessa temperatura. A chi va di farlo?"

"Io no, sto già tutto il giorno davanti ai fornelli" mormorò Mathilde, la cuoca tatuata. Eva si offrì volontaria e si mise a scaldare gli ingredienti a fiamma bassa, misurando più volte la temperatura con un apposito termometro.

"Tutto a quaranta gradi," comunicò infine fiera.

"Adesso versiamo la lisciva nella miscela di oli e grassi. Per ricordarci cosa va versato dentro cosa c'è un trucco, pensiamo che è la soda che si versa nel water per pulirlo, non il water nella soda. E ora mescoliamo," disse impugnando il frullatore a immersione. "La fattucchiera moderna può tranquillamente avvalersi della tecnologia."

Il gruppo osservava con trepidazione il liquido incolore intorbidirsi e addensarsi sempre più, fino ad assumere dopo dieci minuti la consistenza di un budino. "Ora dividerò il composto versandolo in piccoli contenitori così potrete arricchire con olio, profumare e colorare il vostro sapone individualmente. Ma prima indossate gli indumenti protettivi. Nel momento in cui il composto sprigiona un profumo delizioso molte persone dimenticano di prendere le precauzioni necessarie."

Vera optò per un sapone con effetto esfoliante. Aggiunse al composto base semi di papavero, olio essenziale di limone e una buona dose di olio di semi di papavero. Eva scelse di fare un sapone alle erbe dell'orto, con salvia, erba moscatella e rosmarino. Le altre preferirono ingredienti culinari come miele e caffè, olio di noci e farina d'avena.

"Ora potete versare il sapone negli stampi che avete portato," disse Johanna. Per lo più si trattava di vecchi tupperware, solo "Guerilla Grete" aveva con sé degli stampi in silicone a forma di rosa per il suo sapone alla rosa.

"I contenitori vanno tenuti coperti per una notte, poi inizia la seconda fase della saponificazione, la cosiddetta 'fase del gel'. Dopo ventiquattro ore, il sapone è duro e si può tagliare a pezzi. Poi si lascia riposare per altre otto settimane prima di usarlo. Così è più delicato. Ecco la ricetta base, ve l'ho stampata."

Eva scorse il foglio: "Cavolo, ho dimenticato di aggiungere olio alla fine," lamentò. "È un problema?"

"Purtroppo sì," rispose Johanna. "Gli oli in cui abbiamo versato la soda vengono completamente saponificati. Si aggiunge olio alla fine per rendere il sapone idratante e delicato. Probabilmente ora il tuo sapone va a seccare troppo la pelle. Vuoi ricominciare dall'inizio? Possiamo togliere il sapone dallo stampo e rimetterlo nella pentola, riscaldarlo di nuovo e aggiungere gli oli. È solo un po' laborioso."

"No, non preoccuparti." Eva parve delusa.

“Ti darò un po’ del mio sapone quando sarà pronto,” la consolò Vera.

“Il tuo puoi farlo a scaglie e usarlo al posto del detersivo,” suggerì Johanna.

Eva storse la bocca. Paul mostrava tolleranza zero per quegli “intrugli da streghe”, come li definiva. Già immaginava la faccia che avrebbe fatto se una delle sue camicie immacolate fosse uscita dalla lavatrice tutta puntinata di erbette.

“Io vado,” disse Eva e salutò velocemente le altre partecipanti al corso. In qualche modo il progetto fallito del sapone l’aveva depressa. Si sentiva ancora più incapace e insignificante del solito.

Mentre usciva dal negozio di Johanna per dirigersi al parcheggio, una moto frenò fermandosi al suo fianco. Una Harley Davidson. Il motociclista si tolse il casco a scodella e si passò le dita tra i capelli arruffati. Era Finz. Indossava jeans strappati, la maglietta di un festival rock e un giubbotto di pelle. *È esattamente il tipo da cui i miei genitori mi mettevano in guardia*, pensò Eva. Se solo avessero saputo che il pericolo poteva arrivare tutto impettito in scarpe di camoscio e maglione di cachemire.

“Che succede, avete già finito?”

“No, ma mi sono stufata. Che ci fai qui?”

“Ero in giro, mi sono ricordato che oggi voi streghette avevate l’incontro settimanale da Johanna e ho pensato di fare un salto.”

“Non sapevo che avessi la moto.”

“Non è una motocicletta, è un chopper, piccola,” disse Finz con voce impostata.

Eva riconobbe la battuta e scoppiò a ridere: “*Pulp Fiction* vero?”.

“Sì, facevo il verso a Bruce Willis ma questa non è un chopper è una Sportster.”

Eva non capiva niente di moto ma annuì come se la conoscesse.

Finz le sorrise. "Vuoi fare un giro?"

Eva si morse il labbro inferiore. Non era mai salita su una Harley Davidson.

"Senza casco?"

"Puoi metterti il mio."

"E tu?"

"Faccio attenzione. Andiamo solo su strade asfaltate, ok?"

Eva esitò. Da una parte non voleva che lui la prendesse per una noiosa casalinga borghese. E comunque andare in moto è una delle cose da fare almeno una volta nella vita. Anche se poi magari dopo ti riprometti di non farlo mai più.

Lui le porse il casco. "Dai, sali. Abbracciati a me e rilassati."

Rilassarsi era più facile a dirsi che a farsi. Eva trasalì all'avvio del motore, quando la moto cominciò a vibrarle tra le gambe. Finz rise. Si girò verso di lei: "Tieniti forte!".

Eva gli strinse le braccia attorno alla vita, gli era così vicina da sentire il suo odore. Di cuoio, di benzina e di qualcosa di fresco. Shampoo alla menta piperita.

Aveva il cuore in gola. Si sentiva al contempo sventata e ribelle, le sembrava di fare una cosa proibitissima.

Finz diede gas. La moto si inclinò di lato e la ghiaia schizzò mentre usciva dal parcheggio. Eva ebbe un tuffo al cuore. Avrebbe voluto gridargli di fermarsi, ma non voleva perdere la faccia. Strinse gli occhi, ma a occhi chiusi aveva ancora più ansia.

Sembrava che Finz la percepisse, perché affrontava i tornanti con prudenza e sui rettilinei manteneva una velocità moderata.

Pian piano il cuore di Eva tornò a battere normalmente. Teneva la testa poggiata sulla schiena di Finz. Il rombo del motore, che da potente sfumava in un ronzio regolare, la tranquillizzava, e a rilassarla ulteriormente pensavano il sedile morbido e gli ottimi ammortizzatori. Finz dovette capirlo perché aumentò l'andatura prendendo le curve a velocità più sostenuta. Gli alberi, le case e le recinzioni volavano davanti agli occhi di Eva. Lungo il fiume Pinka, su un sentiero agricolo, vide alzarsi in volo una cicogna. Campi di colza gialli, con i fiori che ondeggiavano al sole. Eva ora si fidava completamente. Non aveva più paura che la moto si ribaltasse a ogni curva. Istintivamente spostava il peso, muovendosi in sincronia con Finz. A un tratto si sentiva tutt'uno con lui. Quando, dopo mezz'ora, tornarono da Johanna, Eva era davvero su di giri.

Finz le tolse il casco e le sorrise. "Allora, com'è andata?"

Le brillavano gli occhi, non le venivano le parole. "Incredibile, fantastico." Lui capì di averla catturata.

ELABORAZIONE DEL LUTTO
FASE 6

Non sapevo cosa pensare quando mi hanno dato il sacchetto con i pupazzetti di stoffa. A ciascuno si può raccontare una sola preoccupazione, dicono. Una volta che ci si è alleggeriti di ogni pensiero si rimettono i pupazzi dentro il sacchetto, sotto il cuscino. Ci pensano loro durante la notte a far sì che la mattina dopo tutto sembri di nuovo a posto, i problemi dovrebbero apparire meno gravi o sparire del tutto. 'Sta gente proprio non capisce niente. Appena sono andati via ho tirato fuori i pupazzetti e gli ho tagliato la testa.

12.
Sylvia e Paul nelle vigne

I ricercatori hanno scoperto che i moscerini della frutta hanno orgasmi intensi. I moscerini maschi insoddisfatti, invece, sono inclini all'alcol. Si presume che il fatto che un animale si sia accoppiato con successo o sia stato respinto influenzi anche la sua motivazione ad assumere droghe.

In passato, gli abitanti del Sud Burgenland producevano il loro vino direttamente in vigna, e fu così che sorsero le Kellerstöckl, casette a un piano col tetto spiovente costruite sopra le cantine interrate. Qui si poteva cucinare, ubriacarsi e poi dormire. Il nonno si sedeva al sole davanti alla cantina dopo il lavoro, fumando la pipa, che a volte conteneva qualcosa di diverso dal tabacco. Faceva festa con gli amici e in certi casi con l'amante. Perché i nonni e le nonne non erano poi così virtuosi come ci hanno sempre fatto credere.

Con la modernizzazione della viticoltura, le piccole vigne in collina non furono più redditizie e le Kellerstöckl andarono in malora, poi però gli imprenditori del turismo riconobbero l'incredibile potenziale di quelle casette in mezzo al nulla. Turismo dolce, ritorno alla natura, rallentare i ritmi, non era proprio quello che ci voleva alla gente di città per combattere lo stress?

Destinare le Kellerstöckl alla ristorazione o ad alloggi vacanza poteva essere una miniera d'oro.

Lo avevano pensato anche i coniugi Zieserl. Sylvia aveva ereditato una di quelle casette dai suoi genitori, la vigna l'avevano da tempo venduta a un grosso produttore, non era fonte di reddito. Avevano trovato un tizio che la coltivava per cortesia e tutto quello che ricevevano in cambio erano due ceste di uva fragola. La cantina la usavano poco, al massimo per qualche festa in estate. Ma ora che tutti i vicini facevano i soldi con le loro Kellerstöckl trasformate in Airbnb anche gli Zieserl volevano la loro fetta di torta.

"Chiederò a Paul di dare un'occhiata alla casa nel fine settimana," aveva detto Sylvia al marito *en passant*. "Perché se si fa, bisogna farlo bene."

Harald Zieserl si era limitato ad annuire distrattamente. "Sì, va bene." Era ben contento di evitarsi la grana. Come direttore della Edil Pannonia aveva continuamente a che fare con progetti e ristrutturazioni, non voleva occuparsene anche in privato. E inoltre Paul si sarebbe fatto carico di tutto, auspicabilmente gratis. Gli faceva molti favori. Una mano lava l'altra.

Le donne creano le opportunità, gli uomini le sfruttano, pensava Sylvia prendendo il telefono per chiamare Paul e fissare un incontro a Hannersberg.

Paul non ci era mai stato. La strada tortuosa che saliva in mezzo al bosco sarebbe stata il sogno di ogni motociclista, solo che era meglio non farla in giù da ubriachi, *per quello avevano costruito le casette nelle vigne dove passare la notte*, pensò.

"Lascia la macchina alla locanda che c'è lungo la strada," gli aveva consigliato Sylvia. "Vengo a prenderti lì, non è facile trovare la nostra Kellerstöckl."

In realtà voleva evitare che Paul parcheggiasse proprio davanti alla proprietà. Anche se il marito sapeva che si sarebbe incontrata con Paul a Hannersberg, non voleva attirare l'attenzione dei vicini ficcanaso. Altrimenti avrebbero cronometrato il tempo che lei e Paul trascorrevano all'interno della casa e sperava non fosse poco.

Paul sorrise quando la vide a bordo dell'Audi nera. Si era messa in tiro, fasciata in un abito rosso ciliegia, ancora una volta con una scollatura fenomenale. Era stata a lungo indecisa se indossare i collant o le calze. I collant erano decisamente poco erotici, ma le autoreggenti l'avrebbero fatta sembrare una di quelle, quando invece a Graz aveva recitato per Paul la parte della "donna perbene". Così aveva optato per le gambe nude, su cui la sera prima aveva applicato l'autoabbronzante. È incredibile la capacità di una donna di programmare le cose. Faceva ancora un po' freschino per andare a gambe nude, ma era sopportabile. La sua auto aveva comunque i sedili riscaldati. Così arrivò a Hannersberg praticamente già calda. Con un quarto d'ora di ritardo. Questa volta voleva che fosse lui ad aspettare. Ma Paul spuntò dalla curva contemporaneamente a lei, parcheggiò e salì sulla sua auto. "Timing perfetto, bella signora."

Non le diede neppure un bacio sulla guancia, si limitò a esaminarla aggiustandosi gli occhiali da sole. *Anche tu sei bello*, pensò Sylvia, ma naturalmente non lo disse. Aveva già avuto delle relazioni extraconiugali e sapeva che anche in quelle bisognava badare ai rapporti di forza e non concedersi troppo, soprattutto all'inizio.

"Hanno fatto dei gran pasticci negli anni settanta e ottanta," fu il primo giudizio di Paul davanti alla Kellerstöckl. La base della casetta era incassata nel terreno secondo tradizione, ma il piano superiore, con la facciata rustica rivestita in legno tinto di scuro e le persiane verdi, aveva un aspetto più alpino che pannonico, accentuato dai gerani rossi.

"Tutto questo deve sparire. La casa deve diventare chiara, ariosa, spazi aperti e vetrate. Bisogna alleggerirla visivamente e tecnicamente, mantenendone però il più possibile l'essenza," spiegò Paul. Era un visionario. I progetti fortemente trasformativi lo avevano sempre affascinato.

Davanti all'ingresso era collocata una botte molto kitsch, decorata con teste di bacco e le iniziali H&S intrecciate. Harald e Sylvia l'avevano ricevuta in regalo in occasione del loro quinto anniversario di matrimonio. A Sylvia non piaceva particolarmente, ma non voleva nemmeno sentirla denigrare da Paul, così aprì rapidamente la porta e lo fece entrare.

Era venuta apposta la sera prima a pulire, arieggiare e accendere il riscaldamento, a Oberwart aveva comprato una coperta beige di finta pelliccia e dei cuscini che ora mascheravano il divano letto bordeaux dei suoi genitori.

Paul aveva ragione: tutto lì era sfacciatamente anni settanta e ottanta. Il pavimento in linoleum, arredi Allibert in bagno, i fornelli elettrici ancora con le piastre vecchia maniera e il microonde. Lo sguardo di Paul vagò per il soggiorno e per un attimo, vedendo l'arredamento con gli occhi di lui, Sylvia si vergognò della lampada d'ottone ungherese, delle orribili brocche di peltro, della credenza tradizionale decorata a fiori, dei delfini in pietra serpentina che i suoi genitori avevano lasciato come soprammobile.

Si vergognava persino di come lei stessa aveva decorato le pareti del bagno con ciottoli di fiume, ricordo dell'ultima vacanza, pressati nel gesso. Paul era un architetto, aveva buon gusto, di sicuro trovava tutto antiquato e provinciale.

Era stata un'idea stupida portarlo lì. Avrebbero fatto meglio ad andare all'Hotel Daniel di Graz, come lui aveva suggerito, sarebbe stato più elegante.

L'alcol era sempre una benedizione in situazioni come quella. Mentre Paul continuava a indicare dove avrebbe abbattuto una parete, dove sarebbe stato necessario inserire una trave d'acciaio e quanto sarebbe stata meravigliosa la vista sull'Ungheria dalla nuova vetrata, Sylvia corse in cucina e si scolò un bicchiere di Uhudler, il vino tipico del Sud Burgenland che aveva fama di far impazzire la gente, come già l'assenzio in Francia. Ma era una sciocchezza. Un'altra leggenda diceva che bisognava berne tanti quartini quanti erano i propri anni durante la stagione. Come se la Zieserl avesse mai rivelato a qualcuno la sua vera età. Paul fece una smorfia di disgusto, quando assaggiò il suo, quel sapore di fragolina di bosco non gli piaceva, ma era un vero e proprio apripista. Si sedette sul divano. "Vieni qui," disse, battendo la mano sulla coperta di pelliccia sintetica come si comanda a un cane di mettersi seduto, e Sylvia obbedì immediatamente. "Ecco, brava," disse allora Paul con un sorriso impertinente. La fossetta sulla guancia era adorabile. Sylvia allungò la mano per sfiorarla. "Mi hai mandato in bianco l'altro giorno a Graz. Bambina cattiva. Credo che dovrò inventarmi una punizione per te. Oggi non te la caverai tanto facilmente," disse Paul. Poi con mossa esperta se la mise sulle ginocchia come per sculacciarla. Gli occhi di Sylvia si dilatarono per la sorpresa. Paul sorrise. Aveva sempre trovato particolarmente attraente quel misto di paura ed eccitazione nello sguardo di una donna.

***

A sconvolgere Eva non era tanto che Paul la tradisse di nuovo, ma che la giudicasse tanto stupida da non accorgersene. I segni erano inequivocabili. Digitava sul cellulare e lo metteva via in fretta al suo avvicinarsi, oppure lo teneva spento. Nelle settimane prima non l'aveva mai fatto. Di recente lo aveva anche sentito parlare al telefono nella stanza accanto. Con la sua nuova amica di Facebook Sylvia. E già dalla voce si capiva che non era un'amicizia come le altre, era il tono che Eva aveva soprannominato "Hey Baby". Mio Dio, conosceva Paul da quando aveva quindici anni. Lo sapeva a memoria.

Quando però provò ad accennare della Zieserl scatenò uno tsunami di rimproveri, Paul passò immediatamente all'attacco. "Tu sei paranoica. Ricominciamo con le allucinazioni? Mica penserai che io stia dietro alla moglie di Zieserl, quando ho bisogno di lui come partner per il progetto di Lafnitz. La tua è gelosia patologica. Mi chiedo come faccio a sopportarti, idee folli del genere le può concepire solo una mente malata." E quando lei gli ricordò che l'aveva già tradita in passato reagì con stizza: "Ma vuoi smetterla di rinvangare queste vecchie storie? E comunque è stata colpa tua, lo ha detto anche la terapeuta di coppia. Lei ti ha inquadrato subito. All'epoca mi hai allontanato con i tuoi continui rimproveri e il tuo comportamento freddo, anaffettivo". Eva pensò di trovarsi nel film sbagliato. Aveva un ricordo totalmente diverso dell'incontro con la terapeuta, ma Paul era un fiume in piena. "E se continui con questi assurdi sospetti vedrai dove andremo a finire. Prima o poi succede qualcosa." Aveva gli occhi ridotti a due fessure, lo sguardo gelido.

"Prima o poi succede qualcosa" Paul lo diceva sempre. E per quanto vaga e nebulosa fosse, quella minaccia aveva il potere di mettere Eva in uno stato di inquietudine latente. *Prima o poi succede qualcosa*, pensò mentre portava l'umido alla compostiera nuova. Le lacrime le rigavano le guance. La paura si era radicata nel suo cervello e la dominava. Era la paura del mostro sotto il letto che assale i bambini anche se gli hanno spiegato mille volte che il mostro non esiste, che basta accendere la luce. Ma loro non ce la fanno.

"Tutto ok?" Al cancello c'era Finz che guardava perplesso Eva in lacrime. *Oddio, Finz.* Si era completamente dimenticata che doveva venire. Aveva una maglietta con su scritto "Gardeners know all the dirt". Eva passò dal pianto al riso.

"A posto, ho solo tagliato le cipolle, mi fanno sempre piangere gli occhi," disse indicando le bucce nel secchio dell'umido.

"Vuoi?" Finz aveva tirato fuori da un sacchetto dell'erba verde e iniziò a rollarsi una sigaretta. Eva lo fissò stupefatta. Erano secoli che non fumava. A scuola aveva tentato per mesi di abituarsi, perché avrebbe voluto andare anche lei a fumare in cortile con i più fighi. Paul c'era sempre. Ma per lo più le veniva la nausea.

"Non è tabacco, è Cbd, ha effetto calmante."

Uno spinello legale. Perché no. Eva aveva voglia di qualche piccola trasgressione. Annuì. Prese la sigaretta e se la fece accendere. Tossì al primo tiro. Le pizzicava la gola, ma cercò di non darlo a vedere. Passò la sigaretta a Finz e lo guardò mentre la prendeva tra le labbra e tirava. C'era qualcosa di erotico nella componente orale del fumare. Tenere il filtro tra le labbra a turno era un gesto molto intimo, complice. Eva si sentì effettivamente subito più rilassata e le girava anche un po' la testa. Come dopo un'ora di hot yoga.

"Ti ho portato la rete di protezione per gli alberi da frutto, se vuoi possiamo metterla subito. Abitate proprio vicino al bosco, impedirà ai cervi e ai conigli di rosicchiare la corteccia, se no gli alberi giovani muoiono."

Eva lo accompagnò nel frutteto. "Che pesci sono? Quando sono venuto la prima volta non li ho notati," disse Finz fermandosi accanto al laghetto.

Eva storse la bocca. "Sono carpe koi, la passione di Paul. Le considera un investimento. Le banche non danno più interessi, molti investono in oro e in azioni, altri acquistano auto d'epoca o opere d'arte. Paul investe nelle koi. Gli esemplari particolarmente belli pare valgano migliaia di euro. Si dice che un giapponese abbia pagato addirittura un milione e mezzo per una koi."

"Per un pesce ornamentale? E ci fate i soldi?" chiese Finz.

"Per ora no," rispose Eva. "Il laghetto è costato una fortuna, e anche il cibo costa un botto."

Le carpe koi vedendo i due accanto al laghetto nuotavano in cerchio vicine al bordo, sperando di ricevere cibo.

Le labbra carnose si aprivano e chiudevano in attesa, gli occhi tondi e vuoti li fissavano.

"A me sembrano dei pesci rossi mutanti con la vernice scrostata," disse Finz.

A Eva venne la ridarella. Aveva fumato lo spinello quasi tutto da sola e non era più sicura che contenesse davvero solo Cbd.

"Sai come le chiama Paul? I suoi gioielli nello stagno. Ti rendi conto?" Eva non la smetteva più di ridere, fino alle lacrime, fino a cadere in ginocchio. Anche Finz rideva come un pazzo.

"Cosa succede qui?" Paul annusò sospettoso l'aria. "Che fai, ti droghi? Sei completamente impazzita?" La voce tagliente del marito fece trasalire Eva. Il suo primo impulso fu di nascondere il mozzicone di spinello e negare tutto, ma le veniva troppo da ridere e prese il toro per le corna.

"È solo Cbd, è davvero rilassante, dovresti provarla," sbuffò, poi fece qualcosa di inaudito. Prese il mozzicone tra il pollice e il dito medio e lo lanciò nel laghetto. La carpa più grassa si avvicinò, aprì la bocca e lo ingoiò.

Paul girò sui tacchi e scomparve in casa. Non aveva intenzione di discutere con la moglie davanti a un manovale – tale considerava quel Finz. Era tutto rimandato a quella sera.

Non appena Carla ebbe dato la buonanotte ai genitori e si fu ritirata nella sua stanza, Paul si piazzò di fronte a Eva.

"Mi spieghi cosa ti passa per quel cervello da passero? Le koi possono morire per una cosa del genere. Sono un investimento. Lo fai apposta o sei davvero così idiota?"

"I tuoi pesci sono onnivori, sono dei maiali, divorano tutto quello che riescono a ingoiare, persino i loro piccoli, un pezzetto di carta non li ucciderà di certo."

"Un pezzo di carta! Era droga. Ho sentito l'odore. Tu ti droghi con quel ragazzino. Non siamo in città!" Paul si passò agitato le mani tra i capelli. "Immagina se i vicini ti vedono. La mia reputazione è rovinata! Voglio costruire qualcosa qui, mi serve una moglie di rappresentanza, non una che si fa gli spinelli in giardino con un soggetto come quello."

"Paul, per favore, calmati, era Cbd, è legale, la trovi anche ai distributori automatici davanti al centro commerciale di Oberwart. È un prodotto per il benessere naturale."

"Sì vabbè, tu credi a qualunque stronzata raccontino su Radio Burgenland."

Il brutto delle discussioni con Paul era che lui non si arrendeva. Puntava a distruggere Eva psicologicamente. Un'ora dopo la conversazione continuava a girare in tondo, l'unica differenza era che Paul diventava sempre più aggressivo. Era già arrivato a parlare della zia alcolizzata da cui Eva doveva aver preso. "Sì, scappa," ghignò mentre lei si rifugiava in camera da letto.

"Prima o poi scappo davvero se continui così!" gridò Eva esasperata.

"Sì e dove vai?" rise cinico Paul. "Senza di me, non sei niente e non hai niente. Nessuno ti fa fare la bella vita come me. Il giardiniere ti fa gli occhi dolci perché hai i soldi. I miei soldi, per essere chiari."

"I tuoi soldi puoi metterteli da qualche altra parte. Con Finz non c'è niente. Siamo solo amici."

"Ti faccio vedere cosa vorrebbe fare il tuo amico con te." Paul gettò Eva sul letto, le spinse indietro le braccia con forza e si inginocchiò sugli avambracci.

"Lasciami, mi fai male!" urlò lei, cercando disperatamente di liberarsi. Ora aveva davvero paura. Paul si limitò a sorridere diabolico. Eva tremava in tutto il corpo, non sapeva se per la paura, la rabbia o il disgusto. Vedeva solo il bel viso di lui distorto dall'ira in una smorfia folle.

"Comunque non ho voglia di te," disse Paul all'improvviso con disprezzo e la lasciò andare. "C'è di meglio fuori di qui."

Uscì dalla camera da letto sbattendo la porta. Poco dopo Eva sentì sbattere anche la porta d'ingresso e l'auto del marito mettersi in moto.

"Mamma, va tutto bene? Ho sentito papà gridare." Carla si materializzò nella stanza. Anche se aveva già dodici anni, all'improvviso sembrava di nuovo una bambina che aveva fatto un brutto sogno. Smarrita.

"Tutto a posto, tesoro mio, papà è solo molto stressato dal lavoro, abbiamo avuto un piccolo malinteso. Si è arrabbiato, ma è tutto a posto. Torna a dormire."

Carla era ancora mezza addormentata, per cui si calmò rapidamente. Eva la accompagnò nella sua cameretta, si sdraiò accanto a lei accarezzandole i capelli che profumavano di shampoo alla fragola. La strinse forte. Carla si riaddormentò immediatamente. Eva rimase sveglia molto a lungo, ma a un certo punto doveva essersi addormentata, perché il giorno dopo la svegliò la voce di Paul dal bagno.

"Eva! Eva, è finito il bagnoschiuma, portamene un altro flacone, sono sotto la doccia e sono tutto bagnato, Evaaa, dove sei? Sbrigati." Anche questo era tipico di Paul. Sparire, tornare e far finta che non fosse successo niente. E se lei gli avesse chiesto ora spiegazioni, lui le avrebbe detto che era stata comunque tutta colpa sua. Il portafoglio e le chiavi di Paul erano nella ciotola nell'ingresso. Eva come in trance aprì il portafoglio. Il preservativo non c'era più.

Frugò nel suo cesto di vimini, anch'esso nell'ingresso, un blocchetto avvolto nella carta. Ne tagliò un pezzo e lo portò in bagno. "Non ho comprato il bagnoschiuma per risparmiare plastica, ma qui c'è del sapone."

"Sapone? Tu e le tue manie ambientaliste!" Paul voltò le spalle a Eva e cominciò a insaponarsi da capo a piedi.

"Prego," disse Eva. Ma Paul non la sentì. Dal soffione della doccia ultramoderna l'acqua scrosciava come una cascata.

ELABORAZIONE DEL LUTTO
FASE 7

Dicono tutti che il primo anno è il più difficile. Il primo Natale senza di lui, il primo compleanno. Il primo anno di lutto è trascorso ma io non sto ancora meglio. Quando in tv danno un programma sull'Italia cambio canale. Ci andavamo sempre in vacanza. Ieri ho letto un articolo sul lutto. Dice che il mio è "complesso". Non riesco a voltare pagina. Ma non è colpa mia. Devo tornare attiva. Alla fine deve succedere qualcosa.

13.
Paul a caccia

Molti mammiferi usano urina e feci per marcare il loro territorio. I cinghiali spargono le feci tutt'attorno ruotando la coda.

L'esame per ottenere la licenza di caccia è anche chiamato "Maturità Verde", perché è difficile da superare. È necessario completare oltre centocinquanta ore di teoria e pratica, anche più volte la settimana, in un periodo dai quattro ai sei mesi. Paul ce l'aveva fatta. Aveva studiato agricoltura e silvicoltura, scienza della fauna selvatica, ecologia e diritto venatorio, completato l'addestramento al tiro e un corso di primo soccorso, ma non perché fosse realmente interessato alla caccia. Preferiva le gonnelle ai cervi e un succoso pezzo di manzo a qualunque piatto di selvaggina. Aveva preso la licenza solo perché a un certo punto si era reso conto che i grandi affari si facevano o sull'altana da caccia o sul campo da golf, e purtroppo lui non aveva talento per il golf.

Simon Gollner, il sindaco del piccolo comune sul versante stiriano del fiume Lafnitz, fu entusiasta di apprendere che Paul era un cacciatore. Già al primo incontro organizzato da Zieserl della Edil Pannonia aveva capito che lui e quel Paul erano fatti della stessa pasta.

Certe cose è meglio discuterle a quattr'occhi. Ad esempio all'imbrunire, durante una battuta di caccia.

Simon Gollner aveva invitato Achleitner a unirsi a lui per cacciare un cervo, un onore incredibile, soprattutto per un forestiero. Si trattava di un cervo molto speciale, che il sindaco inseguiva da cinque anni e a cui aveva anche dato un nome, Charly. Se Charly aveva superato i cinque anni di vita era perché era intelligente e attento, la maggior parte dei suoi simili viene catturata molto prima. Si metteva in pericolo solo durante la stagione dell'accoppiamento. Quando fiutava le femmine dimenticava la prudenza. In realtà non era molto diverso da Paul.

"Charly esce dal bosco ogni giorno alle 19.40," disse Simon. "Puoi scommetterci la vita, quello ha l'orologio, te lo dico io." Simon sembrava un cacciatore uscito da un libro di fiabe: gilet verde muschio, camicia a scacchi, pantaloni corti di pelle, calzettoni al ginocchio, cappello. Era un uomo basso e tarchiato, con i capelli radi e i baffi. Paul sembrava un gentiluomo inglese di campagna a confronto. Aveva optato per stivali di pelle, pantaloni cargo, camicia chiara, gilet trapuntato e coppola. Anche nei boschi della Stiria sud-orientale faceva la sua figura. Paul non sparava da anni. Sapeva che quel giorno la posta in gioco era alta. Il cervo era per lui la prova del fuoco nel gioco con il sindaco. "Charly ha i palchi anomali," disse Simon con orgoglio. Significava che aveva le corna con tre punte da un lato e quattro dall'altro. Uno scherzo della natura che per i cacciatori valeva quanto un terno al lotto. Simon aveva promesso a Paul che avrebbe bollito e sbiancato la testa di Charly, in modo da poterla appendere al muro come trofeo.

"Questa è la tua riserva di caccia?" chiese Paul mentre viaggiavano lungo il Lafnitz per entrare nel bosco.

Simon sbuffò: "No, ce l'ha Brunzhuber in affitto".

"E tu non lo sopporti," disse Paul.

"Chi mai potrebbe sopportare uno che nutre la selvaggina come gli animali dello zoo, e addirittura posiziona foraggiamenti lungo il confine col mio bosco? Tu e io sappiamo bene che non è consentito attirare gli animali con cibo allo scopo di abbatterli. E tanto meno attirare la mia selvaggina nel suo bosco. Quel maledetto Brunzhuber," sibilò Simon.

Paul non disse nulla in risposta. Silenziosamente proseguirono nel bosco sullo sterrato. Tra i grossi ciottoli, Paul vide anche frammenti di mattoni e pezzi di metallo, persino plastica triturata. "Qualcuno ha smaltito la sua casa qui," disse il sindaco. "Da noi buttano nel bosco persino le vecchie tegole in amianto, se ne fregano proprio." Parcheggiò l'auto ed entrambi scesero. "Adesso dobbiamo proseguire a piedi, ma non è lontano." Infatti dopo pochi minuti raggiunsero l'altana di caccia. Era una di quelle tradizionali, in legno.

"Brunzhuber ne ha una moderna in metallo, con panca e schienale imbottiti, che basta appoggiare a un albero," sbuffò Simon con disprezzo. Evidentemente non sopportava proprio quel dannato Brunzhuber e la sua dannata altana.

Paul sperava che Charly fosse effettivamente puntuale. Non era omofobo, ma non gli andava di stare seduto accanto a uno sconosciuto in uno spazio così ristretto quasi in silenzio, gli sembrava troppo intimo. Quella prossimità coatta lo innervosiva, ma non poteva assolutamente darlo a vedere. Poi aveva prurito ai testicoli e non voleva grattarsi davanti al sindaco. Trascorse la prima mezz'ora a disagio, si sentiva sotto pressione e si annoiava. Per di più il sindaco puzzava di sudore. Di certo non lavava tanto spesso la sua giacca di loden. Paul cercava di respirare solo con la bocca. Avrebbe fatto meglio a perfezionare i colpi a golf, così si sarebbe risparmiato tutto quello.

Ma poi, al calar del sole, non solo l'atmosfera del bosco cambiò, ma anche lo stato d'animo di Paul. Più si concentrava sull'ambiente circostante e sui suoni della natura, più in lui cresceva l'eccitazione. Il fruscio delle foglie, lo scricchiolio dei rami, le ombre che si muovevano nel sottobosco, il richiamo di un gufo chissà dove, quello della caccia è un istinto arcaico. Paul si sentiva un predatore. Entrambi gli uomini avevano gli occhi incollati ai binocoli. Le 19.39. Il sindaco fece un cenno in direzione del bosco. "Ci penso io," sussurrò Paul senza emettere suono, muovendo solo le labbra. Era carico di energia. Sentiva l'adrenalina scorrergli nelle vene mentre prendeva la mira. Charly era ai margini del bosco, immobile come una statua. Era estremamente vigile. Alzò la testa e drizzò le orecchie voltandosi in tutte le direzioni, poi attraversò il prato trotterellando verso i due cacciatori. Improvvisamente si bloccò e girò il collo verso gli uomini. Paul ebbe la sensazione che Charly lo avesse individuato e che lo stesse a sua volta puntando. I grandi occhi marroni dell'animale guardavano dritti nella sua direzione. Lo sguardo di Eva ieri a letto, pensò, innocente, sottomesso, stupido. Poi premette il grilletto. La bestia si accasciò sulle zampe anteriori in una frazione di secondo. Paul sentì l'endorfina nelle vene e un sottile rivolo di sudore colargli lungo la schiena. Era stordito, come se avesse corso i cento metri, o dopo il sesso.

"Un colpo da maestro!" urlò Simon. I due uomini scesero dall'altana e si avvicinarono sorridenti al povero Charly. Simon tirò fuori una fiaschetta. "Ecco, grappa alla pera locale per te, amico mio." Paul aveva strappato un rametto di quercia che infilò in bocca al cervo morto. L'ultimo boccone. Paul pronunciò la formula rituale di ringraziamento.

Gli occhi marroni lo fissavano privi di espressione. Decise di rinunciare al gesto di infilare un secondo rametto nella ferita sanguinante e metterselo sul cappello. A Paul non piaceva sporcarsi le mani.

"Vieni, andiamo da me a festeggiare," disse Simon. Afferrò il cervo morto per le corna, lo trascinò al pick up e lo issò sul cassone. "Lo squarto anche per te!"

Due ore dopo, i due uomini erano seduti nella taverna della casa del sindaco a mangiare fegato di cervo appena arrostito e a bere Blaufränkisch.

"Adesso possiamo parlare del complesso residenziale che tu e Zieserl avete in mente," disse Simon.

Paul bevve un gran sorso di vino rosso. "Be', ci deve essere guadagno per tutti..."

Il sindaco lo interruppe. "Non devi spiegarmi nulla. Qualche anno fa hanno creato un lago artificiale giù verso Graz. E indovina a chi sono andate le prime quattro case? Alla persona che ha fatto lo scavo, a chi ha gestito l'acquisto dei terreni, al dirigente del distretto che ha concesso le autorizzazioni e al sindaco per la riqualificazione. E nessuno ha pagato niente, le loro case le hanno messe in conto agli altri acquirenti. Ma ti dico subito che io non sono quel tipo di persona, non mi serve una seconda casa."

"Cosa ti serve allora?"

Simon fece un gran sospiro: "Un buon lavoro per mio figlio. Sai, ha abbandonato gli studi di economia poi ha fatto un po' di tutto, ma niente di serio, ora ha quasi trent'anni ed è senza arte né parte, ma per un impiego statale sarà sufficiente. Mi sarei rivolto ai miei contatti nel governo regionale, solo che al momento c'è la squadra sbagliata al timone. Ma Zieserl ha contatti fino a Vienna. Qualcosa andrà in porto. Il Ministero del welfare non sarebbe male. Perché altrimenti il ragazzo diventerà presto un caso da sussidio sociale".

Paul annuì comprensivo. "Vedremo di fare qualcosa."

"Ma solo se gli danno il posto fisso, altrimenti lo cacciano di nuovo. E in quel caso mi sarei impegnato invano per voi."

"E tu in cambio ci fai avere i terreni e pensi alla riqualificazione."

Simon fece un sorriso astuto. "Prima date il posto al ragazzo, perché non so ancora se posso fidarmi. Ma ti ho lasciato Charly. È già qualcosa."

"Onestamente, mi sono chiesto come tu possa conciliare il tutto con la tua coscienza di cacciatore," lo provocò Paul. "Dopotutto, per questo progetto verranno sacrificate molte aree boschive paludose."

"Te lo dico subito!" gridò Simon, che era già piuttosto sbronzo. "Perché sarà il bosco che ha in affitto Brunzhuber. E indovina dove andranno a rifugiarsi le sue prede?" aggiunse ridendo forte e battendosi le cosce. "Indovina un po'."

Paul si mise a ridere. Era proprio vero quello che gli avevano detto per la licenza di caccia. Più forte del desiderio della donna d'altri c'è solo il desiderio della preda d'altri.

14.
Vera e il nuovo lavoro

In passato, la cicogna era vista come gradito disinfestatore naturale. Per questo motivo, le venivano preparati sui tetti dei nidi fatti con le ruote dei carri o delle ceste. Le coppie di cicogne bianche non sono in realtà fedeli per tutta la vita l'una all'altra, bensì al loro nido. Ogni anno cercano di rioccupare quello precedente. Se casualmente lo stesso maschio o femmina di cicogna si ritrovano lì contemporaneamente, può accadere che tornino ad accoppiarsi.

Mangiare con Letta e nonna Hilda era come stare a tavola con due adolescenti. Entrambe avevano gli occhi fissi sullo schermo del cellulare, intente a navigare sui social. Mentre Letta seguiva le ultime storie dei suoi rapper preferiti su Instagram, nonna Hilda guardava video di trucco e acconciature su YouTube – che chiamava "Jutupp".

"Ma perché guardi 'sta roba, mamma?"

"Per dire a Peter cosa deve fare." Peter era il parrucchiere di nonna Hilda. A Hilda piaceva dire alla gente cosa fare.

"Sembra dieci anni più giovane," disse a commento del video di una quarantenne dai capelli rossi a cui avevano fatto un taglio corto e sbarazzino. "Starebbe bene anche a te, Vera."

Vera era alle prese con i suoi gnocchi fatti con l'uovo della gallina che veniva in giardino tutte le mattine. "Mamma, non ho bisogno di un nuovo taglio di capelli, ho bisogno di un nuovo lavoro."

Hilda non la ascoltava, era tutta concentrata sul video.

"I parrucchieri al giorno d'oggi sono tutti tatuati," disse scuotendo la testa. "Guarda questo. Farebbe meglio a mettersi una camicia a maniche lunghe, sarebbe più elegante di tutti quei tatuaggi sulle braccia. Lo sanno tutti che fanno male alla salute. L'inchiostro finisce nei linfonodi e poi ti viene il cancro. Tu ce l'hai ancora il tatuaggio?" Hilda le faceva quella domanda ogni tanto. Vera se lo era fatto più di vent'anni prima alla Inform, la fiera agricola di Oberwart, dove per qualche motivo inspiegabile, oltre agli allevatori di bovini e ai produttori di trattori, c'era anche lo stand di un centro estetico che offriva trucco permanente e tatuaggi non permanenti.

Vera aveva scelto un carattere che doveva significare "speranza", ma la speranza che il tatuaggio si sbiadisse dopo sei mesi non si era realizzata. A decenni di distanza era ancora lì, per la gioia di Hilda. E sicuramente non significava speranza. Vera lo sapeva, perché nel tempo aveva chiesto a diversi asiatici e loro avevano sempre fatto una faccia strana.

Probabilmente portava scritto sull'avambraccio "involtino primavera" o qualcosa di peggio.

"Il tatuaggio è un po' un problema, perché ti ho fissato un colloquio all''Eco del Burgenland'."

"Cosa?"

"Meglio se ti metti qualcosa a maniche lunghe."

"Non ci penso nemmeno."

"Almeno copriti il tatuaggio con un cerotto quando vai. Ma ti ci vuole bello grosso."

"Mamma cosa hai combinato di nuovo?"

“Conosci Benkö, quello degli ‘Amici del bassotto’, il gruppo di Facebook.” Nonna Hilda era anche iscritta a un sacco di gruppi virtuali sui cani. “Il marito della cugina di Benkö conosce la tizia che vende gli spazi pubblicitari sull’Eco. È lei che devi chiamare. Ti giro il contatto su Messenger.”

“Come si chiama e che razza di lavoro fa?”

Ma Hilda era già di nuovo immersa nei suoi video. “Come fa a tagliare i capelli con quelle unghie finte così lunghe non si sa. Roba da matti.”

Vera era perplessa a chiamare la conoscente del marito della cugina dell’amico dei bassotti, ma non aveva alternative. L’indennità di disoccupazione era in scadenza.

La tizia che vendeva gli spazi pubblicitari sull’“Eco del Burgenland” per fortuna non si irritò quando Vera le spiegò come aveva saputo della posizione vacante. “Benkö ha avvertito la moglie del mio amico che avresti chiamato. Scrivevi su ‘Natura amica’, lo leggo sempre. È vero, qui da noi si è liberato un posto al turismo perché una collaboratrice si è trasferita a Eisenstadt. Ma non facciamo assunzioni. Sarebbe solo una collaborazione da freelance, principalmente per la redazione di contributi alle spese di stampa.”

“Capito,” disse Vera allungando le vocali.

I cosiddetti contributi alle spese di stampa erano pubblicità retribuita. Un’azienda inseriva un annuncio e si aspettava in cambio un articolo che ne parlasse bene.

Non c’era davvero nulla di male. Il caporedattore dell’“Eco”, un trentenne frenetico, sfogliò rapidamente il curriculum di Vera. “Ho già sentito parlare di te, sei una vecchia volpe, va bene, almeno non devo spiegarti cosa sono un titolo e un sottotitolo. Hai programmi per il fine settimana? C’è una fiera di giardinaggio al castello di Kohfidisch, avremmo bisogno di un pezzo sull’evento, duemila caratteri, tre immagini, sai fotografare, vero?" Il tizio parlava a una velocità incredibile, sembrava uno dei rapper di Letta. Vera si limitò ad annuire ogni tanto. Naturalmente accettò l'incarico. Era entusiasta dell'argomento. Un articolo su un evento di giardinaggio le sembrava una bella cosa ed Eva sarebbe stata sicuramente felice di accompagnarla.

Kohfidisch era uno dei fiabeschi castelli del Sud Burgenland che per i proprietari sono un debito per l'eternità. "Se apro la porta sbagliata, può darsi che mi ritrovi in un tugurio," raccontò a Vera la baronessa, che discendeva dall'imperatrice Sissi e le assomigliava persino un po'.

"Ma lasci perdere il titolo nobiliare. Ho una laurea in silvicoltura. Per essere precisi, sono ingegnere."

L'ingegnere abitava con la sua famiglia solo una piccola parte della proprietà e campava sui redditi che le venivano dal bosco e dalla tenuta di caccia. Di tanto in tanto, il castello faceva da romantica cornice a matrimoni e raduni di cacciatori.

A un certo punto la migliore amica della baronessa aveva avuto l'idea di risvegliare il castello dal sonno, come la bella addormentata, e di tenere nel parco una mostra mercato del giardinaggio che in breve era diventata un appuntamento fisso degli appassionati del settore a livello nazionale e internazionale. Le organizzatrici avevano dimostrato grande talento nella scelta degli espositori. L'offerta di piante selezionate convinceva sia gli appassionati che i professionisti del giardinaggio. Inoltre erano in mostra mobili e accessori per il giardino, artigianato e prelibatezze culinarie: vari generi di strudel, Baumkuchen, il "dolce dell'albero" ungherese, porchetta, gulasch e langos, le focaccine ungheresi dall'intenso aroma di aglio.

"Molte mostre di giardinaggio oggi purtroppo sono delle fiere, dove trovi di tutto un po'. Noi vogliamo concentrarci di nuovo sull'essenziale, ossia piante interessanti e proposte di alta qualità per i giardini, quindi anche molti giardinieri acquistano da noi," spiegarono le due organizzatrici.

Eva, che accompagnava Vera nel suo primo incarico giornalistico nel Sud Burgenland, era entusiasta, come previsto.

"Wow, è più figo del 'Chelsea Flower Show' e lo dico con cognizione di causa, perché ci sono stata tre volte. E il meteo è anche migliore che in Inghilterra."

Effettivamente, l'inizio della primavera dava quel giorno il meglio di sé. Le rose, le peonie, le ortensie, le clematidi e le piante perenni degli espositori fiorivano a gara. Il castello, che spiccava giallo come Schönbrunn sul verde del parco e l'azzurro intenso del cielo, era quasi kitsch. Il parco era affollato da centinaia di visitatori, ma aperto e spazioso com'era l'atmosfera sembrava comunque rallentata e rilassata. Mentre una parte dei visitatori girava tra gli stand per acquistare piante, attrezzi da giardino e decorazioni, altri se ne stavano comodamente seduti sull'erba a bere Pimm's ascoltando blues dal vivo. I musicisti, scalzi, con i cappelli di paglia, suonavano chitarra, banjo e contrabbasso, rendendo festosa l'atmosfera.

"Ma, che meraviglia! Dai, facciamo un giro," propose Vera. Non sapeva nemmeno dove guardare tanta era l'offerta. Alla sua sinistra, un'espositrice dava dimostrazione di come estrarre lo zafferano dai filamenti dei fiori di croco. Un'altra offriva pesticidi a base di tabacco e sapone morbido. A pochi metri di distanza, un uomo spiegava come rasare correttamente il prato con la falce.

"Di sicuro c'è anche Finz," esclamò Vera, scattando foto entusiasta.

Infatti, non dovettero cercare a lungo, Finz stava promuovendo la sua terra inca subito dietro il castello. L'elemento principale del suo stand era un vecchio letto di ferro. Mancava il materasso, la rete era coperta da un telo e riempita di terriccio. All'interno crescevano fiori selvatici, calendule e cosmee, una sorta di giardino letto. Finz indossava una camicia di lino, pantaloni grigi e un grembiule di cuoio grezzo, l'immagine perfetta del giardiniere che "Natura amica" proponeva. "Il marketing è tutto," disse ironico quando Vera commentò il suo abbigliamento.

"Comunque stai bene, il look ti dona!"

Finz si mostrò felice di vedere Eva e Vera. "Vado a prendere da bere, restate un attimo allo stand. Torno subito!" Dopo dieci minuti tornò con una bottiglia di gin, due lattine di tonica, un sacchetto di ghiaccio e tre bicchieri. "Sono già le quattro, quindi è Gin o'Clock, l'ora del gin," disse sorridendo. "Questo viene da Csaterberg. Vero gin del Burgenland. Ha un sapore fantastico e infatti si chiama Fantastische Ginny. Guardate che bella l'etichetta, spacca proprio."

Rappresentava un genio della lampada in versione femminile disegnato nello stile dei manga, fluenti capelli scuri, i seni nudi e un tatuaggio sull'avambraccio. Il tatuaggio di Vera, l'ideogramma di cui nessuno conosceva il significato. "Chi lo produce?" chiese lei, anche se lo sapeva benissimo. "Dark Tom, un mio amico, prima gestiva una discoteca, adesso ha una locanda sul Csaterberg e produce gin," spiegò Finz. "Con questo ha già vinto un premio."

Vera deglutì. "Dark Tom, c'è anche lui qui?"

"No, da quando vive in montagna è diventato un solitario. Il suo gin lo trovi allo stand dell'enoteca italiana di Oberwart." Vera si sentì sollevata e delusa allo stesso tempo.

"Che succede?" le sussurrò Eva mentre Finz era alle prese con dei clienti. Aveva intuito che qualcosa non andava.

"Dark Tom è un mio ex di mille anni fa, ma non uno qualunque, quello per cui ti struggi tutta la vita. Guarda qui." Vera indicò il tatuaggio del genio della lampada.

Eva sbarrò gli occhi. "Be' evidentemente anche lui si strugge ancora."

"Chi è che si strugge?" chiese Finz.

"No, niente," tagliò corto Vera.

"Posso fare una foto per l'Eco'? Eva fa la parte della cliente interessata e tu le spieghi del terriccio, così viene più realistica." Vera indicò a Finz ed Eva come posizionarsi davanti al letto di fiori, tirò fuori la macchina fotografica che si era portata dietro e fece vari scatti. In realtà la fotocamera del suo smartphone era valida quanto la sua vecchia reflex, ma sapeva per esperienza che agli eventi i fotografi venivano presi sul serio solo se avevano una macchina fotografica vera.

Le foto le mandò per e-mail al giornale assieme all'articolo la sera stessa. Il direttore la elogiò per la velocità che, evidentemente, era il suo pallino. "Lo faccio uscire subito, già sul prossimo numero."

In realtà la foto di Eva e Finz di fronte al castello fiabesco ricoperto d'edera e al letto di fiori finì addirittura in prima pagina. Eva, nel suo abito verde da fata del bosco, sembrava proprio la principessa delle favole, e Finz il ragazzo povero che alla fine si rivela un principe.

Paul si limitò a sbuffare vedendo la foto. Aveva sulla punta della lingua dei commenti sprezzanti da fare su quel drogato, ma poi pensò ai lati positivi della cosa sotto il profilo delle pubbliche relazioni. Con le mani sporche di terra la moglie comunicava un senso di concretezza che i potenziali clienti avrebbero senza dubbio apprezzato. Nella didascalia era identificata come coniuge dell'architetto Achleitner. Pubblicità gratuita, per così dire.

L'"Eco del Burgenland" amava citare i nomi delle persone, il direttore era del parere che a tutti facesse piacere stare sul giornale, o vedervi un volto conosciuto, e poi le foto erano utili per acquisire nuovi contributi alle spese di stampa. Era pronto a mandare una e-mail all'addetta alla vendita di spazi pubblicitari perché contattasse lo studio di progettazione Achleitner e la ditta Terra Inca come possibili inserzionisti.

"La moglie dell'architetto Achleitner, Eva, allo stand di Seraphin Kreishofer appura le qualità della terra inca." A cento chilometri di distanza anche Stephanie Lentsch lesse quelle righe.

Stephanie Lentsch aveva organizzato un brunch al Mole West sul Lago di Neusiedl con un'amica che però le aveva mandato un messaggio dicendo che sarebbe arrivata in ritardo, così per distrarsi si era messa a sfogliare i giornali posati sul bancone del bar. Riconobbe immediatamente Eva. "Ecco dove sei finita," disse a mezza voce. Il cocktail estivo che aveva davanti prese all'improvviso un sapore amaro. Forse era colpa della scorza di limone che ci galleggiava dentro. Stephanie andò all'articolo *Fiera del giardinaggio al castello di Kohfidisch*. Poi prese il cellulare e digitò su Google "Achleitner" e "Sud Burgenland". Ebbe fortuna. Il nuovo sito dello "Studio di progettazione Achleitner" con la pagina redatta da Vera era online dal giorno prima. Cliccò sulla sezione "Contatti". Apparve l'indirizzo. "Buchschachen," disse Stephanie. E lo ripetè: "Buchschachen. Ecco dove sei ora. Guarda un po'".

15.
Paul e il sapone

Il bostrico è un coleottero che vive nascosto tra il tronco e la corteccia degli alberi in cui scava gallerie. I maschi vi allestiscono una sorta di camera deputata all'accoppiamento, in cui attirano le femmine. Il danno provocato diventa visibile solo quando l'albero muore.

Nel Sud Burgenland a Paul le cose andavano bene. Harald Zieserl era riuscito a far avere al figlio del sindaco un posto a Vienna, due prestanome avevano già iniziato ad acquistare terreni. L'accordo proposto ai proprietari era chiaro: chi firma subito, riceve più soldi.

La maggior parte non perse tempo. I terreni erano un peso. Frutteti tradizionali che richiedevano molte cure e di difficile manutenzione perché le moderne falciatrici non passavano sotto le chiome dei meli e dei peri da sidro, boschi che erano diventati un problema con il diffondersi del bostrico. Il coleottero, amante del caldo e del secco, beneficiava del cambiamento climatico, ma era nemico della selvicoltura. Per legge i proprietari dei boschi dovevano tagliare gli alberi e reimpiantarli, con dispendio di tempo e denaro.

Molti vivevano in città, il bosco lo avevano ricevuto in eredità e non avevano nessuna voglia di occuparsene il fine settimana.

E con la legna non si guadagnava molto. Si vendeva bene solo quella di prima qualità, il resto poteva essere regalato alla segheria per farne truciolato. C'era ancora qualche idealista che vendeva legna da ardere, i forestieri avevano tutti camini e stufe a legna, ma si aspettavano anche che gli sistemassero i tronchi in garage. Troppo lavoro e poco guadagno.

Paul si fregava le mani. Lì al Sud i terreni e i boschi li compravi con quattro soldi, una volta che l'intera area fosse stata dichiarata edificabile si sarebbe aggiunto qualche zero alla cifra. Lui ci avrebbe guadagnato parecchio. E anche con la progettazione del complesso residenziale avrebbe fatto un bel po' di grana.

Aveva già voglia di festeggiare. Con la Zieserl. Quella donna gli piaceva. Era divertente, disinvolta e una bomba a letto, molto calda, lo faceva sentire uomo. E non era nemmeno stupida.

Aveva avuto molti uomini prima di portare Harald all'altare. A Oberwart si mormorava che un tempo passasse dall'uno all'altro, ma non era proprio così, Sylvia avrebbe volentieri fatto a meno di andare con tutti quegli idioti. Il suo problema era che la attraevano le persone sbagliate. Infatti le piacevano i narcisisti come Paul. Aveva letto dozzine di libri sull'argomento ed era diventata più consapevole, ma non più saggia. Perché le cose non cambiano solo perché le si comprende.

Chi finisce in mano a un narcisista, all'inizio crede di aver vinto alla lotteria: è uno che ti mette su un piedistallo, ti sommerge di rose rosse e sottolinea costantemente quanto sia felice di averti trovato. Una volta superata la prima fase, i narcisisti mostrano gli artigli: manipolano il partner, sfruttandolo emotivamente e denigrandolo a proprio vantaggio.

La Zieserl ci era già passata decine di volte prima di

sposare il buon Harald. E anche se questo non le aveva impedito di iniziare una relazione con Paul, andava comunque cauta. Le sue precedenti relazioni le avevano insegnato quantomeno come si comportano i narcisisti. In questo caso, il suo istinto le diceva già che aveva riabboccato all'amo.

Paul si vedeva con lei sempre solo alla locanda di Pornóapáti in Ungheria, dove nessuno li conosceva. Dopotutto, nessuno dei due voleva essere scoperto. Poi facevano sesso in macchina o nella casetta tra le vigne e lui la scopava allo sfinimento, a volte anche senza preservativo – lei prendeva comunque la pillola – così l'amplesso era più intenso. Ed è per questo che andava con Paul, perché lui, così sicuro di sé, affascinante e carismatico, la eccitava come il gentile e comprensivo Harald non era mai riuscito a fare. Doveva solo proteggersi il cuore. Ma anche questa era un'illusione, lui glielo avrebbe comunque spezzato. Se lei reiterava i suoi vecchi schemi relazionali, lui faceva lo stesso.

Era stata a casa sua, aveva visto come trattava la moglie – come un cagnolino. A un certo punto sarebbe successo anche a lei e allora avrebbe rotto con Paul e Harald le avrebbe leccato le ferite. Ma non era ancora arrivata a quel punto. Voleva godersi la cosa ancora un altro po', un pochettino.

La casetta tra le vigne era diventata nel frattempo un vero e proprio nido d'amore. Sylvia aveva portato alla Caritas i brutti soprammobili dei genitori e aveva fatto acquisti. Nuove lenzuola, un tappeto in pelle di mucca, eleganti calici da vino, accappatoi. Aveva detto a Harald che dovevano comunque investire negli interni, ora che sarebbe stato tutto nuovo e moderno.

Quando Paul aveva litigato con la sua signora, aveva passato tutta la notte lì con lei. L'aveva chiamata verso le

22 dicendole che doveva vederla, subito. Sylvia aveva raccontato a Harald che la sua migliore amica era in crisi e aveva bisogno di lei e poi aveva scritto all'amica di reggerle il gioco, se necessario. La notte era stata molto piacevole per lei, non solo per il sesso. Lei e Paul avevano riso e scherzato tantissimo e lui le aveva detto che nessuna donna lo aveva mai capito quanto lei. Dopo di che, non si era fatto sentire per tre giorni. Lei era stata un po' giù di corda, ma si era imposta di non mandargli messaggi. Sapeva come giocare a quel gioco. Bastava non essere assillante. Lo era già la sua signora a casa.

Quel giorno lui voleva rivederla e naturalmente Sylvia era al settimo cielo. Pioveva, ma era un bene, perché così i vicini ficcanaso non sarebbero andati nella casa di campagna. Sylvia aveva acceso delle candele, una profumata alla mimosa e una al cardamomo. Anche se ora la Kellerstöckl aveva un aspetto più gradevole, c'era sempre odore di muffa e di umidità. Le candele profumate lo mascheravano.

Paul stavolta sembrava teso. Irruppe nella stanza dalla porta aperta, tirò Sylvia a sé, la baciò selvaggiamente e andò subito al sodo. "Oggi sono un po' stressato, piccola, me lo succhi?"

Sorridendo Sylvia si mise in ginocchio, gli slacciò i pantaloni e gli abbassò i jeans e i boxer, ma quello che vide non le piacque affatto.

"Paul, credo che tu abbia qualcosa lì."

"Cosa dovrei avere?"

"Non lo so, è tutto infiammato e rosso."

Paul trasalì: era vero, già il giorno prima aveva un'irritazione ai testicoli. Pensava fosse dovuta al sudore dopo la corsa e quella mattina si era lavato particolarmente bene con il sapone.

"Mi spiace, io sto a posto", disse Sylvia decisa. "Non vorrei prendermi qualcosa da te, cosa gli racconto poi a Harald?"

"Ma sei scema, cosa stai insinuando, sono sano."

"Non sembra proprio. Non è che magari hai anche un'altra, dico per dire, o che Eva..."

"Cosa sei, paranoica come lei? Lascia stare Eva, lei non è una di quelle."

Sylvia sentì montare la rabbia.

"Quelle come? Credo che sia meglio che tu te ne vada adesso."

"Voi femmine paranoiche, siete tutte uguali." Paul si tirò su i pantaloni.

"Non paragonarmi alle altre tue donne."

"Allora non essere idiota come le altre. E poi magari me la sono presa da te questa cosa."

"Tu sei pazzo, non sono mica una troia."

"Ah sì? A Oberwart si dice il contrario."

"Vattene!"

"Con molto piacere."

Paul uscì di casa come una furia. Sylvia rimase sbalordita, sotto shock, come dopo uno tsunami. Era successo davvero o lo aveva sognato?

Paul iniziò la discesa, ma alla prima occasione rallentò e spense il motore. Si slacciò la cintura e i jeans e guardò dentro le mutande. Aveva la pelle squamosa e arrossata dappertutto e al contatto bruciava. Ma che cazzo era? Doveva andare a farsi vedere, da un medico discreto. Ci sarà ben stato un urologo da quelle parti. O era una cosa da dermatologo? A chi avrebbe potuto chiedere? I pensieri gli si affollavano in testa. Più si concentrava sulla zona in mezzo alle gambe più sentiva prurito e bruciore. Eppure c'era una cosa che faceva ancora più male dell'eruzione cutanea. La voce di Sylvia gli risuonava nelle orecchie: "O che Eva...".

Paul passò tutta la sera a googlare i suoi sintomi. Errore fatale, perché si convinse di avere contemporaneamente la clamidia, la gonorrea e la sifilide. Oppure un cancro alla prostata, un'infezione fungina e un'uretrite, tutto assieme.

Eva si era già accorta dai modi scontrosi del marito e da come camminava che qualcosa non andava. "Stai bene?"

"Certo," aveva mentito lui. Intanto si faceva la doccia tre volte al giorno, con il sapone. Forse i funghi e i batteri si potevano eliminare con una bella lavata. Ma la situazione peggiorava sempre più. Eva non gli chiese più nulla, ma una notte, mentre il marito dormiva, come sempre nudo, sollevò il lenzuolo. Il pene di Paul somigliava a una rapa rossa. Eva fu travolta da un mare di emozioni diverse. Pietà, soddisfazione, vendetta, ma anche una sensazione nuova, mai provata, di superiorità.

Vestendosi, il giorno dopo, Paul per poco non urlò di dolore quando il tessuto delle mutande venne a contatto con i genitali. Era insostenibile, doveva andare subito dal medico. Non poteva resistere un altro secondo.

Abbassarsi i pantaloni davanti a un uomo fu umiliante per Paul, soprattutto in quelle condizioni. Era rosso in faccia quasi quanto sui genitali, che nel frattempo si erano coperti di chiazze purulente.

"È una dermatite da contatto," sentenziò il medico. "Ma una delle peggiori che abbia mai visto nella mia carriera. Da quanto tempo ce l'ha? Potrebbe essere indice di un'allergia al lattice."

"Sì, io sono allergico, quindi uso solo preservativi senza lattice," spiegò Paul.

"Quindi possiamo escluderlo. Naturalmente, potrebbe anche trattarsi di una reazione estrema a un prodotto per l'igiene personale o a un detergente. Le prescrivo una pomata al cortisone e un antistaminico, per sicurezza. D'ora in poi si lavi solo con acqua, tamponi la pelle e applichi uno strato sottile di pomata. Per sicurezza cambiate il detersivo, niente ammorbidente, niente che contenga profumo. Se non migliora entro tre giorni, la sottoporrò a un test allergologico."

Paul tornò a casa con la coda tra le gambe, nel vero senso della parola. Eva trovò la ricevuta del medico nella tasca della giacca. Conteneva anche la diagnosi. Prese il sapone dalla doccia e lo grattugiò in piccole scaglie. Cosa aveva detto Johanna? Potevano essere usate come detersivo per la lavatrice, se necessario.

16.
Stephanie in cura termale

La zecca è estremamente pericolosa, tenace e allo stesso tempo affascinante. Le zecche possono sopravvivere fino a tre settimane sott'acqua, per cui è meglio non buttarle nel water. Potrebbero sopravvivere e magari risalire attraverso il tubo di scarico per vendicarsi.

Uno psicanalista avrebbe probabilmente fatto risalire all'infanzia la passione di Paul per le grandi vetrate. Paul era un figlio illegittimo e questo, nella Eisenstadt degli anni ottanta, era motivo di pettegolezzi e chiacchiere, soprattutto perché sua madre non aveva rivelato il nome del padre. Si trattava del governatore dello stato, o addirittura del vescovo? La madre di Paul lavorava come segretaria da un notaio che non aveva avuto problemi ad assumere una madre single, ma le aveva detto chiaramente che non avrebbe tollerato assenze per via del pupo. Così Paul dopo la scuola era sempre a casa da solo. L'appartamento era al piano terra, ma in realtà in parte seminterrato, e la camera di Paul era più simile a uno scantinato, al posto delle finestre aveva delle feritoie in vetrocemento dalle quali entrava ben poca luce. Non sorprendeva che Paul da adulto volesse sempre stare al sole.

Stephanie Lentsch si trovava a pochi metri dalla proprietà degli Achleitner a Buchschachen. Attraverso la vetrata aperta, poteva guardare dentro. Paul seduto sul grande divano di design davanti alla televisione, Eva che trafficava in cucina, Carla che avrebbe dovuto fare i compiti, ma aveva il tablet accanto al libro di matematica. Sembravano la famiglia perfetta. A chi non sapeva. Ma Stephanie sapeva.

La sua richiesta di cure termali a Bad Tatzmannsdorf era stata immediatamente approvata. Stephanie era una parrucchiera di successo, gestiva un salone ben avviato a Neusiedl. "Dolori alle spalle derivanti dal continuo uso del phon", la cassa malattia le aveva subito concesso i trattamenti. Inoltre, era una contribuente che voleva mantenersi in salute e produttiva a lungo. Stephanie aveva immaginato la cura come un percorso meno impegnativo e dispendioso in termini di tempo.

Aveva pensato che si sarebbe soprattutto riposata, avrebbe gustato meravigliose torte nella caffetteria delle terme, nutrito i piccioni nel parco e si sarebbe lasciata cullare nelle piscine di acqua termale. Una sorta di vacanza pagata, insomma. Ma la nuova strategia delle strutture termali puntava sulle attività, anziché sui trattamenti. Stephanie aveva già i muscoli indolenziti dalle numerose sessioni di ginnastica riabilitativa.

Stalkerare gli Achleitner, grazie al design della casa, era facile ma poco produttivo. Lo faceva già da tre pomeriggi di seguito. Stava seduta con un binocolo nel boschetto di abeti di fronte alla casa, sperando di non prendersi una zecca nell'erba alta. Aveva con sé da mangiare, da bere e persino una batteria sostitutiva per il cellulare.

Ascoltava in cuffia il suo podcast preferito, *Drama Carbonara*, in cui tre donne leggevano romanzetti. La facevano sempre ridere. Senza quella distrazione, non sarebbe stata in grado di reggere l'operazione di sorveglianza. In realtà, non succedeva niente di particolare a casa Achleitner. Erano già le 18, doveva tornare in hotel, mancava mezz'ora alla cena. Stephanie stava per abbandonare la postazione per quel giorno quando attraverso il binocolo vide Paul chiudere il classificatore che aveva davanti, per poi scomparire. Quando tornò, aveva con sé il borsone da sport. Uscì di casa diretto in garage. Stephanie corse all'auto che aveva preso a noleggio e parcheggiato un po' più in alto rispetto alla casa. Le batteva forte il cuore. Non aveva mai pedinato nessuno prima di allora. Non poteva permettersi di fare errori. Aspettò qualche minuto, poi avviò il motore e iniziò la discesa. La Bmw di Paul era davanti a lei, svoltò in direzione di Oberwart e si inoltrò nel bosco. Stephanie rallentò. C'era poco traffico su quella strada secondaria, voleva evitare di attirare l'attenzione di Paul. Solo quando arrivarono sulla B50 e Paul accelerò, anche Stephanie aumentò la velocità. Paul si fermò al parcheggio del centro termale Avita. Stephanie parcheggiò poco distante e lo seguì nell'atrio. A destra della cassa c'era il negozio di souvenir. Stephanie si nascose dietro a un espositore rotante di occhialini da nuoto. Paul si avvicinò alla reception, posò a terra il borsone e tirò fuori il portafoglio. "Un serale, per favore," disse alla cassiera. "Con sauna."

Stephanie esultò. Era l'occasione che aspettava. Doveva solo tornare velocemente al suo hotel a prendere il costume da bagno.

In realtà la presenza ai pasti durante la cura termale era obbligatoria, ma già il primo giorno lei aveva fatto scivolare una banconota da cinquanta nelle mani del direttore del ristorante. In hotel dava sempre le mance appena arrivata, non capiva perché la maggior parte delle persone aspettasse fino alla partenza, a quel punto non serviva più a niente. Lavorava anche lei nel settore dei servizi, conosceva il potere della mancia. Il direttore del ristorante non avrebbe sicuramente fatto la spia e lei aveva cose ben più importanti da fare che mangiare fricassea di pollo e riso Trauttmansdorff.

In neanche mezz'ora era di nuovo alle terme. Pagò l'ingresso e si cambiò. Si guardò allo specchio. Le tre settimane di digiuno intermittente avevano dato i loro frutti. Era in gran forma. Il bikini argentato forse era più adatto per una vacanza al mare in Belize che per le terme di Bad Tatzmannsdorf, ma lei era in missione. Ecco perché aveva messo in valigia solo abiti sexy. Si era schiarita i capelli e aveva fatto la permanente alle ciglia, anche se durante il trattamento aveva avuto l'impressione di aver perso la vista. Si era fatta ricostruire le unghie delle mani e dei piedi sorprendendosi del dolore provato mentre il gel si induriva sotto la lampada a infrarossi. Era stata dall'estetista per la depilazione totale. Anche quel dolore non lo avrebbe mai dimenticato. Aveva fatto dieci lampade pur sapendo che la sua pelle si sarebbe poi vendicata con macchie e rughe, ma non le importava, erano sacrifici necessari al suo piano. Adesso era una dea bionda, dalla pelle dorata e liscia come seta, con ciglia incurvate e artigli affilati. Conosceva Paul e lui avrebbe imparato a conoscerla.

All'ingresso dell'area benessere la avvolse un vapore caldo che odorava di cloro e profumo d'ambiente. Non era una spa rumorosa. Niente scivoli, nessuna piscina a onde né trampolini. Nessun bambino, niente urla, solo il mormorio soffocato dei frequentatori della piscina che galleggiavano aggrappati ai tubi salvagente come naufraghi esausti. Sonnecchiavano nell'acqua calda della vasca e trasalivano allo scroscio delle docce a cascata, che si attivavano a intermittenza turbando la quiete. Ma il fastidio durava poco, dopo qualche minuto gli ospiti potevano tornare a godersi quel caldo, ovattato benessere.

Stephanie aveva dimenticato le ciabattine e si muoveva in punta di piedi. Una donna delle pulizie aspirava le pozze d'acqua dal pavimento con un aggeggio particolare e Stephanie le andò dietro, perché camminare sulle piastrelle bagnate le dava fastidio. Pensò per un attimo di tornare alla boutique del centro per comprarsi delle ciabatte da piscina ma non voleva perdere altro tempo. E poi una dea non si mostra con le Adilette ai piedi.

Trovare Paul non fu così semplice. L'area termale era enorme, con innumerevoli vasche e zone relax. Con i capelli bagnati tutti si assomigliavano. "Per favore, fa che non sia in sauna," mormorò tra sé e sé. Non era pronta a vedere Paul nudo.

Le sue preghiere vennero ascoltate. Alla fine lo individuò, stava proprio entrando in una delle vasche a idromassaggio, rotonda, con le bocchette posizionate lungo la parete a distanza regolare e a diverse altezze. Secondo una regola non scritta il massaggio doveva iniziare dai talloni per poi passare a polpacci, cosce e glutei fino a coinvolgere prima la parte bassa della schiena, poi la parte alta e infine la nuca. Un segnale acustico avvisava che era il momento di cambiare getto. Stephanie si mise in fila dietro a Paul, sforzandosi di non guardarlo troppo. Si concentrò sul massaggio. L'acqua in quella vasca era più calda rispetto alle altre, aveva la fronte imperlata di sudore, ma il getto era piacevole. Per farlo arrivare anche sulla pianta del piede fece una piccola torsione, ma nel mentre perse l'equilibrio, spostandosi appena in direzione di Paul. "Scusi," disse a bassa voce. Paul le sorrise. *Non ha idea di chi io sia*, pensò lei.

Le ultime bocchette, collocate in alto lungo il bordo della vasca, erano le più gettonate, evidentemente tutti soffrivano di contratture alle spalle e al collo. Stephanie osservò Paul rilassarsi contro il getto d'acqua. Aveva gli occhi chiusi, sembrava che sonnecchiasse. L'acqua gli frizzava sul collo, i capelli biondi da bagnati erano molto scuri. Parve non accorgersi del segnale acustico, solo quando Stephanie gli fu vicina alzò la testa, sorrise e le lasciò il posto. Proprio accanto alla postazione c'erano i lettini, sempre con funzione idromassaggio. Di nuovo Stephanie si mise accanto a Paul, sdraiato a gambe aperte. *Manspreading nella spa*, pensò lei. Le bolle d'aria gli gonfiavano i pantaloncini del costume con un effetto buffo, sembrava avesse il pannolino.

Mentre cercava di trovare la posizione ideale in acqua, a Stephanie capitò di sfiorargli la gamba col piede. "Scusi," disse con un sorriso imbarazzato. Paul non parve seccato. "Ci vuole esperienza per mettersi in modo da non farsi trascinare via," disse ridendo. "A pancia sotto è più facile," aggiunse girandosi e poggiando gli avambracci sul bordo della vasca. L'aria fuoriuscì dai pantaloncini in un'unica bolla, come un gigantesco peto. Anche Stephanie si girò, aggrappandosi al bordo della vasca. Le bolle d'aria le titillavano il seno e l'addome. Alcune le arrivarono tra le gambe. Subito strinse le cosce. "Fa solletico," disse.

"Fastidioso?" chiese lui.

"Non direi," ammise lei. Lui la guardò dritto negli occhi e Stephanie capì che stava pensando al sesso. *Incredibile*, si disse, *ho scambiato quattro parole con lui e già ci sta provando. Con me! Che arroganza!* Ma fece finta di niente.

"Sei di queste parti?" le chiese.

"No, sono di Vienna," mentì Stephanie. "Sono qui per le cure termali!"

"Ma non sei troppo giovane?"

"Adesso mandano i giovani in cura, così possiamo rimanere abili al lavoro più a lungo e foraggiare lo stato. Sono parrucchiera, ho problemi a una spalla."

Paul annuì comprensivo. Gli piacevano le parrucchiere, contro tutti gli stereotipi. Quelle che aveva conosciuto erano istruite, creative, divertenti e tutt'altro che stupide. Ascoltatrici attente e sensibili – cosa poteva desiderare di più un uomo?

Lei inoltre era proprio carina, la classica biondina elegante che piaceva agli uomini e con cui le donne amavano identificarsi. Sarebbe stata perfetta per la pubblicità del centro termale. "Piacere, Paul," disse tendendole la mano. "Vicky," rispose lei.

Stephanie aveva pensato mille volte al momento in cui avrebbe trovato Paul. Come sarebbe andata la conversazione? Cosa avrebbe pensato e provato? Come avrebbe potuto restare in contatto con lui? In realtà, fu banale e semplice. "Ho sete, vado al ristorante a bere qualcosa, vieni anche tu?" le chiese Paul.

"Volentieri," rispose Stephanie, "è ora che esca dall'acqua calda. Guarda le dita, sono bollite," aggiunse alzando le mani. Paul sorrise tra sé e sé. *Che si fotta la Zieserl, mica ce l'ha solo lei*. Forse, dopo, la tipa sarebbe andata con lui in sauna. Era pronto per quello. Per fortuna l'eruzione cutanea, grazie alla pomata, era già completamente sparita.

17.
I narcisi

Come tutte le carpe anche le koi sono onnivore. Preferiscono però le prede vive. Non hanno stomaco, solo un'espansione similare, che consente di immagazzinare piccole quantità di cibo. Questa particolarità spiega perché non conoscano il senso di sazietà.

"La leggenda vuole che il semidio Narciso fosse bello al punto da essere bramato sia dagli uomini che dalle donne. Ma Narciso disdegnava l'amore che gli veniva offerto e respingeva sgarbatamente chiunque mostrasse sentimenti nei suoi confronti. Dovunque andasse, si lasciava alle spalle solo cuori infranti.

Questo non piacque a Nemesi, la dea della vendetta, che decise di riservare a Narciso una punizione particolarmente sottile. Poiché Narciso non era in grado di provare vero amore per gli altri, da quel momento in poi avrebbe amato solo se stesso, di un amore destinato a rimanere per sempre insoddisfatto.

Narciso aveva occhi solo per se stesso. Un giorno, mentre era chino su uno stagno per bere, si innamorò follemente del suo riflesso. Non si accorse che stava guardando se stesso e la disperazione per il fatto che il suo 'amato' non gli rispondeva crebbe inesorabile. Da quel momento in poi, Narciso trascorse i giorni e le notti accanto allo stagno. Alla fine, non sopportando più la mancanza dell'amato, nel tentativo di abbracciarlo cadde in acqua e annegò. E nel punto in cui era stato seduto spuntò un narciso."

Johanna si tolse gli occhiali da lettura, chiuse il libro sui miti greci e si guardò attorno. Tutti gli occhi erano fissi su di lei. Mathilde era sdraiata sull'amaca. Grete, Isabella e Mitzi erano sedute sull'ampia panchina del giardino, Eva e Vera sull'erba, sopra le giacche. Vera considerò brevemente se applaudire o meno, ma alla fine lo trovò inopportuno. Eva pensò per un attimo che quel Narciso avrebbe potuto essere Paul e a cosa sarebbe successo se fosse caduto e annegato nel laghetto delle carpe koi. Probabilmente i suoi stupidi pesci a un certo punto se lo sarebbero mangiato. Sorrise maliziosa al suo black humor.

Finz era appoggiato al melo. I boccioli erano gonfi e pronti ad aprirsi. Ancora uno o due giorni di caldo e l'albero sarebbe fiorito, come i ciliegi, i susini e i peschi del giardino di Johanna. Finz era l'unico uomo presente. Aveva chiesto a Johanna il permesso di partecipare di tanto in tanto alle riunioni del "Club del pollice verde". E ovviamente non c'era nulla che lo vietasse.

Come tema per l'incontro di quel giorno Johanna aveva scelto "Le bulbose primaverili". In giardino aveva materiale didattico sufficiente.

Le corolle del narciso dei poeti si piegavano al vento come se annuissero, variopinti tulipani selvatici, crochi, muscari e scille erano in fiore. Il prato era disseminato di violette e primule che formavano macchie di colore sull'erba. Le primule selvatiche gialle si erano incrociate con quelle ornamentali rosse e viola, dando vita a nuove tonalità. Una in particolare, grigio-lilla con l'occhio giallo uovo sarebbe stata perfetta per la copertina di "Natura amica", si disse Vera. Doveva smettere di pensare come se lavorasse ancora per la rivista.

Rivolse quindi l'attenzione al buffet che Johanna aveva allestito per i suoi ospiti. Insalata di uova e asparagina servita su crostini di pane casereccio, rotolo di fragole e punch di asperula, sciroppo di rabarbaro fatto in casa. Johanna avrebbe potuto aprire un ristorante.

La padrona di casa aveva creato delle aiuole attorno agli alberi da frutto in cui fioriva la primavera.

"Lo sapevate che è stato un forestiero a portare i narcisi e i tulipani nel Sud Burgenland?" chiese Johanna. "I narcisi sono originari del Mediterraneo. Nel 1556 il dotto olandese Carolus Clusius portò con sé alcuni bulbi da un viaggio in Oriente. Carolus Clusius era considerato il più famoso botanico del suo tempo. Era il botanico di corte di Massimiliano II, ma quando salì al trono il figlio di quest'ultimo, Rodolfo II, tutto il personale di corte di confessione evangelica venne licenziato, compreso Clusius che, come tanti protestanti, trovò rifugio nel Sud Burgenland. Balthasar Batthyány, il signore del castello di Güssing, lo accolse e apprezzò anche i bulbi portati dall'olandese. All'epoca alcuni erano preziosi quanto l'oro. Basta pensare alle guerre dei tulipani, che si combatterono qualche decennio dopo. Batthyány era a sua volta un appassionato botanico dilettante. In cambio di prigionieri di guerra turchi si faceva inviare dalla Turchia semi, radici e bulbi di piante esotiche. Molti signori dei castelli dell'attuale Burgenland erano all'epoca fautori della Riforma. La tenuta Bernstein, proprio qui accanto, apparteneva ai Königsberg, una delle più importanti famiglie protestanti austriache."

"La nostra bisnonna era evangelica, abitava a Bad Tatzmannsdorf e, non potendo frequentare la scuola elementare cattolica del paese, era costretta ad attraversare ogni giorno il bosco a piedi per raggiungere la scuola evangelica di Neustift," raccontò Vera. Anche lei aveva frequentato il liceo evangelico a Oberwart invece di quello "normale" a trecento metri da casa. Era interessante come una questione di fede condizionasse ancora il presente.

Johanna aveva nel frattempo ripreso la visita guidata del giardino.

"Pazzesco, hai anche un tulipano a quadretti!" La vista del fiore aveva strappato Vera alle sue riflessioni sulla religione. Johanna si mise a ridere: "Non è un tulipano, ma una *Fritillaria meleagris*, detta bossolo dei dadi. È a rischio di estinzione in tutta Europa, fa parte della famiglia delle *Liliaceae* ed è una specie protetta. Ma più a sud, nelle zone umide di Hagensdorf e Luising, n'è pieno. Dovreste proprio andare a vederli".

"Hai pochi tulipani classici, vero?" osservò Finz.

"Qualche anno fa ho optato per i tulipani selvatici, perché le arvicole mi divoravano i bulbi degli altri ed era faticoso proteggerli ogni volta con una rete metallica. Inoltre, i tulipani coltivati si esauriscono rapidamente, i bulbi migrano sempre più in profondità e dopo qualche anno fanno solo foglie e niente fiori."

"Anche mia cognata aveva problemi con le arvicole, quindi estirpava i bulbi dei tulipani in autunno, li teneva in cantina all'asciutto durante l'inverno e poi li reimpiantava in primavera," raccontò Mathilde.

"E pensa un po', col passare del tempo i bulbi diminuivano e poi ha scoperto che suo figlio, ogni volta che tornava a casa dopo una serata fuori, si faceva sempre una frittata e ci metteva dentro i bulbi. Li aveva presi per cipolle."

"Erano buoni almeno?" chiese Finz ridendo.

"Be', ha detto che avevano un gusto leggermente più dolce delle cipolle normali, ma non erano niente male."

"Anche in Olanda durante la seconda guerra mondiale la gente mangiava i bulbi dei tulipani," disse Johanna. "C'erano addirittura le ricette sulle riviste femminili. Inoltre, si possono mangiare anche i bulbi di dalia, lessati come le patate. Certi bulbi sanno di finocchio, altri di sedano, o ricordano le scorzonere, gli asparagi o le rape."

"Si possono mangiare anche i bulbi dei narcisi?" chiese Eva.

"Sì, ma una sola volta," rise Finz. "La prima e l'ultima." Poi in tono misterioso aggiunse: "In arabo, narciso significa messaggero della morte. Si dice che la pianta fiorisca all'ingresso dell'oltretomba".

"Per i bambini e gli animali domestici il narciso può essere effettivamente pericoloso," disse Johanna. "I fiori contengono alcaloidi velenosi. Ci sono stati casi in cui bere l'acqua del vaso è stato fatale. Un adulto probabilmente se la cava con lievi o moderati sintomi di avvelenamento, ma non è certo uno scherzo. Inoltre il narciso avvelena anche gli altri fiori del vaso, rilasciando una mucillaggine che altri fiori recisi non tollerano..."

Il cellulare di Eva squillò. Era Paul. Mentre lei rispondeva, Finz, che le era proprio accanto, disse a Johanna ridendo come un matto: "I narcisi non tollerano rivali".

Paul capì i narcisisti.

"Dove sei?" chiese a Eva.

"Da Johanna al club di giardinaggio."

"Non dire bugie, sento il tossico accanto a te che parla e ride come un cretino."

Eva arrossì violentemente. "Paul, per favore..." Voltò le spalle al gruppo e si allontanò di qualche passo. Ma era ancora a portata d'orecchio, Vera la sentì discutere animatamente.

"No, te l'ho detto, sono alla riunione del club."

"Ma sei matto?"

"Certo che non sto mentendo."
"Smettila di urlare, ti sentono tutti se urli così."
"Per favore Paul, per favore, smettila."
"No, Paul, te l'ho già detto, non sto mentendo, sono da Johanna."
"Lui è qui per caso, non posso certo impedirgli di venire, siamo in un paese libero."
"No, non è qui per me."
"Parliamo di narcisi. Di fiori!"
"Vuoi la prova?"
"E come faccio a dimostrartelo?"
"Cosa devo fare?"
"Non hai tutte le rotelle a posto."
"Perché non mi fai pedinare?"
"Certo che dico la verità."
"Allora ti dimostro che è vero."
"Ma solo se poi la smetti."
"Va bene."
Eva chiuse la telefonata. Le tremavano le mani.
Vera le si avvicinò e la portò nell'angolo più remoto del giardino. Gli altri fingevano di non aver notato nulla. Solo Finz le osservava con la fronte aggrottata.
"Cosa vuole?"
"Che gli mandi subito un selfie a dimostrazione di dove sono e con chi. È completamente fuori di testa."
"E tu cosa vuoi fare?"
"Be', glielo mando, se no stasera mi monta su un casino."
Eva prese il telefono, allungò il braccio destro e premette il pulsante. Il negozio di campagna di Johanna e le persone presenti erano chiaramente visibili sullo sfondo.
Vera, che era accanto a lei e quindi appariva in primo piano, pensò per un attimo di tirare fuori la lingua, ma poi lasciò perdere. Era sempre stata un po' ribelle, ma

in situazioni come quella rischiava di gettare benzina sul fuoco. E non era il caso, per il bene di Eva.

Eva esaminò la foto e premette invia. Aveva il viso pieno di macchie rosse per l'agitazione.

"Dai, torniamo dagli altri," disse Vera.

Il gruppo si era ora radunato attorno a due ceste che contenevano oggetti cilindrici avvolti in carta velina.

"Regali," esclamò Johanna tutta allegra. "Ho espiantato per voi dei bulbi di fiori. Potete piantarli a casa. Dovete solo decidere quali prendere. Tulipani selvatici o narcisi?"

"Tulipani," disse Vera.

"Narcisi," disse Eva.

18.
Sesso con l'ex

Anche se le cicogne bianche si conoscono da tempo, accolgono il partner con rispetto, piegano il collo all'indietro in sincrono o alternativamente e fanno un gran rumore aprendo e chiudendo il becco.

"Vado a bere qualcosa da Sapore, venite anche voi?" Finz si era rivolto a tutto il gruppo, ma Eva intuì che la proposta era mirata a lei. "Non so," rispose esitante.

"Dai, andiamo a farci un altro drink," disse Vera. "O devi tornare a casa per via di Carla?"

"No, in questi giorni è a Eisenstadt dalla nonna, così rivede i vecchi compagni di scuola. Non si è ancora ambientata qui."

"Perfetto, Letta oggi dorme da mia madre, guardano insieme *Germany's Next Top Model.* È un appuntamento fisso ogni settimana. Passano ore insieme a criticare le povere modelle. Sono due iene."

"Sì, ma Paul..."

"Ascolta," disse Vera tirando Eva da una parte, "Paul si è appena comportato come il più grande stronzo dell'universo. Sei una donna adulta, non la sua serva. Non sono ancora le 18. Potrai ben venire con noi a bere una cosa, non stai facendo niente di nascosto. Perché se vuoi fare qualcosa di nascosto, non hai certo bisogno di andare da Sapore."

"Sì, ok, ma solo se vieni anche tu, perché se siamo solo io e Finz, sembrerà che..."

"...che io sia lo scapolo più ambito del Sud Burgenland, beato me," disse Finz, abbracciandole entrambe. "Prendete le vostre auto, ci vediamo lì."

Sapore era un delizioso wine bar gestito da due bellissime sorelle, innamorate dell'Italia. Prima era una panetteria, l'ex banco di vendita in legno scuro era stato dipinto in grigio chiaro, con il piano color crema.

Nell'antico scaffale intagliato, ridipinto a sua volta, erano esposti prodotti italiani: pasta, caffè, marmellate, mostarde e sughi pronti. Mensole color crema e mattonelle artistiche completavano l'arredo.

Quando Vera, Eva e Finz entrarono nel locale, Katrin, una delle due sorelle, stava disponendo fette sottili di prosciutto assieme a capperi, olive, pecorino e sottoli su un bel piatto di ceramica grigio.

"Abbiamo un servizio simile da noi a casa," esclamò Eva. "È della ceramista di Stadtschlaining, vero?" Katrin annuì.

"Volete mangiare qualcosa?" chiese.

"No, siamo reduci dal club di giardinaggio, Johanna ci ha messo all'ingrasso, come al solito. Però abbiamo sete," rispose ridendo Finz.

Katrin conosceva Finz e Vera, Eva non l'aveva mai vista, ma dopo le presentazioni le si accese la lampadina. Era la moglie di Achleitner, il forestiero, quello con cui la Zieserl aveva una relazione. Tutta Oberwart ne parlava. Gli unici che, come sempre, non sapevano nulla erano i cornuti. Così andavano le cose in campagna.

Come ogni brava ostessa, Katrin non lasciò trasparire

nulla. "Che vi va di bere, Aperol Spritz, il nostro Basecco, ossia prosecco con sciroppo di sambuco e basilico..."

"Io prendo una birra," disse Finz. Eva e Vera optarono per il Basecco.

"E tua sorella?" chiese Vera. "Sandra sta aiutando Dark Tom a portare il gin in cantina," rispose Katrin. "Ce lo ha appena consegnato. Ma arrivano subito."

"Vado in bagno," disse Vera e sparì.

Aveva il cuore in gola. *Merda, merda, merda.* Dark Tom era lì. Lei com'era messa? Si guardò allo specchio. Coda di cavallo, niente trucco, gonna di jeans e una vecchia maglietta di French Connection con la scritta "SXE PELASE". *Fantastico. Speriamo solo che non pensi di essere il destinatario del messaggio,* si disse. Come stava a intimo? Ma perché stava pensando a che tipo di biancheria stesse indossando? Ahhh. Si sciolse i capelli e tentò di dargli una qualche forma con le dita umide. Poi cercò un rossetto in borsa e ne mise un po' sulle labbra e sulle guance.

Dieci secondi dopo, lo tolse. Cosa avrebbero pensato Finz ed Eva se fosse tornata dal bagno col rossetto? E poi aveva già le guance rosse, forse anche per colpa del Basecco che aveva tracannato d'un fiato appena sentito nominare Dark Tom.

Doveva tornare subito indietro, se no gli altri potevano pensare che fosse caduta nel cesso. Sulla mensola sopra il lavandino le sorelle avevano messo dei profumi a disposizione dei clienti. Vera si mise qualche goccia dell'Imperatrice di Dolce & Gabbana. Le sarebbe servita la forza di una sovrana.

Si lavò le mani e aprì la porta. Dark Tom era al bancone assieme ai suoi amici davanti a una bottiglia di gin e un vassoio pieno di bicchieri. Sembrava una degustazione privata. Dava le spalle a Vera, ma doveva aver percepito il suo sguardo su di sé perché si voltò e la guardò dritta negli occhi.

"Ciao," disse Vera.

"Ciao," rispose Tom.

Vera aveva pensato migliaia di volte a come sarebbe stato rivedere Dark Tom. Ora il momento era arrivato e per l'agitazione non provava assolutamente nulla. Era come se si guardasse dall'esterno.

Che storia la loro. Vera aveva conosciuto Dark Tom a diciotto anni, e nei tre successivi aveva passato più tempo a desiderarlo o odiarlo profondamente e ad analizzare il suo comportamento assieme alle amiche, che in sua compagnia. Erano stati assieme per lo più la notte, il fine settimana, al Kamakura, il locale underground che aveva improntato i gusti musicali di un'intera generazione. Iggy Pop, Pixies, Soft Cell, The Cure. Non erano mai stati insieme nel senso classico del termine. Lui la cercava sempre quando lei non era interessata o era impegnata con qualcun altro e quando lei lo avrebbe voluto, lui si era rimesso con la sua stupida ex. Ma le poche volte in cui il timing era riuscito erano rimaste impresse per sempre nel cuore di Vera.

La prima volta con Tom, luna piena sul lago, alba sul Csaterberg, *Wish you were here* dei Pink Floyd a tutto volume in macchina tanto a lungo da scaricare la batteria, così avevano dovuto tornare in autostop. E la volta che erano entrati di nascosto nella piscina comunale e alle quattro del mattino si erano messi a fumare e a contare le stelle sdraiati sull'erba. Era stato allora che lui le aveva raccontato del padre violento, in lacrime, supplicandola di non lasciarlo mai. Forse però era solo ubriaco. Natale al Kamakura, un albero di Natale sulla pista e tutti a ballare intorno. Poi lei lo aveva portato a casa in mezzo a una tempesta di neve, un bel rischio, erano le 5 del mattino, lo spazzaneve non era ancora passato, la strada era ghiacciata. Avevano anche bevuto. Una tequila costava dieci scellini, oggi sarebbero settanta centesimi. A Vera piaceva la tequila oro con arancia e cannella, a Tom quella argento con sale e limone. Erano finiti in un fosso, ma non erano morti. Si era fermata una macchina, ne erano scesi quattro nottambuli di Stinatz che li avevano aiutati a tirare su la macchina, un miracolo di Natale. Vera era finita nella neve fino alle anche. All'epoca c'erano ancora gli inverni veri nel Sud Burgenland. Erano risaliti in auto zuppi e in qualche modo erano arrivati a casa di lui senza altri incidenti. Erano gelati, Vera batteva i denti. Poi avevano fatto il bagno insieme. Non solo per riscaldarsi. Tom con un cappello in testa aveva declamato poesie nella vasca mentre Vera rideva come una pazza. Poi avevano bevuto caffè corretto al brandy, mangiato biscotti e ascoltato Tracy Chapman prima di infilarsi sotto l'enorme piumone. Era stato il miglior Natale di sempre.

A Capodanno Tom si era rimesso con la sua ex. Poi silenzio, per dieci anni. Fino a quando, una notte, si era materializzato davanti alla porta di Vera a Vienna. Ubriaco e disperato.

"Sono stato un idiota. Ero un idiota, ti ho trattata male perché avevo paura di quello che provavo per te," aveva detto.

"Sono incinta," aveva risposto Vera. "Amo un altro."

Era finita così.

E adesso era lì, da Sapore e aveva lo stesso aspetto di allora, un po' invecchiato, ma con classe. Capelli scuri corti, barba brizzolata, palpebre pesanti, che a Vera non sarebbe mai venuto in mente di definire "borse sotto gli occhi". Le aveva sempre avute, e lei le trovava sexy. Sopra lo scollo della maglietta, sulla clavicola destra, si vedeva la parte superiore di un tatuaggio: due punte nere. Vera lo conosceva, era come quello di George Clooney in *Dal tramonto all'alba*. Solo che Tom aveva avuto l'accortezza di farselo fare un po' più in basso.

"Vuoi un Gin Tonic anche tu?" le chiese.

"Certo," rispose Vera. Doveva pur buttar giù qualcosa per sciogliere il nodo alla gola.

Tom passò dietro il bancone, versò un po' di gin in un bicchiere e aggiunse ghiaccio, una fetta di cetriolo e uno spicchio di lime, poi acqua tonica fino al bordo. "Il gin è molto di moda, lo producono in mille versioni stravaganti, ma io lo preferisco classico. Ginepro, arancia, cardamomo, zenzero. E la tonica non deve essere troppo dolce. Salute."

Vera ne bevve un sorso. "È buono," disse. Lo buttò giù in fretta. Troppo in fretta. Sentì un piacevole calore nello stomaco, il gin bruciava l'agitazione. "Di cosa ti occupi adesso?" gli chiese.

"Ho una locanda sul Csaterberg, non lontano da dove siamo rimasti a piedi quella volta, ti ricordi?" Che domanda stupida. Certo che si ricordava. E, come lui, sapeva che non l'avrebbe mai dimenticato. Parlarono del più e del meno per sfuggire alle domande pesanti, "Hai una persona?" e "Che effetto ti fa rivedermi dopo tanto tempo?".

Vera bevve ancora un Gin Tonic, e poi un altro. "Tesoro, oggi hai una marcia in più, come un tempo," disse Sandra che aveva bevuto tequila con Vera al Kamakura più di una volta all'epoca.

"Io vado," disse Vera. Finz ed Eva si sarebbero comunque arrangiati senza di lei, erano immersi in conversazione, e Tom. Ah, Tom.

"Sandra, mi chiami un taxi, per favore?"

"Posso portarti a casa io," disse Tom. Vera rise scettica. "Io lascio la macchina qui perché ho bevuto troppo e dovrei venire con te, che hai bevuto almeno altrettanto se non di più?"

"Innanzitutto io reggo meglio l'alcol e poi conosco le strade secondarie," replicò secco Tom. "Allora, che vuoi fare?" Prese la giacca e le chiavi dell'auto. Vera esitò pensando a quante volte aveva detto a Letta di non salire mai in macchina con un ubriaco.

"Potremmo anche chiamare un taxi," disse prudente. "Non ho mai chiamato un taxi nel Sud Burgenland," sbuffò Tom.

"E te ne vanti pure?" disse Vera. "È da senza cervello!"

"Andiamo in macchina," insistette Tom. Vera prese il cappotto, anche se stava facendo una cretinata.

Nel locale c'era caldo e aria viziata, fuori li accolse il fresco della notte.

Tom si avvicinò al suo Range Rover e sbloccò le porte con il telecomando. Vera attese un momento, sperando che lui le aprisse la portiera. Tom interpretò correttamente la sua esitazione e con un'esagerata riverenza aprì quella del passeggero.

"Prego, madame."

"Grazie," rispose secca Vera e cercò di salire senza far alzare troppo la gonna.

Notò comunque lo sguardo di Tom sulle sue gambe. Le piacque. Sapeva che erano belle.

Tom salì e accese il motore. Partirono le note di *Roads* dei Portishead. "Musica depre, la mia preferita degli anni 2000," disse ironica Vera. Tom non rispose. Stava attento alla strada, svoltò in direzione Schuldenberg e poi prese la forestale per Sankt Martin.

"Qui non c'è mai la polizia, perché passa una macchina ogni morte di papa, se ci fermassero adesso l'alcol test sarebbe al cento per cento positivo."

"Il tuo senza dubbio," disse Vera.

Era contenta che non ci fosse nessuno in giro, la strada non era illuminata. Nei campi, vide occhi gialli brillare alla luce dei fari. "Stai attento, ci sono dei cerbiatti," disse.

"Ma che cerbiatti, sono licantropi," scherzò Tom. "Stiamo per arrivare alla palude."

"Occhio ai fuochi fatui," rise Vera.

Cominciava pian piano a rilassarsi. Tom era sicuro alla guida, in dieci minuti sarebbe stata a casa, ma in realtà non era quello che voleva. Tom sembrò leggerle nei pensieri. "Andiamo al cinese, come una volta, ti va?"

"Non dirmi che hai del fumo," disse Vera. Il "cinese" era un tubo conficcato in verticale nel terreno con sopra una tettoietta di plastica gialla. Qualcuno le aveva detto una volta che era uno sfiato, o un indicatore di qualche condotta del gas. Ce n'erano diversi sulle strade di campagna nel Sud Burgenland, quello della palude era particolarmente popolare come punto di incontro per fumare erba, grazie alla prossimità alla discoteca Kamakura. "Ho smesso anni fa," disse Tom, "anche se adesso quella roba la trovi anche agli scambi di semi e piante."

"Quindi è un piccolo viaggio indietro nel tempo?" disse Vera.

"Almeno possiamo controllare se il cinese è ancora lì," disse Tom e svoltò a destra verso lo stagno. "Saranno vent'anni che non vengo da queste parti, chissà cosa troviamo." Svoltò a sinistra al ben noto incrocio.

Naturalmente il "cinese" era ancora lì. Tom si fermò a poca distanza e spense il motore. "Ecco qua, tutto come prima."

"Dovremmo davvero informarci a cosa servono questi aggeggi," disse Vera.

"Sono porte verso il passato," disse Tom avvicinandosi a lei. Poi le cinse con disinvoltura le spalle e la tirò a sé. Era un po' strano e goffo quell'abbraccio da sedile a sedile.

Vera voltò la testa verso di lui e per un istante valutò il da farsi.

Poteva dirgli che andasse al diavolo, lui e la sua sdolcinata nostalgia. Che non avevano più diciannove anni e che ci voleva ben altro che l'indicatore di una condotta e un po' di musica dei Portishead per toglierle i vestiti. Oppure poteva semplicemente lasciarsi andare.

Posò la mano sulla guancia di Tom fissandolo negli occhi con sguardo indagatore. Quello di Tom era indolente e predatore.

Forse era solo per via dell'alcol, ma Vera sentì lo stesso le farfalle nello stomaco. *Cazzo, di nuovo, proprio come allora.* Sapeva che se avesse oltrepassato quella linea era chiaro come sarebbe andata a finire. Senza ritorno. *Fanculo*, pensò. Poi chiuse gli occhi e lo baciò.

I primi baci furono giocosi, esplorativi, come un viaggio di scoperta. Prima si limitò a baciarlo delicatamente sulla bocca, poi gli prese le labbra una alla volta tra le sue, prima il labbro superiore e poi quello inferiore, succhiandole leggermente. Tom sorrise e la imitò. Niente lingua ancora, ma gemeva comunque. Vera si chiese se all'epoca si fossero baciati così, ma non se lo ricordava più. Era passato troppo tempo.

Gli posò la mano destra sulla nuca passandogli le dita tra i capelli.

"Mi sei saltata addosso così allora," disse Tom con voce roca. Quindi lui se lo ricordava.

Il contatto fisico con Tom risultava a Vera familiare e alieno al contempo. Familiare perché era Tom, alieno perché, vuoi o non vuoi, doveva ancora fare i conti col ricordo di Gabriel, il padre di Letta. Non aveva alcun desiderio di rispolverarlo e fare un confronto tra i due. Con Gabriel aveva chiuso, ma il suo cervello non riusciva a smettere di registrare le differenze.

Tom aveva le spalle più larghe di Gabriel, il torace più glabro. Tom aveva la lingua più morbida e larga di quella di Gabriel, e i suoi baci erano più sensuali e prepotenti.

La facevano uscire di testa.

Tom si tolse la maglietta e poi la levò a lei e le aprì il reggiseno. "Pazzesco, hai mantenuto un fisico incredibile, addirittura più sexy di allora," le disse.

"Che stronzate da macho," reagì Vera, che in segreto si compiaceva di quelle stronzate da macho.

Comunque a Vera sembrava di avere di nuovo diciannove anni. Una diciannovenne che faceva sesso in auto al "cinese" della palude di Oberwart. Solo che il sesso era molto migliore di quando erano entrambi adolescenti impacciati che se la tiravano da fighi.

Tom si muoveva sicuro, Vera si rendeva conto affascinata della foga con cui il suo corpo reagiva a lui, di come le si spegnesse il cervello e lei tremasse, gemesse e urlasse sotto le sue mani. E quando lui le si abbandonò addosso ansimante con tutto il peso Vera restò per qualche minuto senza più sapere dove finisse la sua pelle e iniziasse quella di lui.

19.
Paul mangia il bulbo

Nelle anatre il corteggiamento è spesso accompagnato da aggressioni e molestie sessuali, dalle quali le femmine si proteggono in un modo insolito, contraendo la vagina che assume una forma a spirale avvolta in senso orario, mentre il pene del maschio, simile a un cavatappi, è ruotato in senso antiorario. In questo modo, la femmina impedisce a un maschio indesiderato di penetrarla.

Ci si chiede spesso se un avvenimento sia dovuto al caso o al destino. Fu un caso o il destino a far sì che quella sera Eva volesse andare via prima? Fu un caso o il destino che Eva e Finz impiegassero esattamente 23,5 minuti per finire i loro drink, pagare, uscire in strada e abbracciarsi? Fu un caso o il destino che Paul proprio in quel momento passasse di lì in macchina? Caso o destino, comunque il tempismo fu pessimo.

Paul fermò la macchina cento metri più avanti sul ciglio della strada e osservò la scena del commiato dallo specchietto retrovisore. Quello che vide lo rese così furioso che serrò il volante finché le nocche non si sbiancarono. Stava rientrando a casa dal centro termale e mai si sarebbe aspettato che sua moglie, subito dopo avergli mandato un selfie dal suo presunto incontro del club del giardinaggio, sarebbe saltata al collo di quel tossico in mezzo alla strada.

Aveva mentito in modo spudorato. Che donna subdola. E le altre del club erano in combutta con lei. Persino Vera, che lui aveva pagato per i testi. Maledette bugiarde. Paul osservò Eva e Finz andare alle rispettive auto. Aspettò che sua moglie salisse, poi la chiamò.

"Dove sei?"

"Da Sapore, ma stiamo già andando via."

"Pensavo fossi all'incontro del club del giardinaggio."

"Ero là, ma poi a Vera è venuta l'idea di andare da Sapore."

"Quindi sei in giro con Vera?"

"Sì, in realtà sì, però..."

"Però cosa?"

"Niente, sto già tornando a casa."

"Stai tornando a casa adesso?"

"Sì."

"Bene, ci vediamo a casa tra venti minuti."

Aveva usato un tono più brusco del voluto, ma non intendeva essere preso in giro. Accelerò e prese la scorciatoia attraverso il bosco. L'avrebbe sorpresa.

Quando Eva arrivò a casa, Paul era già seduto in poltrona, una Egg chair di Fritz Hansen, nel soggiorno. Aveva un bicchiere di vino in una mano e con le dita dell'altra tamburellava sul bracciolo. Sembrava un demone della vendetta, con le labbra serrate in una linea sottile, la mascella contratta. I suoi occhi blu fissarono gelidi la moglie.

"Tu, lurida puttana," sbottò. "Mi fai passare le pene dell'inferno ogni volta che incontro una donna per lavoro e poi ti fai slinguare dal giardiniere in mezzo alla strada. E per giunta mi menti stupidamente."

Si alzò e si avvicinò a lei.

Alzò teatralmente la voce scimmiottando Eva: "Sono con Vera. Vera ha avuto l'idea di andare da Sapore". Con una risata diabolica si piazzò davanti alla moglie. "Pensi che io sia un cretino, lo pensi davvero? Perché, se è questo che pensi di me, ti sbagli. Io ero lì, infatti. Ti ho vista. Ti ho vista buttarti al collo di quel giardiniere come una cagna in calore. Così mi comprometti, e sai cosa succede quando mi comprometti..."

La afferrò per le spalle e la scosse.

"Paul, non c'è niente, te lo giuro, Finz era lì per caso. E perché Vera doveva andare via... Eravamo in più persone. Puoi chiedere a chi era nel locale." Eva era in preda al panico, sentiva la paura travolgerla come un'onda. Quando Paul era geloso era imprevedibile, lo aveva già sperimentato sulla sua pelle in passato. Avrebbe dovuto reagire, combattere, fuggire, ma non fece nulla di tutto ciò, era come paralizzata.

Paul allentò la presa e la spintonò. Eva barcollò. "Proprio non ti entra in testa eh?" Paul sollevò in aria la mano, lei chiuse gli occhi e si accovacciò. Aspettava il colpo, ma non aveva previsto che sarebbe stato così violento. Dimenticava ogni volta quanto facesse male, come le madri che appena partorito dimenticano subito le doglie. Ma Paul non si fece problemi a rinfrescarle la memoria.

Quando il pugno la colpì, pensò che la testa le sarebbe esplosa. Lui mirava sempre di lato, sopra la tempia o sulla nuca. Dove c'erano i capelli. Dove non si vedevano lividi. A meno che non si andasse dal medico. Eva non andava dal medico. Non per quello. Per qualche secondo vide le stelle. Perse l'equilibrio e andò a sbattere contro il tavolino accanto alla poltrona, dove Paul aveva poggiato il suo bicchiere di vino. Il bicchiere cadde a terra poco prima di Eva. Nel tentativo di riacchiapparlo si ferì coi vetri. Liquido rosso sulla mano, vino rosso e sangue.

"Guarda cosa hai combinato," disse Paul sprezzante. "Vedi di pulire, e poi vai a farti una doccia e fasciati la mano." Eva si raggomitolò a terra e scoppiò a piangere. La testa le rimbombava, le fischiavano le orecchie. Sentiva la mano ferita pulsare. "Ti odio," singhiozzò a denti stretti. "Ti odio. Ti odio. Ti odio."

Ma Paul non la sentiva più. Era già uscito dalla stanza.

Eva non ricordava come fosse arrivata a letto quella sera. Ma si svegliò perché sentiva Paul che la leccava dalla testa ai piedi. Una sensazione schifosa di umido e di bava. Sembrava che volesse marchiarla.

Aveva l'alito pesante, puzzava di alcol e di cipolla. Era eccitato e voleva fare sesso, ma non si era nemmeno preoccupato di lavarsi i denti. "Mi spiace tanto, piccola," diceva ansante. "Ieri ho perso il controllo, ma è quello che succede quando mi racconti balle. Se smetti di mentirmi, non succederà più." Premette il ginocchio contro le gambe chiuse di Eva e le si sdraiò sopra. "Mi farò perdonare." Eva chiuse gli occhi. Si sentiva una bambola. Una bambola gonfiabile. Ma non oppose resistenza. Se lo avesse rifiutato, avrebbe continuato col terrorismo psicologico. Quello era il prezzo da pagare per stare in pace. Non per niente era detto "dovere coniugale". Eva chiuse gli occhi e cercò di nascondersi in un angolo della sua mente dove lui non potesse trovarla.

Quando Paul ebbe finito, lei si alzò, andò in bagno, prese due compresse di ibuprofene e cinque gocce di Cbd. Poi rimase sotto la doccia per mezz'ora a strofinarsi da capo a piedi. Voleva lavare via Paul. Si faceva schifo. Paul si era riaddormentato da tempo, Eva lo sentiva russare. Non sarebbe tornata in camera da letto neanche morta. Rinnovò la fasciatura, poi si sedette sui gradini del giardino a fissare il vuoto. Se fosse stata una fumatrice avrebbe fumato, ma così com'era, non poteva fare nemmeno quello.

Quando Paul si svegliò, erano già le 11. Era di ottimo umore e si comportava come se nulla fosse stato. C'era un bel sole nel cielo azzurro, gli uccellini cinguettavano. La vicina batteva il tappeto che aveva appeso sulla recinzione e ascoltava alla radio un brano anni ottanta della new wave tedesca, *Anna* dei Trio. Il ritornello rimbombava dagli altoparlanti.

"Anna... Fammi entrare, fammi uscire." Accanto alla vicina un robot tagliaerba tracciava cerchi sul prato. Un ragazzo dalla pelle scura potava la siepe. Tutto sembrava surreale, Eva si sentiva in uno strano universo parallelo.

"Oggi pomeriggio presento il progetto al consiglio comunale," disse Paul. "Ma vorrei mangiare qualcosina prima. Che c'è oggi di buono?"

"Bistecca con patate arrosto e salsa di senape e cipolle," rispose Eva.

"Ottimo, allora vado a fare ancora un po' di pesi, chiamami quando è pronto."

Entrò nel ventre dell'astronave, dove aveva allestito una palestra. Tapis roulant, qualche attrezzo fitness, pesi, sacco.

Eva si legò i capelli e trasalì alla trazione dell'elastico sul cuoio capelluto. Nonostante l'antidolorifico le faceva ancora male la testa.

Andò al frigorifero e prese le bistecche di filetto. Il macellaio gliele aveva tagliate molto spesse, perché a Paul piacevano così. Da due giorni erano a marinare in un olio aromatizzato con timo e alliaria. La carne veniva da Markt Allhau, le patate e le cipolle da Riedlingsdorf. Eva comprava sempre prodotti locali.

Sbucciò le patate e dopo averle sbollentate le condì con olio d'oliva al quale aveva aggiunto aghi di rosmarino e uno spicchio d'aglio tritato finemente, quindi le mise in teglia e le infornò. Mentre si arrostivano, preparò la salsa di senape e cipolle, mescolando tre cucchiai di senape piccante, mezzo cucchiaino di zucchero, un po' di sale e pepe, e mezza cipolla tritata finemente. Poi tirò fuori dalla borsa il bulbo di narciso avvolto nella carta velina. Indossò i guanti di gomma. Johanna l'aveva avvertita che i bulbi di narciso potevano causare irritazioni cutanee. Eva prese il coltello da cucina, tagliò un grosso pezzo del bulbo, lo tritò finemente e lo aggiunse alla salsa.

Andò alla scala che portava nel seminterrato: "Paul, tra dieci minuti è pronto".

"Ok, faccio una doccia veloce."

Eva scaldò la pesante bistecchiera di ghisa e ci mise sopra la carne unta d'olio, che sfrigolò gettando schizzi intorno. Tre minuti per lato, poi lasciata riposare per dieci minuti. Al sangue. Proprio come piaceva a lui.

Paul indossava jeans neri e una camicia di lino nera quando tornò dal bagno. Aveva le maniche arrotolate, i capelli ancora umidi, i muscoli gonfi dopo l'allenamento. L'immagine del maschio. Un uomo da copertina. L'uomo dei sogni. Un incubo.

"Mmm, deve essere buonissima. Tu non mangi niente?"

"Non posso ancora. Faccio il digiuno intermittente."

"Ah, brava, non volevo dirtelo stamattina, ma hai messo su un po' di peso. Bene che te ne sia accorta da sola, non mi piacciono le donne che si lasciano andare. Le curve sono sexy, ma il grasso no."

Paul rise compiaciuto.

Stronzo, sono sempre dello stesso peso, pensò Eva, ma non disse niente, si limitò a un sorriso tirato.

"Però siediti accanto a me," la sollecitò Paul.

"Certo!"

"Ecco, brava, mi piaci quando fai la brava. Devi solo rigare dritto e tutto va bene."

Paul tagliò un grosso pezzo di carne. Il sangue colato si mescolò sul piatto con il mucchietto di salsa alla senape e cipolle. Eva ne fu disgustata, le ricordò la mano sanguinante del giorno prima. Si passò la mano sulla benda. La ferita era piuttosto profonda. Sperava non si infettasse. Altrimenti sarebbe dovuta andare all'ospedale di Oberwart.

Paul invece non sembrava turbato. Intinse il pezzo di carne nella salsa sanguinolenta e se lo mise in bocca.

"Un sapore particolare, hai provato una nuova miscela di spezie?"

"Sì, è una ricetta di Bernie Rieder," rispose Eva.

Paul spazzolò tutto. L'allenamento gli aveva messo appetito. E il sesso. E il resto.

"Ora mi preparo e vado. Che fai oggi?"

"Mi vedo con mia madre a Oberpullendorf. Mi porterà Carla lì, a metà strada. Non c'è un autobus né un treno da Eisenstadt fino a qui, roba da matti, come se il Nord e il Sud del Burgenland non appartenessero alla stessa regione."

Paul annuì, ma non la ascoltava davvero.

"Ci vediamo stasera. Devo andare, devo anche passare a prendere Zieserl. Vogliamo parlare un po' prima della riunione." Prese il laptop e la giacca.

Baciò Eva sulla bocca. "Fai la brava," disse.

Appena il marito uscì, Eva corse in bagno e si strofinò le labbra per cancellare il bacio, finché non furono rosse e screpolate.

20.
Paul in consiglio comunale

I bovini ruttano e scorreggiano circa ogni quaranta secondi, rilasciando circa duecentocinquanta litri di metano al giorno nell'ambiente, il che li rende importanti agenti inquinanti. Dall'urina dei bovini è estraibile il pigmento giallo indiano.

Il nuovo municipio del comune stiriano sulla sponda occidentale del fiume Lafnitz era di forte impatto visivo, un esempio di architettura contemporanea costato ai contribuenti sette milioni di euro. Le male lingue insinuavano che parte della somma fosse stata veicolata alla costruzione della nuova casa della figlia del sindaco, ma nessuno poteva dimostrarlo. Comunque chi c'era entrato aveva notato in cucina lo stesso tipo di granito che abbelliva l'ingresso del municipio.

Il nuovo edificio era proprio nel centro del paese, dove una volta c'erano piccoli negozi di alimentari attorno alla chiesa, ma gli edifici antichi che li ospitavano erano stati demoliti per costruire il municipio. Tanto ormai le persone preferivano fare la spesa nei supermercati del centro industriale in periferia, dove c'erano le rotatorie, i discount, la rivendita di mangimi per animali e i negozi di mobili.

Nel seminterrato del nuovo municipio erano alloggiati gli impianti tecnici e l'archivio. Al piano terra c'erano l'area di accoglienza e di attesa per gli utenti, l'ufficio tecnico, l'ufficio di anagrafe e stato civile, servizi vari e la caffetteria.

Al sindaco era riservato ovviamente il piano superiore, il suo ufficio era adiacente alla sala riunioni di centocinquanta metri quadri, che veniva utilizzata anche per la celebrazione dei matrimoni.

Tre terrazze e ampie vetrate garantivano grande luminosità agli interni.

"Ingegner Achleitner, direttore Zieserl," la segretaria del sindaco accolse gli ospiti con grande professionalità e li accompagnò al piano superiore, dove li attendeva il sindaco che li ricevette con un gran sorriso. Indossava l'abito tradizionale e aveva mascherato il suo sgradevole odore corporeo con una generosa dose di dopobarba. Andò incontro a Paul e Harald a braccia aperte. "Vi do il benvenuto, amici miei. La riunione del consiglio comunale è appena finita. Siamo in pausa, ma tra dieci minuti riprendiamo e tocca a voi. Posso offrirvi qualcosa da bere? Resi, hai chiesto ai signori se desiderano qualcosa da bere?"

"Un caffè macchiato per favore," disse Harald Zieserl.

"Per me acqua minerale, grazie," disse Paul. All'improvviso aveva nausea. Di sicuro era per il profumo intenso del dopobarba del sindaco.

"Venite, vi accompagno in sala riunioni. Avrete sicuramente bisogno del proiettore per la presentazione. Resi, aiuta i signori."

Paul lasciò a Harald e Resi il compito di occuparsi dei collegamenti tecnici. Stava male, aveva i brividi. Si avvicinò alla porta della terrazza, doveva prendere aria. Inspirò profondamente, ma invece che aria fresca, inalò fumo di sigaretta. Un gruppo di uomini usciti a fumare lo osservavano curiosi. L'odore peggiorò il suo malessere. Dannati fumatori. Paul sentì lo stomaco contrarsi e un'ondata di nausea lo travolse. "Dov'è la toilette?" chiese a Resi, che era ancora alle prese coi cavi. "Appena esce a sinistra, alla fine del corridoio."

"Tutto bene, sei nervoso?" chiese sorridendo Harald Zieserl.

Paul schizzò verso i servizi igienici. Fece appena in tempo ad abbassarsi i pantaloni e sedersi che iniziarono le scariche. E montò la nausea. Riuscì non si sa come a voltarsi e a inginocchiarsi sul water, e iniziò a vomitare pezzi di carne semidigerita. Poi ripresero le scariche. Sudava freddo. L'odore del vomito lo fece rigettare di nuovo. E poi ancora diarrea con crampi dolorosi all'addome. Non sapeva quanto tempo fosse passato, ma sapeva di dover tornare in sala riunioni. Non poteva rovinare tutto. Sentì pulsare le tempie e all'improvviso un dolore insopportabile alla testa, era stordito. Doveva essere la pressione.

Barcollò verso il lavabo ipermoderno. L'acqua scorreva solo se mettevi le mani esattamente davanti al sensore del rubinetto. Paul ci riuscì al terzo tentativo. Si gettò l'acqua fredda sul viso e si sciacquò la bocca per liberarsi dal sapore acido. Con le mani poggiate al muro si guardò allo specchio. Era pallido, con gli occhi iniettati di sangue. *Madonna che faccia*, pensò. Zieserl lo aveva seguito, era fermo sulla porta aperta. Gli diede una pacca sulla spalla: "Hai bevuto troppo ieri, capita a tutti".

"No, penso di essermi beccato un virus."

"Un virus?" Harald gli tolse immediatamente la mano dalla spalla e se la pulì sui pantaloni. "Che facciamo? Ci stanno aspettando là dentro."

"Sto già meglio, dammi due minuti e sto bene. Arrivo subito."

"Che casino. Doveva proprio succederti adesso."

"Harald, ti dico che ce la faccio."

Paul fece un respiro profondo, raddrizzò le spalle e uscì dal bagno. Con le gambe che gli tremavano tornò in sala riunioni. Come previsto, al suo ingresso gli sguardi di tutti i presenti si posarono su di lui. Con il massimo possibile di disinvoltura si avvicinò al posto libero accanto a Zieserl e si sedette, ignorando gli sguardi interrogativi del sindaco.

Quest'ultimo era proprio nel bel mezzo del suo discorso. "Con il nuovo progetto residenziale 'Valle del Lafnitz', la cui architettura aperta rifletterà lo sviluppo dinamico del nostro territorio, daremo un contributo prezioso al futuro della nostra comunità e della nostra regione. L'architetto Achleitner vi darà ora i dettagli di questo progetto all'avanguardia."

Paul avviò la presentazione PowerPoint per illustrare obiettivi e piani. "Vorrei innanzitutto presentare al consiglio comunale i risultati della nostra analisi morfologica del sistema insediativo, così da fornirvi una chiave di valutazione per le decisioni circa ulteriori sviluppi edilizi," esordì. Sapeva per esperienza che presentando il progetto in termini astratti e sofisticati crescevano le possibilità di prendere alla sprovvista gli interlocutori. Nessuno ammetteva volentieri di non capirci nulla.

Una donna bionda con gli occhiali alzò la mano. "Esiste anche un'analisi di compatibilità del progetto edilizio con la protezione ambientale? La nuova pianificazione territoriale riguarda un'area del corso superiore del fiume Lafnitz che è habitat naturale di alcune specie rare di flora e fauna," disse e, guardando un foglietto di appunti, aggiunse: "A tali specie appartengono la *Trapa natans* o castagna d'acqua, la *Gentiana pneumonanthe*, il *Trollius europaeus* o botton d'oro, il martin pescatore e la cicogna nera, e tra le farfalle la *Maculinea nausithous*. Caratteristici della valle del Lafnitz sono biotopi divenuti rari, come praterie di carex, megaforbie e boschi ripariali".

"Attento, è una ribelle ambientalista," sussurrò Harald a Paul, mentre la donna continuava a elencare flora e fauna.

"Carissimi, lasciamo che l'architetto faccia il suo discorso. Sono sicuro che alla flora e alla fauna non succederà niente. Naturalmente, come amministrazione comunale teniamo d'occhio la situazione. Come sapete, sono cacciatore, e i cacciatori sono i custodi della natura," disse il sindaco accarezzandosi la barba.

L'interruzione innervosì Paul. Ricominciarono i dolori di pancia. Non poteva correre di nuovo in bagno, doveva portare a termine quella dannata presentazione. Doveva farlo bene, doveva convincere.

Ma anche Zieserl prese la parola: "Naturalmente ha avuto luogo una discussione preliminare in commissione edilizia e pianificazione territoriale, abbiamo agito con la massima cautela. Posso garantirvi che Edil Pannonia, in qualità di partner, si impegna al rispetto delle norme ambientali e sociali nella progettazione degli spazi abitativi e aperti. Inoltre non si tratta di un progetto edilizio di grande volume. Nella zona residenziale creeremo anche spazi aperti naturalistici".

La situazione intestinale di Paul continuava a peggiorare, il dolore era infernale. Paul serrò lo sfintere e contrasse i glutei, sforzandosi di sorridere. Riprese a sudare freddo. I crampi al basso ventre erano quasi insopportabili, sentiva i gas intestinali rumoreggiare nel retto. Doveva trovare sollievo. Aprì appena le natiche per farsi sfuggire un peto il più silenzioso possibile, ma invece esplose nelle mutande. Non c'era niente che potesse fermare il liquido infernale in uscita dal suo ano. Il tessuto delle mutande non riuscì a contenere il disastro e la brodaglia marrone calda prese a scorrergli lungo le gambe fino a gocciolare sul pavimento. I presenti fissarono Paul Achleitner con gli occhi spalancati.

"Sapevo che questo progetto puzzava," disse secca la donna bionda.

La riunione entrò nella storia del comune. La notizia che Achleitner aveva letteralmente mandato in merda la presentazione si diffuse rapidissimamente. Harald Zieserl oscillava tra rabbia e compassione, ma alla fine lasciò prevalere la ragione. "Ci sono troppi soldi in gioco per abbandonare tutto adesso. D'ora in poi tieni un profilo basso, Paul, vedrò io come possiamo ancora salvare il progetto."

Eva affrontò la situazione con calma, mostrandosi comprensiva. "Non preoccuparti, tesoro, stavi male, non potevi farci niente."

Sylvia Zieserl reagì con maligna soddisfazione: "Se l'è meritato, quel cretino!".

Paul diede dimostrazione delle sue doti di resilienza. Si riprese rapidamente dall'umiliazione e attribuì alla bistecca sanguinolenta il motivo della sua figuraccia. "Il botulismo è un'intossicazione alimentare grave, spesso causata dalla carne andata a male, che porta a gravi episodi di diarrea," spiegò a chiunque, volesse o non volesse ascoltarlo. "Farò chiudere il macellaio," minacciò. "Gli ho già messo alle calcagna l'ispettore sanitario."

L'ultima affermazione non corrispondeva a verità, ma siccome i pettegolezzi in campagna funzionano come il telefono senza fili, da "Hai sentito che la macelleria potrebbe chiudere perché..." si passò rapidamente a "Hai sentito che la macelleria ha dovuto chiudere perché...".

Il macellaio stesso naturalmente non ne sapeva nulla.

Per una settimana intera, il poveruomo effettivamente non vendette neanche una salsiccia e non se ne capacitava. Erano diventati tutti vegani? Poi il popolino trovò un altro argomento di cui sparlare. "Hai sentito che il figlio del sindaco ha avuto un posto al Ministero degli affari sociali?"

Non si fece più cenno alla débâcle di Paul e le cose ripresero il loro corso abituale.

21.
Vera e la terra inca

I polli sono intelligenti quanto le scimmie antropomorfe. Capiscono, ad esempio, che gli oggetti nascosti al loro sguardo non sono spariti, esistono ancora, superando le capacità cognitive di un bimbo piccolo. Sono in grado di risolvere problemi, ricordare il passato, prendere decisioni, imparare e trarre conclusioni. I pulcini sanno risolvere fin dalla nascita operazioni di addizione e sottrazione nell'intervallo numerico da zero a cinque.

"Coco cocooo!" Vera guardò fuori dalla finestra. Letta, vestita con una felpa nera col cappuccio, jeans skinny grigi e Dr. Martens rosa, girava per il cortile con una paletta di plastica rosa piena di grano saraceno. Si era messa in testa di addomesticare la gallina ruspante, finora però con scarso successo.

La gallina era avida dei chicchi, ma mangiava solo se veniva garantito il distanziamento sociale di un metro e mezzo a lei gradito.

Letta però non si arrendeva. Aveva battezzato la gallina Queen Latifah e aveva dipinto il nome in lettere rosa sulla vecchia gabbia per conigli che aveva trovato nella rimessa.

La bisnonna allevava i conigli e li scuoiava con le sue mani. Chi cresce in campagna non può sottrarsi alla morte.

Vera ricordava perfettamente quando, a sei anni, si era resa conto per la prima volta che il coniglio che aveva appena accarezzato non era più nella gabbia, bensì nel congelatore della bisnonna. Aveva pianto per ore e giurato che non avrebbe più mangiato carne, una rinuncia durata giusto finché la bisnonna non preparò le cotolette la domenica dopo.

Strano, pensò Vera, *quella che allora mi era sembrata una barbarie, oggi è fonte di invidia da parte dei miei amici carnivori.* La gente di città attenta all'alimentazione considera un lusso conoscere l'esatta provenienza degli animali, prediligendo gli allevamenti regionali e biologici che garantiscono loro una vita felice. Ma non è esagerato preoccuparsi della qualità di vita dell'animale che si sta per mangiare?

Queen Latifah non doveva assolutamente finire in pentola, questo era certo. Vera lo aveva concordato con il proprietario. Il contadino che abitava tre case più in là aveva scoperto dove andava la sua gallina di giorno ed era corso a recuperarla. Dopo averla sollevata da terra con i rebbi del forcone l'aveva afferrata per le ali e riportata nel pollaio, ma dopo che Queen Latifah era scappata altre tre volte, lui e Vera avevano fatto un patto. Vera gli aveva dato venti euro e una cassa di birra, riscattando così la gallina dalla schiavitù. Il contadino non l'avrebbe uccisa, come di regola, nel momento in cui la produzione di uova fosse calata, ma avrebbe continuato a darle rifugio nel pollaio durante la notte. A nutrirla avrebbero pensato Vera e Letta, del resto la gallina passava tutta la giornata da loro.

E stava visibilmente meglio. Gli erano ricresciute le piume sul collo, era aumentata di peso e iniziava a interagire. Queen Latifah era particolarmente comunicativa e curiosa, quando scopriva qualcosa di interessante agitava la cresta rossa e arruffava le piume. Le piaceva mettersi di fronte al gatto senza nome con la testa inclinata e chiocciare. La conversazione rimaneva ovviamente a senso unico. Il gatto era abituato ai polli e ignorava quello strano esemplare.

Queen Latifah deponeva un uovo ogni giorno, il problema era capire dove. Sul mucchio del compost, nelle fioriere, nel vecchio trogolo nella rimessa. La ricerca giornaliera delle uova era compito di Letta. Ora per lei era sempre Pasqua. *Almeno esce dalla sua stanza*, pensò Vera, *e fortunatamente non si taglia più*.

Le squillò il cellulare. Era il frenetico caporedattore dell'"Eco del Burgenland". "Ciao, sono io. Tutto bene? Hai un attimo? Sai, l'articolo su Kohfidisch è stato proficuo, Kreishofer farà inserzioni nei prossimi tre numeri. Gli ho promesso un articolo. Vuoi farlo tu? Io ho già scritto tre volte su questa terra inca e non mi viene più in mente nulla di nuovo. Serve un nuovo approccio, tremila caratteri. Due foto. Meglio entro venerdì o al massimo lunedì mattina presto. Allora, che mi dici?"

"Sì," rispose Vera. "Certo. Lo faccio volentieri." Lavorare per il giornale locale era una pacchia, la pagavano per andare a intervistare i suoi amici.

Chiamò subito Eva: "Senti, l''Eco' mi ha chiesto un articolo su Finz. Vuoi venire con me quando vado? Gli telefono e gli chiedo se domani pomeriggio ha tempo".

Eva esitò: "Mah, pensi che sia il caso?".

"Perché no? Non c'è nulla di male. Sarà contento se vieni anche tu. Inoltre, l''Eco' vuole una prospettiva nuova. Non essendo giornalista, sicuramente avrai domande che a me non vengono in mente."

Effettivamente Eva aveva delle domande da fare a Finz. Solo dubitava che potessero interessare all'"Eco del Burgenland". Finz era un mistero ai suoi occhi, lui ormai sapeva quasi tutto della sua vita, lei ben poco di lui, questo perché, a differenza di Paul, Finz non parlava continuamente di sé, ma possedeva l'arte dell'ascolto. Era interessato a lei, faceva domande, voleva conoscere i dettagli, esplorare gli stati d'animo.

"Chi ascolta è un adulatore silenzioso" diceva Kant.

"Ok, vengo con te," disse Eva. *Questa volta sarà lui l'interrogato*, decise. Vera non si aspettava altro.

Il sito di Terra Inca era più grande di quanto Vera si aspettasse. E rumoroso. Una gigantesca trituratrice macinava rami e verde di risulta con un rumore assordante. Trattori con cassoni ribaltabili si facevano largo tra cumuli di terra. Una macchina per il compostaggio divorava come un animale affamato i mucchi di compost, aspirando il materiale nel suo ventre e mescolandolo energicamente prima di rigurgitarlo.

"Non immaginavo un processo industriale," esclamò Eva.

"Se dovessi realizzare il compost manualmente, ci vorrebbero anni," rise Finz. "Ci pensano le macchine, così in otto settimane abbiamo il prodotto finito. Vogliamo andare in ufficio?"

Guidò le due donne a una porta accanto a uno dei magazzini. Entrarono. All'interno c'era odore di cera d'api e caffè. Due scrivanie, laptop, scaffali con cartelle, molto legno chiaro. "Possiamo sederci qui," disse Finz indicando un tavolo rotondo con quattro sedie, "il caffè è già pronto. Volete dei biscotti? La madre del mio socio fa i dolci per i matrimoni, quindi siamo sempre ben forniti." Posò una scatola di biscotti sul tavolo. "Allora, forza, cosa volete sapere?"

Vera tirò fuori il cellulare e premette il pulsante registra. "Partiamo dalle basi. Cosa c'è dentro la tua terra inca?"

"Quello che gli altri vogliono buttare," disse Finz. "Foglie, verde di risulta, ramaglie, fieno ammuffito, foraggio andato a male, rifiuti organici, fanghi di depurazione. Trasformiamo i rifiuti puzzolenti in terra profumata."

"Fanghi di depurazione?" Vera sbarrò gli occhi. "Vuoi dire quello che viene fuori dai depuratori?"

"I fanghi di depurazione sono la principale fonte di materie prime del futuro," spiegò Finz, "e durante il compostaggio gli antibiotici, i farmaci e i detergenti vengono completamente smaltiti e i patogeni uccisi. Se si mette il fango di depurazione direttamente sui campi, come è ancora prassi qui nel Sud Burgenland, purtroppo questo non avviene e sotto il profilo igienico è preoccupante."

"Spargono escrementi umani sui campi?" Eva era scioccata. Stava pensando di rivedere la sua decisione di acquistare solo verdure locali.

Finz annuì. "I gestori degli impianti di depurazione pagano agli agricoltori venticinque euro per ogni tonnellata di fango di depurazione che si portano via. Per venti tonnellate sono cinquecento euro, trovano subito chi è disposto a spargerle sui campi, ma non vi preoccupate, da quest'anno la terra tnca è biologica e poiché non esiste certificazione biologica per gli escrementi umani, il fango di depurazione che utilizziamo noi ora proviene dal caseificio. Sono residui della produzione di formaggi."

"Già un po' più appetitoso," disse Vera. "Accettate anche il contenuto dei bidoni dell'umido?"

Finz scosse la testa. "No, i resti di cibo sono estremamente salati. La terra inca verrebbe fuori eccessivamente ricca di sodio. Le persone salano troppo gli alimenti."

"E cos'altro c'è dentro?"

"Frammenti di laterizio che acquistiamo dalla fornace locale, anche in questo caso dobbiamo dimostrare che le smaltature soddisfino i requisiti biologici; e carbone vegetale che produciamo noi stessi."

"Cosa ti affascina del tuo lavoro?"

Finz rifletté. “La sensazione di fare la cosa giusta. Lavoriamo in armonia con la natura. L’agricoltura moderna ha sfruttato i terreni per decenni, ne è residuato uno strato superficiale morto e polveroso che, date le attuali condizioni climatiche – ondate di calore estremo seguite da piogge torrenziali – viene semplicemente spazzato via. Chiunque voglia coltivare deve ricorrere sempre più ai prodotti chimici. Ricominciare a compostare significa restituire al terreno il suo strato di humus. La terra che riceve nutrienti naturali torna in grado di trattenere acqua e risolve anche il problema dei rifiuti in modo naturale. È folle che i rifiuti organici vengano bruciati. Pensate a quante tonnellate di preziosa biomassa finiscono nell’aria come polveri sottili. Per fortuna, però, sempre più persone stanno cambiando mentalità,” disse prendendo un biscotto alla mandorla dalla scatola. Eva notò che aveva bellissime mani.

“Avete sentito parlare di Martin Grassberger? È un medico e biologo che ha illustrato in un libro quanto sia importante il suolo per il contenuto di nutrienti degli alimenti. Le verdure che crescono in terreni sani beneficiano degli elementi vivi del suolo. Gli alimenti provenienti dall’agricoltura convenzionale sono invece quasi privi di nutrienti. Grassberger ritiene che le malattie legate alla civiltà come il diabete, l’Alzheimer o le cardiopatie siano legate a questo,” aggiunse Finz.

Eva annuì convinta e iniziarono a parlare del valore dei veri alimenti.

“Ti sei sempre interessato a questi argomenti?” chiese Vera.

“Vengo da una famiglia di spiriti liberi. Mio padre è un pittore piuttosto affermato, mia madre un’insegnante per nulla convenzionale. Ha seguito le teorie pedagogiche steineriane, ha insegnato Feldenkrais e ha costruito una piscina biologica, in cui però nessuno osava entrare per paura di rane e serpenti d'acqua. Vengo da un paesino del Sud, dalle parti di Jennersdorf. I vicini ci criticavano, mia sorella e io spesso eravamo in imbarazzo di fronte agli altri. Ricordo ancora quando mia madre faceva lo spezzatino con la carne di soia e cercava di convincere tutti i miei amici che aveva lo stesso sapore del pollo. In realtà, non assomigliava affatto al pollo, sembrava polistirolo. Da allora, per anni, non ho più invitato nessuno a casa. Adesso che metà del mondo è diventata vegana, mia madre è tutta fiera di essere stata una pioniera del movimento," aggiunse ridendo e passandosi una mano tra i folti capelli castani. I suoi occhi brillavano impertinenti. "Sono arrivato a interessarmi del suolo e delle sue implicazioni sul clima e sull'alimentazione grazie ai miei viaggi in Sud America. Lì ho scoperto la terra inca e da allora cerco di fare proselitismo anche io. Più persone si interessano a questo argomento, più facilmente potremo affrontare le sfide del futuro."

Allungò le gambe e prese in mano la tazza di caffè. A Eva il suo discorso aveva scaldato il cuore. Paul avrebbe snobbato le considerazioni di Finz come follie esoteriche e buonismo stupido, ma a lei piaceva il suo modo di pensare. O meglio, non solo quello.

"Vogliamo uscire a fare delle foto?" propose Vera.

"Dove preferisci che le ambientiamo?"

"Potremmo seppellirti nella terra, lasciando solo la testa fuori, tipo le foto delle vacanze quando i bambini seppelliscono i genitori nella sabbia. Forse così finisci di nuovo in prima pagina sul giornale."

"Ringrazia il cielo che sono sempre pronto a fare cretinate," disse Finz, togliendosi il maglione. Sotto non indossava nulla.

Però, mica male Finz, pensò Vera senza malizia.

Eva pensò la stessa cosa, ma con diverso interesse.

I tre uscirono all'aperto. Finz si lasciò cadere all'indietro su un mucchio di terra. Si diffuse un gradevole profumo di bosco.

"Lì c'è una pala," disse, indicando con la mano verso destra.

"Eva, puoi farlo tu?" chiese Vera. Avvitò l'obiettivo sulla macchina fotografica e azionò l'esposimetro.

Eva si avvicinò a Finz. Prese una palata di terra morbida e friabile e iniziò a versargliela sulle gambe. Lui rise. Indossava dei jeans aderenti. Quando Eva arrivò all'altezza dei fianchi si bloccò un attimo. Lui notò il suo sguardo e sorrise. Lei rise maliziosa e lasciò cadere terra sulla cintura dei pantaloni e sul ventre nudo. La terra era calda di sole, non poteva dargli troppo fastidio. Ancora qualche colpo di pala e di Finz si vedeva solo la testa. "Va bene così, Vera?"

"Sì, perfetto, grazie," rispose entusiasta Vera, iniziando a scattare.

"Ma anche tu saresti compostabile?" chiese poi.

"Sì, certo, di recente ho seppellito un gatto morto nel mucchio di compostaggio, dopo otto settimane non ne era rimasto quasi più nulla," rispose Finz.

"Ma davvero?" esclamò Vera scioccata.

"Siamo tutti solo biomassa," spiegò Finz.

"Per questo gli inglesi seppelliscono i loro animali domestici accanto alle rose, che grazie all'apporto proteico crescono rigogliose."

"Stavolta ti risparmiamo quella sorte," disse Eva. "Dai, ti aiuto a rialzarti." Salì sul cumulo di terra tendendo la mano a Finz. I suoi piedi non fecero presa sul terreno morbido, perse l'equilibrio e cadde lunga distesa accanto a Finz, col viso vicino al suo. "Be', oggi sei molto impetuosa," disse lui. Eva arrossì.

Nel film a quel punto si sarebbero baciati, pensò per un attimo. Ma nella vita reale aveva la bocca piena di terra e dovette tossire e sputare.

Vera, che aveva la macchina fotografica in mano, rifletté se scattare o meno, ma decise di non farlo. Prima il letto di fiori, ora una situazione che ricordava la lotta erotica nel fango. Il sesso vende, ma non poteva sfruttare mediaticamente Eva in quel modo. Dopotutto, era sposata.

22.
Vera e l'aiuola a cumulo

I lombrichi hanno dieci cuori e sono per questo sicuramente gli esseri più generosi del pianeta.

La nostalgia può essere una sensazione fisica, come il mal d'amore. Vera avvertiva la tristezza dietro i globi oculari, come se avesse voglia di piangere ma non abbastanza da far sgorgare le lacrime. L'ansia le dava un groppo in gola, scendeva giù per l'esofago e le vie respiratorie fino al petto come un miele viscoso, non necessariamente verso sinistra, dove si trova il cuore. L'epicentro era proprio in mezzo al torace, come un nodo che si stringeva sempre di più. Vera sapeva che l'unica cosa che avrebbe potuto scioglierlo era un segno di vita da parte di Tom. Ma quello tardava ad arrivare.

Guardò il cellulare. Da quattordici giorni, silenzio stampa. Niente, nada. Avrebbe potuto fare lei il primo passo e mandargli un messaggio, ma temeva di apparire appiccicosa e ansiosa, allontanandolo ancora di più. Inoltre avrebbe passato le ore successive a controllare continuamente il telefono per vedere se rispondeva, probabilmente invano.

Non smetteva però di formulare nella sua testa sempre nuovi messaggi che non avrebbe inviato.

Ciao Tom, sarò a Schloss Kohfidisch lunedì, ci vediamo la sera?

Troppo diretto, e se lui avesse detto di no? Essere rifiutata era sempre una sensazione orribile.

Ciao Tom, sei depre stile Portishead? Affoghiamo la tristezza nel Gin Tonic.

Troppo comprensiva. Non era mica la sua psicologa. Forse non era affatto depresso, magari si stava divertendo un mondo – con un'altra.

Ciao Tom, mi servirebbe il tuo aiuto per questa o quella cosa.

Troppo ipocrita. Non voleva riconquistare la sua attenzione con trucchetti così banali.

Ciao Tom, ho una voglia pazza di te.

Quella era la verità. Ma anche all'epoca lui non sopportava l'impazienza.

Quel tipo è sempre stato disturbato nei rapporti, si rimproverò, *perché dovrebbe essere cambiato?*

Vera guardò fuori dalla finestra. Aveva smesso di piovere. Era venuto giù un diluvio. Quasi sempre il fronte temporalesco veniva dalla catena del Wechsel, passando per Pinkafeld verso Oberwart e Sankt Martin. Ma questa volta la tempesta era arrivata dalla direzione opposta, da Stadtschlaining.

"Da lì non viene mai nulla di buono!" Una delle perle di saggezza della nonna Hilda. E infatti chicchi di grandine si erano mescolati alla pioggia di maggio. Ma ora il peggio era passato. Il cielo si stava aprendo, usciva il sole.

"Vado in giardino!" gridò Vera a Letta, ma la figlia aveva le cuffie in testa e non sentiva. Vera si infilò i jeans e una vecchia maglietta di David Bowie, amava David Bowie, poi raccolse i capelli scuri in una coda di cavallo e si spalmò la crema solare sul viso. Da quando aveva compiuto quarant'anni, sembrava che le sue lentiggini aumentassero ogni estate. Cerò di non pensare al termine minaccioso "macchie di vecchiaia". Sulla confezione della crema solare c'era scritto che contrastava le discromie cutanee, si augurò che non fosse solo una promessa pubblicitaria. Infilò gli stivali di gomma verde scuro, il vialetto che portava in giardino era bagnato. Queen Latifah la vide arrivare, uscì dalla gabbia dei conigli e la seguì mantenendo il distanziamento sociale di prammatica. Vera passò davanti alle aiuole, dove ogni anno spuntava l'asparago viola. Ma non c'erano ancora segni di germogli. *Strano. Dovrebbe essere già stagione. Forse la gallina...?* Si voltò verso Queen Latifah che si bloccò guardando in aria con fare innocente.

Vera prese lo sradicatore e si dedicò alla rimozione delle erbacce. *In realtà, il termine "erbaccia" è crudele*, pensò. Le cosiddette erbacce sono solo piante che crescono nel posto sbagliato. E chi decide cosa è giusto o sbagliato?

Johanna la pensava un po' diversamente. Si era messa le mani in testa la prima volta che era stata da Vera. "Ma roba da matti! Stellaria, convolvolo, celidonia, podagraria e hai anche la gramigna in giardino, poverina." La gramigna è dotata di un fitto intrico di radici, sradicarla completamente è quasi impossibile, da ogni residuo di radice subito spunta nuova erba infestante. Nella terra smossa, però, è più facile sradicarla che altrove. Vera provò una profonda soddisfazione quando con uno strattone tirò fuori dalla terra un lungo intreccio di radici. L'esperienza positiva la incoraggiò. Lavorava senza guanti. Aveva già le unghie bordate di nero, ma adorava la sensazione di sprofondare nella terra con le mani nude. La manicure poteva aspettare. In caso di necessità, c'era sempre lo smalto nero.

Liberò un metro quadro di terreno. *In realtà potrei*

piantare qualcosa qui subito, pensò. Allo scambio di semi da Johanna aveva preso dei semi di verdure. "Carota viola Purple Dragon" stava scritto su una delle bustine, "Viola fuori, arancione brillante dentro. Gusto fine, dolce e aromatico".

Letta le carote le mangiava. Vera tracciò quattro solchi nel terreno e aprì la bustina. I semi di carota erano minuscoli come briciole di terra. Vera li sparse nei solchi e poi notò che li aveva messi troppo vicini. Pazienza, avrebbe diradato i filari più tardi. O lo avrebbe fatto Queen Latifah. Magari non tutti i semi sarebbero germogliati, la bustina era scaduta tre anni prima. Le verdure della bisnonna venivano su in fila come soldatini, ma Vera non aveva la pazienza di seminare con precisione.

"Ciao Vera!" Sentendosi chiamare alzò gli occhi. Finz le veniva incontro sul vialetto, a passo rilassato come sempre. Si passò un paio di volte la mano tra i capelli arruffati, come se gli fosse appena venuto in mente che quel giorno aveva dimenticato di pettinarsi. Un sorriso gli si disegnò sulle labbra mentre si guardava attorno con attenzione.

La gallina sbatté le ali e volò prudentemente nell'angolo più estremo del giardino. Era in allerta. Associava le voci maschili al forcone e alla privazione della libertà.

"Sono stato da Eva, ti manda questo," disse Finz porgendole un mazzo di fiori gialli.

Finz era da Eva. Interessante!, pensò Vera, ma non disse nulla.

"Che fiori sono questi?" chiese. Finz si mise a ridere. "Non sono fiori, è cavolo nero fiorito." Un bombo affamato ronzava intorno alla verdura, cercando di posarsi sulle infiorescenze. Finz lo scacciò delicatamente.

"Il cavolo nero ha svernato nel giardino di Eva ed è

ricresciuto. Solo che ne ha troppo. Le foglie giovani sono deliziose, e in questa stagione le cavolaie non hanno ancora fatto danni."

"Non voglio più sentir parlare di parassiti," disse Vera, "parassiti ed erbacce, nel mio orto non c'è altro."

Finz posò il cavolo nero a terra. La curiosità ebbe la meglio sul timore e Queen Latifah si avvicinò a ispezionare la verdura. "Pussa via," esclamò Vera, battendo le mani.

Finz si guardò attorno. "Il tuo terreno è molto argilloso. È stato rivoltato spesso in passato?"

"Ogni anno," disse Vera. "La bisnonna lo vangava in autunno e lasciava che le zolle gelassero durante l'inverno, per rendere la terra più friabile."

"Si faceva così in passato, ma è una prassi ormai superata." Finz si grattò la testa, spargendosi il polline giallo sui capelli. "Il terreno è composto da vari strati e in ciascuno sono presenti specifici microorganismi che formano un microcosmo. Tutto ha una collocazione precisa. Se rivolti la terra turbi questo ordine facendo solo danno. Sai che i lombrichi scavano tunnel perpendicolari in cui possono vivere fino a otto anni? Se vanghi un'aiuola distruggi quei tunnel, e se il lombrico ha sfortuna, non riuscirà più a tornare in superficie e morirà."

Vera si sentì in colpa. Le era capitato spesso di tagliare in due i lombrichi vangando, per la gioia della gallina che era stata ben felice di smaltirne i resti.

"I lombrichi hanno una funzione davvero importante, arieggiano il terreno, lo fertilizzano portando nutrienti dalla superficie ai livelli più profondi del suolo."

"E ora cosa dovrei fare come futura attivista pro lombrichi?" chiese Vera.

"Il *mulching* non sarebbe male. Potresti spargere i residui dell'erba tosata sulle aiuole. I vermi li faranno penetrare nel terreno, arricchendolo di humus."

"Ci ho già provato, ma sotto lo strato di pacciame si nascondono le lumache. Le odio, anche se amo gli animali. Nemmeno la gallina le sopporta."

Finz rifletté. "Hai mai pensato a un'aiuola rialzata?"

"Ci ho pensato, sì, ma non ho né soldi né un volontario che me la costruisca."

"Allora forse un'aiuola a cumulo."

"Che cosa?"

"Un'aiuola a cumulo. È più facile da realizzare rispetto a un'aiuola rialzata, perché non ha bisogno di una struttura di legno e puoi comunque bordarla per proteggerla dalle lumache. Si compone come un'aiuola rialzata, prima ramaglie, poi zolle d'erba rovesciate, a seguire fogliame umido o paglia e sopra compost e terriccio. Quelli te li posso portare io."

"E in che cosa sarebbe migliore rispetto a una normale aiuola?"

"Hai più superficie coltivabile a disposizione grazie alla forma a cratere, trattiene meglio l'acqua e, grazie al processo di decomposizione all'interno, il suolo è più ricco di nutrienti e più caldo, per la gioia delle verdure. Ho idea di proporre a Johanna di dedicare a questo argomento un incontro del 'Club del pollice verde'. Io mi occuperò della teoria e l'esercitazione pratica la faremo poi nel tuo orto. Con l'aiuto di tutti l'aiuola sarà pronta in un attimo."

"Comunque fra quindici giorni è il mio compleanno," disse Vera. "Facciamo quel fine settimana, e poi organizzo una festa per tutti voi. Dai, affare fatto?"

"Affare fatto," confermò Finz. Una festa a cui avrebbe partecipato anche Eva. Finz si sforzò di contenere l'emozione, ma dentro di sé continuava a sorridere.

Finz si era innamorato di Eva. Non l'aveva pianificato né voluto, era semplicemente successo. Pensava costantemente a lei con un vuoto allo stomaco. Si faceva film mentali su ogni possibile momento assieme, immaginava come sarebbe stato baciarla, accarezzarla, fare l'amore.

Era di ottimo umore quando la incontrava – spesso con il pretesto di risolvere qualche problema di giardinaggio – e se non la vedeva per qualche giorno ne aveva nostalgia.

Per la prima volta nella vita non sapeva cosa fare. Intuiva che anche lei provava qualcosa per lui; poteva semplicemente afferrarla con coraggio, come si fa con l'ortica, con entrambe le mani, in modo che i peli urticanti si spezzino e non pungano.

Ma Eva non era un'ortica. Gli sembrava più una pianta delicata, da proteggere.

Considerate razionalmente, le sue emozioni, come quelle di tutti gli innamorati, erano il risultato di impulsi ormonali, neurotrasmettitori che gli inondavano il corpo di un cocktail chimico generatore di energia frenetica, eccitazione gioiosa e farfalle nello stomaco. Adrenalina che fa battere il cuore, dopamina che suscita il senso di felicità, testosterone che accende il desiderio.

Ci sono ricercatori convinti che l'amore sia il più potente impulso del mondo, molto più forte persino del desiderio sessuale. L'intensità dei sentimenti umani è unica nella natura. L'attrazione nei ratti permane solo pochi secondi, negli elefanti circa tre giorni, persino tra i primati l'amore dura solo un breve periodo. Gli umani sono gli unici esseri che darebbero la vita l'uno per l'altro.

E il cocktail chimico dell'amore diventa più potente nel momento in cui alla relazione amorosa si oppongono ostacoli, come quando gli amanti vivono in luoghi distanti o uno dei due è sposato. Una caratteristica del sistema dopaminico è che, in mancanza di gratificazione, agisce con più forza.

Finz aveva sempre scelto appositamente partner sposate, pensando così di proteggersi il cuore. Ora che si era seriamente innamorato, questa sua scelta si rivelava fatale.

23.
Stephanie al caffè danzante

Che si tratti di pesci, uccelli o mammiferi, gli studi dimostrano che circa millecinquecento specie animali praticano l'accoppiamento tra individui dello stesso sesso. Due grifoni maschi hanno recentemente covato assieme un uovo e ora allevano il pulcino.

"Così è la vita
una continua ferita.
Mi sento abbandonata
addio, addio, addio amooor"

La musica dal vivo a tutto volume riempiva il locale.

Stephanie giocherellava con i granelli di zucchero sul tavolo, ammucchiandoli e poi allineandoli. La persona di fronte la guardava con aria interrogativa. Lei arrossì e distrusse rapidamente la linea. Si chiese cosa ci stavano a fare i dosatori di zucchero sui tavoli, dato che nessuno beveva caffè. Anche i suoi compagni erano già passati alla birra e al vino rosso. A partire dalle 17 era concesso l'alcol, fino alle 22, poi c'era il riposo. Almeno ufficialmente. Gli ospiti più smaliziati richiedevano sempre preventivamente le camere che davano sul giardino, così potevano rientrare anche più tardi passando dal balcone. Per ottenere una camera con accesso al giardino, al momento della prenotazione faceva comodo dichiarare di avere un cane che poi, chissà perché, moriva poco prima dell'arrivo. Stephanie aveva ancora molto da imparare.

Era già alla seconda settimana di cure termali a Bad Tatzmannsdorf. Ora che il primo contatto con Paul era stato stabilito, aveva smesso di pedinarlo. Sapeva che lo avrebbe rivisto, ma voleva farlo stare ancora un po' sulle spine. Quindi si era dedicata ad altro. Al mattino aveva palestra, ginnastica posturale, impacchi di torba, idromassaggio. Nel pomeriggio aveva esplorato i dintorni, seguendo i consigli degli ospiti più navigati. Aveva mangiato i Maronikipferl di una pasticceria raccomandata e praline ripiene di gelatina di sambuco in un'altra. Aveva bevuto sidro e mangiato pollo arrosto in locali tipici. Per fortuna aveva scelto il menu dietetico per i pasti in albergo, per cui poteva concedersi qualche strappo. E poi aveva fatto movimento. Era andata a piedi al castello di Schlaining e in bicicletta fino a Eisenzicken. Aveva nuotato nella piscina dell'hotel e aveva fatto una lezione di prova di golf. Il giovane istruttore attraente aveva elogiato il suo swing dinamico. Se solo avesse saputo. Aveva immaginato che la palla fosse la testa di Paul.

Tre giorni dopo il loro primo incontro alla spa Paul le aveva inviato uno screenshot che mostrava con quale nome aveva salvato il suo numero in rubrica. "Principessa Elsa", un personaggio di *Frozen*, il film Disney. L'aveva soprannominata "Regina del ghiaccio" perché non aveva voluto seguirlo in sauna. "Avevi paura di scioglierti al mio cospetto, vero?" Vomitevole.

Poi le aveva anche inviato una proposta sul nome da dare a lui in rubrica: "Paul Traummann", ossia "Uomo dei sogni".

Al solo pensiero Stephanie si infuriava.

Si prese la testa tra le mani e sbuffò irritata. I granelli di zucchero sul tavolo volarono in tutte le direzioni.

Era seduta al tavolo con due Herbert. Per evitare confusioni, aveva dato loro soprannomi che rispecchiavano la patologia per cui erano in cura: ernia del disco e gomito del tennista.

Ernia del disco e Gomito del tennista si erano incontrati e innamorati otto anni prima lì alle terme di Bad Tatzmannsdorf. In precedenza non si erano mai resi conto di essere "dell'altra sponda", come si definivano. Non avevano nessuna intenzione di fare coming out, si incontravano solo lì, quando l'assicurazione sanitaria o il portafoglio lo consentivano. I frequenti soggiorni alle terme erano facili da giustificare, i rispettivi lavori erano usuranti. Ernia del disco faceva il tassista, Gomito del tennista il gelataio.

"Be'? Ancora sola soletta?" chiese Gomito del tennista.

"In che senso?" domandò Stephanie.

"Vuole sapere se hai già trovato un compagno di cure," spiegò Ernia del disco.

"Un compagno di cure può essere d'aiuto a superare la mancanza di svaghi in questo posto," aggiunse Gomito del tennista.

Gomito del tennista era mezzo italiano e molto elegante. Portava i capelli brizzolati pettinati all'indietro con la brillantina e indossava un maglione giallo in cachemire leggerissimo, pantaloni chino grigi e mocassini in camoscio. Ernia del disco non era così alla moda. Il suo look ricordava il Tom Selleck di *Magnum PI*. Inoltre, indossava una camicia a maniche corte. *Ci sono capi di abbigliamento privi di dignità*, pensò Stephanie. Una camicia a maniche corte è sempre fuori luogo, anche a cinquant'anni ti fa sembrare ancora un ragazzino.

"Vi ho già detto che non sono qui per rimorchiare."

"Ma sei l'unica, guardati attorno!"

Ernia del disco non le dava tregua: "Anche oggi sembra di essere ai saldi estivi".

Il caffè danzante era pieno zeppo, a tutti i tavoli si rideva e scherzava, i gruppi erano composti in maggioranza da donne di mezza età che sondavano la situazione in attesa di essere invitate a ballare. Se non accadeva, andavano in pista da sole. Alcune ballavano tra loro. Erano tutte in tiro, top luccicanti, tacchi, capelli cotonati, rossetto. Lo stile era quello da discoteca anni novanta: body scollati, jeans, tubini aderenti, solo le più formose optavano per lunghe tuniche portate sui leggings. Gli uomini indossavano principalmente camicie in tessuto non stiro, pantaloni con le pinces o jeans con la piega.

C'erano ottimi ballerini, ma anche chi si muoveva come un orso, un passo a destra, uno a sinistra. Perché ballavano? Probabilmente perché era bello tenere qualcuno tra le braccia. Anche a Stephanie mancava.

"Allora, chi ti piacerebbe, in teoria?"

Ernia del disco la strappò ai suoi pensieri. Gli occhi scuri brillavano.

"Nessuno."

"Dai è solo un gioco, come quando guardi le scarpe su una rivista di moda e pensi a quali compreresti anche se non lo farai."

Stephanie si guardò attorno perplessa. Ora che non aveva più lo zucchero a disposizione doveva trovare qualcos'altro con cui giocherellare. Il bicchiere del vino era vuoto. Iniziò a fare a pezzettini il sottobicchiere.

"Senza fiato tutta la notte
Senza fiato fino all'alba
Senza fiato tu mi lasci"

Nel vortice della danza una coppia rischiò di far cadere la statua di gesso accanto al ficus. Lampade in ottone, tende di velluto. Il caffè era molto elegante. Al lampadario era appesa una piccola luce stroboscopica che spargeva puntini colorati sulla pista da ballo.

"Va bene, ma solo per gioco. Allora, quello con le bretelle laggiù sembra carino, quantomeno sa ballare."

L'uomo con le bretelle indossava una camicia a maniche lunghe e faceva volteggiare con abilità la sua partner sulla pista.

Ernia del disco scoppiò a ridere. "Certo che sa ballare. È un taxi dancer."

"Un cosa?"

"Un ballerino pagato dal locale per invitare le donne in pista. Non è interessato a rimorchiare, proprio come te. Perde il lavoro se fa troppo l'intraprendente. Con lui non rischi niente."

"Tranne a fine turno quando si toglie le bretelle," ironizzò Gomito del tennista.

"Esatto," confermò Ernia del disco.

"Mi state prendendo in giro, vero?"

"Niente affatto, mia cara. Viene da un'agenzia. Ci sono anche taxi dancer privati e persino dilettanti. Ma devi solo decidere se vuoi una Skoda o una Mercedes."

"Esatto, mia piccola Ferrari," disse Gomito del tennista accarezzando con discrezione la coscia di Ernia del disco.

"Mi definirei più una Maserati," rispose lui. I due si guardarono amorevolmente negli occhi.

"Andate in camera a pomiciare," disse Stephanie, alzando gli occhi irritata.

"Ti serve un compagno di cure," insistette Ernia del disco. "Non c'è niente di più eccitante che baciarlo in piscina di nascosto dalla fisioterapista. E potrebbe anche nascere un amore. Guarda noi! La volta scorsa ho conosciuto una donna sposata che non è più tornata a casa dal marito. È andata a vivere col suo compagno di cure."

"Sono più per le relazioni usa e getta," disse Stephanie.

Il suo cellulare si illuminò. Comparve un messaggio. "Ciao Regina del ghiaccio, mettiamo fine all'era glaciale. Dammi un'altra possibilità. Con i vestiti addosso. Paul Traummann."

Stephanie allungò la mano verso il telefono. Troppo tardi, i suoi compagni lo avevano già afferrato e stavano leggendo il messaggio.

"A-haaa," esclamò Ernia del disco trionfante, "beccata!"

"Sei impossibile, hai mai sentito parlare di privacy? E comunque, non è come pensate voi."

"Ma è proprio bello," disse Gomito del tennista guardando affascinato la foto che Paul aveva mandato assieme al messaggio.

"Fammi vedere." Ernia del disco afferrò il telefono. "È vero, è sexy, etero, ma sexy."

"Te l'ho detto, chiunque sia in cura si trova un compagno. C'è persino una piattaforma di dating dedicata, l'hai trovato lì?"

"Mi deludi, tesoro," disse Gomito del tennista. "Fai finta di non essere interessata perché sei già sistemata. Ma almeno così non dovremo preoccuparci più di te." Poi, rivolgendosi al suo amico disse: "Dai, facciamoci ancora un ballo, sono quasi le 21.30, poi andiamo a nanna, altrimenti ci fanno storie".

Prese per mano il suo compagno e lo trascinò in pista.

I due Herbert alzarono le braccia, muovendo a ritmo il bacino. Sembravano in ottima forma fisica. Altro che cure termali. "E ora tutti insieme," strillò al microfono il cantante della band.

"Marmo, pietra e ferro si rompono
ma il nostro amooore no.
Tutto, tutto passa, ma noi nooo"

Tutti cantavano il ritornello a pieni polmoni. Gomito del tennista ed Ernia del disco erano felici. Urlavano a squarciagola, si inginocchiavano l'uno davanti all'altro fingendo di suonare la chitarra.

Uscire con Paul non può essere peggio di questo, pensò Stephanie ironicamente.

Avrebbe aspettato l'indomani e poi gli avrebbe scritto, dandogli il permesso di chiamarla. Le faceva orrore incontrarlo, ma fatto trenta, doveva fare trentuno. Dopotutto, non era lì per divertirsi.

24.
Stephanie nella torba

I ranocchi maschi non gracidano, il loro richiamo per le femmine suona simile al gorgoglio delle bolle d'aria che emergono da una bottiglia tenuta sott'acqua. In pochi minuti i maschi che lo emettono cambiano colore, diventano azzurri. Forse è anche questo che impressiona le femmine, è vagamente paragonabile all'arrossire degli esseri umani.

Fino al XVIII secolo si credeva che la torba avesse origine marina, solo in seguito si capì che il terreno fangoso, nero e umido, era formato da muschi, erbe palustri e ramaglie in decomposizione. In effetti, sono necessari dagli 8000 ai 150.000 anni per dar vita a una torbiera. E l'unico motivo per cui le piante si trasformano in torba e non in compost è l'acqua. Molta acqua. Il terreno costantemente umido è povero di ossigeno, le piante morte possono decomporsi solo in parte. Al posto dell'humus si forma la torba.

Ora, l'area di Bad Tatzmannsdorf non era certo così piovosa come le paludi nelle terre alte scozzesi, ma erano presenti sorgenti sotterranee di acqua minerale che mantenevano umido il terreno per migliaia di anni. Così vi si era formata una palude sorgiva. E la natura aveva posto subito le basi per la creazione di una località termale: acqua minerale e torba.

Lo stabilimento termale utilizzava la torba per impacchi e bagni, trattamenti che della torba sfruttavano non solo la capacità di trattenere il calore ma anche i componenti. "La torba è un concentrato di potere vegetale," aveva spiegato il medico delle terme a Stephanie. "L'acido umico in essa contenuto ha un effetto antinfiammatorio."

E l'umina, a sua volta, deriva da "humus", che in latino significa "terreno".

Stephanie non era certa che quei bagni di fango le sarebbero stati utili, ma il medico glieli aveva prescritti. "Sono il massimo per i dolori articolari," aveva sentenziato.

Quindi seduta su una sedia di plastica nel corridoio di fronte alle cabine di trattamento era in attesa di essere chiamata. Le ronzava la testa. L'ultimo bicchiere di vino al caffè danzante era stato di troppo. Quei dannati Herbert e i loro bicchieri della staffa. Stephanie aveva la bocca impastata e lo stomaco in disordine. "Lentsch?" Una donna robusta in camice di cotone scuro le si avvicinò. Prese il piano terapeutico di Stephanie e lo confrontò con la sua lista. "Entri qui, per favore."

Dietro la porta della cabina numero quattro c'era una semplice vasca di acciaio inossidabile. Si stava riempiendo di una fanghiglia scura e grumosa che fuoriusciva da un tubo grigio. La densa melma nera fumava. *Dovrei entrare lì dentro? Ma che schifo!*, pensò Stephanie.

"Può appendere la sua roba qui," disse l'operatrice, chiuse l'acqua e misurò la temperatura del fango. "Quarantadue gradi, perfetto."

Stephanie si tolse l'accappatoio e le ciabattine e fece i pochi passi che la separavano dalla vasca. Le piastrelle del pavimento erano scure, consumate, umide. C'era odore di muffa. Stephanie si sentiva strana, così nuda, vulnerabile. La donna non badava a lei e non c'era da meravigliarsi, visto che trattava ogni settimana centinaia di corpi nudi. *E di sicuro ci sono persone più brutte di me*, pensò Stephanie che era un'esteta.

L'idea di fare il bagno in quella robaccia era tanto disgustosa quanto quella di rotolarsi nello sterco di vacca tiepido. Ma non poteva restare nuda troppo tempo, iniziava già ad avere i brividi. Fece un bel respiro e salì con cautela la scaletta per entrare in vasca. Si immerse titubante. Plof. Lasciò il corrimano, si sedette e affondò lentamente.

Era una sensazione strana, ma meno orribile del previsto. La torba era morbida e cremosa. E caldissima. Stephanie sentì il sangue affluire al viso e le tempie pulsare. Un sottile strato di sudore le coprì la fronte. Le membra diventarono calde e pesanti.

"Resti dentro per venti minuti, passerò a vedere come sta." La donna scomparve. Stephanie chiuse gli occhi. Il tubo gocciolò ancora un paio di volte, poi fu silenzio attorno, quasi assoluto. Sentiva solo il lieve gorgoglio della torba quando si muoveva. Con cautela, immerse anche le mani. Chiuse gli occhi. Iniziava a sentirsi stanca, mentre i suoi pensieri ruotavano attorno alla sua situazione: *Sono nella merda*, pensava, *nel vero senso della parola. Ma come ci sono finita? C'erano stati segnali di avvertimento? Cosa sto facendo? È la cosa giusta?* Pensò a Paul, a quello che le aveva fatto, e improvvisamente sentì la gola bruciare. Le vennero le lacrime agli occhi, batté le palpebre, ma non servì. Voleva asciugarsi, ma quando tirò fuori la mano dalla torba, era marrone e sporca, e sapeva che si sarebbe sporcata anche il viso se si toccava. Questa consapevolezza la rese ancor più disperata. Iniziò a singhiozzare istericamente. Tremava tutta. Pianse finché non le venne il singhiozzo. E le lacrime continuavano a scendere, il liquido salato le faceva il solletico e bruciava sulla pelle. Stephanie dovette mordersi la lingua per non urlare.

All'improvviso ricomparve l'operatrice. "Dio santo, che ha? Non si sente bene? Venga, l'aiuto a uscire."

"Non so cosa mi sta succedendo," disse Stephanie ansimando mentre si lasciava aiutare a rialzarsi. La melma nera le colava sulle gambe. "Attenta che si scivola." La donna le porse un asciugamano e la guidò alla doccia. Stephanie prese la salvietta e ci affondò il viso, il tessuto era rigido e sottile. "Venga, prima ci laviamo, poi si mette sdraiata e le porto un bicchiere d'acqua. O devo chiamare il dottore?"

Le aprì la doccia e l'aiutò a lavarsi la schiena. Come una mamma. Stephanie tirò su col naso, tutte quelle premure le rendevano ancora più difficile contenersi. "No, davvero, non si preoccupi, non è niente, sto bene, sono solo nervi. Non lo so..."

La donna la guardò compassionevole: "A volte il bagno di torba provoca reazioni del genere quando c'è qualcosa che deve venire fuori, che è rimasto per troppo tempo a covare. Vale soprattutto per noi donne, che ci teniamo tutto dentro, finché non ce la facciamo più. Ho assistito a questi crolli emotivi molte volte. E spesso c'è di mezzo un uomo poco raccomandabile".

Quanto hai ragione, pensò Stephanie. Non voleva parlare di Paul con una sconosciuta.

La donna parve rendersene conto, perché tornò al suo tono cordiale e professionale: "I bagni di torba possono essere estenuanti, ma sono curativi. Vedrà, se adesso si sdraia starà subito meglio". Porse a Stephanie un asciugamano pulito per asciugarsi, l'aiutò a infilarsi l'accappatoio e la fece stendere su un lettino nella stanza adiacente. "Adesso la copriamo bene, e poi chiuda gli occhi e pensi solo a respirare, dentro l'aria, fuori l'aria, respiri e basta."

Stese un lenzuolo sopra Stephanie e lo rimboccò sotto il suo corpo. Poi le mise addosso anche una coperta grigia. “E ora si rilassi,” le ordinò. In fasce come un neonato Stephanie obbedì. *Non pensare a niente. Respirare. Solo respirare. Dentro l’aria, fuori l’aria.* Al terzo respiro si addormentò.

Al risveglio rimase un attimo senza capire dove si trovava. Era sudata dalla testa ai piedi, ma si sentiva piacevolmente leggera e fresca. Si liberò di lenzuolo e coperta e si vestì. Tornata nella sua stanza, bevve un bicchiere d’acqua e rifece la doccia. Aveva la pelle morbida e vellutata.

Si tamponò i capelli con un asciugamano e se lo avvolse attorno alla testa come un turbante, poi si guardò allo specchio. Grandi occhi blu la fissavano interrogativi. La ruga tra le sopracciglia le dava un’aria perplessa. *Oggi quindi esci con Paul Achleitner. Sei sicura di essere pronta?* Il suo riflesso sembrava condividere i suoi dubbi. Paul aveva scritto che sarebbe passato a prenderla alle 16. In macchina con Paul? Non era sicura che fosse una buona idea. Ma d’altro canto non voleva nemmeno che lui vedesse la sua auto, per timore che potesse risalire alla sua attività di spionaggio.

Stephanie tirò fuori dal piccolo armadio un vestito bianco estivo lungo. Le sue amiche a casa le avevano detto che con quello sembrava una dea greca. Si asciugò i capelli col phon e li modellò con il ferro. Poi si truccò sobriamente, si vestì e dal cofanetto dei gioielli prese degli orecchini con dei pendenti martellati che ricordavano le monete antiche. Giusto per accentuare l’effetto divinità. *La dea della vendetta*, pensò Stephanie con una smorfia. *Forse dovrei infilarmi un coltellino nella cintola.* Una pugnalata al cuore e poi… Ma sarebbe stata una morte indolore, troppo poco per Paul Achleitner. Avrebbe potuto torturarlo, squartarlo lentamente. Si fece trasportare dalla fantasia, così almeno non si sentiva impotente. Era ancora imbarazzata per come si era lasciata andare nel bagno di torba. Non era solita mostrare i suoi sentimenti. Sperava di non incontrare mai più l'operatrice. Avrebbe detto al medico che non aveva tollerato il bagno di fango.

Il suo smartphone vibrò e apparve un messaggio. "Ti aspetto nel parcheggio per gli ospiti." Stephanie indossò dei sandali bassi dorati, le cinghie di cuoio le avvolgevano le caviglie come serpenti. Serpenti velenosi.

Scese in ascensore nella hall e si avviò all'uscita. "Camera 315, stasera non sono a cena," disse fredda alla receptionist. "Ma avrebbe dovuto avvertire stamattina..." le rispose la donna. Stephanie la ignorò e continuò per la sua strada.

Appena uscita dall'hotel vide subito Paul. Stava appoggiato con disinvoltura alla sua auto e alzò gli occhiali da sole quando la vide. Voleva baciarla sulle guance, ma Stephanie fece un passo indietro e gli tese la mano. Paul sembrò confuso per una frazione di secondo, poi reagì prontamente. Prese la mano di lei, se la portò alle labbra e accennò un bacio. "Vittoria, la vincitrice, è un onore per me," disse in tono esageratamente formale, ma con l'ironia negli occhi. *Devo ricordarmi che crede che io mi chiami Vicky*, pensò Stephanie. Lui le aprì la portiera dell'auto. Lei salì. "Ho acceso l'aria condizionata, dimmi se è troppo fredda. Ci vorranno circa trenta minuti. Mi hanno detto che questo locale è una chicca."

Paul avviò il motore. Aveva la guida veloce ma sicura. *Dì qualcosa*, si impose Stephanie, *entra in modalità Small Talk*. Il segreto del suo successo come parrucchiera non stava solo nell'abilità a tagliare i capelli ma anche nella capacità di intrattenere una conversazione coinvolgente con chiunque. Si costrinse a vedere Paul come un cliente del suo salone. Il trucco funzionò. Gli si rivolse briosa: "Allora, Paul, mi hai detto alla spa che sei architetto. Qual è la prima cosa che la gente ti chiede quando sa cosa fai di mestiere".

Paul sorrise. "Mi chiedono se posso dare un'occhiata alla loro casa senza impegno, hanno idea di ristrutturarla e gli piacerebbe sentire la mia opinione. Naturalmente si aspettano una consulenza gratuita. Mi chiedo davvero se succede lo stesso anche alle persone che fanno altri lavori."

"Assolutamente sì," confermò Stephanie, "a me chiedono sempre consigli sui capelli. Come hai deciso di diventare architetto?" Non mollava l'osso.

Paul sorrise. Non aveva problemi a fingere di essere ciò che non era davanti a una potenziale conquista. In realtà, non se ne era mai fatto scrupolo con nessuno. A parte il padre di Eva. Quando Paul l'aveva tradita per la prima volta in settimana bianca non aveva avuto paura che lei lo venisse a sapere, era sicuro che fosse alla sua completa mercé. Temeva piuttosto che potesse scoprirlo suo padre. Quando non era riuscito a passare gli esami più importanti all'università, la sua unica preoccupazione era stata: e se lo viene a sapere il padre di Eva?

***

Come Paul, il padre di Eva era cresciuto in una famiglia piccoloborghese originaria di Znaim, nella Cechia, la patria dei cetriolini sottaceto. Poiché i cetrioli crescevano bene anche nel clima temperato della Pannonia, negli anni settanta il padre di Eva iniziò a coltivarli nel Sud Burgenland, per poi metterli sottaceto in barattolo e venderli. "L'odore dell'aceto caldo non si dimentica," diceva sempre quando gli chiedevano di raccontare i suoi esordi. L'azienda crebbe rapidamente e il padre di Eva presto ampliò la produzione ai peperoncini sott'aceto e al ketchup. Peperoncino e pomodori crescevano magnificamente nel Burgenland. Il ketchup ebbe grande successo. Ben presto il padre di Eva divenne il secondo maggior produttore del paese e iniziò a esportare, inizialmente nei paesi vicini, poi in tutto il mondo. Quando Paul lo conobbe, era già milionario. E Paul, cresciuto in un seminterrato, si sentiva un corpo estraneo nella bella casa dei genitori di Eva. Era come in una favola. La magnifica villa a Eisenstadt gli sembrava un castello, il padre di Eva era il re, Eva la principessa, e lui il ragazzo povero che aspirava alla sua mano. Paul presumeva giustamente che il padre di Eva auspicasse un partito migliore per sua figlia. Mascherava la sua insicurezza puntando sul suo fascino e la sua disinvoltura, ma il padre di Eva non si lasciò abbindolare. "Sai, Paul," gli disse prendendolo da parte, "puoi anche smetterla di recitare, ti ho capito. So chi sei e che non hai un soldo, ma non importa, perché credo che tu i soldi li possa fare. Mi ricordi me quando ero giovane. Non mi deludere." E con queste parole diede a Paul un dono ancora più grande dei 250.000 euro di dote con cui fondò lo studio di progettazione, qualcosa che nessuno gli aveva mai dato prima: fiducia. Perché Paul aveva rovinato tutto? Perché era fatto così.

25.
L'appuntamento di Paul e Stephanie

Una particolare specie di limaccia contribuisce alla pulizia dei marciapiedi: la Limax flavus *è detta anche lumaca da cantina, perché di giorno abita gli scantinati, freschi e umidi. Di notte invece esce ed è ghiotta di cacche di cane.*

La donna saltò fuori dal bosco proprio davanti all'auto di Eva. Sembrava una strega. Sguardo folle, una massa aggrovigliata di capelli castani. Eva inchiodò e l'auto slittò fino a fermarsi. Eva aveva il cuore in gola, spaventata a morte. Tornava dalla spesa e il cesto si era rovesciato per la frenata. Le mele erano rotolate sul tappetino dell'auto. *Spero che i vasetti di yogurt non siano scoppiati*, pensò Eva. Ma prima che potesse voltarsi per valutare i danni, sentì bussare al finestrino.

Una mano rovinata, le unghie mangiate, lo smalto scheggiato, ma la donna non aveva un aspetto minaccioso, al massimo faceva pena. Eva considerò brevemente l'idea di accelerare e andarsene, ma alla fine la compassione ebbe la meglio. Premette il pulsante per abbassare di un filo il finestrino. "Può portarmi a Buchschachen, per favore, la prego," disse la donna lentamente, storcendo la bocca e lasciando intravedere qualche dente marcio. *Una ritardata*, pensò Eva.

"Le è successo qualcosa? È pericoloso attraversare la strada così. Avrebbe potuto essere investita." Le si rivolse scandendo le parole come si fa con i bimbi. La donna si morse il labbro inferiore.

"Devo tornare a casa, altrimenti mi prendo una sgridata." La donna sembrava angosciata. "Per favore mi porti a casa, non voglio che mi sgridi."

Eva scrutò la strana autostoppista. Era impossibile darle un'età precisa. Poteva avere trent'anni come cinquanta. Sembrava una vagabonda. Ciabatte sfondate e niente calze, le dita dei piedi erano sporche, i talloni screpolati. Le gambe magre sporgevano nude da sotto una gonna corta verde. Sopra indossava una maglietta con il logo di una catena di mobilifici e un giubbotto sporco, niente reggiseno. I seni pesanti le arrivavano fino in vita. Sorrise a Eva. "Non mi conosci, abito sotto casa tua." Eva scosse la testa. "Devo andare a casa, altrimenti prendo una sgridata," ripeté. "Quando suonano le campane, devo andare a casa." Qualcosa nei suoi occhi commosse Eva.

"Va bene," disse e la fece salire in macchina. "Mi dice il suo nome?"

"Manfreda," rispose la donna, "ma mi chiamano Freddi." Puzzava di alcol, sudore e urina. Eva si pentì di averla fatta salire. Per fortuna erano solo pochi minuti fino a Buchschachen. "Ecco, qui!" strillò la donna, indicando una casupola nella stradina sotto casa di Eva. Il giardino antistante era trascurato, pieno di ortiche, tra l'erba alta si vedevano sacchi della spazzatura e barre di ferro. Quando la donna scese, Eva notò i lividi sulle sue gambe. "Ti verrò a trovare," disse la donna candidamente.

Per favore no, pensò Eva. Percorse i cento metri fino a casa e parcheggiò nel viale di ingresso. Guardando il sedile del passeggero, vide una lumaca schiacciata. La donna doveva averla sulla coscia e non se n'era accorta nel suo stato confusionale. Eva ne fu disgustata. Cercò in borsa un fazzoletto di carta per toglierla dal sedile e le venne da vomitare sentendo il corpo molle e umido dell'animale sulla punta delle dita attraverso il fazzoletto. Si affrettò a gettare tutto nella spazzatura. Una scia lucente di bava rimase sul tessuto del sedile. Sarebbe andata via?

La vicina che le regalava sempre le uova le fece un cenno.

"Hai dato un passaggio a Freddi? Sei proprio un'anima pia."

"Ma che cos'ha?"

"È fuori di testa. È caduta dalle scale troppe volte. Suo marito beve e fa cose perverse con lei."

"Quali cose?"

"Be', delle brutte cose."

"E perché nessuno interviene?"

"Gli assistenti sociali sono fissi a casa loro. Gli hanno tolto i figli, ma ogni volta che gliene prendono uno, loro ne fanno un altro. Non c'è niente da fare. Non cambieranno mai." La vicina si voltò e tornò in casa.

Eva si sentiva sciocсata e depressa al contempo. Entrò in casa. Il pensiero della donna continuava a tormentarla. Conosceva la sensazione di ricevere "sgridate", il senso di impotenza. E allo stesso tempo detestava il pensiero che lei e quella donna trasandata condividessero segreti simili. Non voleva avere nulla in comune con una persona del genere. La sua situazione era diversa, a volte Paul perdeva le staffe, per via dello stress sul lavoro, ma loro due erano persone colte, perbene, non come quella megera. Doveva essere brutto quando gli assistenti sociali arrivavano e ti portavano via i figli. Se le avessero tolto Carla si sarebbe buttata giù da un ponte. Sicuramente.

Aprì la porta che dava sul patio e recuperò i panni stesi. Quando cercò di richiuderla non ci riuscì. Si era incastrata, era fuoriuscita dalla guida ed Eva non aveva la forza di sollevarla per rimetterla in sesto. *Ecco cosa succede quando si installano vetrate alte metri e metri*, pensò amaramente. *Merda, come faccio adesso?*

Non poteva lasciare la porta aperta. Doveva uscire di nuovo più tardi e l'allarme non funzionava se la porta sul terrazzo rimaneva aperta. Onestamente, non aveva mai funzionato, motivo per cui Eva lo teneva sempre disinserito. A Paul sarebbe venuto un colpo se avesse lasciato la casa non protetta. I suoi mobili e quadri preziosi. E se la pazza di prima fosse venuta davvero a "trovarla"? Eva non voleva mai più vedere quella donna. Ritentò, ma la porta non si mosse di un millimetro. Così fece quello che faceva sempre in queste situazioni. Prese il cellulare e chiamò Paul.

Quando gli squillò il telefono Paul si era appena seduto con Stephanie a un tavolo nel giardino del ristorante tipico. In circostanze normali avrebbe ignorato la chiamata di Eva, ma aveva il cellulare in mano, perché stava mostrando a Stephanie le foto del "Paradiso del Seewinkel" quando sul display apparve l'immagine della moglie. Sapeva che non avrebbe fatto buona impressione alla sua nuova conquista se non avesse risposto, così prese la chiamata.

"Eva, che c'è?"

Usò intenzionalmente la voce da uomo d'affari che Eva conosceva bene, neutra, un po' infastidita e distratta.

"Paul, la porta del patio non si chiude."

"E cosa posso farci io adesso?"

"Neanche io so cosa fare, ma devo andare a prendere Carla alle 18 e non posso lasciare tutto aperto."

"Eva per favore, non puoi inventarti qualcosa tu? Sono in giro, non posso fare magie da qui."

"Pensavo che magari potresti tornare a casa prima..."

"La vita non va a comando."

Paul guardò Stephanie e notò che aveva la fronte aggrottata. Subito assunse un tono dolce e premuroso con la moglie.

"Senti, purtroppo non posso proprio, ma domattina risolvo la cosa. Senti la vicina se ti dà un occhio alla casa mentre vai a prendere Carla. E domani sistemo tutto. Torno a casa presto, promesso. Non ti ruberà nessuno."

"Ok," disse Eva, più calma dopo il cambio di umore di Paul. "Bacio bacio."

"Ciao. A dopo," disse Paul e riattaccò. Poi mise il cellulare nella tasca della giacca.

Un secondo dopo, il telefono di Eva squillò di nuovo. Era Paul. Forse voleva dirle ancora qualcosa, forse gli era venuta in mente una soluzione, ma invece della voce del marito udì solo un fruscio. Probabilmente gli era partita una chiamata. Stava per riagganciare, delusa, quando sentì la voce di Paul in lontananza.

"Mia moglie è tanto cara, ma così imbranata, non riesce mai a cavarsela da sola. Non è una donna d'affari tosta come te."

Seguì la risata argentina di una voce femminile. "Da quanto tempo sei sposato?"

"Devo guardare la data incisa dentro la fede. Perché lo chiedi? Devo divorziare per te?"

La voce femminile rise ancora.

"Non c'è bisogno che divorzi per me," disse.

"Vuol dire che mi prendi così come sono," rispose pronto Paul. La donna disse qualcosa che Eva non capì. Qualcosa di divertente, perché Paul rise forte.

Eva si sentì mancare la terra sotto i piedi. Le girava la testa. Era troppo quello che le era successo nell'ultima ora. Corse in bagno e vomitò fino a sputare solo bile. Quando fu di nuovo in grado di prendere il telefono la chiamata accidentale era già terminata. Non sapeva se fosse caduta la linea o se Paul si fosse accorto di averla chiamata per errore e avesse attaccato. Ma sapeva con certezza totale che lo stava facendo di nuovo.

La tradiva di nuovo, e non con la Zieserl, quella non era la sua voce.

Eva andò in cucina, prese il liquore alle noci e se ne versò un bicchiere. Bevve tutto d'un fiato. Le tremavano le mani. Doveva riflettere. Guardò l'orologio. Erano le 17. Aveva tempo un'ora prima di passare a prendere Carla, ma doveva uscire da quella casa. Corse in giardino. La vicina da sotto il melo sorvegliava il suo attraente giardiniere dalla pelle scura che tosava il prato.

"Ho un grosso favore da chiederti," le disse. "Mi daresti un'occhiata alla casa? La porta del patio si è incastrata e non si chiude più. Io sarò via per un'oretta buona."

"Certo, volentieri," rispose la vicina illuminandosi. Era praticamente un invito a curiosare in casa degli Achleitner. Fantastico!

"Te ne sarò eternamente grata," disse Eva. Saltò in macchina, cercò di ignorare la scia di bava sul sedile del passeggero, e diede gas.

26.
La vicina è curiosa

Le formiche esplorano ogni nuovo territorio sulla terra.

"Torno subito, Achmed," disse la vicina imboccando il vialetto di casa Achleitner. Passò accanto a una panchina grigio-verde. *Color muffa di formaggio*, pensò mentre procedeva verso il patio. "Molto trascurato," mormorò inoltrandosi nel disordine intenzionale del cottage garden. Elfriede Großschädel non amava le cespugliacee, troppo selvagge e indomabili.

Ci starebbero meglio le tuie, pensò. Gli si può dare una forma.

Eva aveva delimitato il suo giardino stile inglese con una semplice recinzione di legno, su cui si arrampicavano rose e clematis. I fiori a cuore sanguinante della dicentra dondolavano al vento. I boccioli rosso scuro delle peonie sembravano sul punto di esplodere. Ancora qualche giorno, e anche loro avrebbero aperto al sole le corolle, gonfie come civettuole gonne di tulle. I fiori viola e bianchi delle aquilegie, del papavero turco e dell'iris barbuto si armonizzavano perfettamente con le foglie grigio argento dell'ortica lanosa e dell'alchemilla.

Si dice che un giardino sia lo specchio dell'anima e l'anima romantica di Eva aveva creato in breve tempo un luogo idilliaco, con rose profumate, rigogliose aiuole di cespugliacee e angoli nascosti. Un giardino che non si addiceva affatto all'astronave, troneggiante come un monolito scuro.

Elfriede entrò nel solarium pavimentato di ardesia scura, attraversò la moderna area conversazione e si infilò attraverso lo stretto varco della vetrata scorrevole alta fino al soffitto. Non era mai stata in una casa del genere. Si ritrovò in uno spazio che le ricordava un capannone industriale, talmente enorme che i pochi mobili al suo interno sembravano minuscoli, pur non essendolo affatto. Anzi, il divano angolare color antracite poteva ospitare tranquillamente venti persone. Lo stesso valeva per l'enorme tavolo da pranzo in acciaio e vetro. Elfriede si chiese se il signore e la signora Achleitner sedessero agli estremi opposti, uno di fronte all'altro. Sarebbe servito un megafono per comunicare a quella distanza. Neanche a dire "Passami il sale", il salino dovevano lanciarselo.

Sopra il tavolo da pranzo c'era un quadro gigantesco. Sembrava che qualcuno avesse gettato della vernice rossa sulla tela. "Arte moderna. Non ci vuole niente, un quadro così potrei farlo anch'io," sbuffò Elfriede.

La vicina non sapeva che era un Nitsch autentico e che la vernice rossa era mescolata a sangue animale.

Se Paul fosse stato lì le avrebbe spiegato, come faceva sempre quando mostrava la casa, che in quel genere di azionismo l'atto di rovesciare, spruzzare e spalmare colore sulla tela suscita nell'artista un'elementare eccitazione sensoriale.

La vicina proseguì ed entrò nell'area cucina. Ammirò incuriosita le enormi pareti di vetro e le superfici extra lucide delle ante. "Sai come ci rimangono sopra le impronte delle dita," si disse scuotendo la testa. Il blocco cucina le parve un misterioso ponte di comando.

Al piano superiore si accedeva attraverso una scala che correva lungo un lato del muro e dall'altro era aperta. Niente corrimano. *Sicuramente è fuori norma*, pensò la vicina. *Se lo sapessero in comune.* Si tolse le scarpe prima di salire, non che glielo imponesse qualcuno, ma era consuetudine.

Provò una leggera vertigine sui gradini. Senza corrimano, che follia. La ragazzina rischiava ogni giorno la vita, un caso da servizi sociali. Per sicurezza rimase con la spalla attaccata al muro.

Le camere da letto erano più normali e più piccole del previsto. La stanza con le pareti rosa antico e il tappeto grigio chiaro era chiaramente quella della figlia. Sul muro sopra il letto a baldacchino correva una catena di lucine e su una lavagna era scritto con le lettere magnetiche "I DONUT CARE". Sopra un piccolo scrittoio bianco erano allineati vari tubetti di lucidalabbra, palline e cilindri di plastica colorati. Sul letto erano poggiati un plaid color panna e cuscini di pelliccia in tutte le possibili sfumature di rosa, tra cui era incastrato un logoro coniglio di peluche, apparentemente gettato lì con noncuranza.

Elfriede tornò alla scala e si mise in ascolto. Non fosse mai che gli Achleitner rientrassero prima e si trovasse in difficoltà. Ma non udì altro che il ronzio di un tagliaerba in lontananza. Il suo tagliaerba. E poi mica stava spiando, era solo in ricognizione. In caso avrebbe sempre potuto dire che aveva sentito dei rumori di sopra e quindi era salita a controllare. Era una vicina premurosa, una vicina attenta. Nessuno poteva rimproverarle niente.

Aprì la porta della camera padronale e si trovò davanti un letto in pelle bianca poggiato su un piedistallo. Lenzuola in lino grigio. Dietro, un muro di cemento. Su una delle pareti laterali era appeso un disegno a matita. Un atto erotico. Elfriede si avvicinò. Il disegno mostrava una donna che giaceva sulla schiena e si abbracciava le gambe piegate, tirandole verso il corpo. Aveva la testa gettata all'indietro, tanto che lo spettatore non poteva vedere il viso, solo il mento e i capelli spettinati. Su un foglietto fissato lateralmente alla cornice c'era il titolo, *Tensione*. Il nome dell'artista non le diceva nulla, ma il quadro piaceva a Elfriede, anche se non avrebbe mai appeso una roba del genere. Cosa avrebbe pensato la donna delle pulizie.

Elfriede tornò a guardare il letto. Dagli oggetti sui comodini si capiva subito chi dormiva dove.

Sul lato di Paul c'erano degli occhiali da lettura con la montatura rossa, una rivista di architettura e un pacchetto di Kleenex.

Sul comodino di Eva c'era un'enorme caraffa panciuta piena d'acqua.

Se dovessi bere così tanto di notte, dovrei alzarmi cinque volte a fare plin plin, pensò la vicina. Sul fondo della caraffa erano poggiate delle pietre colorate. Accanto c'erano un bicchiere vuoto e una scatola grigia rivestita di pelle. Elfriede la aprì. Conteneva un fermacapelli, gocce di Cbd, tappi per le orecchie, una crema viso incredibilmente costosa di un marchio di lusso. La vicina aprì il pesante vasetto di vetro. Ci mise le dita dentro, si spalmò un po' di crema sul dorso della mano e annusò. Profumava di fiori e cipria ed era vellutata sulla pelle. Riavvitò il tappo del vasetto.

Accanto alla scatola c'erano due libri, *Permacultura oggi* ed *Erbe stregate: le armi segrete della natura. Come si fa a credere a queste stupidaggini*, pensò la vicina.

Uscì dalla stanza, gettò uno sguardo veloce alla cabina armadio, al bagno e allo studio e tornò di sotto. Si rimise le ciabatte.

Stava per andarsene quando notò, all'altezza della zona pranzo, un'altra porta. Ancora una scala, stavolta in discesa, e per fortuna col corrimano.

Bene, poteva dare un'occhiata anche di sotto, già che c'era.

Elfriede si aspettava una tavernetta o una sala hobby, invece si ritrovò in una palestra. La stanza non aveva finestre, ma una sorta di soffitto di vetro che lasciava entrare molta luce.

Vide un sacco da boxe, un vogatore, una panca, una cable station, un tapis roulant e una cyclette. Anche Elfriede aveva una cyclette a casa, l'aveva comprata al discount e usata tre volte. Da allora la utilizzava come stendino in lavanderia.

Ma questa era completamente diversa dalla sua, sembrava un attrezzo estremamente professionale, da palestra costosa. Aveva persino una televisione incorporata. Elfriede passò la mano sul display.

In fondo alla stanza c'era un altro televisore appeso al muro. Di fronte era stata creata una sorta di area relax, con un ampio lettino, una sauna a infrarossi, un frigorifero con bevande energetiche. Accanto c'era un armadietto, che sembrava blindato. La chiave era inserita. La curiosità la travolse come un'onda. Si avvicinò, girò la chiave e aprì lo sportello. Fu quasi delusa nel vedere quanto fosse banale il contenuto. Un olio da massaggio, una crema antidolorifica, un disinfettante. Poi scoprì il tubetto blu dietro al disinfettante. C'era scritto sopra "Gel lubrificante" e accanto c'era un sacchetto di carta. Guardandoci dentro, scoprì delle manette e un paio di mollette per il bucato. Solo che quelle erano d'argento.

27.
La confessione di Eva

Nel regno animale la scelta del partner di solito è appannaggio delle femmine. I maschi devono impegnarsi a fondo nel corteggiamento per battere la concorrenza. Lo fanno sfoggiando un piumaggio magnifico o squame dai colori sgargianti, con ruggiti assordanti o canti raffinati.

Paul era nel suo elemento. Una regina del ghiaccio come quella Stephanie rappresentava una sfida speciale, molto stimolante per lui. La punzecchiava con allusioni, le alzava la palla per vedere come reagiva, se era sveglia, se con lei giocava alla pari, se l'interesse sessuale era reciproco. Dalle sue numerose esperienze con le donne aveva imparato che la sfrontatezza vinceva sempre. Era convinto che le donne non volessero annoiarsi. In ogni caso un comportamento spregiudicato, un po' da macho, le conquistava, anche se non lo avrebbero mai ammesso.

Stephanie tenne testa allo scambio verbale, rispondendo a tono anche alle allusioni più sfacciate. Era sicura di sé, gli teneva testa abilmente, aveva senso dell'umorismo e autoironia.

Eppure Paul non riusciva a decifrare i messaggi che gli inviava. Sembrava aperta e subito dopo irritata, a volte annoiata, o quasi aggressiva. Un po' schizofrenica, la ragazza, ma avrebbe fatto capitolare anche lei.

Paul prese la caraffa del sidro che aveva di fronte sul tavolo. Il sidro "acido" era la specialità della casa, un sidro aspro, leggero ma più alcolico di quanto si immaginasse. Stephanie diluì il suo con succo di mela e acqua minerale.

Faceva caldo, Paul era assetato. Bevve a grandi sorsi e si rese subito conto che l'alcol gli stava dando alla testa. Aveva bisogno di mangiare qualcosa. Finalmente il cameriere portò le comande. Formaggio di pecora con olio di semi e fagioli di Spagna per Paul, sanguinaccio con senape e rafano per Stephanie, una scelta che lo aveva sorpreso. Arrivò un sanguinaccio intero, grosso e scuro. Stephanie lo infilzò con inaspettata energia guardando Paul negli occhi mentre ne tagliava una fetta. Paul sentì i testicoli contrarsi. Ecco di nuovo l'aggressività repressa.

Stephanie masticò il boccone con gusto e all'improvviso disse: "Sai, penso che il sesso tradizionale sia per i vegani".

Paul rimase spiazzato, poi rise di gusto.

"Ti rispondo così: i pompini sono mazzi di fiori per gli uomini."

Stephanie lo guardò gelida. *Non hai idea del guaio in cui ti stai cacciando*, pensò.

Attraversato il bosco e raggiunta la statale Eva fu per un attimo indecisa se svoltare a sinistra o a destra. A sinistra la strada portava a Finz, a destra da Vera. Le amicizie tra donne in passato l'avevano sempre delusa. A Eisenstadt si era confidata una volta con una cosiddetta amica con il risultato che la conversazione privata e confidenziale sui suoi problemi era diventata di dominio pubblico.

Però Vera era completamente diversa. Non amava i pettegolezzi, era diretta, si interrogava su tutto.

Eva avrebbe preferito parlare con Finz, ma in azienda era sempre circondato da clienti e dipendenti, sarebbe stato inopportuno disturbarlo con i suoi affanni.

Alla fine svoltò a destra. Le era sempre piaciuto Sankt Martin, con la vecchia scuola elementare col nido di cicogna sul tetto, i casali con le aiuole fiorite, persino gli abitanti sembravano usciti da una pubblicità dell'ente per il turismo. Un vecchio in grembiule da lavoro blu pedalava lungo la strada principale su una bicicletta altrettanto datata. In strada i bambini giocavano a campana. Non pensava che quel gioco esistesse ancora.

Eva parcheggiò davanti a casa di Vera, che faceva parte di un complesso di vecchi edifici a schiera. Attraverso un grande cancello si accedeva a un cortiletto interno, a sinistra c'era la casa col porticato, a destra il muro del vicino, davanti gli ex fabbricati agricoli. Ai tempi della bisnonna ogni famiglia aveva due o tre mucche da latte, una scrofa e qualche pollo. E subito dietro la casa un vialetto portava nell'orto.

"Sono nell'orto" diceva infatti il cartello appeso alla maniglia della porta d'ingresso.

Eva si diresse sul retro. Una coppia di rondini le volteggiava cinguettando sopra la testa. Eva ci fece caso, era partita completamente sconvolta, ma ora si sentiva intorpidita, quasi fuori dal corpo. Colpa dello shock?

Arrivata nell'orto vide Vera e Finz che stavano lavorando un pezzo di terra con vanga e zappa. Finz sudava, aveva le maniche della camicia rimboccate e premeva con forza la robusta suola dei suoi stivali sul bordo della vanga per farla affondare più in profondità nel terreno argilloso. Vera girava le zolle sollevate e le ammucchiava. Da alcune spuntavano dei lombrichi spaventati, la cui vita era stata improvvisamente messa sottosopra. Si sentiva il profumo della terra umida. “Pensavo che non si dovesse rivoltare il terreno,” disse Eva.

“In questo caso sì. Stiamo preparando la base dell’aiuola a cumulo che vogliamo costruire domenica insieme alle amiche del club,” spiegò Vera entusiasta. Poi, massaggiandosi la schiena, aggiunse: “C’è qualcosa che non va, sei pallidissima”.

“In effetti avrei bisogno di parlarti, ma forse non è il momento migliore.”

“No, è il momento perfetto, volevo proprio fare una pausa, mi fa già male la schiena. Andiamo sotto il portico?”

“Sì brava, lasciami nelle peste,” scherzò Finz, “non ti preoccupare, continuo io, va bene.” Si era accorto subito che Eva era un po’ fuori fase, ma fece finta di nulla.

Vera prese Eva a braccetto e la trascinò verso la casa. “Ecco, siediti qui sulla sdraio e io vado a prendere da bere. Cosa vuoi, succo di sambuco, caffè, oppure un bel Gin Tonic?” L’aveva detto per scherzo ma Eva rispose: “Un Gin Tonic non sarebbe male”.

“Davvero? Temo di non avere né gin né tonica, ma c’è ancora una bottiglia di grappa in dispensa. Non so quanto vecchia sia, ma non credo che possa andare a male. Ne vuoi un bicchierino?”

Eva annuì.

Vera portò un bicchiere e un bottiglione, pieno per due terzi di un liquido trasparente. Il tappo era fragile e poroso. Dovette fare attenzione nell’aprirlo per evitare che cadessero frammenti di sughero dentro la bottiglia.

Eva si riempì a metà il bicchiere e bevve tutto d’un fiato.

***

Paul starnutì. Sentì che naso, palpebre e labbra gli si stavano gonfiando e aveva solletico in gola.

"Febbre da fieno?" chiese Stephanie.
"Non che io sappia," rispose lui, "ho solo un'allergia al lattice."
La scusa numero uno di tutti gli uomini che non vogliono usare il preservativo, pensò Stephanie, *che maiale*.
Per travasare il sidro usiamo tubi di lattice, pensò l'oste, che stava sparecchiando e aveva orecchiato la conversazione, ma non disse nulla. Odiava quell'inutile regolamento Ue che gli imponeva di elencare ogni singolo allergene presente nei cibi e nelle bevande che serviva. L'ispettore alimentare gli aveva già dato il tormento varie volte minacciandolo di sanzioni severe se non avesse ottemperato.
Se questi forestieri sono così sensibili da farsi venire la tosse per tre particelle di gomma, cosa ci puoi fare, pensò.

***

Quando Finz terminò di vangare e tornò alla casa, trovò Eva piuttosto ubriaca e Vera leggermente brilla. "Vieni, siediti qui con noi," disse Vera, "stiamo bevendo grappa e aranciata. Pura la grappa era imbevibile, con l'aranciata è proprio buona!"
"Non dovreste andare a prendere le vostre figlie a lezione di danza?" chiese Finz. "Oggi restano più a lungo perché ci sono le prove dello spettacolo. Le prende mia madre e le porta qui più tardi. Carla vuole dormire da Letta," rispose Vera. "Abbiamo ancora tempo per pensare a un bello scherzo da fare e tu puoi aiutarci."
Prese un bicchiere, vi versò un dito di grappa, lo riempì di aranciata, lo coprì con un sottobicchiere e lo batté sul tavolo. Il miscuglio cominciò a spumeggiare. "Ecco, sbrigati a bere!" esclamò passando il bicchiere a Finz, che però rifiutò scuotendo la testa. "Ho appena finito di rivol-

tare metà del tuo orto, prima voglio un bicchiere d'acqua. Mi spieghi cosa succede?"

Eva afferrò il bicchiere rifiutato e buttò giù in un sorso il contenuto. La schiuma le andò nel naso e le lacrimarono gli occhi, per un attimo parve sul punto di piangere, invece si mise a ridere come una matta. "Allora, Finz. Mio marito mi tradisce e Vera pensa che sia un narcisista violento che si meriterebbe una bella lezione."

"Un'altra lezione," precisò Vera.

"In realtà gliene ho già date due," disse Eva orgogliosa. "La prima col sapone irritante e la seconda coi bulbi di narciso, che gli hanno fatto venire vomito e diarrea."

"Lo trovo fantastico!" disse Vera. "Io gli avrei messo già da tempo del Valium nel caffè, o meglio ancora dei betabloccanti, che rendono impotenti."

"O una sostanza psichedelica," disse sognante Eva. "Così farebbe un viaggio terrificante e si spaventerebbe. Quando andavo a scuola certi partivano per il Messico in cerca di funghi psichedelici, ma nessuno sapeva riconoscerli, così finivano per mangiare funghi qualsiasi con l'unico effetto di vomitare."

"Perché semplicemente non lo lasci?" chiese Finz.

Eva si voltò verso di lui. Gli occhi azzurro acqua erano leggermente più chiari del solito e Finz notò delle macchioline color ambra in mezzo al blu. "Tu non lo conosci!" disse Eva a bassa voce. "Non me lo permetterebbe mai. Paul Achleitner non si fa lasciare, credo che piuttosto mi ucciderebbe, oppure farebbe di tutto per rendermi la vita un inferno. Non mi lascerebbe mai in pace, ovunque io vada. Si prenderebbe i migliori avvocati e farebbe in modo che io non veda mai più Carla. E in ogni caso... non posso far questo a Carla. Trasferirsi qui per lei è stato già abbastanza stressante, se ora dovesse perdere di nuovo la sua casa...” Eva stringeva il bicchiere con una forza tale da poterlo frantumare.

Finz si grattò la testa perplesso. “Non so cosa pensare dei vostri piani. Mi sembrate le ‘Streghe di Eastwick’.”

“Ma noi non abbiamo intenzione di ucciderlo, vogliamo solo tormentarlo un po’,” rise Vera. “Forse si aprirà anche la mente e diventerà più intelligente.”

“Per espandere la coscienza bisogna essere preparati,” avvertì Finz. “Sentite, so di cosa parlo. Ho fatto viaggi sciamanici con veleno di rospo e decotto di liane in Sud America. Laggiù sono considerate cerimonie religiose. Non potete somministrare sostanze psichedeliche a un idiota qualsiasi e credere che così migliori come individuo.”

“Forse non diventerà migliore, ma di certo più ansioso,” disse Vera. “Paul è un ipocondriaco e quando è preso dalle sue condizioni di salute non gli vengono in mente delle stronzate.”

“Sì, ma fargli fare un viaggio psichedelico... non so...” Finz era perplesso.

“Noi vogliamo solo indebolirlo. Se lo merita. È un sadico e la picchia,” sbottò Vera.

“Per favore, Vera... ti ho detto...” Eva era terribilmente imbarazzata dalla cosa, quasi fosse colpa sua. Ancora non capiva come Vera fosse riuscita a strapparle quel segreto, ma Vera aveva un modo tutto particolare di fare domande.

“Non dovreste neanche saperla questa cosa, promettetemi che non direte niente a nessuno. Se Paul scopre che ve l’ho detto, allora...”

“Allora cosa?” esclamò Finz indignato. “Quel tizio dovrebbe essere chiamato a rispondere delle sue azioni, essere denunciato.”

“Adesso ti dico una cosa,” intervenne Eva. “Una volta, tanto tempo fa, sono andata alla polizia, gli agenti sono stati molto gentili e comprensivi e hanno verbalizzato tutto quanto. Poi hanno chiamato Paul in commissariato e lui gli ha raccontato che mi ero inventata tutto perché volevo vendicarmi di una sua scappatella. Mi ha detto che avevano parlato da uomo a uomo, e che il poliziotto era completamente dalla sua parte e sosteneva che ci sono tante donne isteriche che denunciano il falso e loro non le prendono sul serio."

Vera sbarrò gli occhi. "Paul ti ha sicuramente mentito! Non ci credo che un poliziotto abbia detto una cosa del genere. Si è inventato tutto per manipolarti."

Eva si strinse nelle spalle. "Non lo so, il poliziotto era il cugino del suo ex socio d'affari. A ogni modo, a casa ho avuto una brutta sorpresa," disse fissando il bicchiere vuoto.

Finz avrebbe voluto abbracciarla. Il suo istinto protettivo stava emergendo. Provava un'incredibile rabbia nei confronti di Paul.

"Lo vedi che è uno che non merita pietà?" disse Vera. "Dai, Finz, tu sei l'esperto di piante. Non possiamo certo chiedere a Johanna. Quale droga naturale può dargli Eva se dovesse diventare di nuovo violento?"

"Le classiche erbe delle fattucchiere sono le solanacee, come la belladonna o la datura, ma sono davvero molto difficili da dosare. L'effetto si manifesta dopo una mezz'ora, a volte dura cinque ore, altre volte giorni," spiegò brevemente Finz.

"La datura? Quella che chiamano trombe degli angeli per via delle grosse corolle a campana?" chiese Eva interessata. "Credo che la nostra vicina ne abbia una."

"Esatto," confermò Finz.

Eva guardò l'orologio ed entrò in panico. "Ho perso la cognizione del tempo, devo andare. La porta del patio è bloccata, non si chiude. Paul non è a casa. Ho chiesto alla vicina di dare un occhio, ma non posso stare via in eterno."

"Ti porto io," disse Finz, "e se vuoi, posso anche dare un'occhiata alla porta, magari riesco a sistemarla."

"Saresti gentile," rispose Eva. "Non ho idea di quando torni Paul, ma lo conosco, farà tardi."

"E io faccio prima un bel caffè forte, così posso affrontare le nostre figlie e mia madre. Lei annusa l'alcol a cento metri sottovento," ridacchiò Vera. "Quindi forza, comportiamoci di nuovo da adulti. Eva, hai sicuramente bisogno di un altro caffè prima di andare."

Finz provava uno strano imbarazzo con Eva seduta accanto in macchina. Non sapeva cosa dire. Parlare del più e del meno dopo la confessione di prima gli sarebbe sembrato superficiale. Da un lato bruciava dal desiderio di sapere tutto del rapporto di Eva con Paul, dall'altro non voleva sapere nulla di quell'uomo, perché il pensiero che possedesse Eva completamente lo faceva soffrire.

Eva invece si sentiva incredibilmente leggera e liberata. L'alcol aveva attutito il dolore e da quando aveva raccontato tutto a Vera e Finz si sentiva come se le avessero tolto dal petto un enorme peso.

Vera l'aveva subito appoggiata, dicendole che non doveva sempre sopportare.

"Devi cambiare atteggiamento, vedrai che anche lui si comporterà diversamente. Certe cose si fanno se qualcuno te lo permette. Non sopportare più tutto questo e vedrai che cambierà." A volte Eva non desiderava altro che Paul sparisse. Senza litigi, senza violenza, senza una battaglia legale per il divorzio, senza essere vista da Carla come quella che ha distrutto la famiglia. Se lui svaniva nel nulla lei avrebbe potuto ricominciare da capo. Aveva trentotto anni, non era ancora vecchia. Aveva sprecato i migliori anni della sua vita con quel notorio traditore. E se avesse ribaltato la situazione? Avrebbe potuto scoprire la sensazione di baciare un altro uomo, uno diverso da Paul e dagli adolescenti idioti del gioco della bottiglia. Guardò Finz di sottecchi. Avrebbe potuto iniziare quel giorno stesso.

"Allora intanto risolviamo il problema della porta," disse Finz quando arrivarono davanti a casa. "Qual è?"

"Quella laggiù dietro al barbecue," spiegò Eva. "Tu vai, io intanto mi prendo una maglia."

Dopo che Finz ebbe svoltato l'angolo, lei corse leggera verso il giardino della vicina e strappò tre trombe degli angeli. I fiori erano enormi. Imponenti. Quasi mostruosi. Eva ridacchiò. Si sentiva terribilmente cattiva. Ma dove poteva metterli? Aprì la porta di casa ed entrò, era rinfrescato. Salì al piano di sopra a prendere il golfino. Passando davanti alla camera da letto, vide la brocca d'acqua con le pietre curative e ci mise dentro i fiori. Si sarebbero mantenuti finché non trovava la ricetta giusta nel libro sulle erbe magiche.

Poi corse verso il patio. Finz stava valutando la situazione. Passò le dita lungo la guida. "Insieme risolviamo subito. Metti le mani qui. Devi solo tenere il vetro dritto, così posso sollevarlo. Uno, due, tre." La porta tornò magicamente in posizione. "Ecco, fatto." Finz si pulì le mani sui pantaloni e sorrise a Eva. "Non serviva la stregoneria, dopo tutto," disse ridendo. "Anche se tu sei un po' una streghetta."

Eva sorrise di rimando, e poi fece una cosa mai fatta in vita sua: prese l'iniziativa. Si avvicinò a lui, e tenendogli la testa tra le mani gli sfiorò le labbra con il pollice destro.

"Che fai? Dai, smettila, sei ubriaca, non ti rendi conto..."

"Non sono ubriaca e so esattamente cosa sto facendo," sussurrò Eva.

Poi alzò la testa e lo baciò con una passione che la lasciò stupefatta. E Finz non poté fare altro che restituire il bacio. Sapeva di caffè, di grappa e di Eva, un gusto inebriante, narcotico, dolce. "Non voglio rimanere qui," implorò lei. "Possiamo andare da te, per favore?"

28.
Paul e la datura

Esiste una specie di fungo che cresce sulle formiche e manipola il loro comportamento. La formica perde il controllo del proprio corpo.

Quando Paul tornò a casa dopo il ristorante trovò tutto buio. Per un attimo si meravigliò e andò a vedere in camera da letto pensando che Eva si fosse già coricata, ma con sua grande sorpresa il letto era vuoto. Guardò nella cameretta di Carla. Vuota anche quella. Non era mai successo prima. Prese il telefono e chiamò Eva. Si attivò subito la segreteria telefonica. Ispezionò tutta la casa, niente. Porte e finestre erano chiuse, anche la porta del patio, per la quale Eva aveva montato quel casino al telefono. Nemmeno in giardino c'era traccia di Eva e Carla.

Per un attimo Paul pensò che fossero andate via di casa, ma era un'idea così ridicola che la scartò subito. Controllò comunque i guardaroba, per vedere se mancava qualcosa. Sembrava tutto come sempre.

Richiamò Eva. Nessuna risposta. Poi scrisse "Dove sei???" nella finestra dei messaggi e premette invio. Era irritato e confuso più che preoccupato. *Roba da pazzi*, pensò.

Tornò in cucina, dove c'era il calendario agenda della

famiglia. Di solito non badava a quello che c'era scritto, lui aveva i suoi programmi, ma questa volta sperava di trovare un indizio che potesse aiutarlo a capire. Vide scritto: "Dance Together 16.30-18".

Era il corso di danza a cui partecipava anche la figlia di Vera. Prese di nuovo il telefono per chiamarla e chiederle se sapeva dove fosse Eva, ma poi lasciò perdere. Avrebbe dato l'impressione di non avere il controllo sulla sua donna. La rabbia montò. Era tornato a casa già di cattivo umore, quella Vicky lo aveva prima eccitato con le sue allusioni sessuali per poi liquidarlo. Quando l'aveva riportata all'hotel e aveva cercato di baciarla in macchina gli aveva dato uno schiaffo. Schiaffeggiato lui! E poi era scappata via. Era proprio fuori di testa. Si chiese perché ultimamente fosse circondato da psicopatiche. La Zieserl aveva avuto una reazione esagerata a quella stupida eruzione cutanea e adesso anche Eva faceva quello che voleva.

Ma avrebbe scoperto dov'era, mica era scemo. Uscì di casa, salì in macchina e si mise in viaggio, in direzione di Sankt Martin. Sapeva dove abitava Vera, perché una volta le aveva portato del materiale per il sito web.

Il fatto che la macchina di Eva fosse parcheggiata davanti alla casa di Vera confermava la sua ipotesi. Bingo. Avrebbe dovuto fare il detective. Dove altro avrebbe potuto essere Eva? Non era tipo da uscire da sola, ma il fatto che fosse rimasta da Vera senza informarlo, ovviamente, non gli stava bene. Gliel'avrebbe fatta vedere lui.

Non aveva voglia di tornare a casa, così si diresse a Oberwart. Voleva vedere se da Sapore c'era ancora movimento. Fortunatamente il piccolo locale era illuminato.

Paul parcheggiò proprio di fronte ed entrò.

A un tavolo sul soppalco vide la Zieserl con due amiche. Si sedette al bancone. "Una birra per me e una bottiglia di prosecco per le signore lassù," disse a Katrin.

La Zieserl si era mostrata piuttosto infastidita al suo ingresso ma quando le fu servito il prosecco il suo umore parve migliorare leggermente.

Paul accennò un brindisi nella sua direzione, lei alzò appena il mento e guardò incerta il bicchiere davanti a sé. *Se beve, la partita ricomincia*, pensò Paul.

Sylvia prese un sorso esitante.

Ecco fatto, pensò Paul trionfante. *Ho svoltato.*

Eva si svegliò perché il sole le solleticava il naso. La mansarda di Finz, sopra l'azienda, non aveva tende. La finestra era aperta. Eva sentiva il rumore delle macchine che spostavano i cumuli di compost. Aveva un po' di mal di testa, ma per il resto era perfettamente felice.

Finz aveva resistito fermamente ai suoi approcci la sera prima. Le aveva spiegato che non voleva approfittare della situazione e l'aveva accompagnata nel suo letto, mentre lui si era messo a dormire sul divano. Ma alle 3 del mattino, Eva si era svegliata e si era infilata sotto le coperte con lui, dimostrandogli chiaramente di non essere più ubriaca e di sapere esattamente cosa voleva. E dato che era proprio quello che Finz desiderava da settimane, l'avevano fatto, come era parso giusto che fosse. Ora lei era tra le sue braccia, lui le teneva ancora la mano come quando si erano addormentati insieme e, per la prima volta nella sua vita, Eva ebbe idea di come sarebbe stato non essere più la moglie di Paul Achleitner, ma una persona con desideri e bisogni propri. E il più grande bisogno stava riemergendo. Aveva di nuovo voglia di Finz. Gli mordicchiò il collo e l'orecchio.

"Dormi ancora?"

"Mhmm."

"Se riesci a mugolare vuol dire che sei sveglio." Continuò a baciarlo, le sue labbra vagavano sul suo corpo. Finz finse di dormire e si lasciò coccolare, poi all'improvviso la tirò a sé stringendola forte e con mossa abile la rovesciò sulla schiena. Eva strillò e rise e lui con lei. La vita non era mai stata così semplice e così complicata allo stesso tempo.

Più o meno in contemporanea Paul si svegliò nella sua astronave. Ma non stava bene come sua moglie. Aveva la bocca secca, la lingua incollata al palato. Sudava. Aveva sete. Che disastro. Passò in rassegna gli eventi della sera prima. C'erano voluti un'altra bottiglia di prosecco e tutto il suo fascino per "ammorbidire" la Zieserl, che alla fine, ovviamente, aveva capitolato. Quella donna aveva una dipendenza da adrenalina proprio come lui, gli alti e bassi emotivi la stimolavano. Dopo si erano divertiti ancora un sacco lui, la Zieserl, e le sue due amiche all'Almrausch. Era stato come in un rifugio di montagna dopo lo sci, solo senza neve. Avevano bevuto innumerevoli shottini di Jägermeister e se l'erano quasi fatta addosso dalle risate.

Poi aveva fatto gli occhi dolci alla Zieserl, supplicandola di portarlo a casa. E lei aveva ceduto. La macchina di Eva non c'era ancora e nemmeno lei. Questo lo aveva talmente irritato che aveva invitato la Zieserl a entrare e aveva continuato a divertirsi con lei nella zona relax del seminterrato. A un certo punto doveva essersene andata. Paul non ricordava come fosse arrivato nel suo letto, ma aveva ancora una sete terribile. Sul comodino di Eva c'era come sempre una brocca d'acqua. Se ne versò un bicchiere e bevve avidamente. L'acqua aveva un sapore stantio. Paul non badò ai giganteschi fiori rossi che vi galleggiavano, non era strano che Eva decorasse cibo e bevande con fiori e petali. Margheritine nella zuppa, rose nel punch, lavanda sulla torta di pesche. Completamente inutile, questo culto dei fiori. Paul si voltò e si riaddormentò.

Finz era sotto la doccia. Dal bagno veniva il rumore dell'acqua e musica reggae. *No woman, no cry* di Bob Marley. Profumo di bagnoschiuma e caffè. Dalla finestra aperta entrava una brezza leggera. Gli uccelli cinguettavano. Avrebbe potuto essere così rilassante, ma Eva non era tranquilla.

Stava seduta davanti al cellulare come il coniglio davanti al serpente, col terrore di accenderlo. Il cellulare era il suo cordone ombelicale con la realtà. Lo aveva tagliato il giorno prima, ma doveva ristabilire il contatto. Non era solo la moglie di un violento, ma anche una madre. Doveva essere reperibile. Aveva delle responsabilità. Le batteva il cuore mentre il sistema operativo si avviava. Apparve il messaggio di Paul della sera prima. "Dove sei???"

Non doveva mai venire a sapere dove era stata. Mai al mondo. L'avrebbe punita, una punizione dolorosa, e chissà cosa avrebbe fatto a Finz. Forse gli avrebbe bucato le gomme o gli avrebbe messo alle calcagna la Narcotici, Paul era capace di tutto.

Il secondo messaggio era di Vera. "Tutto bene?" e la faccina che strizzava l'occhio.

Eva premette il tasto di chiamata. Vera rispose al secondo squillo.

"Carla sta bene?"

"Sì, certo, stanno ancora dormendo, che ti succede, perché bisbigli?"

"Sono da Finz."

"Lo sapevo!" esultò Vera. "Finalmente! C'era troppa chimica tra voi ormai. Brava. Finz in ogni caso è molto più adatto a te di Paul."

"Vera, c'è poco da ridere. Paul diventa una bestia se lo scopre. E poi cosa gli dico? Non sono mai stata via per tutta la notte."

Vera cambiò atteggiamento alla velocità della luce.

"Vieni qui il più presto possibile, prima che le ragazze si sveglino, così potremo dire che sei venuta ieri sera tardi e hai dormito da me. E Carla potrà confermarlo davanti a Paul."

"Non posso venire a casa tua. La mia macchina è lì da te."

"Ah sì, è vero. Ancora meglio. Ti passo a prendere tra dieci minuti e se nel frattempo le ragazze si svegliano, diremo che siamo andate a prendere il pane. Sistemiamo tutto Eva, ma devi promettermi che lascerai quell'idiota."

La porta del bagno si aprì. Finz uscì con un asciugamano attorno ai fianchi. Dai capelli bagnati, lucidissimi, l'acqua gli gocciolava sul petto e da lì scivolava verso la pancia. Strizzò l'occhio a Eva mentre si asciugava. Lei gli sarebbe di nuovo saltata addosso.

"Te lo prometto," rispose.

La strategia di Vera funzionò. Quando Carla e Letta si svegliarono, come tutte le adolescenti verso le 11 del mattino, trovarono Vera ed Eva sedute al tavolo della colazione.

"Eva e io abbiamo bevuto vino ieri sera e, come sapete, non ci si mette in macchina quando si è bevuto," pontificò Vera. Ma le ragazze nemmeno la ascoltarono, avevano ben altro in mente. Volevano addestrare la gallina. Il primo passo era già stato fatto, la sera prima Queen Latifah si era lasciata prendere e accarezzare. Nulla ormai si opponeva alla sua gloriosa carriera circense. Letta aveva guardato vari video sull'argomento.

"Se mi metto delle tarme della farina sulla spalla, può

darsi che mi voli addosso," disse raggiante. Eva rabbrividì. Le facevano ribrezzo i vermi.

Vera invece non sembrava avere problemi. Riprese con il cellulare di Eva i vari tentativi.

"Prove fotografiche," sussurrò a Eva.

"Adesso le mandi a Paul spiegandogli che hai passato la notte qui. Soddisferà la sua mania di controllo."

Eva eseguì le istruzioni. *Incredibile*, pensò, *Vera ha capito tutto*.

"Allora, questa è fatta," disse Vera, "e adesso rilassiamoci sulle sdraio."

Eva non se lo fece dire due volte.

"Dobbiamo decidere cosa piantare nell'aiuola a cumulo. Pensavo alle zucchine gialle e bianche, sono così difficili da trovare nei negozi ma sono molto più buone di quelle verdi, non credi?"

Vera era nel suo elemento, ma mentre elencava i pro e i contro dei vari ortaggi della famiglia delle cucurbitacee a Eva si chiusero gli occhi. La notte prima aveva dormito pochissimo. Pensò a Finz e un'ondata di benessere la investì. O forse era voluttà? Non aveva mai pensato che fosse possibile provare certe sensazioni. Pensò a come l'aveva baciata. E si addormentò con un sorriso.

Verso la stessa ora Paul si svegliò per la seconda volta. Si sentiva ancora stordito, non ricordava di aver mai dormito così a lungo.

Prese con entrambe le mani la brocca accanto al letto e la svuotò fino all'ultimo sorso. Un petalo gli si attaccò alla bocca. Aveva un sapore orribile, doveva dipendere dalle strane pietre energetiche che Eva usava per "rivitalizzare" l'acqua.

Gli squillò il cellulare. Era la regina del ghiaccio, che

andò subito al punto. “Ci troviamo oggi alla ‘Notte delle Mongolfiere’?”.

“Vediamo,” rispose Paul evasivo. “Senti, adesso non ho tempo, ti chiamo più tardi.” Era stato estremamente brusco.

Era abituato al fatto che le donne tornassero da lui di corsa, ma lei aveva esagerato con quello schiaffo, anche se in linea di principio lo stuzzicava l’idea di domare una donna così recalcitrante. Non aveva ancora finito con quella Vicky, per il momento però l’avrebbe tenuta sulle spine.

Alla “Notte delle Mongolfiere” doveva comunque andare, Harald voleva vederlo lì perché c’erano tutti i politici che contavano e in vista del loro progetto non era male fare un po’ di pubbliche relazioni. *Se solo sapesse cosa ho fatto ieri con sua moglie*. A proposito di moglie. Dove diavolo era Eva?

Controllò il cellulare e vide una foto di Eva, Carla, Vera e Letta con un pollo. Il messaggio diceva “Serata tra pollastrelle”. Era impazzita? Be’, gliele avrebbe cantate più tardi, per il momento doveva pensare all’incontro con Harald. Non riusciva ancora a spiegarsi come mai avesse dormito fino al pomeriggio. Non reggeva più l’alcol? Era forse colpa dell’età? *Devo smaltire la sbornia*, decise. Entrò in doccia, ma nemmeno l’acqua fredda gli schiarì le idee. Si asciugò e si vestì. Aveva ancora caldo e si sentiva la bocca secca. Aveva bisogno di una birretta. Andò al frigorifero, tirò fuori una birra e la scolò d’un fiato. Poi si ricordò che aveva lasciato la macchina a Oberwart. Chiamò un taxi e chiese che lo portasse direttamente a Bad Tatzmannsdorf.

Eva stava ancora sonnecchiando sulla sdraio quando suonò il telefono. *Paul*, pensò subito in preda al panico.

Ma non era lui, bensì Harald Zieserl. "Ciao Eva," disse e dopo un rapido scambio di convenevoli arrivò al punto: "Da stamattina non riesco a rintracciare tuo marito, tu sai dov'è?". Eva rispose di no. "Abbiamo un appuntamento oggi alla 'Notte delle Mongolfiere', voglio presentargli delle persone. Se lo senti per favore digli che lo aspetto alle 17 alla fontana. La 'Notte delle Mongolfiere' è diventato un evento di massa, senza un punto di riferimento è difficile trovarsi." Eva promise di passare il messaggio a Paul non appena si fosse fatto sentire. Anche se era sicura che avrebbe chiamato Harald prima di lei. Le persone importanti avevano la priorità sulla moglie.

"Chi era?" chiese Vera.

"Zieserl. Oggi ha un appuntamento con Paul a Bad Tatzmannsdorf."

"Fantastico, significa che hai un'altra serata libera."

"Non posso restare fuori di nuovo, stasera dormo a casa," obiettò Eva.

"Io no però," disse Carla. "Letta ha bisogno di me come assistente per Queen Latifah, posso rimanere qui ancora una notte, per favore? Non c'è scuola domani."

"Mi piacerebbe sapere quando avete scuola a maggio e giugno," disse Eva, "una festività dopo l'altra."

"Certo che puoi rimanere qui," disse Vera. "Tua madre può tornare a casa se proprio vuole, e... ah Eva... prima puoi fare un salto da Terra Inca a prendere un sacco di carbone vegetale per me? Penso che servirà per l'aiuola a cumulo."

"Ruffiana," le sussurrò Eva, quando Carla e Letta scomparvero dietro l'angolo.

"Divertiti, e ricorda sempre: se passi i guai con Paul perché non fai più quello che vuole lui, bisogna che ne valga la pena."

Una mezz'ora dopo, Eva era di nuovo da Terra Inca.

Finz sogghignò quando la vide.
“Come posso aiutarti?”
“Mi manda Vera, le serve il carbone vegetale.”
“Basta così?”
“No.”
“Lo immaginavo.”
Eva arrossì.
“Vieni qui,” disse lui spalancando le braccia.

29.

Paul scompare

*L'*Amanita muscaria *è un fungo che deve il suo nome alle proprietà moschicide. In passato veniva tagliato a pezzetti e immerso nel latte zuccherato, l'odore attirava le mosche che, dopo averlo assaggiato, sembravano morte. In realtà ha solo il potere di stordirle, in seguito possono rivolare via.*

La "Notte delle Mongolfiere" si teneva una volta all'anno nella località termale del Sud Burgenland. Circa duemila persone erano accorse per ammirare le regine dell'aria. Le mongolfiere, una dozzina, erano ancorate sul prato, di tanto in tanto i bruciatori emettevano fiamme mirate a riscaldare l'aria all'interno dei palloni. Tutti aspettavano il via, ma nel frattempo non mancavano le attrazioni, bancarelle con cibo e bevande di vario genere, una band dal vivo e un piccolo luna park con tiro a segno, barca altalena e giostra. I bambini lanciavano i petardi appena comprati. I primi ubriachi cominciavano a cantare dondolando sottobraccio.

Paul si rese conto già scendendo dal taxi che qualcosa non andava. Era come se la strada ondeggiasse al ritmo dei suoi passi. Aveva ancora la bocca secca. Si avvicinò al primo stand e comprò una bottiglia di birra. La bevve avidamente. Ahhh che sollievo sentire il liquido freddo giù per la gola, ma riguardando la bottiglia notò con sorpresa che era ancora tappata. Un mistero. Una sigaretta accesa gli passò davanti in volo. Paul fumava solo occasionalmente, ma pensò che fosse un'ottima occasione, quindi la afferrò, fece qualche tiro e poi la lasciò andare. La sigaretta rivolò via.

All'improvviso Eva gli si parò davanti. Aveva una corona di fiori in testa e un gatto sulla spalla. Paul provava un immotivato ribrezzo nei confronti dei gatti. Si ritrasse disgustato. "Dove sei stata tutto questo tempo?" gridò, ma Eva evidentemente non lo sentiva, perché intonò una canzone e si mise a raccogliere fiori. Il gatto soffiò minaccioso e gli si avventò addosso.

Chiamando a raccolta tutto il suo coraggio Paul diede un calcio all'animale, poi guardò in basso. Davanti a lui c'era un diamante. Si inginocchiò e cercò di prenderlo ma era appiccicato a terra. Si aiutò con le unghie.

Non sentiva il brusio delle persone attorno.

"Guarda quello che sta grattando via il chewin gum dall'asfalto, ma è pazzo?"

"Sembra l'architetto di Buchschachen. Deve essere strafatto."

"Non ci si comporta così solo perché si è bevuto, deve esserci di mezzo la droga."

Paul era riuscito a staccare il diamante e se lo mise in tasca. Poi si rivolse di nuovo a Eva, ma lei sorridendo gli disse: "Vuoi sapere perché non hai più potere su di me?". Ma invece di svelarglielo semplicemente scomparve.

Paul era irritato da quel fare misterioso.

"Eva!" gridò, "Torna subito indietro!"

Ma lei non aveva alcuna intenzione di farlo.

All'improvviso Paul si sentì infinitamente triste. La sua vita gli passò davanti come in un film. Riaffioravano i ricordi ed erano, senza eccezione, negativi. Aveva la sensazione di aver sbagliato tutto quanto. Forse sarebbe stato meglio morire subito. Ma poi si rese conto che non si poteva morire a comando e che forse avrebbe dovuto rimanere in quella condizione di disperazione in eterno.

Si lasciò cadere senza forze sul prato che pullulava di creaturine che salivano e scendevano lungo i fili d'erba a una velocità vertiginosa. Paul si tolse le scarpe e i calzini e le osservò mentre gli saltellavano tra le dita dei piedi. Erano buffe, come i personaggi dei fumetti. Poi i fili d'erba si trasformarono in un caos di fibre fluorescenti, tra cui si muovevano mosche e larve trasparenti, mosche, scarafaggi e bruchi che crescevano a vista d'occhio fino a raggiungere dimensioni umane.

Devo difendermi, pensò Paul, *ho bisogno di un'arma*. Si ricordò di essere passato davanti al tiro a segno, quindi si precipitò lì e prese un fucile. L'uomo dietro al banco lo insultò e cercò di fermarlo, ma Paul era in missione. Imbracciò il fucile, prese la mira e iniziò a sparare agli insetti sul prato. Ogni volta che ne colpiva uno, dalla punta del fucile usciva una nuvola di fumo rosso. "Ah!" gridava Paul, "Ve la faccio vedere io, vi ammazzo tutti!"

Si sentì strappare di mano il fucile da un gigantesco verme mentre qualcuno cercava di tenerlo fermo. Paul iniziò a urlare e a menar colpi, ma il verme era più forte. "Ma non è Achleitner, quello che ha una tresca con la Zieserl?" chiese una larva grassottella.

"Zitta, dietro di te c'è il marito," sibilò un ragno a grandezza naturale. "Merda, penso che ti abbia sentita."

Nel frattempo, un gruppo di coleotteri, vermi e altri insetti si era riunito intorno a Paul. Una cavalletta allungò un'antenna a tastargli la fronte. "Ha la febbre, scotta e ha le pupille dilatate, nere come quelle di un demone."

Paul scosse via l'antenna. Ma le parole gli arrivarono al cervello.

Vide uscire da uno dei bruciatori delle mongolfiere una palla di fuoco che si diresse verso di lui e se ne impossessò. "Brucio!" gridò, "Sono un demone infuocato!" urlava in preda al panico menando colpi. Gli insetti lo lasciarono andare.

Non riusciva a smettere di urlare e prese a strapparsi i vestiti di dosso perché aveva caldo. Poi, completamente nudo, rubò una bottiglia di birra a uno degli insetti giganti e se la versò addosso, per spegnere il fuoco. Aveva bisogno di altro liquido o sarebbe morto come uno stregone sul rogo. Gli insetti stavano per afferrarlo di nuovo, ma Paul fuggì. Corse via in preda al panico finché improvvisamente non vide una via d'uscita. Una fontana! Vi si tuffò dentro. Sentì le fiamme sulla pelle spegnersi sfrigolando. Si rotolò nell'acqua che gli arrivava alle ginocchia, cercò di berne il più possibile per spegnere anche le fiamme che aveva in bocca. Quando si alzò in piedi vide la sirena al centro della fontana. Gli si avvicinò e gli chiese annoiata: "Quand'è che ti decidi a scoparmi?".

Paul la guardò. Era incredibilmente bella con i suoi lunghi capelli d'oro, gli occhi blu ghiaccio, i seni perfetti, e la coda di pesce che luccicava blu-argento al sole. E poi, cosa più importante, era fredda come un pesce, non lo avrebbe lasciato bruciare.

"Portami via da qui," le sussurrò. La sirena sorrise e gli porse la sua mano fresca. Paul la afferrò e uscirono assieme dalla fontana. Gli insetti si ritrassero. Qualcuno gridò: "Dove sono i soccorsi?". Ma Paul sapeva di non averne bisogno. Era appena stato salvato.

La sirena corse via con lui e, a un certo punto, lo caricò su un'auto. Paul era meravigliato che la sirena potesse guidare con la coda di pesce. Ma poi pensò che in realtà non c'era nulla di strano, la pinna aveva due punte. Si rallegrò di essere così astuto da aver risolto il dilemma.

Pareva anche che la sirena sapesse dove andare. A casa. Paul era finalmente a casa.

***

Vera si svegliò allo squillo del telefono. Erano le 7.15, c'era solo una persona che chiamava a quell'ora.

"Mamma?"

A malapena riuscì ad aprire gli occhi prima di essere investita da una raffica di parole.

"Hai già guardato Facebook? Naturalmente no. Tu e Letta siete delle dormiglione. Pensa che prima che tu ti svegli io ho già fatto colazione, pulito la cucina e sono stata a camminare. Oggi però esco più tardi, perché fa vento. Magari vado nel bosco, che lì è più protetto. Però è anche vero che ci sono i cacciatori, quelli sparano a tutto, anche ai cani al guinzaglio. Sul giornale c'era che..."

"Mamma, che volevi dirmi, cosa è successo?"

"Be', il marito della tua amica è saltato nudo nella fontana. Alla 'Notte delle Mongolfiere'. *Coram publico.*"

Coram populo, la corresse mentalmente Vera, ma non disse nulla.

"Io penso che si sia fatto una dose di hashish. Perché non è normale. Anche quel cantante austriaco si è fatto una dose di hashish. Ma forse ha la borreliosi, ti viene la meningite e diventi matto. È colpa delle zecche. Quest'anno ce n'è un'infestazione, i cani ne hanno sempre qualcuna addosso. Sai che anche i cani possono ammalarsi? Credo che dovrò comprare di nuovo il repellente per zecche dal veterinario. Costa più di trenta euro, la lobby farmaceutica fa sempre i soldi sulla nostra pelle, ma è l'unico che funziona. Spero solo che non sia tossico per i cani, oggi anche i cani si ammalano di cancro. Prima non succedeva."

"Mamma, chi è che è saltato nella fontana?"

"Be', l'architetto di Eisenstadt. Completamente nudo. Le foto sono già su internet. Poverina la tua amica. Sicuramente è impazzito e dovrà andare in una struttura. Non potranno permettersi a lungo quella bella casa. Anche la figlia mi fa pena, si saprà a scuola, speriamo che non la bullizzino. Questa cosa del bullismo diventa sempre peggio. Ai miei tempi non c'era il bullismo, è tutta colpa di internet..."

"Mamma, ora guardo. Ci sentiamo, ok, baci."

"Va bene, se non hai tempo per parlare con tua madre..."

Hilda era offesa. "Adesso chiamo la signora Fuith della cooperativa. Sicuramente lei c'era ieri alla 'Notte delle Mongolfiere'."

"Ecco, brava mamma. Ti voglio bene. E vedo come sta Eva. Ok?"

Vera aprì il browser del cellulare e cercò sui social media i post con hashtag "Notte delle Mongolfiere". La ricerca non fu lunga. Qualcuno aveva caricato una serie di foto di Paul nudo nella fontana.

C'era anche un video mosso. Paul sembrava completamente fuori di sé. Con bocca e occhi spalancati urlava come un ossesso: "Brucio, brucio...".

Doveva aver davvero perso la testa. Vera ebbe un brivido.

Scaricò tutto ciò che trovò su internet. Sapeva che i post non sarebbero rimasti online a lungo, i contenuti con nudi venivano rimossi dalle piattaforme in un battibaleno.

Poi chiamò Eva, che rispose subito.

"Lo sai già?"

"Delle immagini in rete? Sì."

"E come sta Paul adesso?"

Seguì una lunga pausa. Vera pensò che fosse caduta la linea.

"Eva, ci sei ancora?"

"Sì."

"E Paul?"

La voce di Eva suonò infinitamente lontana.

"Non lo so, non è tornato a casa."

30.
L'aiuola a cumulo

Per un piatto di zuppa di maggiolini sono necessari circa trenta coleotteri che vengono lavati, pestati in un mortaio, quindi rosolati in burro caldo e cotti in brodo di manzo, che viene poi filtrato e servito con cubetti di pane. I maggiolini si possono anche aggiungere alle zuppe per migliorarne il sapore.

Johanna era nel suo elemento. Non c'era cosa che amasse di più che scavare nella terra, anche se non era la sua. Anzi, Johanna era del parere che la terra non appartenesse a nessuno se non alla natura, alle piante e agli animali che vivevano in simbiosi con essa. La tunica verde scuro e i suoi jeans rattoppati erano già sporchi di terra ovunque, soprattutto sulle ginocchia. Aveva passato la prima mezz'ora nell'orto di Vera a far emergere piante che la proprietaria non aveva mai notato né curato.

"Laggiù c'è un'esplosione di valeriana rossa," disse Johanna entusiasta. "E qui stanno spuntando dei piccoli germogli di hosta. Posso portarmene via qualcuno?" I suoi occhi verdi brillavano di entusiasmo.

"Prendi pure quello che vuoi," rispose Vera. "Sono contenta di potermi in qualche modo sdebitare visto che mi stai aiutando a costruire l'aiuola a cumulo."

Johanna rise. “Nel mio orto non ci sarebbe spazio per altre aiuole. Sono contenta di potermi realizzare qui.”

“Ti darò anche delle zucchine quando saranno mature,” Vera aveva poi effettivamente deciso di piantare diverse varietà di zucchine nell’aiuola a cumulo.

Johanna si mise le mani in testa e una ciocca dei suoi folti riccioli rossi le ricadde sulla fronte. “Per l’amor del cielo, no grazie. Ho letto di un paesino dove gli abitanti condividono il raccolto e lasciano le auto aperte tutto l’anno. Solo in agosto le chiudono e sai perché? Per paura che qualche anima buona gli metta delle zucchine sul sedile dietro.”

Vera scoppiò a ridere. Non riusciva a immaginare che le zucchine potessero diventare una piaga, le bastava che il suo orto producesse finalmente qualcosa di commestibile in quantità accettabili. L’aiuola a cumulo che le amiche del club di giardinaggio avevano in programma di costruire oggi da lei avrebbe risolto il problema.

“Le zucchine giganti le puoi portare a me,” disse Mathilde, la cuoca. “Posso farne una vellutata fantastica in hotel, meglio dello schifo in busta che il capo compra di solito.”

Johanna alzò le sopracciglia stupita: “Servite zuppe confezionate agli ospiti del resort?”.

Mathilde ridacchiò. “Quando sono di turno io no. Ma, a parte gli scherzi, le zucchine sono ottime per l’attività alberghiera. Basta una buona pioggia e in una notte uno zucchino grande quanto un dito si trasforma in una clava lunga un metro, che potrebbe sfamare un plotone.”

“Adesso siamo ai primi di giugno, ma tra due mesi non le potrai più vedere le zucchine,” la ammonì Grete.

“Forza, costruiamo l’aiuola prima di pensare a come utilizzare il raccolto,” disse ridendo Johanna.

Esaminò attentamente la base. Vera e Finz avevano fatto un lavoro perfetto. Avevano scavato una grande fossa a forma di V per poi depositarvi ramaglie e verde di risulta, formando un nucleo di circa settanta centimetri di altezza.

Ora Johanna avrebbe spiegato alle presenti come procedere nella costruzione. In teoria sarebbe toccato a Finz, ma non c'era quel giorno. Gli era subentrato un impegno, aveva fatto sapere. *Una scusa debole, sicuramente ne aveva abbastanza di lavorare gratis*, pensò Vera.

Nemmeno Eva in realtà avrebbe voluto esserci. Da quando Paul era impazzito e scomparso, tre giorni prima, non sopportava gli sguardi curiosi della gente del posto. La vicina le aveva fatto una raffica di domande. Ma Vera l'aveva convinta a partecipare all'incontro: "Noi del 'Club del pollice verde' siamo diverse. Giuro che nessuno ti darà fastidio".

Così Eva era lì, un po' assente, accanto al cumulo di sterpaglie e pensava che avrebbe fatto proprio meglio a stare a casa. Se almeno ci fosse stato Finz. Non lo aveva più visto da quando Paul era scomparso. Che si fosse dileguato anche lui?

Eva era andata alla polizia il giorno dopo la "Notte delle Mongolfiere" e aveva presentato una denuncia di scomparsa. Di solito la polizia non dichiarava una persona adulta scomparsa così rapidamente, ma il bagno di Paul nella fontana era un atto fuori dal normale. Non era la solita storia del tizio che andava in giro a bere per tre giorni solo per "far arrabbiare la moglie" e poi tornava a casa pentito.

L'ultima volta che lo avevano visto, era uscito dalla fontana nudo e si era allontanato senza vestiti, senza cellulare, senza portafoglio in direzione del Bosco di Vogelsang.

"Perché nessuno lo ha fermato?" aveva chiesto Eva più volte all'agente di polizia di servizio. Decine di persone avevano tirato fuori i cellulari e avevano fotografato e filmato il povero folle, ma nessuno l'aveva aiutato.

La gente oggi è così.

Ora Paul sembrava sparito nel nulla. *Speriamo che non si sia ammazzato*, aveva pensato l'agente di polizia, ma naturalmente non l'aveva detto a Eva. Con l'aiuto dei vigili del fuoco, la polizia aveva già setacciato tutto Bad Tatzmannsdorf e dintorni. Senza successo. Avevano trovato l'auto di Paul davanti a Sapore. Ora la polizia stava cercando testimoni.

"Eva, vuoi posare tu il prossimo strato?" La voce chiara di Johanna interruppe le sue divagazioni. "Adesso dobbiamo mettere le zolle sopra le ramaglie. È importante metterle rovesciate, cioè con la parte erbosa verso il basso. Altrimenti l'erba continua a crescere." Eva eseguì diligente. "Potete anche aggiungere sfalcio e carta di giornale." Vera aveva pronte entrambe le cose e molte mani contribuirono a spargerle.

"Per il quarto strato ci servono foglie autunnali umide," spiegò Johanna.

Meno male che ho lasciato un mucchio di foglie come rifugio invernale per i ricci, pensò Vera. Ma il riccio o non era mai arrivato o era già scappato da tempo.

"Foglie, rami, ramoscelli, piccole potature. Una aiuola a cumulo è perfetta per sbarazzarsi di tutti i rifiuti del giardino," disse Johanna con un sorriso astuto. "Iniziate sempre con il materiale più grossolano e man mano aggiungete quello più fine."

Il letame di pollo, che costituiva lo strato successivo, proveniva dai parenti di Queen Latifah. Il contadino aveva barattato anche quello per un cartone di birre. E come tocco finale veniva una miscela di terriccio precedentemente vangato e di terra inca. Vera aprì i sacchi e distribuì uniformemente il contenuto sull'aiuola a cumulo.

Inspirò profondamente. Amava l'odore della terra. Lasciò che i granuli umidi le scivolassero tra le dita. La terra aveva qualcosa di terapeutico. "Compattatela bene," esortò Johanna. "Altrimenti il primo acquazzone se la porta via. Meglio scavare un pozzetto nel terzo superiore del cumulo in cui l'acqua possa raccogliersi."

"Un'aiuola a cumulo non è diversa da un cumulo di compost," spiegò Johanna. "I diversi materiali degli strati col tempo si decompongono rilasciando calore e principi nutritivi. Di conseguenza, il rendimento è molto più alto rispetto alle aiuole normali. Inoltre, grazie alla forma semicilindrica, la superficie si raddoppia. Vera, hai pensato alla barriera antilumache?"

Vera annuì. Conficcò nel terreno una cornice di latta, con il bordo piegato verso l'esterno in modo che le lumache non potessero strisciarci sopra. "Bloccate," disse ridendo.

"Vedrai, ne vale la pena," disse Johanna, "e ora arriva il bello: la semina," esclamò battendo le mani.

"Ti abbiamo portato diverse varietà di zucchine," disse Grete. "Io ho scelto le Zucchine Lemon, sono zucchine gialle sferiche."

"Le mie si chiamano Long White Bush," disse Mathilde. "Il colore è verde pastello con macchie bianche, questa varietà diventa cremosa quando cucinata, perfetta per salse e zuppe."

Evidentemente già pensava a ricchi raccolti per la cucina dell'hotel.

"La mia zucchina in realtà è una zucca, la Patisson Blanc," disse Eva porgendo una bustina di sementi con sopra la foto di una specie di Ufo.

Si abbina alla sua casa astronave, pensò Vera, ma si tacque. Quel giorno Eva era da trattare coi guanti.

"Io ho scelto lo zucchino tondo di Piacenza," disse Isabella.

"La mia è la solita zucchina verde italiana. Credo che la varietà si chiami Nero di Milano; ha fiori particolarmente grandi, li puoi farcire con formaggio fresco o carne macinata." Anche Grete pensava in chiave culinaria.

"Ancora una zucchina gialla Gold Rush e l'aiuola è completa," disse Vera tutta contenta del dono di Mitzi. "E adesso brindiamo." Aprì una bottiglia di Pétillant Naturel della cantina Schützenhof e versò il vino alle sue ospiti. La scolatura la versò sull'aiuola. "A voi, grazie per il vostro aiuto, e ora si festeggia."

Vera aveva messo un tavolo da giardino sotto il vecchio albero di noci e lo aveva coperto con uno scampolo di cotone grezzo preso al mercato delle pulci, come le sedie scompagnate. Aveva apparecchiato con il servizio di porcellana di Lilien in vari colori pastello. Al crepuscolo non si notava che qualche piatto era un po' scheggiato. Appena fosse tramontato il sole decine di candele galleggianti e piccole lanterne avrebbero creato un'atmosfera incantevole.

Per i suoi ospiti, Vera aveva preparato una moussaka vegetariana con pomodori, melanzane e patate. Accanto alla teglia c'era una grande ciotola di insalata di rucola e pere. Alcune delle foglie di insalata erano bucherellate. "Scusate, sono state le pulci di terra," disse Vera.

"Non c'è problema, i buchi sono commestibili," disse Johanna e si infilò senza paura una forchettata di insalata in bocca. "Deliziosa."

"Come dolci abbiamo una torta caprese a base di cioccolato e mandorle, senza farina, una specialità del Sud Italia, quindi lasciatevi un po' di spazio." Vera era molto rilassata come padrona di casa, ed Eva pensò alle sue cene, in cui ogni portata veniva pianificata minuziosamente. Che stress.

Grete raccontò che Bistrita, la cagnolina randagia rumena che aveva adottato tempo prima, aveva fatto i cuccioli, sei in tutto, e ognuno diverso dall'altro. Mostrò al gruppo le foto sul suo cellulare. Una cucciolata variegata, cagnolini neri, bianchi, marroni e maculati, alcuni a pelo lungo, altri a pelo corto. Eva sorrise mentre guardava le foto. Un cucciolo tricolore dal pelo riccio e gli occhioni vispi le piacque particolarmente. "Ho sempre voluto un cane."

"E perché non ce l'hai?" chiese Vera.

"Paul non ama i cani." Eva si morse le labbra. Non avrebbe voluto menzionare Paul.

"Ancora nessuna traccia?" chiese Johanna addolorata.

"No, non è ancora tornato."

Il cancello del giardino cigolò e due uomini scesero per il vialetto. "Ecco Finz," esclamò Vera. "Alla fine è venuto," aggiunse rivolta a Eva, che le diede un'occhiataccia. Poi riconobbe il secondo uomo. Tom.

Il suo cuore fece un balzo.

Finz era un po' barcollante. "L'ho beccato da Sapore," disse Tom. "Scusate per l'irruzione, ma voleva assolutamente venire qui, e così ho pensato di fargli da tassista." Strizzò l'occhio a Vera e la baciò sulle guance.

Finz aveva gli occhi vitrei e la lingua impastata: "Siamo venuti per rendere omaggio all'aiuola," balbettò.

"Ho portato del gin," disse Tom. "Ne avevo ancora una cassa in macchina."

Vera si era nel frattempo ripresa. "Volete mangiare qualcosa?"

"Certo che sì." Finz vide la torta, ne staccò un pezzo con le mani e se lo portò alla bocca. Metà cadde sull'erba. "Ooops," rise.

“Buon appetito,” disse Vera. Si alzò, corse in casa, tornò con tonica, cubetti di ghiaccio e bicchieri e servì da bere ai presenti. Solo Johanna rifiutò con un gesto. “Grazie, ma non lo reggo, a me basta la tonica.”

Nel frattempo, Tom si era messo ad armeggiare con le casse bluetooth a batteria che Vera aveva fissato all’albero.

“Posso connettermi con il mio cellulare? Ho la musica giusta per voi. Il Salon 15 ha avviato un progetto con i dj del Sud Burgenland. Ogni settimana un dj diverso mette musica per un’ora, usando solo vinili.”

“Cos’è il Salon 15?” chiese Eva.

“Fanno ristorazione e party fantastici,” spiegò Tom. “E il bello è che si può ascoltare la loro musica in streaming online. Iniziamo con dj Voto Martino, suonava già al Kamakura, ricordi?”

Vera naturalmente si ricordava. “Ti sei sempre scatenata sui suoi brani,” aggiunse Tom.

Risuonarono le note di *Somebody else’s guy* di Jocelyn Brown. Mathilde si alzò e cominciò a muoversi a ritmo di musica. Indossava un ampio vestito fantasia. La gonna ruotava, mettendo in mostra le sue gambe leggermente abbronzate.

Vera bevve un bel sorso di Gin Tonic e si unì alle danze. Al brano successivo – *Prisoner of Love* di Millie Scott – tutto il club del giardinaggio si alzò in piedi, e con *Marcia Baïla* di Les Rita Mitsouko la festa iniziò sul serio.

La musica ad alto volume attirò fuori di casa anche Letta e Carla. “Sono usciti di testa ’sti vecchi,” disse Letta, osservando la madre che si muoveva in modo provocante davanti a uno sconosciuto. Guardò Carla e fece il gesto del vomito.

“Dove è Finz?” chiese all’improvviso qualcuno.

“Credo sia andato all’aiuola,” disse Grete. Tutti gli sguardi si rivolsero verso il progetto del club del giardinaggio. Finz stava con i pantaloni abbassati davanti all'aiuola appena realizzata e pisciava con un lungo getto ad arco sul cumulo di terra.

"Ma è matto?" imprecò Vera. "Se sta pisciando sulle mie zucchine, davvero mi incazzo. Non si può essere così ubriachi!"

"Lascia perdere, non succede niente," disse Johanna. "L'urina umana è un ottimo fertilizzante e inoltre è perfetta per tenere lontani dal giardino gatti, volpi e conigli."

"Mi sa che preferirei un coniglio," disse Vera. "Qualcuno può per favore farlo ragionare?" Ma Eva era già corsa verso Finz e gli parlava. Lo scosse e poi gli prese la testa tra le mani. Per un attimo parve che Finz fosse sul punto di piangere.

Ma quando i due tornarono al tavolo Vera e gli altri ospiti si resero conto che stava semplicemente ridendo da solo, ubriaco fradicio.

31.
Eva cambia

"Metamorfosi" deriva dal greco e significa trasformazione, come quella da bruco a farfalla. Durante questo processo le farfalle necessitano di assoluta tranquillità, non vogliono essere disturbate. Uscite dal bozzolo hanno bisogno di circa un giorno per far asciugare le ali.

Eva era seduta dal parrucchiere a Oberwart. "Vorrei un bob. Molto corto," disse indicando l'altezza delle orecchie. "E la frangia." La parrucchiera era raggiante, come ogni volta che una cliente non chiedeva solo una spuntatina, ma un cambio di look completo. Ed era proprio quello che voleva Eva. Non fece una piega mentre i suoi lunghi capelli scuri cadevano ciocca dopo ciocca sul pavimento. Quando la parrucchiera ebbe terminato, i capelli le arrivavano più o meno sotto l'orecchio. Anche la frangia la fece tagliare molto corta. Si guardò soddisfatta allo specchio. Quell'immagine le corrispondeva. Una Giovanna d'Arco super cool e futuristica. Per un momento immaginò lo sguardo sconvolto di Paul.

La sua tappa successiva fu il centro Caritas. Eva aveva passato l'intero fine settimana a riorganizzare l'armadio. "Liberati di tutto ciò che non è per te fonte di gioia" era la massima di Marie Kondo, la famosa esperta giapponese dell'arte del riordino. Eva aveva seguito quella regola e il suo guardaroba era quasi vuoto. Tutti i pantaloni beige con le pince, le camicie bianche e celesti, i vestiti di seta a fiori, i cardigan di cachemire pastello e le ballerine erano stati sacrificati alla sua radicale operazione di pulizia. Eva lasciò alla Caritas quattro grandi buste di indumenti. Gli abiti erano di alta qualità, seminuovi, ma la Eva che li indossava non esisteva più. Era scomparsa assieme a Paul la settimana prima.

Eva si sentiva libera e leggera dopo aver lasciato le buste. Si sarebbe reinventata. Per un momento aveva pensato di ispirarsi allo stile avant-garde di Vera, che però la superava di tutta la testa in altezza e aveva gambe lunghissime. A lei lo stile scandinavo, di taglio rigoroso, con tessuti spesso rigidi e scuri si addiceva perfettamente, gli abiti asimmetrici e i pantaloni oversize le donavano un'eleganza minimalista e raffinata. Eva, così minuta, con quella roba addosso sarebbe sembrata un clown o un sacco di patate.

Ma c'era un'alternativa a cui guardava con interesse. Da sempre ammirava lo stile boho chic prediletto dalle artiste francesi ed era certa che le donasse. Un tubino corto con la vita segnata da una alta cintura di pelle, un gilet con le frange sopra un pantalone stretto a pinocchietto. Un top elaborato portato con gli shorts e stivaletti a punta. In pochissimo tempo, Eva aveva speso l'equivalente di uno stipendio medio in nuovi abiti e accessori, dagli occhiali da sole alle collane. Naturalmente doveva rinnovare anche l'intimo, no ai push up e ai pizzi che piacevano a Paul, sì a delicate bralette e slip a vita bassa.

Era già carica di buste, ma volle fare un salto anche in profumeria. Doveva assolutamente comprare un rossetto mat rosso scuro e, dato che era lì, poteva anche farsi tingere e definire le sopracciglia al Brow Bar. Le serviva anche un nuovo profumo, qualcosa di più particolare. "Prenda Gucci Mémoire," disse la commessa, "è straordinario, una fragranza unisex, con note di camomilla e legno." Eva apprezzò il flacone verde chiaro, ma era scettica.

"Mémoire significa memoria, giusto?" Lei non voleva ricordare.

"Ma potrebbe usarlo per creare nuovi ricordi," obiettò la commessa strizzandole l'occhio. Eva sorrise, sapeva di aver superato il plafond della carta di credito per quel giorno, così tirò fuori il bancomat.

Digitò il pin. Transazione rifiutata.

"Strano, finora non mi ha dato problemi," disse Eva meravigliata.

"Forse la carta si è smagnetizzata," la confortò la commessa. "Capita spesso."

Eva pagò il profumo in contanti.

Una volta a casa, cercò i codici di accesso all'home banking e si collegò. Quando comparve il conto corrente cointestato le venne un colpo: il saldo, che la settimana prima ammontava a 23.000 euro, era negativo. Qualcuno aveva svuotato il conto. Quel qualcuno doveva essere stato Paul.

Anche la polizia fu sorpresa nell'apprendere che Paul Achleitner era apparentemente fallito. Avevano controllato i movimenti delle sue carte di credito per localizzarlo, ma erano state tutte utilizzate fino al limite. I conti svuotati.

"Inoltre, Achleitner ha tre prestiti in corso," si disse meditabondo l'ispettore Franz Grandits. "Era indebitato fino al collo."

Il suo titolo corretto era ispettore capo e comandante. Presso la stazione di polizia di Oberwart prestavano servizio anche un'ispettrice di controllo, un ispettore di dipartimento e un ispettore distrettuale. L'ispettrice di controllo si chiamava Marlies Murlasits. Era considerata un'esperta di violenza domestica e reati sessuali. "Le donne sono più in pericolo tra le mura domestiche che in un parcheggio sotterraneo buio," diceva sempre.

Era una donna robusta e determinata sulla cinquantina, con lei era meglio non tirar fuori scuse o stupide giustificazioni, ma era anche molto paziente quando pensava che ne valesse la pena. E sapeva che di solito valeva la pena ascoltare i pensieri ad alta voce del collega Franz Grandits, per cui non disse nulla, limitandosi a pucciare un biscotto alla vaniglia nel suo caffè mentre l'ispettore capo e comandante parlava da solo.

I vanillekipferl erano quelli di Natale, li aveva congelati, ma adesso aveva bisogno di spazio in freezer per il ribes e l'uva spina che stavano maturando. Così ogni giorno scongelava qualcosa, il pesto all'aglio orsino, funghi porcini e, appunto, biscotti alla vaniglia dell'anno prima. Anche sei mesi dopo Natale, le piaceva ancora mangiarli. Avevano resistito bene al freddo, erano aromatici e friabili. Quasi troppo friabili. Spesso si sgretolavano intinti nel caffè e finivano sul fondo della tazza. Marlies Murlasits prese un cucchiaino e li ripescò mentre ascoltava il suo collega pensare ad alta voce.

"La domanda è: dov'è finito il suo cellulare?" stava dicendo Franz Grandits. Avrebbe voluto mangiare anche lui un biscotto, ma non poteva. Troppi grassi. Il medico gli aveva appena fatto una ramanzina sui valori preoccupanti del suo colesterolo.

Accanto alla fontana a Bad Tatzmannsdorf erano stati ritrovati i vestiti e il portafoglio di Paul. Ma non il telefono, cosa strana. Chi esce di casa senza cellulare ormai? La localizzazione non aveva dato risultati. Il telefono doveva essere spento.

"Forse è scappato," rifletteva Grandits. "Ma per farlo avrebbe avuto bisogno di un complice che lo portasse via da Bad Tatzmannsdorf nudo come un verme."

"O di una complice," disse l'ispettrice, abituata a pensare anche al femminile. Entrambi non avevano dubbi. Paul Achleitner era scomparso da cinque giorni, se fosse stato solo in giro a bere e a drogarsi sarebbe tornato da tempo.

"È ora di indagare sul suo ambiente," disse Grandits.

Vera era preoccupata, Eva non rispondeva né alle chiamate né ai messaggi, ma quel giorno c'era il corso di danza delle ragazze e sapeva che si sarebbe fatta vedere. Quando accadde, Vera quasi non la riconobbe. Il bob super corto, il nuovo outfit, la bocca rosso sangue. Non sembrava più Biancaneve, ma Uma Thurman in *Pulp Fiction*.

"Che ti succede?" chiese Vera, quando le ragazze furono scomparse dietro la porta dello studio di danza.

"Niente," rispose Eva sfuggente.

"Non ti credo," insistette Vera. "Vieni, sediamoci in macchina e parliamo."

"Non c'è niente da dire," rispose Eva sottovoce. Poi si voltò e se ne andò, lasciando semplicemente Vera senza parole.

C'era qualcosa che non andava. Eva non era più lei. Vera rifletté un momento e poi andò a Terra Inca. "Finz è di sopra nel suo appartamento," le disse l'impiegata che l'aveva riconosciuta come amica del capo. "Glielo chiamo?"

"Gli ho telefonato, mi aspetta," mentì Vera.

Salì le scale e bussò alla porta, più e più volte. Alla fine Finz aprì. Era pallido, con la barba lunga, sembrava non dormisse da giorni. In casa c'era puzza di chiuso. Dalla porta aperta Vera vide bicchieri, bottiglie di birra e piatti sporchi dappertutto. *Sarebbe stato necessario arieggiare e mettere in ordine*, pensò.

"Stai male?" chiese.

"No, ma ho bevuto troppo ieri. Al momento ho molte cose per la testa."

"Senti, ho appena visto Eva e non è più la stessa. Sono preoccupata, qualcosa non va. Pensavo che tu che la conosci meglio..."

Vera fece una pausa. Non era certa che Finz sapesse che lei era al corrente della sua relazione con Eva.

"Pensavo di conoscerla," rispose Finz. "Ma mi sbagliavo. Ha detto che non vuole più vedermi."

***

Franz Grandits e Marlies Murlasits si trovavano di fronte alla residenza degli Achleitner. *Un orrendo blocco di cemento*, pensò Murlasits. Sembrava una centrale nucleare nera. L'ispettrice non aveva simpatia per l'architettura moderna e trovava che la normativa edilizia nel Burgenland fosse troppo permissiva, ognuno costruiva come voleva e la maggior parte non aveva gusto, il tutto a scapito dell'estetica del luogo.

I due poliziotti suonarono al campanello ma nessuno aprì.

"Volete andare dagli Achleitner? Lei dovrebbe essere di ritorno tra poco, è andata a prendere la figlia," disse Elfriede Großschädel affacciandosi oltre la siepe.

Portava un cerchietto di velluto rosso sui capelli corti e sopra i leggings una maglietta lunga color melanzana con una testa di medusa bronzo. Doveva aver fatto da poco il ritocco del trucco semipermanente sulle labbra, perché erano un po' gonfie e il contorno molto marcato.

“Conosce bene la signora Achleitner?” chiese l’ispettrice.

“Sì, certo,” rispose Elfriede Großschädel. “Ci tengo ai rapporti di buon vicinato, è importante di questi tempi, con tutta la feccia che arriva qui dall’Est. La polizia lo dice sempre: i vicini attenti aiutano a prevenire i furti.”

Elfriede Großschädel si aspettava un elogio, ma purtroppo i poliziotti passarono ad altro.

“Quando ha visto il signor Achleitner l’ultima volta?” chiese l’ispettore Franz Grandits.

“Non l’ho visto, ma l’ho sentito tornare a casa,” rispose la vicina tutta fiera.

“È stato nella ‘Notte delle Mongolfiere’?” chiese Grandits.

“No, la notte prima, o meglio, presto la mattina, sicuramente verso le 4, perché stava già facendo chiaro e Butzi voleva uscire. Normalmente non esce presto, ma adesso prende un nuovo cibo dietetico per i reni e non lo tollera tanto bene, deve fare i bisogni più spesso. C’era una donna con Achleitner, che si è inciampato sul contenitore della carta che avevo messo fuori per la raccolta differenziata. Ha fatto rumore… e quando ho visto che non era solo, ho subito fatto un ragionamento…” La vicina tossì. “Ma lo tengo per me, non vorrei che si dicesse che la Großschädel mette in giro voci infondate.”

“Quali voci?” chiese l’ispettrice.

“Be’,” esitò la vicina. “Sapete, ho riconosciuto la donna. Era Sylvia Zieserl, e tutti sanno che è una leggera.”

32.
Vera nel Seewinkel

Si dice sempre che le zanzare sono attratte dalla luce, ma non è così. Mentre altri insetti, come le falene, reagiscono alle fonti luminose, le zanzare rimangono indifferenti. Non si affidano tanto alla vista, quanto all'olfatto.

Vera aveva un piano. Se Eva non voleva parlare, forse lo avrebbe fatto qualcun altro. Chiamò il direttore dell'"Eco del Burgenland" e gli propose un articolo sul "Paradiso del Seewinkel".

"È stato l'ultimo progetto edilizio di Achleitner..."

Non ebbe bisogno di dire altro. Le foto e i video di Achleitner nudo nella fontana avevano registrato un record di click sul sito web del giornale locale, decine di migliaia di visualizzazioni in pochi giorni, un vero successo. L'argomento Achleitner attirava, bisognava insistere.

"Sì, vai vai," disse il direttore e in un eccesso di generosità aggiunse: "E se hai spese, puoi mandarmi tranquillamente le fatture".

Vera sorrise e ringraziò, piacevolmente sorpresa.

Il Seewinkel si trova al confine tra Austria e Ungheria. Per raggiungerlo Vera poteva andare prima a Eisenstadt e poi seguire la sponda superiore del Lago Neusiedl, oppure passare per l'Ungheria. Scelse la seconda opzione, la via più diretta. Il varco di frontiera sembrava deserto e abbandonato.

Vera era ancora bambina quando era caduta la Cortina di Ferro, ma ricordava la sensazione di varcare il confine, un grigiume, come se fosse stato sempre novembre.

Da bambina aveva paura perché la bisnonna le raccontava storie spaventose di mine sepolte nella terra di nessuno. Se ci mettevi il piede sopra saltavi in aria come le lepri che passavano di lì ed esplodevano con un gran botto. Vera aveva avuto gli incubi per mesi.

Ricordava bene anche il filo spinato e le torri di guardia lungo il confine austro-ungarico. Il filo spinato era stato rimosso nel 1989, dopo che seicento tedeschi dell'Est avevano sfruttato l'occasione di un picnic sul confine con oppositori ungheresi per una fuga di massa e la Cortina di ferro era caduta. Successivamente, anche le torri di guardia erano state smantellate e riposizionate altrove, sul Lago di Neusiedl, non più per intercettare i fuggitivi, ma per osservare gli uccelli.

Era passato molto tempo, ma i ricordi dell'Ungheria di allora erano vividi nella mente di Vera dopo trent'anni come se appartenessero al giorno prima.

Ricordava i soldati che pattugliavano il confine armati di mitragliatrici. Avevano lo sguardo severo e parlavano una lingua di cui Vera non capiva una parola, trovandola per questo minacciosa.

Al momento di passare in Ungheria bisognava compilare un modulo e consegnare il passaporto. I doganieri e i soldati con le uniformi grigie scomparivano nel casotto grigio e a volte ci mettevano un bel po' a tornare e mettere finalmente il tanto sospirato timbro. Una volta erano tornati e avevano detto a zio Fred: “Donna scaduta”.

Intendevano il passaporto di Hilda, la madre di Vera,

che era scaduto. Ma ovviamente la frase era rimasta memorabile nella famiglia Horvath.

Vera si era spesso chiesta all'epoca come mai lo zio Fred e sua madre si sobbarcassero quei viaggi in Ungheria, ma ci andavano per i motivi comuni agli abitanti del Burgenland negli anni settanta e ottanta, ossia perché tutto era estremamente economico e persino i più poveri di loro potevano sentirsi dei ricconi.

Per l'equivalente di pochi euro, all'epoca una famiglia intera poteva riempirsi la pancia in un ristorante ungherese.

Lo zio Fred, che non avrebbe mai potuto permettersi un pasto all'hotel Sacher di Vienna, amava particolarmente andare al Savaria di Steinamanger, così i burgenlandesi chiamavano la città più vicina, Szombathely. Il Savaria era un vecchio albergo di lusso dell'epoca asburgica, che serviva ai portatori di valuta pregiata caviale e Krimsekt, mentre un vecchio pianista suonava melodie ungheresi. Dopo, lo zio Fred andava sempre a fare compere. Soprattutto alcolici: vino dolce Tokaj, acquavite di albicocche – *barack* in ungherese – un amaro chiamato Unikum e una gran quantità di sigarette economiche. Le sigarette erano più forti di quelle dell'Ovest e irritavano parecchio la gola, tanto da alimentare il sospetto che il tabacco provenisse da Chernobyl.

Ma lo zio Fred rideva di quelle sciocchezze. Aveva nervi d'acciaio quando si trattava di contrabbandare le sigarette. Un pacchetto era consentito, ma non una stecca intera, e Fred comprava sempre una stecca, come minimo, altrimenti non avrebbe ammortizzato il costo della benzina. Fred portava sempre volentieri con sé Vera nei suoi viaggi di contrabbando. "I bambini non li controllano," diceva, e le nascondeva le sigarette nel giaccone. Aveva ragione, Vera non era mai stata perquisita, ma ripensando agli sguardi scrutatori dei doganieri le sudavano ancora le mani; come le veniva caldo al ricordo degli indumenti acquistati in Ungheria che doveva indossare a strati come una cipolla.

L'unica a non aver paura dei doganieri ungheresi era la bisnonna. Metteva sempre della cioccolata dentro i passaporti e mentre attraversava il confine lanciava dal finestrino sacchetti di plastica con dentro gomme da masticare e penne a sfera. "È povera gente, non hanno nulla," diceva.

La nonna Hilda si nascondeva sempre dei fiorini ungheresi nel reggiseno e poi li investiva in cibi economici: formaggio affumicato, salame, purea di marroni e naturalmente tonnellate di paprika in polvere.

Vera non mangiava più il salame dopo che qualcuno le aveva detto che conteneva carne di cavallo e di asino, probabilmente le stesse persone che raccontavano la storia del tabacco di Chernobyl. Ma i piatti conditi con paprika in polvere le piacevano ancora. Avrebbe potuto rifare le Hortobágyi palacsinta, sostanziose creêpes ripiene di carne servite con una salsa alla paprika.

Vera seguì le indicazioni del navigatore sul cellulare. Avendo disattivato il roaming dati l'itinerario era memorizzato, ma la mappa dettagliata era stata sostituita da una più semplice. Vedeva solo la strada da percorrere e accanto numerosi nomi di località, tutti che iniziavano con "Fertö", il nome ungherese del Lago di Neusiedl, il gigantesco, melmoso lago di steppa che nel punto più profondo arrivava appena ai fianchi, ma in cui ogni anno annegano velisti sorpresi dalle tempeste. Vera c'era stata qualche volta in vacanza da bambina. Lo amava, tranne per i miliardi di zanzare che vi proliferavano.

L'Ungheria sotto il profilo architettonico e paesaggistico era simile al Sud Burgenland eppure, a occhi attenti, non sfuggivano delle differenze: tra le case e la strada lì c'erano piccoli canali per la raccolta dell'acqua piovana, attraversati da ponticelli che portavano agli ingressi delle case. Nel Sud Burgenland era lo stesso in passato, ma ormai gli scarichi erano stati interrati. In Ungheria c'erano ancora ovunque, come i pali della luce.

Dentista, parrucchiere, centro estetico, beauty clinic, numerosi cartelli pubblicitari in tedesco attiravano clienti occidentali. Se in passato si andava in Ungheria dal sarto o per farsi affilare i coltelli, ora ci si facevano spianare le rughe o rifare i denti.

Lungo la cosiddetta cintura mineraria, ormai si faceva cicloturismo. Il percorso più semplice restava quello del parco nazionale attorno al Lago di Neusiedl.

Quella che una volta era terra di nessuno tra i posti di confine era diventata un'area edificabile attraente. Una volta il Burgenland era un ricovero per i poveri, ora offriva esattamente quello che l'uomo moderno cercava: antiche tradizioni, ritmi rallentati, contatto con la natura, parchi nazionali popolati da bellissimi esemplari di grigia ungherese, asini bianchi e specie rare di uccelli.

E mentre i burgenlandesi durante la settimana andavano a lavorare a Vienna, i viennesi nel weekend andavano a riposare nel Burgenland.

Vera aveva fissato un colloquio con il responsabile delle relazioni pubbliche dell'ufficio del turismo. Lo trovò ad aspettarla nel parcheggio del "Paradiso del Seewinkel".

Guardarono insieme, oltre il canneto, l'acqua del Lago di Neusiedl luccicare grigio-argentea.

Il tizio raccontò a Vera che era difficile realizzare nuovi progetti turistici. "Sia a Illmitz che a Weiden costruire strutture alberghiere sul lago è vietato. Sarebbero progetti utili," disse pulendosi gli occhiali. "Ma almeno con il 'Paradiso del Seewinkel' ce l'abbiamo fatta," aggiunse. "Ho preparato per lei una cartella stampa con tutti i numeri e i dati. Ci sono ancora quattro case in vendita." Passò a Eva il dossier.

Poi aprì il cancello e si incamminò con lei lungo il viale asfaltato verso il lago. Il "Paradiso" consisteva in una ventina di piccole case cubiche con giardini recintati. La prima fila di abitazioni aveva accesso diretto al lago, le altre dovevano accontentarsi del lungo pontile comune, proteso sull'acqua.

Piante di bouganville fucsia conferivano a molti giardini un'atmosfera mediterranea, in altri crescevano in vaso pomodori biologici locali e basilico, perfetti per le bruschette.

Ai muri delle case erano poggiate costose mountain bike. Donne in bikini e abitini hippie bianchi, adatti alle spiagge di Saint Tropez o di Ibiza, prendevano il sole in veranda. Il vino rosé sembrava la bevanda preferita del primo pomeriggio.

L'addetto alle pubbliche relazioni percorse assieme a Vera il pontile. Eleganti imbarcazioni elettriche scivolavano silenziose sull'acqua, a breve distanza un gruppo di persone si muoveva sui sup. Mantenersi in equilibrio sulle tavole quel giorno era facile, il lago era liscio come l'olio.

"Con questo progetto abbiamo potuto rivolgerci a una clientela finanziariamente solida. Spendono molto in zona, vanno spesso a mangiar fuori, comprano vini costosi..."

"Ho sentito che ci sono problemi strutturali," disse Vera.

"Robetta, qualche inconveniente fisiologico," rispose l'uomo. "Non dimentichiamo che la clientela è estremamente esigente."

"E cosa mi dice delle crepe sui muri e sui soffitti?"

Vera si ricordava dei commenti nei forum.

"Tutta colpa del lago."

"Cioè?"

"L'acqua è in continuo movimento, il vento la spinge alternativamente verso l'Austria e poi di nuovo verso l'Ungheria, provocando spostamenti lungo la sponda e anche sul fondale. Ma la gente vuole stare il più possibile vicino al lago."

"E cosa pensano gli ambientalisti? Quest'area faceva parte del parco nazionale, giusto?"

Un piccolo trampoliere atterrò sul pontile e si mise a zampettare avanti e indietro sulle doghe di legno. "Vede, quell'uccello è la migliore dimostrazione che natura e turismo possono convivere. Abbiamo bisogno di ospiti e nuovi residenti, già solo per fermare l'esodo dalle campagne. I burgenlandesi lavorerebbero volentieri nella loro terra, se solo ne avessero la possibilità, ma i posti di lavoro scarseggiano e progetti come questi ne creano di nuovi. Guardi questa gente, sogna la vita di campagna, costi quel che costi. Chiamano il vivaio e si fanno posare un nuovo prato pronto se mai loro figlio mette i piedi su un cardo. Significano guadagni per qualsiasi azienda locale," si infervorò l'uomo.

"È cambiato molto dagli anni novanta. Abbiamo ricevuto i finanziamenti Ue. Le aziende di logistica si sono insediate qui per la vicinanza a Bratislava e Budapest. Il vino del Burgenland è diventato famoso in tutto il mondo. I burgenlandesi non vogliono più campare come i loro nonni a piantare patate in questa terra sterile e salata. Abbiamo bisogno di rinnovamento, di modernità."

Vera ebbe l'impressione che il tizio non facesse quel discorso per la prima volta.

"Come è stata la collaborazione con Paul Achleitner?"

L'addetto alle PR sorrise compiaciuto: "Achleitner è un visionario. Le infrastrutture turistiche qui nel Burgenland versano in pessime condizioni, hotel e pensioni sono antiquati, la maggior parte delle camere non ha nemmeno l'aria condizionata e con le estati calde che abbiamo adesso è un problema. Il 'Paradiso' è dotato di impianti di riscaldamento e climatizzazione a pavimento e a parete".

Vera notò che una delle residenti la salutava da lontano. Vera era un po' miope, ma troppo vanitosa per mettersi gli occhiali, quindi non riusciva a capire chi fosse, tuttavia, le fece un cenno in risposta. La donna si avvicinò. Indossava un caftano color corallo su Birkenstock magenta e aveva una massa di capelli ribelli raccolti sulla testa. Vera la riconobbe, era Susi Pischinger, una fotografa con cui aveva collaborato occasionalmente quando lavorava a "Natura amica".

"Non dirmi che anche tu prendi casa qui," disse sorpresa la donna.

"No, mi sto solo documentando per un articolo, ma abbiamo già finito." Vera si mise in tasca il biglietto da visita del responsabile Pr e si congedò da lui.

"Allora vieni un attimo da me in giardino, ho appena aperto una bottiglia di rosé. Abbiamo ancora un'ora prima che arrivino le zanzare."

"No cara, grazie, passo per l'Ungheria, tasso alcolemico consentito 0,0, ma un po' d'acqua ci sta." Susi portò a Vera un bicchiere d'acqua minerale, con dentro dei cubetti di ghiaccio che contenevano frutti di bosco e una fogliolina di menta. Vera, ammirata, si ripromise di curare di più la presentazione dell'acqua in futuro. Poi Susi le raccontò che aveva preso in affitto la casa vacanze da una dentista di Vienna, che aveva acquistato l'immobile come investimento. "Lo ha pagato una fortuna," disse. "Sono contenta di essere solo l'inquilina, perché ho sempre gli operai in casa. Hanno fatto un bel pasticcio durante la costruzione. Ora c'è uno che ripara il tetto, perché continua a piovere dentro."

Susi guidò Vera sul retro della casa, dove c'era un operaio al lavoro.

"Lei è il coperturista?" chiese Vera.

"Se signor Milkovic dice sono coperturista, allora sono coperturista, se dice sono posatore, allora sono posatore," disse l'uomo con un forte accento ungherese.

"Che problema ha il tetto?" chiese Vera.

"Grande problema," rispose laconico l'operaio aggrottando la fronte.

"Con quel maledetto tetto piatto, l'acqua penetra attraverso qualche crepa che non dovrebbe esserci," spiegò Susi. "La mia padrona di casa è stufa, l'assicurazione si rifiuta di continuare a coprire i danni da acqua, così ha aderito a una class action contro Achleitner. Vuole recuperare almeno una parte del prezzo di acquisto. Gli altri qui la pensano allo stesso modo."

"Sai tramite quale avvocato sta procedendo?"

"No, ma posso scoprirlo."

"Achleitner è sparito."

Vera raccontò a Susi la storia del bagno nudo nella fontana e della successiva scomparsa di Paul. "Credi che abbia a che fare con la class action?"

La mafia delle costruzioni fa sparire gli architetti, oppure *La strategica uscita di scena dell'architetto*, Vera immaginava già i titoli dell'"Eco del Burgenland". *Anche se è più probabile che una cosa del genere accada a Chicago.*

"Non sottovalutare Achleitner," la ammonì Susi. "L'ho incontrato una volta. È estremamente intelligente. Per me è capacissimo di darsi alla macchia se ha l'acqua alla gola."

"Be', qui è difficile," disse Vera indicando l'acqua bassa e melmosa del lago.

"Forse è con la sua amante segreta," disse Susi.

"Con chi?"

"Quando sono venuta qui, ho sentito che gli operai dicevano che Achleitner se l'è spassata con la sua bella in ogni casa del lago. Forse voleva entrare nel Guinness dei primati."

"Hai idea di chi possa essere questa amante?"

Susi alzò le spalle. "Non ne ho idea. Te l'ho detto, l'ho visto solo una volta, il resto sono pettegolezzi. Dai, prendi un bicchiere di rosé. Puoi sempre tornare a casa passando da Eisenstadt."

33.
Domande

Nei porcellini d'India che si trovano in un ambiente estraneo, il livello del cortisolo, l'ormone dello stress, aumenta del duecento per cento in sole due ore. Tuttavia, se i maschi hanno con sé la loro compagna, gli ormoni dello stress rimangono invariati e il maschio sta bene.

Sylvia Zieserl non fu affatto sorpresa quando la polizia suonò alla sua porta. In realtà, se lo aspettava. "Prego, entrate pure," disse. Si toccò l'orecchio. Di recente si era fatta fare un piercing all'elice, ossia sul margine superiore del padiglione auricolare, ma la ferita non stava guarendo bene. Le dava fastidio, pulsava e prudeva. Lasciò ricadere la mano. "Non toccare," le aveva detto la piercer, "rischi l'infezione."

Indossava un pantalone bianco elasticizzato che lasciava indovinare il tanga e un top color crema aderente e scollato. Marlies Murlasits si chiese come si potesse indossare un abito così chiaro. Lei si sarebbe sporcata in un secondo e i peli dei gatti si sarebbero visti subito. Marlies ne aveva due presi al gattile, entrambi neri. Era difficile piazzarli perché si diceva portassero sfortuna.

"Prego, accomodatevi," disse Sylvia, indicando un tavolo da pranzo in vetro circondato da sedie bianche in similpelle. Il divano angolare, sempre bianco, era in vera pelle. Sopra il tavolino da salotto in vetro era appesa una lampada di Murano. Stile italiano. Gli Zieserl avevano acquistato tutto l'arredamento a Udine.

"Lei è amica di Paul Achleitner," esordì Franz Grandits andando subito al sodo. Sylvia sorrise divertita. "Dire che siamo amici è esagerato. Io e mio marito siamo stati invitati una volta a casa sua. Mio marito è in contatto con lui per affari."

"Di che genere?"

"Deve chiederlo a mio marito."

"Ma vi siete anche incontrati da soli in privato, ad esempio la sera prima della sua scomparsa?"

Sylvia era preparata a quella domanda. L'auto di Paul era stata ritrovata di fronte a Sapore. Erano stati visti insieme lì.

Sylvia si toccò l'orecchio e fece fare al gioiello sterile una mezza rotazione verso destra mentre rispondeva.

"L'ho incontrato lì per caso. Ero fuori con delle amiche."

Ne fece i nomi. "Le signore lo confermeranno, come la proprietaria del locale. Paul ci ha offerto una bottiglia di prosecco. Ma era quasi l'ora di chiusura, quindi siamo andati in un altro locale, l'Almrausch."

"Quanto siete rimasti e come siete rientrati entrambi?"

"Siamo stati all'Almrausch fino alle 4 del mattino. Paul Achleitner non era più in grado di guidare, così l'ho accompagnato a casa io, da buona samaritana. A dire il vero ho temuto per tutto il tempo che mi vomitasse in macchina."

"E lei era ancora in grado di guidare?"

Marlies pronunciò la frase rendendosi subito conto che suonava più provocatoria del voluto.

Ma la Zieserl non si scompose.

"Certo, se mi metto al volante significa che sono in grado di guidare," rispose con espressione stupita.

Che sangue freddo, pensò l'ispettrice.

"La vicina del signor Achleitner l'ha vista entrare in casa assieme a lui."

Sylvia sorrise spavalda.

"Il signor Achleitner era così ubriaco che è caduto tre volte nel tragitto dalla macchina alla porta d'ingresso. Mi sono solo assicurata che arrivasse sano e salvo a casa. Ho dovuto aiutarlo ad aprire la porta, volevo passarlo in consegna a sua moglie, ma lei non c'era."

"Tesoro, non offri niente da bere ai nostri ospiti?" Harald Zieserl fece improvvisamente la sua comparsa in salotto.

"Grazie, non è necessario," disse Franz Grandits, "ma è un bene che lei sia qui. Avremmo alcune domande da farle sui suoi rapporti d'affari con Paul Achleitner."

Harald Zieserl tirò fuori un fazzoletto di cotone dalla tasca dei pantaloni e si asciugò la fronte. Faceva un caldo torrido. Maledetto cambiamento climatico. Per decenni tutti si erano lamentati che nel Burgenland non c'erano più le "estati di una volta" e ora l'estate durava da aprile a ottobre.

"Il signor Achleitner mi ha contattato perché vuole realizzare con la Edil Pannonia un complesso turistico residenziale. Vanta sufficiente esperienza nel settore, ma nelle ultime settimane mi sono sorti dubbi circa la sua affidabilità. Già alla presentazione del progetto in municipio ha avuto problemi, come dire, a gestirsi, e poi questo exploit alla 'Notte delle Mongolfiere'. Ho cominciato a fare le mie considerazioni. Le dirò, penso che ci sia di mezzo la droga. Non sarebbe il primo architetto a farne uso. Sa com'è l'ambiente dei creativi di sinistra. E sappiamo tutti che qui, in quanto porta d'ingresso per l'Est, siamo sommersi di droghe."

Si sedette accanto alla moglie e le accarezzò amorevolmente il ginocchio. "Io e mia moglie siamo categoricamente contrari alle droghe. Se il mio sospetto fosse fondato sarebbe anche una delusione dal punto di vista umano, ma non si sa mai cosa passa per la testa alle persone, vero amore?"

Sylvia annuì concorde e sorrise.

"Dove eravate entrambi la sera della scomparsa di Paul?"

"Io ero alla 'Notte delle Mongolfiere'," rispose Harald Zieserl. "Avevo in programma di incontrare lì anche il signor Achleitner, ma quando sono arrivato sono stato testimone della sua imbarazzante esibizione. Mi sono vergognato profondamente. Non solo per lui, ma anche per sua moglie e sua figlia. Poverini, che figuraccia. Ero talmente scosso che mi è passata la voglia di ammirare le mongolfiere e sono tornato subito a casa. Mia moglie può confermarlo, vero amore?"

"Sì, certo," disse Sylvia. "Harald mi ha raccontato subito tutto e sono rimasta altrettanto scioccata. Un comportamento del genere non è normale. Deve entrarci la droga o magari è sintomo di una malattia, una volta ho letto di un uomo che aveva un tumore al cervello. Potrebbe essere anche quella una spiegazione, no?"

Tornò a far ruotare l'orecchino.

"Sì, tesoro, una malattia mentale ci sta," disse Harald accarezzandole di nuovo il ginocchio. Che marito premuroso.

Quando gli agenti si congedarono, Harald e Sylvia li accompagnarono fuori. Lui le cingeva la vita e staccò la mano solo quando i poliziotti se ne furono andati.

La ritrasse di botto, come se si fosse bruciato. "So che

te la facevi con Achleitner," ringhiò. "Ho fatto hackerare il tuo telefono. Mi è costato tremila euro, ma ne è valsa la pena."

Tirò fuori una pila di fotocopie dalla valigetta.

"Ecco, tutto nero su bianco. Una volta chiusa questa storia chiederò il divorzio."

Sylvia restò in silenzio. Le tremavano le mani mentre leggeva i messaggi che aveva cancellato dal cellulare, ma il volto rimase impassibile. Lode al botox.

Poi afferrò di nuovo l'orecchino premendo così forte da provocarsi un dolore acuto, ma in quel modo si snebbiò la mente.

"La storia non è chiusa," sibilò, "non ancora. Sappiamo entrambi che non sei tornato a casa subito dopo la scomparsa di Paul. Posso immaginare cosa hai fatto. Ma terrò la bocca chiusa, e tu farai altrettanto. Tutto questo finirà solo quando lo dico io."

***

Devo parlare con Eva, pensò Vera. Questa volta non se la caverà così facilmente. Invece di suonare alla porta d'ingresso, rischiando che non le venisse aperto, decise di girare attorno alla casa e bussare alla porta del patio.

Eva stava staccando il Nitsch dal muro. Sussultò quando sentì bussare contro il vetro. Aprì la porta scorrevole. "Mi hai spaventata!"

"Scusa, ma pensavo che non avresti risposto al campanello."

Eva si strinse nelle spalle.

"Forse hai ragione, ma già che sei qui dammi una mano. Devo togliere il quadro, va alla casa d'aste."

"Ma c'entra in macchina?"

"Lo vengono a prendere per farlo valutare."

"Lo vendi?"

Eva annuì. "Per forza."

Vera osservò l'amica, il nuovo taglio le stava benissimo, ma aveva gli occhi cerchiati ed era ancora più magra del solito.

"Mi vuoi dire cosa succede?" le chiese.

Eva si passò le dita tra i capelli corti. "Paul è scomparso e mi ha lasciato con un mucchio di debiti, ecco cosa succede."

"E perché non hai voluto parlare con me l'altro giorno davanti alla scuola di danza? A quanto pare non parli più nemmeno con Finz. Eva, ci devi una spiegazione."

Eva sospirò. "È successa una cosa, ma non voglio mettervi in mezzo."

"Che cosa?"

Eva si lasciò cadere a terra e appoggiò la schiena contro il muro. Tirò le ginocchia al petto e avvolse le braccia attorno alle gambe. Vera si sedette accanto a lei.

"Sai che avevamo scherzato sul fatto di dare a Paul degli allucinogeni. Be', la sera prima della sua scomparsa, ho raccolto delle trombe degli angeli e le ho messe in una brocca d'acqua. Volevo decidere più tardi cosa farci, ma Paul deve aver bevuto l'acqua. Credo che al festival delle mongolfiere fosse fuori di testa per quel motivo."

Vera rabbrividì. "Eva, potrebbe essere... cioè le trombe degli angeli, cazzo, sono velenosissime, può essere che tu l'abbia..." Non finì la frase.

Eva scosse la testa: "No, mi sono documentata. È già strano che un estratto a freddo possa avere effetti così forti. I tossicodipendenti preparano una tisana o mangiano i fiori per sballarsi, ma è difficile stabilire quale dose sia efficace, ciascuno reagisce diversamente. Un estratto a freddo pare sia sufficiente per un piccolo, intenso trip".

"E dove pensi che sia Paul adesso?"

"Probabilmente se la sta ridendo con la sua amante e tutti i nostri soldi."

Vera la guardò incredula.

"Quale amante?"

"Una qualsiasi. Vera, Paul mi tradisce da quando ho quindici anni. Crede che io sia talmente stupida da non accorgermene, ma così stupida non sono," disse battendosi i pugni sulle ginocchia.

"Quindi pensi che la sua amante lo abbia prelevato e portato a casa sua?"

"Non penso nulla, ma ci sono dei testimoni che hanno visto Paul nel bosco di Vogelsang con una donna bionda. E la settimana prima della sua scomparsa gli è partita una chiamata e ho sentito che parlava con una donna, frasi ambigue."

"Lo hai detto alla polizia?"

"Delle trombe degli angeli no, ma della donna sì. E c'è anche altro. Paul aveva gravi problemi professionali."

Vera annuì. "Sono stata nel Nord Burgenland, so della class action."

"Per Paul l'immagine è tutto. Ora sarà etichettato per sempre come 'il matto nudo'. Non può sopportarlo. Preferisce reinventarsi, senza zavorra. Qui avremmo dovuto ricominciare, invece ha mentito di nuovo, ha imbrogliato, come sempre."

Una lacrima solcò la guancia di Eva. La asciugò rabbiosa col dorso della mano.

"Perché hai tollerato tutto questo per anni?" chiese Vera.

Eva si strinse nelle spalle rassegnata. "Non lo so nemmeno io. All'inizio ero follemente innamorata di lui, poi volevo solo che tutto andasse bene. E Paul è un buon padre. Potevo portare Carla con me in una casa popolare e non farle vedere più suo padre? Io non ho un lavoro. E nelle separazioni sono i bambini quelli che soffrono di più."

Vera tacque.

Eva continuò: "È complicato. Sai, la maggior parte delle persone immagina l'adulterio secondo lo schema classico. Lui la tradisce da tempo, lei lo scopre per caso poi segue la separazione o un ripensamento. Ma la realtà è diversa: io sapevo fin dall'inizio delle altre donne. In un primo tempo non volevo vedere, perché lo amavo, poi ho deliberatamente fatto finta di niente, nel frattempo ho lottato e sperato...".

"E adesso? Come la metti con Finz?"

Eva alzò di nuovo le spalle. "Non lo so. Finz è fantastico, il sesso con lui è eccezionale, non ho mai provato nulla del genere prima. Ma credo di aver cercato in lui soprattutto conforto e conferma, non voglio proprio coinvolgerlo in tutto questo. Cosa pensi che succederebbe qui in campagna se qualcuno capisse che c'è qualcosa tra noi? Il fatto che Paul mi ha tradito per ventitré anni non avrebbe più peso, sarei io la puttana da lapidare. E Carla sarebbe costretta a subire la caccia alle streghe. Sai, Paul quando era arrabbiato mi diceva 'Prima o poi succede qualcosa'. Credo proprio che sia successo."

"E ora cosa farai?" chiese Vera.

"Oh, prima di tutto mi sbarazzerò di questo quadro, e poi prenderò un cane. Questo pomeriggio vado da Grete. Vieni con me? Paul non ci ha mai permesso di avere un cane. Ma ormai il suo permesso non conta più."

"E se tornasse?"

Eva rifletté un attimo. "Se torna si renderà conto che la vecchia Eva non esiste più."

34.
Le erbe officinali

Le femmine di Photuris *imitano perfettamente le segnalazioni luminose di un'altra lucciola, la* Photinus pyralis, *attirandone i maschi. La commedia degli equivoci si conclude per lo più con la morte del maschio ingannato, che viene divorato.*

Eva, Vera, Carla e Letta tornarono da casa di Grete con due cuccioli. Eva aveva scelto, come previsto, la cagnolina dal pelo riccio e gli occhi tondi che chiamò Adele. Letta si era innamorata di un cucciolo nero a pelo liscio con le orecchie pendenti, una zampa bianca e una macchia bianca sul petto. Aveva impiegato tre minuti esatti a convincere Vera a comprarlo. Vera era da sempre un'impulsiva. Chiamò il cane Signor Schröder. Schröder non era solo un personaggio dei *Peanuts*, ma anche il nome del capo tipografo con cui Vera aveva lavorato a lungo. Trovò divertente rendergli omaggio in questo modo. *Un pollo, un gatto e un cane, ora manca solo un asino e i musicanti di Brema saranno al completo*, pensò. *Ma se questo serraglio rende felice Letta, va bene tutto.*

Cani e figlie erano venuti alla riunione del "Club del pollice verde". I cuccioli erano al centro dell'attenzione. *È un bene*, pensò Eva. Aveva ancora la paranoia di essere oggetto di sguardi e commenti.

Finz non era venuto. *Meglio così*, pensò.

"Oggi parleremo di erbe officinali adatte alle tisane," spiegò Johanna. Su un grande tavolo da giardino aveva organizzato un'esposizione di erbe, fiori e spezie in barattoli di vetro.

"Naturalmente esistono varie possibilità di preparare tisane casalinghe. Le più semplici sono quelle che contengono una sola pianta. Le erbe adatte a questo scopo sono salvia, camomilla, fiori di sambuco, menta o verbena odorosa. Tutte si possono usare fresche o essiccate."

Johanna fece girare alcuni dei barattoli per farne annusare il contenuto.

"Molte di queste erbe sono utilizzate nella medicina popolare da secoli," intervenne Isabella, la farmacista. "L'infuso di salvia è efficace contro il mal di gola, la camomilla ha proprietà antinfiammatorie e antispastiche, la tisana di fiori di sambuco ha un lieve effetto sudorifero che la rende un valido ausilio nelle malattie da raffreddamento."

"Miscelare le erbe richiede invece una tecnica sopraffina," spiegò Johanna. "Oltre ad armonizzare il gusto bisogna considerare le interazioni tra le singole sostanze. Questa settimana cade la festa di san Giovanni, quindi ho pensato di preparare una tisana di mezza estate. L'origine di questa festività è peraltro molto interessante."

Johanna prese un foglio, inforcò un paio di occhiali verdi e iniziò a leggere: "Il 24 giugno la chiesa cattolica celebra san Giovanni Battista. In antichità però in questo giorno si festeggiava il solstizio d'estate. Il sole è al suo apice, splende più a lungo e conferisce quindi, secondo la leggenda, la massima efficacia agli antichi incantesimi. Chi voleva sconfiggere il male nella notte doveva saltare sopra il fuoco di san Giovanni. Fino al giorno di san Giovanni si seminava, dopo i contadini non si curavano più dei campi.

In questo giorno termina anche la raccolta del rabarbaro e degli asparagi, così che le piante possano riposare fino all'anno successivo e anche perché, in seguito, il rabarbaro conterrebbe una dose eccessiva di acido ossalico. Attorno al giorno di san Giovanni maturano i ribes, e le lucciole, chiamate anche lucciole di san Giovanni, sono più luminose. san Giovanni è considerato il giorno più adatto alla raccolta di erbe e fiori per la farmacia casalinga, soprattutto l'iperico. Le erboriste venivano chiamate un tempo 'donne di San Giovanni'. Vengono chiamati 'getti di San Giovanni' i nuovi germogli su rami e tronchi che rubano i nutrienti ai frutti in maturazione. Scherzosamente, anche l'amore in tarda età prende il nome di 'getto di san Giovanni'".

Johanna sorrise e alzò gli occhiali sulla fronte.

"Ora vi svelerò la mia ricetta personale per la tisana di mezza estate."

Distribuì dei foglietti su cui aveva elencato gli ingredienti con la sua grafia precisa e inclinata. "Potete trovarli tutti qui in giardino. E se volete, potete naturalmente avere talee e semi da portare a casa."

"Foglie giovani di fragola, di mora e di lampone," lesse Vera. "È facile trovarle, sono dappertutto, anche nel bosco," disse Isabella. "Bisogna solo fare attenzione che non ci siano pidocchi sul lato inferiore."

"Calendula e melissa d'oro... la prima la conosco, la seconda no."

"La melissa d'oro è anche chiamata ortica indiana o monarda scarlatta," spiegò Johanna. "Ha una fioritura rigogliosa rosso intenso e un lieve aroma di fragola. Per evitare un sapore troppo erbaceo bisogna aggiungere menta rotundifolia e citronella. E per dare all'infuso un bel colore, aggiungo anche la malva mauritiana blu."

"Malva mauritiana. Un'erba che abbiamo tutti in casa,"

commentò ironica Mathilde, ma Mitzi la bloccò: "Oh sì che ce l'abbiamo, e se no, la si può piantare!".

Johanna spiegò alle partecipanti al corso quali erano le condizioni ideali per la crescita delle piante e gli accorgimenti da usare durante la raccolta e l'essiccazione. "Raccogliere sempre in giornate asciutte e far seccare all'ombra, io uso un vecchio setaccio per la farina."

"E ora passiamo all'ingrediente più importante," aggiunse, "l'iperico. Cresce spontaneamente, ma potete anche portarlo nel vostro giardino. Ecco qui il mio, avvicinatevi."

Il gruppo si riunì attorno a un cespuglio di fiori gialli.

"L'iperico è detto anche erba di san Giovanni ed è l'erba magica per eccellenza," disse Johanna. "Vedete, le foglie sono bucherellate. Secondo la leggenda, il diavolo le avrebbe forate con gli spilli, inferocito per via del potere che questa pianta aveva sugli spiriti maligni, lui compreso."

Vera strappò una foglia e la tenne contro luce. I buchi così erano ancora più evidenti. Johanna prese un fiore e lo schiacciò tra le dita. I polpastrelli si tinsero di rosso sangue. "Ecco, vedete? Secondo la leggenda, la pianta si trovava sotto la croce e ogni fiore assorbì una goccia del sangue di Cristo."

Johanna spezzò uno stelo e lo fece girare. "Ma, leggende a parte, nessuna erba curativa è stata studiata con tanta attenzione. Porta gioia e leggerezza allo spirito e agisce come un blando afrodisiaco. Però è fotosensibilizzante, per questo preferisco bere la tisana di mezza estate in inverno. Così nella stagione buia ho il sole nella tazza."

Il telefono di Vera squillò. "Mamma?"

Vera si allontanò dal gruppo per poter parlare tranquillamente.

"L'architetto è nudo su Facebook."

"Lo so, mamma, ma è stato due settimane fa."

Vera era irritata. Sua madre aveva forse un principio di Alzheimer?

"Lo so, non sono mica scema. Ma prima era nudo nella fontana, adesso invece è in un appartamento. Ed è anche legato. La signora Fuith della cooperativa l'ha visto per prima e mi ha subito chiamato, perché sa che sua moglie è l'amica di mia figlia, cioè amica tua."

"Chi ha postato la foto, mamma?"

"Be', lui stesso."

"Come sarebbe lui stesso?"

"Sì, sopra la foto c'è il suo nome. E c'è anche scritto che è un maiale. Ma si capiva già, perché se uno si mette sempre nudo è un maiale. La gente davvero non ha più morale. Ai miei tempi non sarebbe mai successo. Tranne una volta, quando tu eri piccola, c'era un esibizionista nel parco di Oberwart, girava sempre con il cappotto aperto e sotto non aveva niente. Ma non avrebbe mai messo in giro foto sue. Le persone perbene non fanno certe cose. Ma ora con internet..."

"Mamma, grazie, ora guardo."

Vera stava per attaccare quando vide che Eva, a pochi metri di distanza, stava anche lei al telefono e sembrava estremamente agitata.

"Mamma, aspetta un attimo, resta in linea per favore."

Eva era bianca come un lenzuolo. Guardò Vera con gli occhi sbarrati. "Era la polizia. Sono apparse foto online di Paul. Me le hanno appena inviate. Sono state scattate nel nostro seminterrato."

"Paul è a casa vostra?"

Eva alzò le spalle. "Non ne ho idea."

"Dobbiamo andare subito da te."

"Sì, la polizia è già per strada," disse Eva con voce velata dall'emozione. Vera riportò il telefono all'orecchio.

Eva la udì dare brevi istruzioni alla madre: "Mamma, puoi venire al negozio di Johanna e prendere le ragazze e i cani, portare tutti a casa mia e aspettarmi lì con loro? Sì, grazie. Sì, certo che puoi preparargli qualcosa da mangiare, quelle due hanno sempre fame. No, non ho cotolette a casa. No, neanche filetto. Non ho proprio carne. Eh, perché raramente cucino carne. Sì, le tagliatelle al formaggio sono un'ottima idea. Grazie. Di sicuro le mangeranno. Mamma, ora non posso parlare. Ti spiegherò tutto più tardi. Eva ha bisogno di me. Sì, grazie. Bacio, mamma. Anch'io ti voglio bene".

Eva passò a Vera lo screenshot del post su Facebook. L'immagine mostrava Paul su un lettino relax bianco, in pelle. Era completamente nudo, con le mani legate dietro la schiena e imbavagliato con una banda elastica da fitness. Aveva gli occhi sbarrati e sul petto in lettere rosso sangue la scritta "PIG". Sotto l'immagine un aforisma: "La fiducia tradita è la cicatrice dell'anima".

"Che idea ti sei fatta?" chiese Vera.

Eva scosse la testa.

"E come fa la polizia a sapere che è il vostro seminterrato?"

"Gliel'ho detto io." A Eva tremavano le mani, aveva l'aria di chi ha visto un fantasma.

Vera prese Johanna da parte e le spiegò brevemente la situazione, poi disse a Letta e Carla che la nonna sarebbe venuta a prenderle, perché lei ed Eva avevano una cosa da fare.

"E che sarebbe questa urgenza improvvisa?" chiese Letta sospettosa.

"Ha a che fare con una articolo per l''Eco'," mentì Vera, perché non le venne in mente niente di meglio, e cambiò subito argomento.

"La nonna vi prepara delle ottime tagliatelle al formaggio."

"Con lo speck o con lo zucchero?" chiese Letta.
"Come preferisci."
"L'importante è senza ciccioli," brontolò Letta. "Odio il lardo di maiale."
La manovra diversiva aveva funzionato.
Tre minuti dopo, Vera ed Eva erano in macchina verso Buchschachen. Vera guidava come una pazza e riuscì persino ad arrivare prima dei poliziotti, che si materializzarono poco dopo, in sei.
Eva apparentemente li conosceva già.
"E lei chi è?" chiese l'ispettore capo Grandits.
"Vera Horvath dell''Eco del Burgenland'," rispose Vera con orgoglio.
Fantastico, pensò Marlies Murlasits, *la stampa locale ci ha preceduto.*
Eva aprì la porta di casa.
"Voi due restate qui," ordinò Franz Grandits. "Non sappiamo cosa ci aspetta là sotto."
Vera attese con Eva sul patio, i poliziotti si divisero, quattro circondarono la casa e due, con le armi in pugno, scesero le scale del seminterrato.
Cinque minuti dopo, furono di ritorno.
"Allora?" chiese l'ispettrice.
"Niente," rispose l'agente. "Là sotto non c'è nessuno."
"Chiamate la scientifica," disse Franz Grandits. "Sappiamo che era lì. Deve esserci qualche traccia, e la troveremo."
"Eva, non ti senti bene?" Vera vide con la coda dell'occhio Eva piegare le ginocchia al rallentatore e cadere svenuta a terra, proprio accanto alla rosa dei Fratelli Grimm.
Sdraiata lì, sembrava proprio la Bella Addormentata nel Bosco.

35.
I sentimenti cambiano

Esiste in natura un aborto spontaneo, chiamato "Effetto Bruce", provocato dall'esposizione di una femmina incinta all'urina di un maschio. È stato principalmente studiato nei roditori.

I sentimenti cambiano in continuazione. Amore, desiderio, rabbia, tristezza, hanno tutti la stessa origine: il fatto di provare qualcosa per una persona, di preoccuparsi per lei.

Quando Eva si svegliò all'ospedale di Oberwart non provò alcuna emozione, né al pensiero di Paul, né del bambino che aveva appena perso. Si sentiva solo esausta. Il vuoto e la stanchezza la avvolgevano come una cortina invisibile mentre la polizia la interrogava. Marlies Murlasits aveva già osservato quel tipo di stanchezza e di vuoto in altre donne. Donne che erano state abusate.

Eva era stata ricoverata per forti emorragie addominali. Aborto spontaneo alla decima settimana di gravidanza. C'erano state complicazioni e avevano dovuto praticarle un raschiamento. "Preferiamo tenerla ancora qualche giorno in osservazione," aveva detto il medico curante. Eva era ricoverata in una stanza singola di lusso, aveva un'ottima assicurazione sanitaria privata. Gli agenti di polizia bussarono alla porta della stanza 112 dell'ospedale, la migliore del reparto ginecologia, dotata persino di un balcone. La porta del balcone era socchiusa, ma l'aria che entrava non portava alcun sollievo, il caldo era soffocante, dentro e fuori.

Marlies Murlasits si mise in bocca una gomma alla menta prima di entrare. Gli ospedali avevano sempre un odore strano e poi aveva l'alito pesante perché stava consumando l'aglio orsino dell'anno prima che aveva in congelatore. Meno male che era quasi finito. Il mentolo della gomma le fece prudere il naso e dovette starnutire. Il suo collega la guardò con aria di rimprovero. "Per favore starnuta nel gomito." Eva non manifestò pressoché alcuna reazione alla vista dei visitatori. Si scambiarono qualche convenevole.

In quel letto d'ospedale appariva smunta e fragile. Sul comodino era posato un lavoro a maglia, lana color crema. Lavorare a maglia con quel caldo. *La lana mi si appiccicherebbe alle mani*, pensò Marlies.

"Siamo spiacenti." Franz Grandits cercò le parole adatte a esprimere cordoglio a una donna dopo un aborto spontaneo. Si schiarì la voce. "Ci spiace molto per quello che le è successo."

"Grazie." Il volto pallido di Eva non tradiva alcuna emozione.

Franz Grandits era a disagio di fronte a quelle problematiche femminili per cui andò subito al sodo. "Ehm, signora Achleitner, per procedere con le nostre indagini, è importante per noi sapere quando è scesa per l'ultima volta nel seminterrato di casa sua."

Eva lisciò le lenzuola. La biancheria dell'ospedale di Oberwart era a righe bianche verdi e blu, ma quella delle camere private era candida.

"Non lo so, in realtà non vado mai di sotto."

"Nemmeno per pulire?"

Marlies Murlasits trattenne un gesto di impazienza. Il suo collega dava per scontato che le faccende domestiche fossero compito delle donne nel matrimonio.

"La donna delle pulizie viene due volte alla settimana," rispose secca Eva.

"Abbiamo già la sua deposizione circa la scomparsa di suo marito, ma può dirci di nuovo passo dopo passo come ha trascorso il pomeriggio e la serata di quel giorno?"

Eva parve riflettere. "Il pomeriggio sono stata a casa della mia amica Vera Horvath, poco prima delle 17 sono passata all'azienda Terra Inca e poi ho lavorato in giardino fino a quando è diventato buio. Dovevano essere già le 21. Sono andata a letto presto. Ero stanca. Ero..." non terminò la frase.

Incinta, pensò Marlies Murlasits.

"E sua figlia?"

"È rimasta a dormire dalla signora Horvath. Le nostre figlie sono amiche, passano molto tempo insieme."

A Marlies Murlasits tornò in mente la dichiarazione della vicina di casa di Eva.

"E dov'era la notte prima?"

Eva la guardò sorpresa.

"Perché è rilevante?"

"Abbiamo una testimonianza secondo cui suo marito è stato accompagnato a casa da qualcuno. Ha visto questa persona?"

"Non ero a casa, ho dormito dalla mia amica Vera. Posso mostrarvi il messaggio che ho mandato a mio marito."

Eva cercò il suo telefono. "La signora Horvath e le nostre figlie possono confermarlo."

Perché vuole darci questa dimostrazione, pensò Marlies Murlasits.

"Passa spesso la notte fuori casa?" chiese Franz Grandits.

Eva scosse la testa. "A Paul non fa piacere, ma non era a casa per venirmi a prendere e noi – io e Vera – avevamo bevuto, e se bevo non guido."

"Ha bevuto, pur essendo incinta?" esclamò Franz Grandits sorpreso.

Marlies sospirò tra sé e sé. Il suo superiore aveva la sensibilità di un elefante in una cristalleria.

"È stato quasi tre settimane fa. Non sapevo ancora di essere incinta," rispose gelida Eva. "Cosa volete da me? Non bevo quasi mai."

"Ma suo marito non disdegna l'alcol, vero?" chiese il poliziotto. "Quella notte era all'Almrausch con tre donne e, secondo i testimoni, era molto ubriaco. Una delle signore, Sylvia Zieserl, lo ha accompagnato a casa. Ha detto che siete amiche," aggiunse Marlies Murlasits.

Eva si tirò su di scatto. "Così ha detto? Be', se per amicizia quella donna intende il fatto che l'ho invitata per questioni di affari e poi, in segno di gratitudine, si è fatta il mio uomo, allora siamo amiche."

"Sta affermando che la signora Zieserl aveva una relazione con suo marito?"

"Non affermo niente, ma conosco mio marito. Forse dovreste chiedere alla signora Zieserl se anche a lei piacciono i giochini con le corde. A occhio e croce direi che è proprio il suo genere."

Eva voltò la testa: "Non ho più niente da dire".

Una assistente entrò e posò il vassoio della cena sul tavolo. Un würstel rosa pallido con due fette grigie di pane integrale. Due sottilissime striscioline di peperone e un patetico ciuffetto di prezzemolo riccio tentavano invano di rendere il tutto più appetitoso. Eva non degnò il cibo di uno sguardo.

Marlies fece un cenno a Franz e i due si congedarono.

"Andiamo a prenderci un caffè giù allo Schranz," disse Marlies. "Ho un sospetto, devo controllare ancora una cosa." Mentre aspettavano l'ordine, Marlies fece diverse telefonate. "Ah," disse dopo aver riagganciato, "era solo un presentimento, ma ha trovato conferma. Tre anni fa la Achleitner ha denunciato suo marito per violenza domestica. La cosa è arrivata anche in tribunale a Wiener Neustadt, ma poi in mancanza di una deposizione ufficiale da parte sua il caso è stato archiviato. Dovremmo dare un'occhiata alla sua cartella clinica."

Grazie alla digitalizzazione la cosa fu più rapida del previsto.

"Be', accidenti," disse Franz Grandits scorrendo la cartella il giorno dopo. "Tre aborti spontanei e un nato morto. Ne ha passate delle belle. E ci sono anche dei referti relativi a incidenti."

Marlies guardò il collega. "Mia cognata lavora a Eisenstadt nel reparto di traumatologia. Ho appena parlato con lei. Gli Achleitner erano conosciuti in ospedale. Lei spiegava le contusioni e i lividi dicendo che era caduta dalla scala lavando i vetri, o cambiando le tende. La classica scusa. Ma spiegami, chi si mette a lavare i vetri e cambiare le tende se ha una donna delle pulizie due volte a settimana?"

Perché Paul aveva svuotato i conti bancari? La domanda tormentava Vera. Eva le aveva detto presso quale banca lei e Paul erano clienti. "Vieni," disse a Letta, "apriamo un conto giovani per te. C'è un'offerta in corso, la Prima Bank ti regala venti euro se trasferisci il conto da loro."

Gli occhi di Letta si illuminarono. "Davvero? Che figata."

Vera dovette fissare un appuntamento per il cambio di

conto. L'impiegata sembrava poco più grande di Letta. "È tanto che lavora qui?" le chiese Vera. "Ho il diploma di ragioniera, ma non avevo voglia di andare all'università," rispose la giovane mettendosi dietro l'orecchio una ciocca sottile di capelli biondo scuro, sfuggita alla sua accurata coda di cavallo. Indossava una camicia a righe blu, una gonna beige e orecchini di perle, un abbigliamento troppo tradizionale per la sua età. Vera si chiese cosa indossasse nel tempo libero e se frequentasse anche la "via delle discoteche" di Oberwart come tutti i giovani del posto.

"Le piace questo lavoro?" chiese ancora Vera.

"Così così, credo che dieci anni fa lavorare in banca fosse più entusiasmante. All'epoca si potevano ancora prendere delle decisioni in filiale. Oggi decidono tutto a Vienna, noi qui ci limitiamo a eseguire le istruzioni che vengono dall'alto." La ragazza era sorprendentemente aperta, pur non conoscendo la sua interlocutrice.

Vera e Letta dovettero firmare dozzine di documenti e Vera ricevette un cumulo di fotocopie che a casa avrebbe messo in una cartella per non guardarle mai più. In realtà avrebbe potuto anche buttarle via subito. "Scaricati la nostra app, così ti spiego il nostro sistema di online banking," disse l'impiegata rivolta a Letta. Vera rimaneva sempre sorpresa dalla velocità e intuitività di Letta nell'uso dello smartphone. Mentre Vera cercava ancora l'App Store, le dita della figlia correvano già sulla tastiera. "È più semplice di quello dell'altra banca," disse Letta entusiasta.

"Lo dice anche il mio ragazzo che ha il conto lì."

"Tu lavori qui e il tuo ragazzo è cliente di un'altra banca?" si meravigliò Vera. L'impiegata batté la punta delle curatissime unghie rosa sul piano della scrivania. "Stiamo insieme solo da due anni, e non si sa mai. Se ci lasciamo poi dovrebbe ricambiare banca, quindi rimane dov'è," spiegò in tono asciutto.

Il realismo di questa generazione è spaventoso, pensò Vera. *A ventun'anni io credevo ancora nell'amore eterno.*

"Con il conto giovani non c'è scoperto e possiamo impostare un importo massimo che puoi prelevare settimanalmente, se volete," spiegò l'impiegata. "Ti abbiamo anche aperto un conto di risparmio, funziona come un vecchio libretto di risparmio, ma online appunto. Puoi depositare e prelevare come vuoi."

"Qual è il massimo che si può prelevare al giorno da voi?" chiese Vera.

"Al bancomat dipende dalle impostazioni del conto e della carta," rispose la ragazza. "Allo sportello, quanto si vuole. Consigliamo di chiamarci prima per importi superiori a 35.000 euro, per essere sicuri di avere abbastanza denaro disponibile."

"E succede spesso, che le persone prelevino così tanti soldi in contanti?" chiese Vera.

La bionda rise: "Sì, certo, specialmente tra gli anziani, nel settore agricolo e edile. Vogliono ancora i soldi in mano".

Vera rise. "Esatto, io faccio la webmaster e uno dei miei clienti è nel settore edile, Paul Achleitner. Mi ha raccontato che ha prelevato da voi dei contanti ed è stato tutto molto veloce, era molto soddisfatto. Vi ha dato cinque stelle nel questionario di gradimento."

Vera sapeva che la banca chiedeva via e-mail ai clienti la loro opinione sul servizio ricevuto, il resto l'aveva semplicemente inventato su due piedi e aveva fatto centro.

"Paul Achleitner? L'ho servito io," sorrise la bionda. "A volte quando uno preleva tanti soldi tutti assieme, mi faccio delle domande, ma lui era lì con uno della Edil Pannonia che ha molti rapporti con noi."

Certo che il segreto bancario con questa qui è ben tutelato, si disse Vera.

"Anche io ho un appartamento della Edil Pannonia," disse orgogliosa la bionda, "è intestato a me, anche se convivo con il mio ragazzo. Ma non si sa mai, stiamo insieme solo da due anni. E se andasse storta..."

Incidente o suicidio, pensò Marlies Murlasits, *quando qualcuno scompare nel nulla e non è in giro a bere, di solito il motivo è questo.* Anche per Paul Achleitner aveva ipotizzato un incidente o il suicidio; i casi di omicidio sono rari nel Sud Burgenland. Solo l'immagine nel seminterrato non corrispondeva allo schema.

Nessuno sapeva quando fosse stata scattata e chi l'avesse postata su internet. Era stata pubblicata da un account fake di Paul, molti dei suoi veri contatti erano stati taggati perché vedessero il post. Ma nemmeno quella selezione permetteva di dedurre l'autore. I contatti erano facilmente visibili sul vero profilo di Paul, che era aperto.

"Gli esperti a Eisenstadt hanno ingrandito molto la foto, ma la risoluzione è scarsa," rifletté Franz. "Non si riesce nemmeno a capire se la scritta sul petto sia sangue o tinta."

Marlies sospirò: "Cosa ti aspettavi? Di vedere il colpevole riflesso nella sua pupilla? Succede solo in televisione. Purtroppo non si vede nemmeno un orologio o un giornale con la data. La foto può essere stata scattata nella 'Notte delle Mongolfiere' ma anche settimane o mesi prima".

"Potrebbe essere stato drogato e rapito? Ma da chi e dove sono le richieste di riscatto?" rifletteva Franz Grandits. Si era tolto la giacca, e il piccolo ventilatore sulla sua scrivania funzionava a pieno ritmo. Prese un gran sorso di limonata direttamente dalla bottiglia da un litro e mezzo che aveva davanti. Era troppo calda e non sapeva di niente.

"E perché è stato fotografato nel seminterrato di casa sua? Un rischio inutile, la moglie poteva accorgersi di qualcosa," disse Marlies.

"A meno che non sia stata proprio sua moglie. Con quell'accenno al tradimento potrebbe anche starci," rispose l'ispettore.

"Oppure qualcuno vuole incastrarla."

Franz Grandits sospirò. "La moglie aveva un movente."

"Non lo so, non si uccide il padre della propria figlia con tanta facilità. Faremmo bene comunque a indagare sul giro di Paul. Dicevano avesse una relazione con la Zieserl, il che rende sospetti sia lei che il marito," suggerì Marlies.

"Ma la tresca potrebbe anche costituire un movente per la moglie," insistette Grandits.

"Voglio anche saperne di più sul progetto edilizio attuale nella valle del Lafnitz," disse decisa l'ispettrice.

36.
Per farvi un nemico, fategli un favore

Negli alberi vivi si formano delle cavità, talvolta nel corso di centinaia di anni, e diventano habitat di svariate specie animali che vi nidificano o vi trovano rifugio e cibo. Tra questi non solo insetti, ma anche vertebrati come uccelli, pipistrelli, martore, faine, ghiri e anfibi.

Harald Zieserl sedeva alla sua enorme scrivania. Come direttore della Edil Pannonia occupava ovviamente l'ufficio più grande, all'ultimo piano dell'edificio. Il sole batteva implacabile sulla facciata in vetro. Il condizionatore era al massimo e perdeva, un secchio verde di plastica raccoglieva la condensa. Harald Zieserl ne era molto infastidito, faceva brutta impressione, era già la terza volta che chiedeva ai tecnici di sistemarlo.

Marlies Murlasits osservava le gocce che cadevano. *Come una tortura cinese*, pensò.

Preferiva lasciare parlare Franz. Zieserl era una persona importante, si sarebbe subito lamentato con il governatore se non lo avessero trattato coi guanti.

Franz lo sapeva e la cosa lo irritava, ma stava in polizia da abbastanza tempo per sapere come funzionava. Più tardi, in commissariato, avrebbe sfogato la sua rabbia. Marlies lo aveva già sentito scagliarsi contro i pezzi grossi di Eisenstadt.

"Non so davvero come posso esserle d'aiuto," disse Harald Zieserl. "Sta solo sprecando il suo tempo."

"Dobbiamo procedere a ulteriori verifiche sull'ambiente lavorativo del signor Achleitner, una pura formalità," disse Franz Grandits.

Harald Zieserl tirò fuori un fazzoletto con le iniziali dalla tasca dei pantaloni e si asciugò la fronte. Era uno di quelli che sudavano sempre. Marlies era contenta che stringere la mano fosse un'abitudine caduta in disuso, quell'uomo aveva sicuramente anche le mani sudate. La segretaria arrivò con una caraffa e tre bicchieri e versò l'acqua.

"Riponevo grandi speranze nel signor Achleitner, ecco perché l'ho coinvolto nel mio progetto, ma purtroppo non ha soddisfatto le aspettative. Per questo stiamo per affidare l'incarico a un altro architetto. È già uscito il bando." Harald Zieserl bevve un sorso d'acqua.

"A che punto è il progetto?" chiese Franz.

"Siamo ancora in fase di trattativa."

"Prevedete dei rinvii? I Verdi hanno già presentato delle interrogazioni perché una parte dell'area che verrà edificata è bosco alluvionale. Sui social media la tensione è alta."

Zieserl fece un gesto come a liquidare il discorso. "Lasci perdere le contestazioni. Gli alberi sono cavi e marci all'interno. Vanno abbattuti."

Marlies dovette mordersi la lingua. Questa tesi aveva già portato a brutali disboscamenti nella zona. Sempre la stessa storia: l'albero è vuoto all'interno, quindi non è più stabile, deve essere abbattuto per motivi di sicurezza della viabilità. Ma gli alberi sono più intelligenti di quanto le autorità vogliano far credere. Si tratta di uno stratagemma della natura, un albero cavo è più flessibile, non si spezza facilmente durante le tempeste. *In*

Inghilterra esistono querce di quattrocento anni, vuote all'interno, ma ancora perfettamente sane. Solo da noi si disbosca e si cementifica per poi stupirsi del cambiamento climatico, pensò l'ispettrice.

"La scientifica ha rinvenuto nel seminterrato della famiglia Achleitner, nell'area della zona relax, un capello nero lungo, e sua moglie...".

La frase rimase in sospeso, carica di sottintesi. Marlies non sapeva nemmeno perché se n'era uscita in quel modo. Il suo capo la guardò sbigottito, non era stato concordato.

Ma l'effetto fu straordinario. Zieserl si alzò dalla poltrona manageriale ergendosi sui suoi interlocutori, seduti su scomode sedie in tubolare d'acciaio, come se fosse più alto di mezzo metro. "Ascoltatemi bene," disse con voce tagliente, "mia moglie ha già ammesso di aver accompagnato in casa il signor Achleitner perché era molto ubriaco e non riusciva a reggersi in piedi. Anche se il capello fosse suo, non dimostra nulla, assolutamente nulla e io querelerò chiunque osi dire il contrario, lo giuro su Dio."

"La signora Achleitner è convinta che il marito la tradisca."

Marlies non sapeva per quale motivo non riusciva a tenere la bocca chiusa. Voleva provocare l'uomo? E perché poi? Perché era un assassino di alberi?

"La signora Achleitner è una persona da compatire, una casalinga spenta che non ha una vita sua e vede fantasmi," disse untuoso il direttore generale. "Mia moglie e io abbiamo commesso un grave errore a dare una mano a questi forestieri. Abbiamo imparato la lezione. Il mio bisnonno diceva sempre: 'Per farti un nemico, fagli un favore'. Se solo l'avessi ascoltato. E ora vogliate scusarmi, ho un impegno."

"Cosa ti è saltato in mente?" disse Franz a Marlies quando furono di nuovo in macchina. Nell'abitacolo c'erano forse cinquanta gradi, l'ispettore faceva fatica a tenere le mani sul volante. "Abbiamo trovato un capello nero? Ti ha dato di volta il cervello per il caldo? Se esce fuori che era un bluff, siamo rovinati. Ma in caso sarà affar tuo, non mio."

Harald Zieserl aspettò dieci minuti dopo che i suoi visitatori se ne furono andati. Poi prese il telefono e compose il numero della sua segretaria: "Chiamami l'architetto di Hartberg, sai, quello che ha progettato anche la piscina là. Gli diamo l'incarico per il complesso residenziale di Lafnitz. Spiegagli cosa deve scrivere nell'offerta in modo che sia coerente con il bando".

Andò alla cassaforte e la aprì. Dentro c'era il denaro di Achleitner, destinato al prestanome, quello che avrebbe acquistato i terreni nella valle di Lafnitz, per poi cederli a un'azienda di cui lui e Paul sarebbero stati soci silenziosi, che li avrebbe a sua volta rivenduti alla Edil Pannonia a un prezzo molto superiore. Ma aveva un'idea migliore. Del resto perché pagare due volte l'imposta fondiaria?

Questa volta Harald Zieserl compose il numero da solo.

"Amico mio, avrei una donazione per il tuo partito, ma voglio che torni indietro sotto forma di sovvenzione, capito? Se non sforo il budget, ricevo un bonus di denaro pulito," Zieserl scoppiò in una risata. "Sì, possiamo discuterne di persona. No, in Ungheria assieme a te non ci vado più. Da quando lì controlla tutto la mafia rumena non mi sento sicuro. Dai su, non fare il tirchio. Sì, di una scappatella a Vienna possiamo parlare. Come quella dopo le ultime elezioni. Avete organizzato alla grande. Tre intenditori e trenta signore. Mi sono sentito un re. E la gente si meraviglia sempre che le agenzie di eventi dei partiti ricevano così tanti soldi. Droga e belle donne costano, così come la discrezione."

Riattaccò e osservò il mazzo di banconote gialle. Le banconote da duecento euro non circolavano praticamente mai nei negozi, erano state stampate appositamente per quel genere di business. La sua mano vagò sui bigliettoni. Ebbe una breve esitazione.

E se Paul fosse tornato? *Ma va, è finito*, pensò, *non tornerà mai più*.

***

Era un mazzo di fiori molto speciale. Peonie rosa, fiori bianchi di sambuco, fiori verdi di alchemilla e in mezzo boccioli delicati di rosa Mozart, color carminio che sfumava al centro in un bianco immacolato.

Il bouquet era opera di Johanna e tutti i fiori provenivano dal suo giardino. "Per Eva. Con i saluti del club del giardinaggio," disse a Finz, quando quest'ultimo l'aveva informata che sarebbe andato a trovare Eva in ospedale.

Ora Finz si trovava davanti alla stanza 112 e si sentiva stupido, insicuro. Avrebbe fatto meglio a portare frutta e riviste di giardinaggio anziché fiori. I fiori erano così impegnativi, ma Johanna aveva insistito. Del resto, perché fingere? Eva significava qualcosa per lui. Era troppo vecchio per i giochetti.

Raddrizzò le spalle e bussò alla porta. Dovette farlo più volte prima di sentirla dire "Avanti". Entrato capì il perché. Eva doveva aver avuto le cuffie in testa e mentre le toglieva erano rimaste impigliate nella cannula della flebo che aveva al braccio sinistro, strattonando l'ago e provocandole una smorfia di dolore.

Sembrava un'altra con quel caschetto e la frangetta così corta. Aveva le labbra screpolate e borse scure sotto gli occhi. Finz pensò se salutarla con un bacio. Ma dove? Sulle guance, sulle labbra? Esitò. Poi il momento passò e le disse solo "Ciao".

"Da parte di Johanna," aggiunse porgendole il bouquet, "e di tutti noi."

Eva guardò i fiori. "Belli," disse con un sorriso debole seguendo con le dita i contorni delle foglie di alchemilla. "In estate, qui si raccoglie la rugiada del mattino," disse. "Secondo la leggenda sono le lacrime della dea Frigga, che piangeva per il marito."

Finz non sapeva cosa rispondere. Era una metafora? Intendeva dire che piangeva per Paul?

"I cristiani, che rimpiazzarono la fede negli dèi germanici, credevano invece che fossero le lacrime di giovani angeli che si erano lasciati sedurre dal diavolo per poi pentirsene amaramente."

Lo guardò senza un sorriso.

Finz provò una stretta allo stomaco.

Chissà chi ha sedotto chi, pensò.

"Era mio il bambino?"

Eva scosse la testa con un sospiro. "Non sarebbe stato possibile..."

"Mi hanno detto che non potrò mai più avere figli," disse dopo una lunga pausa.

"Cazzo Eva, mi spiace davvero. Mi spiace per tutto questo."

"A me no."

"Che vuoi dire?"

"Che non mi dispiace. Per niente. Ma questa è la punizione per quello che ho fatto. Per quello che abbiamo fatto. Il karma è implacabile."

"E quale sarebbe il mio karma?"

"Che noi non possiamo stare insieme. Mai."

37.
Cosa c'è sepolto là sotto

Le zecche sono pigre per natura, non cercano attivamente un ospite, aspettano che l'ospite venga da loro. Di solito in tutta la vita non si spostano più di uno o due metri. Significa che se una zecca si trova su un filo d'erba, aspetta lì tranquillamente la sua vittima.

Il Sud Burgenland era sotto una cappa di afa. L'aria vibrava per il calore. Per la prima estate da decenni Vera non doveva andare in ufficio ogni giorno; come collaboratrice freelance dell'"Eco" non guadagnava certo un patrimonio, ma amava la libertà di cui godeva. Come diceva sempre Johanna: "Meno soldi, meno bisogni", e Vera non aveva bisogno di molto lì in campagna. L'orto era finalmente entrato a regime. L'aiuola a cumulo era stata la migliore idea dell'anno. Anche se Johanna aveva visto giusto, Vera aveva piantato troppe zucchine. Vellutata di zucchine, frittelle di zucchine, pasta con le zucchine, gratin di zucchine, pane di zucchine, torta di zucchine, una volta aveva persino fatto il gelato alle zucchine e mandorle. Non aveva mai mangiato e regalato così tante zucchine. Con quello che Vera le aveva dato, Mathilde aveva già cucinato due volte il risotto alle zucchine per tutti gli ospiti dell'hotel e l'intero staff. Vera aveva regalato zucchine a tutto il "Club del pollice verde" finché Eva e Johanna non l'avevano supplicata di smettere. "Ho fatto persino il chutney di zucchine," aveva detto Eva, "ora basta, per favore, grazie." Ma alla natura ancora non bastava. L'aiuola era fonte di immensa fertilità. "Merito della terra inca," diceva Vera a tutti, interessati o meno che fossero. "Le piante esplodono." Era vero, ogni giorno si formavano nuove infiorescenze, dai fiori femminili venivano fuori minuscoli e delicati frutti gialli, verdi e bianchi, che crescevano letteralmente a vista d'occhio, nell'arco di una notte si trasformavano in clave e sfere gigantesche. "Devi cucinare i fiori," diceva Johanna, "in modo che non crescano così tanti zucchini."

Così anche quelli si mangiavano, ripieni o fritti.

Nei momenti in cui Vera non cucinava o mangiava zucchine era in piscina, come quando era adolescente.

Aveva fatto un abbonamento stagionale alla piscina scoperta di Oberschützen che le era costato solo trenta euro. Era la piscina a più antica del Burgenland, aveva retto a ben novanta estati. "È talmente vecchia che è tornata di moda," dicevano in zona, e poiché quasi ogni paese del Sud Burgenland – tranne Stinatz – disponeva di una piscina scoperta, non era mai affollata. Al mattino presto Vera l'aveva spesso tutta per sé, solo intorno alle 11 arrivavano i bagnanti, i giocatori di carte e i tuffatori, pensionati che giocavano a Schnapsen bevendo acqua e vino, giovani che si tuffavano da tre metri per far colpo sulle ragazze. Ma Letta rimaneva indifferente. Lei e Carla avevano lavorato come assistenti non retribuite presso il maneggio locale. Letta aveva già preso lezioni di equitazione a Vienna, ma si era sempre lamentata che lì i cavalli erano già pronti e sellati e quindi non poteva stabilire un legame con loro. Pulendo le stalle e i pony di ritorno dal paddock aveva tempo di farlo. Inoltre le ragazze potevano anche montare gratuitamente.

"Meglio che stiano al maneggio piuttosto che andare in giro con i ragazzi e incappare in quello sbagliato," diceva Eva.

Lei non era il tipo da piscina. Odiava il caldo e il sole non faceva bene alla sua pelle chiara. Sembrava che si stesse lentamente riprendendo dall'aborto, non aveva più l'aspetto così fragile. La frangetta era ricresciuta e somigliava meno a un fumetto, era più se stessa.

Paul era scomparso ormai da sei settimane. Circolava voce che fosse fuggito all'estero. Il suo telefono era stato localizzato per l'ultima volta in Ungheria. Che Paul si trovasse lì? Forse. Ma poteva anche darsi che il telefono gli fosse stato rubato la "Notte delle Mongolfiere".

"Se almeno si facesse vivo," disse Eva. "Anche solo per Carla. E poi così potrei sospendere l'assicurazione dell'auto e il contratto del cellulare. Al momento è tutto attivo, e costa."

Eva aveva messo sottosopra la casa nella speranza di trovare indizi sulla scomparsa di Paul, come diceva lei. Nella speranza di trovare cose da vendere, diceva Finz. Quest'ultimo si comportava in modo strano in relazione a Eva, quando si parlava di lei non risparmiava battute taglienti e a volte diventava molto aggressivo.

"Ma cosa ti ha fatto?" gli chiese una volta Vera, fuori dai denti.

"Eva ha due facce, lo scoprirai anche tu," fu la risposta di Finz. "Mi ha solo usato."

Vera trattenne un gesto di impazienza, gli uomini feriti erano semplicemente insopportabili.

Forse dipendeva anche dal meteo. Erano attesi forti temporali, l'aria era elettrica. Johanna aveva rinviato il corso sugli sciroppi: "Se si inizia a prepararlo col maltempo lo sciroppo ammuffisce o inizia a fermentare. Oggi le rondini volano basse, segno di temporale in arrivo". E aveva ragione come sempre. Tornando a casa in bici dalla piscina quel giorno Vera vide una spessa coltre di nubi giallastre e scure sopra la catena del Wechsel. Un tuono fragoroso, un lampo gigantesco, e poi il cielo aprì le cateratte e miliardi di chicchi di grandine piombarono al suolo lasciandolo coperto da un sottile strato bianco.

Vera ricordò il detto della bisnonna: "Non c'è luglio senza grandine", mentre cercava riparo in un capannone all'ingresso di Sankt Martin. Lo spettacolo offertole dalla natura era straordinario. Dopo la grandine caddero dei goccioloni grandi come biglie di vetro. Il terreno riarso non riuscì ad assorbire tutta quella massa d'acqua che invase quindi le strade, i vialetti e i prati fino ai seminterrati delle case. La sirena del vicino corpo dei pompieri suonò, ma fu sovrastata da un altro potentissimo tuono. Allo stesso tempo ci fu un lampo. *Il temporale deve essere proprio sopra di me*, si disse Vera. Aderì al muro del capannone. *Speriamo che abbia un parafulmine*, pensò. Prese il cellulare e chiamò la proprietaria del maneggio. Pregò che le ragazze non fossero fuori a cavallo. "No, va tutto bene," rispose la donna, "siamo al coperto e da noi sta solo piovigginando, il temporale ci ha sfiorato." Be', grazie a Dio, almeno quello.

Vera rabbrividì nel suo vestitino estivo. Le temperature dovevano essere scese di venti gradi in pochi minuti. Si avvolse nell'asciugamano bagnato. Aveva il cuore in gola. Ancora un tuono e poi un altro. La pioggia era così fitta che a malapena riusciva a vedere le case sull'altro lato della strada.

Poi l'intervallo tra i tuoni si allungò e tutto finì rapidamente come era iniziato. Il temporale si era spostato in direzione di Großpetersdorf. Tuonò ancora un po' in lontananza. La terra fumava. Vera spinse lentamente la bici verso casa. Il cielo era grigio, mentre camminava i piedi nei sandali si bagnavano e si sporcavano di fango, ma quando arrivò a casa della bisnonna improvvisamente il cielo si aprì e il sole tornò a farsi strada tra le nuvole.

Chissà se il mio orto è sopravvissuto, pensò Vera. Poveri pomodori, sicuramente hanno preso la grandine. Indossò in fretta una giacca, calze e stivali di gomma e corse a vedere. Le si offrì uno spettacolo deprimente. Le foglie delle piante di pomodoro giacevano a terra. Anche le zucchine e l'insalata sembravano crivellate di proiettili. Il lato destro dell'aiuola a cumulo era completamente franato. *Cazzo*, pensò Vera, *tutta quella fatica sprecata*.

Chiamò Johanna. "Tranquilla, ci pensa la natura. Tu vai dentro, preparati una tisana alla melissa e dormici su. Domani tutto avrà già un aspetto diverso. Promesso."

Che Dio la ascolti, pensò Vera. In effetti, aveva solo desiderio di fare una bella doccia calda e di mangiare qualcosa. Letta sarebbe rientrata nel giro di un'ora. Se fossero state a Vienna avrebbero ordinato una pizza. Lì il menu prevedeva una vellutata fatta con le zucchine rovinate dalla grandine.

Risultò che Johanna aveva ancora una volta ragione. La mattina successiva era di nuovo estate. Sole, cielo azzurro, sembrava che la pioggia avesse lavato e rinvigorito le piante. Quelle gettate a terra dalla grandine si erano miracolosamente rialzate durante la notte. Erano spuntati germogli e fiori nuovi e anche i danni all'aiuola, da vicino, sembravano meno gravi rispetto alla sera precedente. Era scivolata via solo un po' di terra, che si poteva rimettere a posto. Vera andò a prendere la pala. Queen Latifah e il Signor Schröder la seguirono nell'orto. Il cucciolo aveva quattro mesi ed era sempre più vivace, ma la gallina lo trattava ancora con la pazienza di una chioccia esperta.

Il terreno si era ammorbidito, numerosi vermi e insetti scorrazzavano in superficie. Queen Latifah non era l'unica a banchettare, anche due uccelli neri beccavano attorno all'aiuola. Cornacchie, corvi, gazze? Vera non era un'esperta. Un'ape ronzava sul naso del Signor Schröder che cercava di acchiapparla. "Occhio che ti punge," lo ammonì Vera. Come se il cucciolo potesse capirla.

Ma c'erano anche un sacco di mosche quel giorno. Una particolarmente fastidiosa di un verde-azzurro brillante, le si posò sulla guancia. Vera si diede uno schiaffo nel tentativo di scacciarla. Rimossa la barriera antilumaca Vera impugnò la pala e si mise a rimettere a posto la terra franata dall'aiuola. I due uccelli neri la osservavano, ogni tanto uno di loro beccava nell'erba bagnata. Vera guardò in basso. Piccoli vermi bianchi strisciavano fuori dall'aiuola e si disperdevano sul prato, andando incontro ai becchi affamati. Queen Latifah lo notò e si avvicinò saltellando a sua volta, ingolosita.

Il cucciolo non era interessato ai vermi, ma al buco da cui uscivano. Ci infilò il naso.

"Vai via, che schifo," disse Vera tirandolo indietro per la pettorina. Era davvero disgustoso, il Signor Schröder aveva due vermi attaccati al muso. *Mi viene da vomitare*, pensò Vera, strappò una foglia di zucchina e provò a pulirlo con quella. Era una foglia grande e dopo averla tolta Vera poté vedere meglio il buco da dove uscivano i vermi e in cui il suo cane aveva appena infilato il muso. Meravigliata, vide spuntare un osso. "L'hai sepolto tu?" disse al cucciolo in tono di rimprovero. Prese la pala e la affondò per tirarlo fuori. Non voleva prenderlo in mano, nemmeno con i guanti di gomma, c'erano sopra dei vermi. Aveva affondato la pala con troppa forza nella terra, l'osso volò in aria e le atterrò sui piedi nell'erba. Vera lo guardò più attentamente. Non era uno solo, erano più ossa. Il suo cervello impiegò qualche secondo a elaborare e decifrare l'immagine. Era una mano. Una mano umana in decomposizione. Il pollice giallastro era chiaramente riconoscibile.

Vera lanciò un urlo, lasciò cadere la pala e fece un salto all'indietro, inorridita. Poi corse in casa come inseguita da un demone. Pensando che fosse un gioco, il cucciolo la seguì abbaiando. Che cosa aveva visto? Si era ingannata? Forse era una mano finta, di quelle da carnevale. Però i vermi. I vermi non vanno sulle mani di gomma.

Doveva dare un'altra occhiata, ma non ce la faceva proprio. Prese il telefono. Chi chiamare? Sua madre? No, non poteva farle questo. Eva? Assolutamente no. Aveva già abbastanza problemi per conto suo. Finz? Era così strano negli ultimi tempi. Johanna. Sì, avrebbe chiamato Johanna. Johanna sapeva sempre cosa fare.

Vera digitò il numero e raccontò in poche parole la sua spaventosa scoperta a Johanna che, sbalordita, la ascoltò senza interromperla. "Parto subito," disse poi, "ma devi comunque tornare nell'orto e chiudere la gallina, altrimenti non trovo più la mano quando arrivo."

Vera attirò il pollo nel recinto con una tazza piena di chicchi di granturco. Poi si sedette ad aspettare. Aveva un terribile sospetto.

Johanna arrivò venti minuti dopo. Abbracciò Vera e si avvicinò da sola all'aiuola. Quando tornò, anche lei era pallida. "Devi chiamare la polizia," disse.

Chi si rivede, la giornalista, pensò Marlies Murlasits, quando apprese a chi apparteneva l'orto in cui era stata trovata una mano umana. Non solo una mano. Un corpo intero. O meglio, ciò che ne restava. Il cadavere era in avanzato stato di decomposizione.

La scientifica aveva smantellato l'aiuola centimetro per centimetro. Individui in tuta bianca, nastri di delimitazione per tenere lontani i curiosi. A Vera sembrava tutto un incubo. Johanna aveva preso le zucchine che stavano in un cesto sotto i portici e le aveva gettate nella compostiera.

"Non mangerò mai più zucchine!" giurò Vera. "Se sono cresciute su quell'aiuola e sotto c'era un cadavere in decomposizione hanno assorbito sostanze nutritive attraverso le radici, quindi..." Non finì la frase. Conosceva la risposta.

Era contenta che Johanna fosse presente durante l'interrogatorio della polizia. "Chi ha costruito l'aiuola a cumulo? Quando? Come?" chiese Franz Grandits.

"Siamo state noi del 'Club del pollice verde', il 7 giugno. È stato un progetto collettivo," rispose Johanna descrivendo nei dettagli al poliziotto come era stata assemblata l'aiuola.

"Chi era presente quindi?"

Johanna elencò i nomi. Ochsenhofer Maria, Kirnbauer Isabella, Werderits Mathilde, Sobotka Grete, Achleitner Eva...

Achleitner Eva. *Be', guarda un po' che caso*, pensò Marlies. Il marito scompare, e sei settimane dopo spunta un cadavere nell'orto di un'amica. Marlies non poté fare a meno di pensare al classico del giallo *Assassinio sull'Orient Express*.

Forse hanno seppellito il cadavere tutte assieme, come un bizzarro rituale di stregoneria. Non era forse la notte di Valpurga? La fantasia galoppava e l'ispettrice dovette concentrarsi. Continuò a riflettere: se le appassionate di giardinaggio non avevano seppellito il cadavere, doveva per forza essere già stato lì quando avevano costruito l'aiuola.

"E stato fatto uno scavo qui?" chiese a Vera. "Sì," rispose lei "il giorno prima."

"Lo ha fatto da sola?"
"No, mi ha aiutato Finz, Kreishofer."
"È il proprietario di Terra Inca," disse Johanna.
"Ha anche fornito il terriccio per l'aiuola."
"Lui conosceva gli Achleitner?"
"Sì, certo," disse Johanna, "partecipa alla maggior parte delle nostre attività di giardinaggio. Ma erano in molti a sapere che stavamo preparando un'aiuola a cumulo, l'ho detto praticamente a tutti nel mio negozio."
A Franz Grandits girava la testa al pensiero della mole di lavoro che lo attendeva. Avrebbe dovuto interrogare decine di persone. Le amiche del club del giardinaggio, questo tizio della terra, la moglie di Achleitner, eventuali testimoni. Si vedeva già davanti cumuli di pratiche.
"Arriveranno rinforzi da Eisenstadt," gli disse la collega. "E forse la scientifica troverà qualcosa."
Franz Grandits si guardò attorno dubbioso. "Il colpevole dovrebbe aver perso qualcosa qui nell'orto, il cadavere è lì da sei settimane, e ieri è venuto giù un diluvio."
"Forse l'autopsia darà qualche risultato," disse Marlies sorridendo. Era una ottimista indefessa.

38.
L'autopsia

Se nel trattare con potenziali agenti patogeni vengono rispettate le regole dettate dal buonsenso, allora da un cadavere in decomposizione non deriva in alcun modo un maggior rischio di infezione. È da considerarsi più elevata la possibilità di contrarre il tetano venendo a contatto con il normale terreno di un bosco.

Esistono diverse migliaia di cause di morte, più o meno rapida, ma per il patologo sono solo tre: naturali, non naturali e incerte.

Il dottor Friedrich Löwa osservò il cadavere maschile che giaceva davanti a lui sul tavolo autoptico. Il corpo era stato trovato in un orto. Era parzialmente putrefatto, divorato da vermi e roditori, in alcune parti era visibile lo scheletro. La decomposizione dei tessuti era particolarmente avanzata nella testa.

La velocità con cui un cadavere si decompone dipende in ampia misura dalle condizioni ambientali. I patologi a questo proposito si attengono alla regola di Casper: una settimana all'aria aperta corrisponde a due settimane sott'acqua o otto settimane sotto terra.

Friedrich Löwa datò il decesso a cinque o sei settimane prima. Sarebbe stato necessario in ogni caso confrontare i dati dentali pre e post mortem per identificare con certezza il cadavere come quello di Paul Achleitner.

Il cadavere aveva già superato lo stadio in cui i microorganismi avevano gonfiato prima le labbra, poi il ventre, le mammelle e i genitali. La pressione del gas formatosi all'interno del corpo aveva fatto fuoriuscire dagli orifizi liquidi che a prima vista avrebbero potuto sembrare sangue. In realtà erano i prodotti della decomposizione dei tessuti. Le bolle di gas avevano anche provocato la lacerazione degli strati della pelle. Capelli e unghie si erano staccati. Non era un bello spettacolo.

Idrogeno, azoto, anidride carbonica, gas sulfurei – la potenza dei gas interni a un cadavere è enorme. Löwa ricordava bene la prima volta che, all'inizio della carriera, aveva osservato il fenomeno di un parto nella bara: una donna incinta morta, il cui feto era stato espulso dal ventre a opera dei gas di decomposizione.

Il medico si concentrò nuovamente sul cadavere che aveva di fronte, cercando, per quanto ancora possibile, eventuali segni particolari. Un primo esame non evidenziò nulla, nessuna ferita da arma da fuoco o da taglio riconoscibile. Usò un piccolo registratore per fissare le sue osservazioni. Eventuali segni di strangolamento non erano più visibili a occhio nudo. Anche la ricerca di cicatrici, date le condizioni dei tessuti, si rivelò difficile in assenza di ulteriori approfondimenti.

Il caldo estivo aveva accelerato il processo di decomposizione del corpo. Il letame produce calore, che però non aveva raggiunto l'intensità e la diffusione sufficienti a impedire ad animali, insetti e microorganismi di nutrirsi del cadavere.

I primi erano stati i topi di campagna. Il patologo sapeva che dopo il raccolto i topi erano particolarmente affamati e voraci. Si erano intrufolati all'interno dell'aiuola in cerca di cibo. Il cadavere sotto terra era stato per loro un banchetto inatteso. Esaminò i punti rosicchiati sui genitali esterni. Nei soggetti impiccati, colpiti in testa da un proiettile o avvelenati si verifica spesso un'erezione post mortem, che avrebbe potuto essere un possibile indizio di intervento esterno, ma dopo settimane nell'aiuola non era più possibile accertarla. Inoltre, del pene non era rimasto molto.

Löwa si meravigliava sempre della precisione che la natura dimostrava nel ricondurre un organismo morto all'interno del suo perenne ciclo vitale.

Poteva anche essere stato un ratto, pensò. Un ratto che, letteralmente, gli era stato sulle palle. Nessuno vuole ammettere l'esistenza dei ratti nella nostra moderna società civile. Eppure sono sempre tra noi. Anche se non li vediamo.

I passaggi scavati dai roditori nell'aiuola avevano consentito l'accesso al cadavere anche alle mosche e ai vermi che amano particolarmente gli orifizi umidi del corpo umano. Bocca, naso, occhi, orecchie – depositandovi le uova i mosconi blu della carne garantiscono il futuro della generazione successiva. Non è forse vero che in natura tutto ruota attorno al sesso, alla vita e alla morte?

Solo il torace dell'uomo era sorprendentemente in buone condizioni, considerate le circostanze. Il dottor Löwa posò il registratore e prese il bisturi per iniziare l'autopsia degli organi interni. Posandolo sullo sterno del cadavere, notò qualcosa di rosso che chiaramente non era né sangue essiccato né un fluido corporeo. Esitò un attimo, poi mise da parte il bisturi e prese una lente d'ingrandimento. Sembrava inchiostro... o vernice essiccata.

***

Marlies Murlasits quel giorno si era portata in commissariato delle tagliatelle ai funghi porcini. I funghi scongelati diventavano una pappetta, ma ogni anno ne coglieva molti più di quanti ne potesse consumare, quelli avanzati li surgelava e li mangiava quando nei boschi erano già spuntati quelli freschi.

Si ripromise di essiccarli quell'estate.

"Abbiamo i risultati dell'autopsia," disse il suo collega. "È Achleitner, e sul petto ha della vernice. Smalto per unghie, a essere precisi."

"Qualcuno gli ha scritto 'PIG' sul petto con lo smalto per unghie?"

"Sì, un rosso fluo molto acceso."

39.
Vera all'obitorio

Un proverbio mediorientale dice: "Tre mosche mangiano più di un leone". Se un cadavere viene deposto sopra il terreno o in una fossa aperta, entro una settimana, a seconda della temperatura e della stagione, gli insetti possono divorare circa il cinquanta per cento del corpo, incluso il cervello e gli organi interni.

Nessuno sapeva perché l'ospedale di Oberwart fosse ancora chiamato "Ospedale nuovo". Innanzitutto non era nuovo, aveva quasi cinquanta anni. In secondo luogo l'ospedale vecchio non esisteva più da tempo e, terzo, erano già iniziati i lavori di costruzione di un ospedale ancora più nuovo. Se mai fosse stato completato, sarebbe stato necessario trovare un altro nome per il vecchio blocco di cemento alla periferia della città, che era persino entrato nella lista dei primi dieci edifici brutalisti dell'Austria.

I rappresentanti di quello stile architettonico all'epoca sostenevano che le moderne società industrializzate avessero bisogno di sperimentare la massima potenza dell'arte, giungere a una "liberazione mentale", a "vedere".

Col tempo anche il brutalismo passò di moda, a partire dagli anni novanta al più tardi l'ospedale nuovo venne ritenuto da molti un obbrobrio. I muri di cemento, segnati dallo smog e dal degrado, rientrarono piuttosto nella categoria del "vandalismo estetico".

Bastava aspettare ancora qualche anno, pensò Vera, *e l'edificio massiccio con le finestre e le porte di un arancione squillante, il linoleum giallo e le piastrelle verde acido sarebbe tornato di moda*. In effetti, da più parti già si suggeriva di porre l'edificio sotto tutela monumentale.

Altri ne chiedevano l'immediata demolizione, soprattutto quando corse voce che esistesse il progetto di trasformarlo in un centro di accoglienza per richiedenti asilo.

Sarebbe stato figo farne una discoteca anni settanta, pensò Vera dirigendosi all'obitorio.

Aveva chiesto un'intervista sul tema "La giornata di una patologa" usando il nome di una collega della rivista "Burgenland Live", che persino le somigliava. Sotto il suo vero nome sarebbe stato inutile, tutto il circondario sapeva che nel giardino di Vera Horvath era stato rinvenuto un cadavere, ma pochi l'avevano vista di persona. Vera aveva portato persino il biglietto da visita che la collega le aveva dato quando si erano conosciute, ma per eventuali domande avrebbe fornito alla sua interlocutrice un altro indirizzo e-mail.

"All'obitorio siamo in prevalenza donne, questo perché l'orario di lavoro dalle 8 alle 16 si concilia bene con gli impegni familiari," spiegò Rosa, una dottoressa giovane e piena di vita. Difficile credere che operasse in un seminterrato in mezzo ai cadaveri.

Sulla sua scrivania era posato un vassoio di pasticcini, decorati con scaglie di cocco e una ciliegia candita ciascuno. *I dolcetti della sua infanzia*, pensò Vera. "Ne vuole uno?" le chiese Rosa, "Li ha portati una collega che compie gli anni, aspetti, le vado a prendere anche un caffè." La dottoressa scomparve per un attimo e tornò con una tazza e un piattino. Vera non beveva caffè filtrato da anni, né mangiava dolci con crema di burro, ma in quel momento si chiese perché mai vi avesse rinunciato. Uno strato sottile e dolce di crema di burro le si adagiò sul palato. Il caffè non era né troppo acido né troppo amaro, perfetto. *Forse dovrei ricomprarmi una macchina da caffè col filtro*, pensò.

"Mi dica allora, cosa vuole sapere?" chiese la patologa.

"Be', ad esempio mi interesserebbe capire quali sono i tempi di decomposizione di un cadavere," disse Vera, attivando la funzione registra del suo smartphone. La patologa aggrottò la fronte, concentrata. "Allora, se il cadavere non viene refrigerato il processo può essere molto veloce. Innanzitutto si evidenzia una macchia verde all'altezza dell'appendice, può accadere già il giorno stesso del decesso, a seconda della temperatura esterna. Poi lo strato più superficiale della pelle si solleva formando delle bolle, che se toccate scoppiano. La cute è inizialmente arrossata, e quando inizia il processo di putrefazione, diventa verdastra e schiumosa."

Rosa sembrava non avere alcun problema a mangiare pasticcini mentre entrava in dettagli rivoltanti.

"Noi in obitorio solitamente esaminiamo solo persone che ci vengono portate poco dopo il decesso, ma devono passare almeno sei ore per poterlo certificare. Bisogna attendere il rigor mortis," disse prendendo un altro sorso di caffè e posando la tazza. "Andiamo in sala autoptica?"

Vera seguì la dottoressa lungo una serie di corridoi, e insieme entrarono in una grande stanza dalle pareti piastrellate color verde acido. I telai delle finestre erano arancioni. Benvenuti negli anni settanta. Le fughe delle piastrelle del pavimento erano macchiate e sembravano sporche, anche se erano sicuramente state pulite e disinfettate mille volte. Al centro della stanza c'erano due barelle di metallo, sotto ciascuna era collocata una bacinella con accanto un tubo verde per l'acqua.

Vera rabbrividì alla vista degli strumenti per l'autopsia: bisturi di varie dimensioni, pinzette e forbici. In qualche modo le ricordavano le scene di tortura nei film di spionaggio.

"Procediamo all'esame degli organi suddividendoli in due blocchi," spiegò Rosa. "Iniziamo dal torace: cuore, polmoni, trachea, esofago, tiroide. Si disseziona al livello del diaframma. Poi si passa a fegato, reni, milza, intestino e genitali interni. Se necessario, si disseziona anche il cervello.

Prima apro il corpo, dalla clavicola all'osso pubico. Con il bisturi incido ogni organo. L'aspetto della superficie di taglio fornisce indicazioni su possibili patologie. La schiuma e i liquidi indicano un edema polmonare. Se la superficie di taglio del cuore è color fango, indica un infarto. Se è presente una congestione epatica il fegato mostra una struttura simile alla sezione trasversale di una noce moscata. Questa analisi si definisce macroscopica, descrivo ciò che vedo. Mettendo campioni di tessuto in formaldeide posso ottenere maggiori informazioni attraverso ulteriori esami istologici."

"Effettua da sola l'autopsia?" chiese Vera. La patologa scosse la testa.

"No, abbiamo sempre un assistente che tiene il tubo dell'acqua. È meglio se il sangue e i liquidi corporei vengono subito rimossi. Vede, attraverso questi fori qui sotto al tavolo, i liquidi possono colare. Indosso sempre gli occhiali, perché gli schizzi possono finire negli occhi. È anche meglio parlare poco durante l'operazione. Ma sono rischi professionali."

Fluidi dei cadaveri che schizzano in bocca e negli occhi? Vera decise di non lamentarsi mai più dei disagi del suo lavoro.

"I nostri assistenti sono entrambi macellai di mestiere," spiegò Rosa.

Vera ne prese nota mentalmente. Ne sarebbe venuto fuori un grande articolo da proporre all'"Eco del Burgenland" in futuro. Il titolo lo aveva già in mente: *Prima sezionano maiali, poi persone: le conseguenze della scomparsa dei macellai nelle zone rurali.*

Rosa la condusse verso i nove frigoriferi in cui erano conservati i cadaveri.

Vera un'estate aveva lavorato nella cucina di un ristorante. La maniglia della porta della cella frigorifera era identica. Si chiese se fosse stata la stessa azienda a fornirle e se avessero anche gli stessi rappresentanti. Macellai e assistenti all'autopsia, frigoriferi per cadaveri e per alimenti. In qualche modo, tutto era più attinente di quanto pensasse.

"È qui anche il cadavere trovato nell'orto?" chiese con forzata disinvoltura. "Ne ho letto sull''Eco del Burgenland'."

"L'architetto di Buchschachen? No, lui è nella stanza refrigerata qui accanto. Di solito ci conserviamo i cadaveri molto adiposi che non entrano nei cassetti, ma lui è una specie di caso speciale. È in mano ai patologi forensi di Graz, e non hanno ancora finito. La cosa dello smalto per unghie ha stupito tutti..." Subito la dottoressa si morse le labbra.

"Smalto per unghie?"

"Be', la scritta sul petto è fatta con uno smalto per unghie rosso fluo."

"Posso vederlo?" chiese Vera.

"No, non è consentito," disse la dottoressa dopo una breve esitazione.

"Peccato," disse Vera. Quindi la cosa non era così semplice.

"Mi spiace, sono le regole. Venga, le mostro la sala dove vengono composti i cadaveri prima di consegnarli agli addetti alle onoranze funebri. Gli assistenti li vestono in modo che i familiari non vedano la salma ricucita dopo la dissezione. A volte la stanza viene anche decorata se la famiglia vuole salutare il defunto, vede, qui abbiamo candele e fiori finti. Una rappresentante della chiesa ci ha persino dato dei suggerimenti su come allestirla a seconda dei casi, con tanto di foto. Qui abbiamo cadaveri di cristiani e non, adulti e bambini. Non è una bella stanza, ma almeno possiamo darle una certa solennità. Questa porta dà all'esterno, così quelli delle pompe funebri possono ritirare direttamente la salma."

Vera continuò a fare domande, fotografare e prendere appunti. Ma ascoltava solo a metà. I suoi pensieri erano ancora concentrati su un unico scottante interrogativo: il cadavere nella stanza refrigerata era davvero quello di Paul?

Conclusa l'intervista, la dottoressa la accompagnò all'uscita. Vera si congedò cortesemente e le lasciò i suoi contatti. Dopo una settimana le avrebbe mandato una email dicendo che la pubblicazione dell'articolo era stata temporaneamente rinviata per mancanza di spazio in pagina. Le dispiaceva un po'. Sarebbe stato un articolo interessante.

Discese la rampa, ma invece di tornare al parcheggio dell'ospedale, svoltò bruscamente a sinistra fino a ritrovarsi di fronte alla porta che conduceva alla sala di preparazione delle salme. Era aperta.

Con il cuore a mille entrò e corse verso la camera refrigerata. *Se qualcuno mi becca, dirò che ho dimenticato le chiavi della macchina*, si disse per tranquillizzarsi. Ma ebbe fortuna: non c'era nessuno in vista.

Vera aprì la porta della camera refrigerata con mano tremante. Subito la colpì un odore dolciastro e pungente, che la portò ad alzarsi la maglietta per mettersela davanti alla bocca. Aveva davanti uno zombie uscito da un film dell'orrore, metà uomo, metà scheletro. Il corpo era solo parzialmente coperto di pelle coriacea, a brandelli, simile al cuoio. Il volto non c'era più, era rimasto solo il teschio.

40.
Finz interrogato

Presso la tribù dei moche in Perù, le mosche erano le benvenute alla cerimonia funebre. Si lasciavano le salme alle loro larve perché si credeva che, volando poi via, liberassero l'anima. Solo quando gli insetti erano sazi, i morti venivano sepolti.

"Quindi, signor Kreishofer, spieghi ancora una volta per favore in sequenza quale ruolo ha avuto nella costruzione dell'aiuola rialzata."

"È un'aiuola a cumulo, non rialzata," disse Finz, appoggiandosi a braccia conserte allo schienale della sedia.

Franz Grandits odiava essere corretto. Quella postura rilassata gli dava sui nervi. Faceva caldo in commissariato, si soffocava. Il presidente della repubblica sorrideva pacifico dal muro, lui non doveva avere a che fare ogni giorno con gente che gli mentiva, oppure sì? L'ispettore capo aveva interrogato tutte le persone vicine ad Achleitner e aveva lasciato Kreishofer per ultimo, così da poter confrontare la sua testimonianza con quelle degli altri. C'era qualcosa che non andava in lui, se lo sentiva.

Franz Grandits preferiva interrogare i sospettati nel loro ambiente, per farsene un'idea migliore, ma non era più consentito verbalizzare dichiarazioni fuori dal commissariato, i laptop della polizia potevano venire hackerati.

Franz Grandits si grattò il mento. La barba gli dava prurito, ma sua moglie pensava che gli conferisse un aspetto più virile e lui era vanitoso. Così sembrava anche più magro, i pantaloni gli stavano un po' stretti in vita ultimamente. Era perché Marlies portava sempre roba da mangiare in ufficio, quel giorno una torta fatta con le albicocche dell'anno prima, che aveva dovuto togliere dal freezer per far spazio ad altre appena colte. Quella donna aveva sul serio dei problemi.

Il capo ispettore nutriva forti sospetti sull'uomo che aveva davanti. Non solo era stato lui a preparare l'aiuola in cui era stato rinvenuto il cadavere, ma aveva anche avuto una relazione con la moglie della vittima, stando almeno alle dichiarazioni dei suoi dipendenti a cui erano state mostrate foto di Eva. "Sì, amica del capo," aveva detto uno degli ungheresi con un sorriso furbesco. Inoltre, Kreishofer non aveva un alibi, né per la "Notte delle Mongolfiere" né per quella precedente. Sosteneva di essere stato a casa da solo a guardare la tv. Quale programma?

Da parte dell'interrogato l'ennesimo sorriso arrogante: "Chi guarda ancora i programmi televisivi?". Disse che aveva guardato un film su Netflix. Non era un'espressione in codice che indicava fare sesso? Glielo aveva detto suo figlio una volta. Franz Grandits odiava essere considerato un vecchio idiota. Dopo i cinquanta gli succedeva di continuo, ma non era proprio all'oscuro delle nuove tecnologie, quantomeno quelle in dotazione alla polizia. "Sa cosa penso io," disse al ragazzo seduto davanti a lui, "io penso che lei abbia avuto una storia con la signora Achleitner, che è rimasta incinta. Di un figlio suo. Il marito lo ha scoperto e l'ha picchiata, come già in precedenza. E lei non ci ha visto più e l'ha vendicata."

Franz Grandits proseguì: "Penso che lei volesse eliminare il suo rivale. Ha affrontato Achleitner, lo ha aggredito, soffocato e sepolto nell'aiuola rialzata della Horvath. Non fosse per la grandinata, sarebbe diventato compost nel giro di sei mesi e il compostaggio, se non sbaglio, è la sua specialità".

"E perché mai avrei dovuto legarlo nudo e imbrattarlo con smalto per unghie?" chiese Finz.

"Per sviare le indagini," disse Franz Grandits. "Inoltre è stato visto urinare sull'aiuola. Questo a riprova dell'aggressività che manifestava nei confronti della vittima, anche post mortem."

L'ispettore andava fiero del suo latino.

"Resta tutto da dimostrare," disse Finz a denti stretti.

"Sarà fatto. Lo sa che i navigatori e i cellulari memorizzano tutti i movimenti? Ho ottenuto dal pubblico ministero l'autorizzazione ad acquisire i suoi dati."

Fu solo un'impressione o Kreishofer non si mostrava più sicuro come prima?

***

"Vera, Vera, per favore apri," Eva batteva i pugni sulla porta della casa della bisnonna così forte da scardinarla.

"Arrivo," Vera sembrava assonnata. Da quando non aveva orari fissi in ufficio faceva spesso un pisolino il pomeriggio, per questo aveva chiuso a chiave la porta, contrariamente alle sue abitudini. Non voleva essere sorpresa a dormire in pieno giorno dalla madre o dal postino, sarebbe stato imbarazzante.

"Che succede?" chiese sbadigliando.

"Hanno arrestato Finz!"

"Cosa?" Vera si strofinò gli occhi.

"Dal navigatore hanno ricostruito i suoi movimenti e scoperto che la 'Notte delle Mongolfiere' è andato da casa mia a casa tua. Mi ha chiamato il suo avvocato, hanno anche perquisito il seminterrato buttando tutto all'aria."

Vera tirò dentro Eva, che si lasciò cadere su una sedia in cucina, il terrore nei grandi occhi blu. "Pensi che Finz abbia ucciso Paul..."

"Certo che no, so che non ha ucciso Paul. Lo so e basta! Ok?" La risposta di Eva suonò isterica.

"Ma perché avrebbe dovuto fare quel tragitto a notte fonda?"

"Forse mi stava cercando. Ero passata da lui a comprare la terra, ma non avevo voluto fermarmi a dormire."

"Mhmm," Vera la guardò scettica.

"Vera, credimi! Finz non è un assassino. Ma possiamo dimostrarlo solo se troviamo la persona che ha Paul sulla coscienza. E so anche chi è. Ti ricordi? Ti ho detto che a Paul è partita una chiamata dal cellulare il giorno prima della 'Notte delle Mongolfiere' e ho sentito la risata di una donna in sottofondo. Posso immaginare chi fosse."

"Spiegami meglio."

Eva fece un gran sospiro. "Quando abitavamo ancora al Nord, Paul aveva una relazione con la nostra vicina di casa. L'ho scoperto per caso. Volevo portargli da mangiare sul cantiere e li ho beccati sul fatto in macchina. Mi è mancata la terra sotto i piedi. Paul non è mai stato fedele, ma quella era una donna che frequentava la nostra casa, una volta le ho anche prestato il mascara, con lei parlavo di Paul e delle sue infedeltà. Era un'amica. Come te! Paul ha minimizzato: *'È stato uno sbaglio, non accadrà mai più'*, ma io non gli ho creduto. Per me quel periodo è stato un inferno, ogni minimo ritardo di Paul mi metteva in allarme. Ogni volta che si portava il cellulare in bagno ricominciava la tortura. Aveva davvero bisogno di restarci così a lungo, o ci era ricaduto? Poteva avere quella donna ogni giorno, abitava di fronte. Me la immaginavo mentre scopavano. Dio mio, sapevo che profumo usava, ogni sera annusavo Paul per sentire se lo aveva addosso. Alla fine non ho potuto più sopportare i dubbi e ho assunto un detective – e bingo! Una settimana dopo avevo in mano delle foto che dimostravano che la relazione non era finita."

"E cosa hai fatto?"

"Volevo mandare le foto al marito di lei, ma..."

"Ma cosa?"

"È morto una settimana dopo. Ha avuto un infarto al volante. È finito contro un'auto parcheggiata. Ma la gente dice che è stato per via della moglie."

"E lei?"

"Lei è impazzita. Ha fatto la vittima, mi accusava di aver portato alla morte suo marito. Si dice che anche il figlio non volesse più saperne di lei dopo questa storia. Un giorno mi sono ritrovata le gomme bucate e il parabrezza insozzato. Ho avuto un crollo nervoso. Per questo ci siamo trasferiti qui. Vera, credo che lei abbia a che fare con la morte di Paul. Si è vendicata su di lui perché la sua famiglia è andata distrutta. E chissà cosa ha in serbo per me adesso."

"Lo hai detto alla polizia?"

"Sì, ma non mi credono. Dicono di averla già interrogata e che io vedo fantasmi. Per favore Vera, sei una giornalista, non puoi indagare su questa cosa? A te la gente racconta sempre tutto, hai un talento per tirar fuori le cose dalle persone. La patologa ti ha anche parlato dello smalto per unghie fluo, anche se non avrebbe dovuto. Devi fare qualcosa, altrimenti Finz finirà in prigione da innocente."

Vera annuì. "Va bene. Vado al Nord. Spero solo che questa pazza poi non riversi la sua aggressività su di me. Come si chiama la tua ex vicina?"

"Irene," disse Eva, "Irene Tschida."

41.
Vera incontra Irene

Gli antichi egizi avevano molta paura delle mosche. Temevano che una mosca potesse nutrirsi delle loro carni e mangiargli l'anima per poi volar via. Ancora oggi, nelle zone rurali dell'Egitto, esiste la credenza secondo cui le mosche della carne, grandi esemplari dai riflessi metallici, possano contenere l'anima di un antenato.

Il viaggio verso il Nord era stato deprimente per Vera. Era metà luglio, l'erba a bordo strada veniva tagliata e con essa tutti i meravigliosi fiori blu della cicoria che tanto amava.

Vera capì immediatamente quale fosse stata l'abitazione della famiglia Achleitner nel Seewinkel, l'unica casa di design, un blocco imponente in vetro e cemento. Verificò l'indirizzo che le aveva dato Eva. Bingo. Quella accanto doveva essere la casa di Irene Tschida. Una classica unifamiliare con abbaini e tetto spiovente. Vera attraversò il piccolo giardino anteriore e suonò il campanello.

Era nervosa. Non era nel suo stile fare irruzione nella vita degli altri. Un'amica che lavorava nella sezione cronaca di un tabloid le aveva spesso raccontato quanto fosse sgradevole intervistare i superstiti dei defunti, come preteso dal suo irascibile caporedattore.

Il marito di Irene e il suo ex amante erano morti. Era una superstite in entrambi i sensi.

Una bionda attraente aprì la porta.

"Salve, lei è Irene Tschida?" chiese Vera.

"Sì, e lei chi è?"

"Vera Horvath dell''Eco del Burgenland'."

La donna la guardò incuriosita.

"Vuole vendermi un abbonamento?"

"No, sto facendo delle ricerche sul caso di Paul Achleitner."

Bum! La donna afferrò la maniglia con l'intento di chiuderle la porta in faccia, ma Vera riuscì all'ultimo momento a mettere in mezzo il piede, come nei film. Il dolore che provò però fu molto reale.

"Aiaaa!" strillò con le lacrime agli occhi.

Irene Tschida spaventata aprì la porta. Vera fece un passo indietro e cercò di posare il piede a terra, ma non ci riuscì.

"Credo di essermelo rotto."

"Bisogna essere stupidi per mettere il piede nella porta," imprecò la donna.

Vera era del tutto instabile sulle gambe. Si chinò in avanti e appoggiò le mani sulle cosce.

"Dio mio, cosa devo fare adesso? Forza, si sieda qui sul patio e mi faccia vedere."

"È un medico?"

"No, cioè sì sono una psichiatra."

"Davvero?" Vera la guardò incredula, dimenticando per un istante persino il dolore pulsante al piede.

"Cosa c'è di strano?"

"Eva ha detto che lei è matta, invece i matti li cura."

La frase le era sfuggita di bocca, ma ebbe un effetto sorprendente.

Irene Tschida iniziò a ridere a crepapelle. "Ah, dice

così? Sì, sono stata abbastanza pazza da avere una relazione con suo marito. Ma immagino che questo lo sappia già, perché sarebbe qui se no? Aspetti un attimo, vado a prendere del ghiaccio per il piede." Scomparve in casa e tornò con un sacco gelo e un asciugamano.

Eva si tolse la sneaker. Il piede era rosso e gonfio. L'indomani sarebbe diventato verde e blu. In futuro avrebbe condotto le sue ricerche solo con le Dr. Martens.

"Mi spiace per il suo piede," disse Irene. "Ma comunque non le concederò un'intervista. Anche la polizia è venuta qui ed è già stato abbastanza penoso dover ripercorrere con loro tutto quello che è successo. È passato più di un anno. Voglio solo metterci una pietra sopra." Prese un pacchetto di Gauloises che era sul tavolo della veranda e ne tirò fuori una sigaretta battendolo sul piano. "Ne vuole una?"

"Sì, grazie," rispose Vera. Non fumava da anni, ma interpretò l'offerta come un calumet della pace. Accese la sigaretta e inalò con cautela. Aveva un sapore molto più disgustoso di quanto ricordasse. Le girò la testa istantaneamente. Dovette sforzarsi di mantenere la concentrazione.

"Non sono qui per un'intervista," spiegò. "Il cadavere di Paul Achleitner è stato trovato nel mio orto. Un amico è ora in custodia cautelare per questa cosa, ma sono convinta della sua innocenza. Pensavo che lei potesse darmi qualche informazione utile a scagionarlo."

"Paul..." sospirò Irene. "Dovunque vada, si lascia alle spalle solo dolore e caos."

A un tratto le sue labbra presero una piega amara. "Sto scrivendo un libro sulla fedeltà. Sapeva che nei sondaggi il novanta per cento dei soggetti dichiara che la fedeltà è la cosa più importante in una relazione, eppure la metà di loro tradisce prima o poi?"

Vera scosse il capo.

"E sa perché le persone tradiscono i loro partner?"

"Perché sono annoiate o infelici nelle relazioni?" ipotizzò Vera.

Irene Tschida negò.

"Questi sono stereotipi, magari corrispondono anche a verità, ma il punto è un altro." Diede un tiro alla sigaretta, inspirò profondamente e soffiò piccoli cerchi di fumo in alto, nel cielo azzurro del Nord Burgenland. "Il motivo è che sono alla ricerca di se stessi. Vivono una fase di scoperta, anzi, di riscoperta, perché hanno perso una parte di sé nel matrimonio."

Vera soppesò le parole con attenzione. "Ma vale la pena rischiare la famiglia per questo?" chiese infine.

Irene Tschida sorrise afflitta. "Si tradisce solo per un motivo: perché ci si vuole finalmente sentire di nuovo vivi. Non si vuole lasciare la persona con cui si sta assieme, ma la persona che si è diventati. Ci si chiede 'Cosa mi sto perdendo nella vita?' e 'Chi avrei potuto essere?'."

Continuò a fumare pensierosa.

Che personaggio, pensò Vera, *prima vuole cacciarmi via e cinque minuti dopo si impegna in una conversazione filosofica con me*.

"E lei si è data le risposte?" chiese.

Irene spense la sigaretta e tacque a lungo. Vera temette per un momento di essersi spinta troppo oltre con la domanda.

Irene la guardò negli occhi.

"Ho pagato un prezzo molto alto. Viviamo in una cultura in cui non esistono scusanti per l'adulterio. Basta un momento di debolezza, un attimo di disattenzione, ed è già troppo tardi. Non avrei mai pensato di poter tradire mio marito e soprattutto avrei sperato che non lo venisse a sapere attraverso delle vili e-mail anonime. Questo lo ha distrutto."

Si accese un'altra sigaretta. "Vuole?"

Vera scosse la testa. Aveva lo stomaco in disordine, ma il piede le faceva meno male. Forse alla fine non era rotto.

"Può capitare a chiunque di tradire, è venirlo a sapere che distrugge la relazione," disse Irene, fumando frenetica.

"Oppure si cerca di ricominciare, come gli Achleitner," disse Vera.

La psicoterapeuta sorrise mesta. "Le dirò un'altra cosa: gli uomini traditi cercano di ripristinare l'armonia nel rapporto. Le donne tradite in genere si infuriano con il partner. Il quaranta per cento di tutte le donne tradite vuole punirlo per ciò che ha fatto. Forse dovrebbe indagare un po' di più su Eva Achleitner se vuole aiutare il suo amico."

"Eva dice che lei le ha bucato le gomme e insozzato il parabrezza dell'auto."

"Sono assurdità," disse Irene. "Ascolti, ho preso una decisione che ha portato a conseguenze terribili, ma non sono responsabile di tutto quello che è successo, anche se alcuni lo credono e continuano la loro caccia alle streghe. Sapeva che sono stata aggredita persino al funerale?"

Una macchina parcheggiò davanti alla casa e un ragazzo imboccò il vialetto d'accesso con un gatto in gabbia. "Ciao, mamma, ti riporto Max. Lo metto dentro? La fattura del veterinario te la poso sul cassettone."

Il figlio di Irene. Evidentemente non aveva rotto i rapporti con la madre, come le aveva raccontato Eva. Vera non sapeva più a cosa credere. Non trovava Irene antipatica, sembrava intelligente, colta, riflessiva, non la donna volgare che si aspettava. Come era finita con Paul una del genere?

Un pensiero le attraversò la mente. "Paul era in terapia da lei?"

La donna la guardò sorpresa. “È strano che lo chieda proprio ora; sì, lo era, ma prima che iniziasse tra noi.”

“E per quale motivo?”

La donna esitò. “Sono vincolata al segreto professionale anche dopo la morte di un paziente, ma in ogni caso era abbastanza noto il motivo per cui era venuto da me, tutto il paese ne parlava. Era anche un problema insolito, Paul soffriva di ailurofobia. Aveva una paura irrazionale dei gatti.”

“E questo era un problema?”

Irene rise.

“Qui in campagna sì. La polizia ha prelevato la cartella clinica. Mi hanno anche chiesto se potesse essere stato un suicidio. Ma non credo. Gliel’ho già detto, punti l’attenzione sulla moglie, quella è un’acqua cheta.”

42.
Lo sciroppo

Non tutte le coccinelle hanno i puntini, alcune sono rigate.

Il meteo si era stabilizzato e Johanna finalmente poté tenere il corso promesso sul tema "Sciroppi di erbe aromatiche".

Eva era passata a prendere Vera che era senza macchina. "Ma questa non è la tua," disse Vera salendo in auto.

"No, è quella di Paul. Posso prestartela se vuoi," si offrì Eva.

"Sul serio?" esclamò Vera, passando ammirata la mano sul sedile in pelle scura, raffreddabile, oltre che riscaldabile. Non aveva mai viaggiato su una macchina così elegante.

"Certo," rispose Eva. "Devo comunque pagare l'assicurazione, quindi perché no?"

Quando le due donne arrivarono nel giardino di Johanna, il corso era già in pieno svolgimento.

"Ecco, strofinatela tra le dita e annusate."

Le partecipanti seguirono le istruzioni di Johanna. L'erba aveva le foglie pennate come il finocchietto o l'aneto, ma l'odore lasciato sulle dita non era di anice, bensì dolce, aromatico, agrumato.

"Cola," disse Mathilde, "l'erba sa di Cola."

"Esatto," sorrise Johanna. "È l'*Artemisia abrotanum*, anche chiamata pianta di Cola. Ci si può fare la coca cola biologica, ma attenzione," disse guardando Eva, "ha un effetto spastico, per cui le donne in gravidanza non dovrebbero assumerla, pena un travaglio prematuro."

Eva non stava ascoltando, lanciava una pallina di gomma a Adele, che correva a prenderla, ma ancora non la riportava. Indossava un vestitino a quadretti senza maniche su una maglietta bianca, sneaker e un cappello di paglia. *Sta ancora cercando il suo nuovo stile*, pensò Vera. Che Paul le imponesse come vestirsi?

Anche il cane indossava una bandana a quadretti e stava da dio nel giardino di Johanna, si rotolava sull'erba, inseguiva la pallina e cercava invano di afferrare le mosche.

Johanna non si lasciò distrarre dal cucciolo che le stava sempre tra i piedi e si diresse all'aiuola successiva.

Si fermò davanti a dei fiori che a Vera parvero margherite rosse.

"Qualcuno sa cos'è questa pianta?"

"Monarda scarlatta," disse Mitzi.

"Melissa d'oro," disse Mathilde.

"Ortica degli indiani," disse Grete.

"Avete tutte ragione," sentenziò Johanna. "La *Monarda didyma* ha molti nomi e molte doti, sia a livello ornamentale che come pianta aromatica e medicinale."

Vera si avvicinò. La monarda aveva davvero un aspetto esotico con quei ciuffi di fiori rossi.

"È una pianta originaria del Nord America, ma cresce facilmente anche da noi nel Sud Burgenland," spiegò Johanna. "Per fare lo sciroppo, basta staccare i fiori, che poi ricresceranno."

"E che sapore ha lo sciroppo?" chiese Mathilde.

"Sa di limone e menta," spiegò Johanna. "Il colore è fantastico, rosso acceso."

"Quanto acido citrico ci metti dentro?" chiese Mitzi.

"Neanche una goccia. L'acido citrico lo uso per decalcificare e pulire, non ha niente a che fare con i limoni. È un prodotto industriale ricavato da funghi, che attacca lo smalto dei denti. Le mie ricette contengono solo acqua, zucchero e succo di limone fresco."

"Ma senza acido citrico lo sciroppo non va a male?" chiese Eva, che evidentemente si era decisa ad ascoltare. Aveva avuto problemi di durata delle marmellate.

Johanna le rispose in tono cordiale. "Io ne faccio solo piccole quantità da consumare rapidamente. D'inverno non mi viene voglia di bere sciroppo di sambuco."

Vera annuì. Era una filosofia valida, ogni cosa a suo tempo.

Guardò Eva di sottecchi. Provava un po' di imbarazzo nei suoi confronti. Al telefono le aveva raccontato della sua conversazione con Irene ed Eva aveva reagito inaspettatamente male. "Se ti lasci influenzare da quella sgualdrina, non saremo più amiche!"

"Per favore calmati," le aveva detto Vera, "ti ho solo raccontato com'è andato l'incontro con lei, niente di più. E poi sei stata tu a mandarmici."

Sul serio non sapeva più a chi o a cosa credere. Quello che le dava più fastidio era che lei e Letta subivano le conseguenze di tutta quella faccenda. La polizia non le trattava da sospettate per mancanza di un movente, ma le persone nel villaggio sì. Occhiatacce, illazioni, voci. Una vicina di casa aveva persino cambiato marciapiede vedendo Vera avvicinarsi. Il caso andava risolto, altrimenti c'era da andarsene di nuovo da lì.

Johanna stava ora dettando al gruppo la sua ricetta base per fare uno sciroppo di erbe o fiori: "Innanzitutto far bollire un litro di acqua con un chilo di zucchero, far raffreddare a cinquantacinque gradi, poi aggiungere due manciate di erbe schiacciate con il mattarello, due limoni biologici tagliati a fette e mescolare. Lasciar riposare per tre giorni, spremere le fette di limone e versare il tutto in bottiglie sterili. Importante: non portare di nuovo a ebollizione prima di riempire le bottiglie, altrimenti il succo perderà sapore."

"Gli sciroppi più conosciuti sono quelli di fiori di sambuco, menta e melissa, ma provate anche l'olmaria, i petali di rosa, il basilico o la verbena."

"Una volta ho fatto lo sciroppo di ortica, è venuto buonissimo," disse Mathilde. "Ma si può fare solo all'inizio della primavera, quando le foglie di ortica sono ancora tenere e giovani." Johanna annuì con cognizione di causa.

"Ho preparato per voi una spuma con erbe di campo. Contiene una miscela di achillea, podagraria, edera terrestre, tarassaco, margherita, trifoglio rosso e salvia selvatica, allungata con succo di mela, acqua minerale e limone."

Andarono tutte verso un tavolo sotto il pero, su cui era pronta una brocca della bevanda rinfrescante fatta in casa. "Chi vuole può anche provare un prosecco con sciroppo di lavanda, e ho anche una mousse allo yogurt alla verbena. Per chi ha bisogno di qualcosa di salato dopo tutto questo dolce, c'è un cesto di focaccine."

Vera prese un bicchiere di spuma e una focaccina. La combinazione tra la bevanda dolce-amara e l'impasto salato e soffice era deliziosa. Anche la bisnonna faceva sempre le pogatschen, parenti della focaccia italiana, solo la pasta lievitata era farcita coi ciccioli e spolverata di sale grosso e cumino.

Vera si sdraiò sull'erba e guardò il cielo. Una coccinella locale le atterrò sul ginocchio. *Se la faccio volare ora, posso esprimere un desiderio*, pensò.

Cosa dovrei desiderare? Che questa faccenda di Paul

venga finalmente chiarita e possiamo tutti di nuovo vivere in pace qui nel Burgenland.

Allungò cauta il dito indice e lasciò che la coccinella vi si arrampicasse. L'insetto percorse tutto il dito fino all'estremità e poi spiegò le ali. Vera contò i puntini. Sette punti neri su un fondo rosso arancio. Per un secondo apparvero le ali trasparenti sotto quelle puntinate, poi la coccinella volò via.

Nello stesso istante entrarono in giardino due persone. Vera ne sentì i passi e percepì un improvviso cambio di umore nel gruppo, anche se nessuno disse una parola. Vera si alzò e si scosse alcuni fili d'erba dai jeans.

Era la polizia criminale. Marlies Murlasits e Franz Grandits si avvicinarono a passo rapido a Eva. Vera notò che nonostante il caldo Marlies indossava una giacca lunga. *È armata*, pensò, *tiene la pistola nascosta*. I due raggiunsero Eva.

"La dichiaro in arresto," le disse Franz Grandits.

43.
Mentire è umano

Nei salmoni allevati in acquacoltura sono stati riscontrati sintomi di depressione. Stando a uno studio, gran parte degli animali è stranamente pigra, rifiuta il cibo o galleggia apatica in superficie.

Mentire è umano. Noi mentiamo fino a duecento volte al giorno, già a partire dal "Buongiorno", che spesso non è così buono. E alla domanda "Come stai?", quasi nessuno vuole sentire una risposta sincera.

Da professionista degli interrogatori, Franz Grandits era abituato a essere ingannato. Nei telefilm un interrogatorio durava solo cinque minuti, ma erano già cinque ore che Grandits stava cercando di capire se Finz Kreishofer diceva la verità. Che fatica.

Le persone pensano che si possa individuare un bugiardo dal nervosismo con cui si agita sulla sedia o continua a toccarsi il volto, ma sono solo sintomi di stress, ovvio che si manifestino anche quando si mente. Mentire è un'impresa ardua, bisogna inventarsi una storia e ricordarsela con precisione assoluta, perché dopo cinque ore, un giorno o una settimana si devono dare risposte identiche, se no uno come Franz Grandits si mette a scavare finché non riesce a smascherarti.

Finz aveva difficoltà a mentire, perché non era nella sua indole.

"Ascolti, abbiamo i dati del navigatore. Lei è andato in auto dalla sua azienda a casa Achleitner nel cuore della notte, è rimasto parcheggiato lì per quarantatré minuti, poi è tornato in azienda e poi è andato a casa della signora Horvath, e solo dopo altri quaranta minuti è rientrato a Terra Inca. Voglio una spiegazione plausibile e non le cazzate che mi sta dicendo."

Finz maledisse il giorno in cui aveva sostituito il suo vecchio pick up con un modello all'avanguardia. Non aveva pensato che le auto moderne dispongono di navigatori che registrano gli spostamenti anche quando non sono utilizzati.

La versione di Finz era che aveva cercato Eva dopo un litigio. Ma più ripeteva la storia, più Franz Grandits chiedeva dettagli e lui cadeva sempre più spesso in contraddizione. Quale era stato il motivo della lite? Una questione privata? Riguardava la sua relazione con la signora Achleitner? Ieri ha dichiarato che è stata solo un'avventura, ma lei vaga di notte per tutto il circondario in cerca di una persona con cui è stato una sola volta? È sceso dall'auto arrivato a casa della signora Achleitner? Ha girato intorno alla villa? Ha suonato il campanello? No? L'ultima volta ha detto che ha suonato, ma non ha risposto nessuno. Non si ricorda più? Era agitato? Nella sua prima dichiarazione ha detto che si era rilassato davanti a Netflix, adesso sembra che fosse più agitato che altro. Ha mentito? Perché mente, signor Kreishofer, perché?

Finz era stato condotto nel carcere di Eisenstadt. Una cella singola, quindici metri quadrati, un letto, un tavolo, nessuna lampada, così non poteva impiccarsi con il cavo.

La luce si accendeva automaticamente al mattino e si spegneva di sera. I pasti venivano serviti tre volte al giorno attraverso uno sportello, il piatto di latta assomigliava a una ciotola per cani. Non c'era televisione, niente libri, niente giornali, bisognava richiederli, ma il tempo di attesa era di quattordici giorni, e Finz sperava di essere rimesso in libertà prima. Nella cella faceva un caldo torrido, la finestra a vasistas si apriva di pochissimo. Fuori i corvi beccavano il pane lanciato da altri prigionieri.

A parte gli interrogatori e l'ora d'aria quotidiana, Finz rimaneva solo con i suoi pensieri, sdraiato sul letto duro con un lenzuolo di uno strano materiale, al tatto simile a plastica, appositamente scelto perché era impossibile strapparlo e usare le strisce per impiccarsi. Il cuscino era di gommapiuma sottile come quelli delle sedie da giardino. Aveva un odore strano. Finz preferiva non pensare alle teste che ci erano state poggiate sopra.

Finz non era un tipo ansioso, ma ora aveva paura. Paura degli altri detenuti con cui scendeva ogni giorno in cortile e che lo squadravano ostili. Anche in prigione esistono delle gerarchie da scalare. Da chi bisogna girare alla larga? Chi si può guardare negli occhi? Chi cammina a testa alta? I deboli vengono sopraffatti in prigione, tormentati e bullizzati. La posizione di Finz era ancora incerta, non aveva la minima voglia di lottare per conquistarsi un posto in quella gerarchia, ma era inevitabile. Doveva restare in forma, quindi camminava dentro la cella come un animale in gabbia per ore e ore. Avanti e indietro. Faceva flessioni e saltelli, finché non era in un bagno di sudore, poi si sciacquava al lavandino.

Fare la doccia era impensabile, ce n'era solo una comune in fondo al corridoio dietro una porta di acciaio. Nessun sorvegliante. Gli altri carcerati avrebbero potuto fare di lui ciò che volevano. Meglio lasciar perdere.

La cosa peggiore era la mancanza di autonomia, l'incertezza. Non sapeva quando la sua cella veniva aperta o chiusa, non sapeva quando sarebbe stato prelevato. Non sapeva quando sarebbe stato sentito di nuovo, se gli avrebbero dato ascolto. Da tempo non sapeva più cosa passasse per la mente di Eva.

Temeva di aver commesso un errore enorme. E quando di notte sentiva le grida dei prigionieri e il tintinnare dei mazzi di chiavi dei secondini, ritornava con la mente ai colloqui avuti con la polizia. In particolare a una frase di Marlies Murlasits. L'ispettrice l'aveva guardato con compatimento e aveva detto: "Sappiamo che lei è coinvolto. Rifletta bene se non sia stato usato".

Finz osservava inorridito i detenuti in custodia da lungo tempo, uomini che sfogavano la loro frustrazione sbattendo le stoviglie di latta contro le sbarre, che parlavano con i corvi imitandone il verso, che a tratti urlavano senza motivo, soprattutto la notte. Uomini che cercavano di appiccare il fuoco alla loro cella.

Finz aveva creduto fino a quel momento al vecchio detto dei criminali: "Se dico sì rimango qui, se dico no, a casa vo", ma la speranza di essere rilasciato diminuiva di ora in ora ogni giorno, che lì dentro era lungo quanto un anno. Avevano i dati del navigatore, quindi era fritto. Gli interrogatori ripetuti e il carosello incessante dei pensieri lo stavano logorando. Non sapeva più cosa avesse detto, cosa dovesse dire, cosa dovesse pensare. Il suo avvocato era sconcertato. "Non si mette bene, se sa qualcosa me lo dica."

Gli stava diventando sempre più chiaro che la sua vita era rovinata. Che si era messo in una situazione terribile solo per la sua ingenuità e sciocca bontà d'animo. Al sesto giorno, Finz crollò. Prese il microfono dell'interfono fissato al muro.

"Che vuoi, idiota?" Chi era detenuto evidentemente perdeva ogni diritto al rispetto.

"Voglio rilasciare una confessione," disse Finz. La voce suonava così vuota che per un attimo dubitò fosse la sua. "Voglio chiedere un colloquio con il procuratore." Riattaccò. Avrebbe detto tutto. Tutto quello che era successo allora. Riandò con la mente al giorno che aveva cambiato per sempre la sua vita.

Riandò al 7 giugno. Tutto Tatzmannsdorf festeggiava la "Notte delle Mongolfiere" e Paul stava per buttarsi nella fontana. Ma Finz, ovviamente, era ignaro di tutto. Era in azienda e non credette ai suoi occhi, Eva era tornata, poche ore dopo essere uscita dal suo letto era di nuovo lì, con lui, balbettando qualcosa su del terriccio che doveva prendere per Vera. Era incerta, come chi ha trascorso una notte con qualcuno senza avere idea di che piega prenderà la cosa e si chiede se non sia meglio giocare in difesa, per proteggersi da una possibile delusione. Non aprirsi troppo o troppo presto, non risultare appiccicoso, a rischio di spaventare l'altro e rovinare tutto. Parlare in uno stato emotivo del genere può avere conseguenze fatali. Si rischia di fare la figura degli idioti, quindi è meglio tacere e baciarsi, affidarsi alle sensazioni più che ai ragionamenti.

Quando Eva si svegliò nel letto di Finz per la seconda volta in ventiquattro ore, era buio.

Si sciolse dal suo abbraccio e guardò l'orologio. "Abbiamo perso il senso del tempo," disse, "è mezzanotte passata, devo andare subito a casa."

"No, non andare via, resta qui a dormire," mormorò Finz assonnato.

"Non posso," disse Eva, ormai del tutto sveglia, "Paul aveva in programma di andare alla 'Notte delle Mongolfiere', ma se è già a casa, devo muovermi, subito."

Si alzò, raccolse gli abiti e si vestì. "Mi spiace, davvero non posso restare."

In piedi davanti al letto lo guardava impanicata. "Non hai idea di cosa è capace."

"Ehi," Finz le prese la mano e la attirò a sé, "chiamami se ci sono problemi, va bene?"

"Va bene," disse Eva.

Quando lo chiamò, erano le 2.30. "Finz, devi venire subito, è successa una cosa."

Finz impiegò quindici minuti per arrivare a casa Achleitner. Passò per il bosco, spense i fari negli ultimi cento metri, parcheggiò dietro la casa. Non voleva essere visto dai vicini. Non conosceva Eva da molto tempo, ma ne sapeva già interpretare il tono di voce. Era certo che fosse successo qualcosa di grave. La silhouette di Eva si stagliava sul patio alla luce della luna, teneva le braccia strette attorno al corpo, come a proteggersi.

"Che succede?" le chiese.

"Nel seminterrato," disse solo. "Paul è nel seminterrato, e penso che sia morto."

Entrarono in casa e scesero le scale. *Non toccare nulla*, pensò Finz. Si chiese perché gli fosse venuto in mente proprio in quel momento.

Finz non era mai stato nel piano interrato. Un centro fitness privato, molto acciaio, legno scuro, pareti a specchio, un'area relax sul retro. Una chaise longue in pelle, larga quanto un letto. Sopra c'era Paul e non aveva affatto l'aspetto rilassato.

Indossava la giacca e sotto era completamente nudo, aveva le mani legate dietro la schiena, le gambe tese e divaricate, il busto semieretto poggiato allo schienale, la testa abbandonata in avanti. Attorno al collo aveva una banda elastica da fitness a mo' di collare, sul petto la scritta "PIG" in lettere scarlatte.

Finz aveva fatto il servizio civile e lavorato in ambulanza. Si avvicinò e controllò se Paul era ancora vivo. Niente respiro, niente polso. La pelle era fredda al tatto.

Paul aveva in grembo un asciugamanino, come fosse un tovagliolo.

"Glielo ho messo sopra io... non volevo che lui... che tu..."

"Cazzo Eva, cosa hai fatto?"

"Non sono stata io. Finz, devi credermi, l'ho trovato così. Te lo giuro." Eva era un fiume di parole.

"Sono tornata a casa e ho visto con enorme sollievo che la sua macchina non c'era ancora. Ho fatto la doccia e sono andata a letto, ma non riuscivo a dormire. Così mi sono alzata, sono scesa e ho notato che la porta che va in palestra era aperta e la luce delle scale accesa. Stavo per spegnerla e richiudere, ma poi ho avuto un sesto senso e sono andata a controllare. E l'ho trovato, così come lo vedi. E poi ti ho chiamato."

"Dobbiamo avvisare la polizia, subito." Finz fece per prendere il telefono.

"No," disse Eva afferrandogli il braccio.

"Non possiamo. Finz, credo che Paul abbia bevuto l'acqua in cui avevo messo le trombe degli angeli, e prima di quello gli ho dato anche altre cose. Se gli fanno l'autopsia penseranno che sono stata io."

"Quali altre cose?"

"Bulbi di narciso, ma è già passata qualche settimana. E ho messo a mollo il suo pigiama in un decotto di aconito."

"Cosa hai fatto?"

"Se impregni il pigiama, il veleno viene assorbito attraverso la pelle. Il risultato è una lenta agonia. Ma non avrei mai voluto ucciderlo, solo indebolirlo..."

"E questa cosa qui come te la spieghi?"

"Non saprei proprio, Paul aveva dei gusti sessuali particolari." Eva arrossì, le risultava difficile parlarne con Finz. "Gli piaceva tipo giocare con le manette, roba simile. Per me era diventato troppo violento, quindi magari l'ha fatto con altre. Forse era ubriaco, sballato per via dell'acqua bevuta si è portato a casa qualcuna, ha esagerato e la cosa è degenerata. Sì, deve essere andata così."

Eva si lasciò cadere a terra in lacrime. "Non voglio andare in prigione. Che ne sarà di Carla? Per favore, che cosa devo fare?"

Finz guardò il cadavere. Più di una volta nei giorni precedenti aveva immaginato come sarebbe stato se Eva non fosse stata sposata, se fosse stata libera. Ora lo era.

Per la mente gli passò un'idea completamente folle, che però poteva funzionare. "Tu adesso sali e ti metti a letto," disse. "Prendi un sedativo e quando ti svegli domattina crederai di aver solo sognato. Penso io a tutto."

Quattro sacchi di terra, immagina di portarne quattro. Trascinare Paul su per le scale e poi all'auto era stato più difficile di quanto Finz avesse pensato. Aveva impiegato venti minuti buoni per superare i dieci gradini e sollevare il morto sul pianale del pick up.

Gli bruciavano i polmoni, grondava di sudore. Coprì il cadavere con un telo di plastica. Sapeva cosa farne. Nella sua azienda aveva un gigantesco macchinario in cui venivano triturate professionalmente le ramaglie e gli sfalci di tutto il distretto. Avrebbe nascosto il cadavere assieme al telo in cui era avvolto sotto il materiale.

Il conducente della ruspa, che iniziava il turno alle 7, non si sarebbe nemmeno accorto di cosa prendeva con la pinza. Il telo non destava sospetti, molte ramaglie venivano consegnate in teli di plastica. E quando il trituratore avrebbe poi sputato fuori trecento metri cubi di materiale da compostaggio, nemmeno quel po' di biomassa triturata sarebbe saltato all'occhio.

Già il giorno successivo i resti di Paul sarebbero finiti in un cumulo assieme a polvere di roccia, carbone vegetale e ai rami e ai tronchi grossolanamente triturati. Qualche frammento di osso non si sarebbe notato. I cumuli venivano regolarmente rivoltati, rullati, arieggiati e rimescolati. E dopo otto settimane, quando il compost sarebbe passato dentro il vaglio a tamburo, nel filtro sarebbe rimasto solo qualche osso, che sarebbe stato reinserito nel ciclo di compostaggio finché anche gli ultimi resti di Paul non fossero tornati in natura.

Il piano di Finz era semplicemente perfetto. Era fallito solo per una spiacevole circostanza: mancava il trituratore. Finz restò di sasso quando se ne accorse e gli tornò in mente che il suo socio aveva portato il macchinario in manutenzione il giorno prima.

"Merda, merda, merda!" gridò battendo le mani sul volante. Aveva promesso a Eva che l'avrebbe fatta uscire dall'incubo, ma il suo era appena iniziato.

Che fare? Si arrovellava senza sosta. Doveva sbarazzarsi del cadavere. Subito. Stava già iniziando a fare giorno. Avrebbe potuto nasconderlo in uno dei cumuli fino al ritorno del trituratore, ma la manutenzione durava di solito qualche giorno. Qualche giorno d'estate. Non voleva nemmeno pensare allo stato in cui si sarebbe trovato il corpo. Inoltre con tutti quegli operai al lavoro il rischio era troppo grande. Gli cadde l'occhio sul volantino rimasto sul sedile del passeggero: "Il Club del pollice verde". Ecco la soluzione. L'aiuola di Vera, che doveva essere assemblata nel fine settimana. La fossa era già scavata.

Avviò il motore e si diresse verso casa di Vera. Anche questa volta si avvicinò alla proprietà sul retro, a fari spenti. Per fortuna Sankt Martin era deserto e il prato dietro l'orto già falciato, così poté passarci facilmente. Escluse l'ipotesi che Vera lo sentisse, c'era il fienile di mezzo. Parcheggiò proprio accanto allo scavo per la nuova aiuola a cumulo. Con rapidità tolse i rami che lui e Vera avevano già sistemato sopra la fossa e vi gettò dentro il corpo di Paul. Prese vari sacchi di terra inca che aveva sul pick up e li rovesciò sopra il cadavere, per poi riposizionare le ramaglie che aveva spostato. Ansimava, il sudore gli colava a rivoli sulla fronte. Girò tutto attorno all'aiuola per assicurarsi che nulla del corpo di Paul fosse visibile. All'improvviso sentì un rumore. Si voltò.

Chi c'era? Lo avevano visto? Ma era solo la gallina di Vera, che lo guardava fisso oscillando da una zampa all'altra. Finz la ignorò, raccolse il telo e lo gettò sul pick up. Lo avrebbe bruciato l'indomani, insieme ai vestiti che aveva addosso e ai guanti da giardinaggio. Per fortuna aveva una piccola fornace per la produzione di carbone vegetale. Avviò il motore e tornò a casa. Aveva fatto quello che c'era da fare.

Franz Grandits lesse più volte la confessione di Finz. Si arrabbiò perché il procuratore aveva chiamato a verbalizzare un collega di Eisenstadt, anche se lui sarebbe potuto arrivare nel giro di un'ora. La solita discriminazione nei confronti dei funzionari del Sud. Ma era stato pattuito che lui e Marlies sarebbero stati presenti all'interrogatorio di Eva.

"È ridicolo che la direzione del dipartimento di polizia del Burgenland sia così a nord," disse alla sua collega mentre percorrevano la B50. "Nessuno dei distretti di Oberwart, Güssing o Jennersdorf potrebbe mai lavorare lì e fare carriera, a meno di trasferirsi, perché Eisenstadt è troppo lontana per fare avanti e indietro. E poi non ci coinvolgono nemmeno quando Kreishofer parla."

Marlies gli diede ragione. "Tu andresti a lavorare al dipartimento?" chiese.

"Certo che no," brontolò Franz Grandits, "ma è una questione di principio."

Davanti a lui tre camion arrancavano su per la salita, impensabile sorpassarli. Franz Grandits avrebbe voluto accendere la luce blu, ma sapeva cosa pensava Marlies di quel genere di comportamenti, così preferì lasciar perdere. Era frustrato.

Il suo umore non migliorò nemmeno quando arrivò a Eisenstadt e si trovò di fronte Eva Achleitner, anche lei detenuta. L'interrogatorio si rivelò un buco nell'acqua, perché per mezz'ora Eva non rispose alle domande sue e della collega. Restò muta come un pesce.

44.
Vera in cerca di testimoni

Le rondini comuni sono chiamate in tedesco "uccelli del fumo" perché secoli addietro spesso volavano attraverso l'apertura nel tetto da cui fuoriusciva anche il fumo del focolare.

"Dove c'è un nido di rondine c'è la felicità," diceva sempre la bisnonna. Per anni il nido sotto il tetto era rimasto vuoto. La popolazione di rondini nel Sud Burgenland si era drasticamente ridotta. Gli ambientalisti davano la colpa ai pesticidi, ma poi erano riapparse alcune coppie di volatili.

Una di queste aveva scoperto il nido abbandonato, fatto di fango e paglia, sotto il cornicione nel cortile della bisnonna e lo aveva restaurato e occupato. Presto la femmina depose le uova e il maschio provvide a nutrirla durante la cova. Poi nacquero i piccoli e da quel momento entrambi i genitori si presero cura della prole, portando senza posa insetti per sfamare i becchi costantemente spalancati. Le rondini si riproducono due o tre volte in estate, prima di volare in Africa per l'inverno.

Quel pomeriggio, di ritorno a casa Vera fu testimone di un evento speciale, l'avvio della scuola di volo. I genitori insegnavano ai piccoli a volare, volteggiando per il cortile e incoraggiandoli a imitarli con richiami melodiosi. I più timorosi venivano attirati con il cibo e spronati dai fratelli, finché tutta la schiera non volava tracciando instancabile cerchi in aria, a ritmo sempre più veloce.

Vera si chiedeva che idea avesse della fedeltà quella sua coppia di rondini. Aveva letto di una biologa americana che aveva scoperto che le femmine di rondine nutrono aspettative incredibilmente alte nei confronti dei loro partner. Prima di ogni stagione riproduttiva le femmine sottopongono i loro compagni a un riesame e se un maschio nuovo dimostra migliori qualità vanno con lui. Le femmine di rondine valutano quindi attentamente il mercato e per loro il gioco delle coppie sembra non finire mai.

Quel giorno Vera aveva il compito sgradevole di portare Carla e il cane dalla madre di Eva a Eisenstadt. "La polizia ha delle domande da fare a tua mamma e finché le cose non si sono chiarite è meglio che tu stia dalla nonna." Non aveva detto altro e, sorprendentemente, Carla non aveva chiesto nulla. Limitandosi ad annuire si era messa le cuffie e si era immersa nel suo mondo. Era una ragazza estremamente introversa. Vera non avrebbe saputo comunque cosa dire. Come spieghi a una figlia che ha appena perso il padre che la madre è sospettata di omicidio?

La madre sembrava una versione più anziana. Aveva la stessa figura minuta, gli stessi occhi azzurri, solo i capelli non erano neri, ma grigi. Abbracciò Carla e poi scrutò Vera. "Eva mi ha parlato di lei. Sono contenta che mia figlia abbia trovato degli amici al Sud, non ha avuto vita facile con Paul."

Vera annuì.

"Lei è giornalista, vero? Deva aiutarla. La aiuti a far emergere la verità."

Vera tornò a Sankt Martin pensierosa. Come avrebbe potuto aiutare Eva?

Non era poliziotta, né detective. Ma poi le venne in mente cosa poteva fare: poteva scrivere.

La "saga di Paul Achleitner" era ormai una rubrica fissa sull'"Eco del Burgenland". "Ci sono novità nel caso?" le chiedeva quasi ogni giorno il direttore.

"Pensavo di scrivere un articolo sulla moglie, dal mio personalissimo punto di vista," gli disse Vera. "Con la polizia non parla, ma con me ha parlato prima dell'arresto, mi ha detto persino che il marito si era incontrato con un'altra donna la sera precedente alla sua morte."

"Fantastico," disse entusiasta il direttore, "se c'è qualcosa di vero, sarà il pezzo forte del numero."

L'articolo però metteva Vera in forte difficoltà, perché per aiutare Eva e attirarle le simpatie del pubblico doveva rivelare aspetti privati della sua amica, ma al contempo non voleva tradire la fiducia che aveva riposto in lei facendole quelle confidenze. Decise di scrivere l'articolo dal suo personale punto di vista. Scrisse di come aveva conosciuto Eva e si fosse pian piano avvicinata a lei. Di come il suo hobby, il giardinaggio, l'avesse aiutata, da forestiera, a integrarsi. Sul finale ebbe qualche perplessità. Se avesse scritto ora della chiamata partita a Paul e del sospetto di Eva circa una relazione extraconiugale del marito sarebbe scaduta nel giornalismo scandalistico. Non voleva fare questo a Carla. Così descrisse quel presunto incontro in modo intenzionalmente neutro. Paul era stato fuori con una donna la sera prima della sua scomparsa. Questa testimone era ora ricercata urgentemente, poiché poteva fornire importanti indicazioni per risolvere il caso.

Ma Vera non aveva fatto i conti con il suo capo. Infatti, quest'ultimo cambiò spudoratamente il titolo da *Caso Achleitner: si cerca una testimone* in *Assassina o amante?*

Chi è la donna misteriosa? e sotto inserì naturalmente foto eloquenti di Eva e Paul e uno screenshot di Paul legato nel seminterrato. In modo che tutti sapessero subito che si trattava ancora una volta dell'architetto impazzito.

Già pregustava l'impennata nelle vendite, le copie sarebbero andate via come il pane. Avrebbe pubblicato subito l'articolo anche online, chiedendo di condividerlo il più possibile per arrivare a informazioni utili al caso. Si strofinò le mani. Era un genio. Ecco come si generano i clic.

Herbert, alias Ernia del disco, parcheggiò il suo taxi davanti al supermercato all'aeroporto di Vienna-Schwechat. Parcheggiava sempre lì quando il volo del cliente era in ritardo e c'era da aspettare. Tirò fuori il telefono e si mise a navigare sui social.

Da quando lui e Herbert, alias Gomito del tennista, andavano regolarmente alle terme a Bad Tatzmannsdorf, ricevevano i notiziari della zona.

Assassina o amante? Chi è la donna misteriosa?, lesse Herbert. Scorse verso il basso per leggere tutto. "Non è possibile!" Dovette subito chiamare il suo amico.

"Pronto, Gelateria Italiana."

"Herbert, sono io, Herbert!"

"È una cosa urgente? Sono presissimo, con questo caldo tutti vogliono il gelato."

"Sì, penso che ti interesserà."

"Dai non girarci intorno, che succede? Scusi, signorina, un momento, per favore," disse rivolgendosi in italiano alla cliente.

"Ti ricordi la Vicky, quella sera al caffè danzante delle terme?"

"Sì, certo... ma possiamo parlarne un'altra volta... sì, arrivo... un momento, torno subito."

"Be', a un certo punto ha mandato un messaggio e una foto a un tizio."

"Sì, mi ricordo... ma Herbert, non posso davvero adesso."

"Niente ma. Il tizio è morto, *finito*. E c'è anche una foto. Tutto fa pensare a un omicidio passionale."

Ora aveva l'attenzione completa del suo amico.

"Il giornale vuole sapere chi era la donna con cui si è incontrato la sera prima della sua morte, e noi due lo sappiamo. Era la Vicky."

"Oida! Sei pazzo," esclamò Herbert, "roba pesante."

***

Vera era seduta di fronte ai due uomini che l'avevano invitata a un incontro confidenziale in una stazione di servizio del Burgenland centrale.

Era arrivata con l'auto di Paul. In realtà, non avrebbe dovuto usarla, faceva parte dell'eredità Achleitner, ma poiché l'auto non aveva alcun ruolo nel caso la polizia non se ne era interessata. Fino a quel momento nessuno le aveva chiesto nulla e comunque non sarebbe potuta arrivare in altro modo alla stazione di servizio, l'autobus che percorreva quella tratta non avrebbe certo fatto una fermata straordinaria per lei.

La stazione di servizio era affollata. Decine di uomini erano seduti nella piccola caffetteria, a bere e a fumare. *Anche questa è una consuetudine del Burgenland*, pensò Vera, *che le persone si vedano alla stazione di servizio per sbronzarsi*. Alla faccia del codice della strada.

Riconobbe subito i due presunti testimoni, erano gli unici a bere tè freddo seduti in disparte.

I due Herbert non vollero rivelare le loro identità complete, ma spiegarono che vivevano entrambi a

Vienna e andavano regolarmente in cura termale a Bad Tatzmannsdorf. Sembravano molto intimi. Vera aveva a che fare con molti stilisti, fotografi e truccatori omosessuali nel mondo dei media, e sospettò subito che i due fossero una coppia. "La sua borsa è incantevole, adoro Jérôme Dreyfuss," disse entusiasta il piccoletto con i baffi.

"Lavora nella moda?" chiese Vera.

Herbert tossì: "No, lavoro nel noleggio auto, ma ho la passione della moda". Tolse un pelucco dalla camicia del suo amico. Una bella camicia e anche un bell'uomo, corti riccioli neri brizzolati sulle tempie.

"Allora, siete stati a Bad Tatzmannsdorf all'inizio di giugno?" esordì Vera.

"Sì," rispose in italiano Herbert, il gelataio, ancora in modalità lavorativa.

Il tassista gli diede di gomito e lui si corresse passando al tedesco. "Esatto."

"Abbiamo conosciuto Vicky alla fontana delle terme. L'acqua fa così bene nonostante il sapore orribile, ci deve essere dentro dello zolfo," disse il tassista.

"No, quella con lo zolfo è a Baden, Herbert. Credo che l'acqua di Bad Tatzmannsdorf contenga magnesio."

"Ma è la stessa fonte termale. Se a Baden l'acqua è sulfurea deve esserlo anche a Bad Tatzmannsdorf."

"Non necessariamente, perché lì gli strati di roccia sono molto diversi, Herbert."

Non mi sbagliavo, pensò Vera. *I due battibeccano proprio come una vecchia coppia di sposi.*

"Allora, torniamo a Vicky?" chiese.

"Nemmeno a Vicky piaceva l'acqua, così le abbiamo proposto di bere una cosa assieme la sera, al caffè danzante, lì ci si diverte sempre," spiegò lo pseudoitaliano.

"Vicky non era mai stata in cura termale a Bad Tatzmannsdorf," aggiunse l'amico. "Così abbiamo pensato di prenderla sotto la nostra ala per un po', perché da soli è davvero noioso alle terme, Vicky non conosceva nessuno."

"Cioè, pensavamo che non conoscesse nessuno," aggiunse il primo Herbert.

"Ma mentre eravamo con lei al caffè le sono arrivati dei messaggi sul cellulare, che era posato sul tavolo, da parte di un certo Uomo dei sogni. Diceva che voleva rivederla e poi qualcosa sulla fine dell'era glaciale e che si sarebbe tenuto i vestiti addosso."

"E poi le abbiamo preso il telefono e abbiamo guardato la foto del tipo. Ed era il morto del suo articolo."

"Ne siete certi?" chiese Vera.

"Certissimi!" esclamò uno degli Herbert.

"Al cento per cento!" confermò l'altro. "Naturalmente abbiamo chiesto a Vicky chi fosse, ma lei ha fatto la misteriosa. E poi non l'abbiamo più vista. È andata via senza salutarci."

Sembrava un po' offeso. "È strano, vero? È scomparsa anche se avrebbe dovuto fare la visita finale il lunedì. E il servizio sanitario non gradisce se la salti. Dovrà sicuramente pagare una penale. Chissà se le passeranno ancora le cure termali."

"Avete qualche informazione su di lei, cognome, indirizzo, numero di telefono?" chiese Vera eccitata.

I due Herbert scossero la testa.

"Com'era fisicamente?" domandò Vera.

"Molto carina, trentacinque-quaranta anni, un fisico mozzafiato," disse l'Herbert appassionato di moda con i baffi. "Capelli mossi sulle spalle, niente permanente, riccioli naturali, solo il colore non era il suo, ma un bel lavoro, balayage, costa caro." Strofinò il dito medio della mano destra contro il pollice, per sottolineare quanto fosse costoso il procedimento di colorazione.

"Balai cosa?" chiese Vera.

"Balayage, è una tecnica di colorazione a mano libera per schiariture naturali," spiegò il gelataio. "Così i capelli sembrano baciati dal sole. Bella bionda." Le espressioni in italiano gli uscivano involontariamente dalle labbra come le parolacce a chi è afflitto dalla sindrome di Tourette. Eppure Herbert era viennese doc.

"E aveva uno smalto fantastico. Le unghie erano ricostruite col gel ma verniciate rosso fluo con il nuovo smalto di Chanel a edizione limitata," aggiunse l'altro Herbert.

"Smalto rosso fluo," Vera fu improvvisamente elettrizzata. "Ma che significa a edizione limitata?" "Davvero non lo sa? Le case di moda come Chanel presentano ogni stagione una collezione trucco rigorosamente limitata, per creare un look di tendenza," spiegò l'Herbert pseudoitaliano.

"E il look attuale di Chanel è stato scelto dalla gatta di Karl Lagerfeld, Choupette," si affrettò ad aggiungere il piccoletto. "Karl Lagerfeld era lo stilista di Chanel. Ora non è più tra noi, Dio lo abbia in gloria, ma Choupette ha ereditato tutto. Ha due cameriere, il suo iPad personale e mangia su piatti firmati Goyard. A Natale le viene servito caviale."

Vera rimase senza parole.

"Choupette è il gatto più ricco del mondo, ma non solo perché ha ereditato da Karl Lagerfeld. È una gatta moderna, emancipata. Ha una carriera tutta sua. Ha guadagnato oltre tre milioni di euro come modella," aggiunse Herbert. "Adora fare pubblicità alle auto. Ti ricordi la campagna con Laetitia Casta?" disse guardando il suo partner con gli occhi sognanti.

"In ogni caso, Choupette ha lanciato una sua collezione make up nel 2014, e di recente le è stato permesso di scegliere i colori dell'ultima collezione Cruise. Questo è il look che si indossa quando si va in crociera."

"E come fa un gatto a scegliere il trucco per una crociera?" chiese Vera perplessa.

"Si capisce dall'espressione," disse serio l'Herbert coi baffi. "Se una cosa non le piace fa una smorfia, hai presente il grumpy cat?"

Cercò di imitare la gatta "imbronciata" andata virale sui social. Il suo amico scoppiò in una fragorosa risata. Le persone al tavolo accanto interruppero la conversazione e lo guardarono curiose.

Vera era sbalordita. *Ma in che mondo viviamo*, pensò.

"In ogni caso, Vicky aveva lo smalto della collezione Choupette sulle unghie," proseguì Herbert. "Un colore da sogno. Un rosso molto acceso, tipo pesce rosso."

"Probabilmente per quello è piaciuto tanto a Choupette," aggiunse il suo amico. "Lo smalto si chiama 'Koi', dalla carpa koi che sembra un pesce rosso mutante. E la collezione è TOTALMENTE limitata. In Austria di quel colore ce ne saranno stati forse dieci pezzi e sono andati esauriti in un attimo. Vedrai, tra qualche settimana li venderanno su eBay a mille euro."

Vera prese diligentemente appunti. I due Herbert non avevano accettato che registrasse la conversazione, ma andava bene anche così. Aveva in mano una pista. Eva non si era inventata niente, Paul si era davvero incontrato con una donna. Una donna che portava uno smalto rosso fluo, lo stesso con cui era stato imbrattato il petto di Paul.

***

"Questa è la più grande stupidaggine che abbia mai sentito!" sbottò Franz Grandits al telefono. "Mi vuol far credere che due gay in cura termale che hanno preteso l'anonimato le hanno suggerito che Paul Achleitner potrebbe essere stato ucciso da una donna di nome Vicky, che indossa uno smalto per unghie color pesce rosso, scelto da un gatto?"

Vera si morse le labbra. Riassunta in quel modo, la sua teoria risultava effettivamente assurda.

"È uno smalto particolarissimo! Ne esistono pochi pezzi in Austria."

Vera cercava di guadagnare terreno.

"Signora Horvath, il nostro laboratorio ha analizzato lo smalto per unghie. Seguiamo quella traccia già da tempo. E sa cosa?"

No, Vera non sapeva.

"Tutti questi smalti sono uguali. Non fa differenza se compri quello economico al supermercato o quello costoso in profumeria. Se le donne lo sapessero non butterebbero tanti soldi dalla finestra. Anche i colori sono uguali. Ci sono almeno una dozzina di aziende che propongono questo rosso. Una dozzina! Li trovi in qualsiasi profumeria."

"Ma questo fa parte del look Cruise di Chanel!"

Franz Grandits aveva già riagganciato.

"I giornalisti locali sono una piaga," si lamentò l'ispettore. "Tirano fuori le storie più assurde solo per poterci citare e scrivere l'ennesima idiozia."

"Non sarebbe comunque il caso di verificare se all'inizio di giugno c'era una certa Vicky in cura termale?" chiese Marlies, dopo aver ascoltato tutta la storia.

"Se proprio vuoi," disse Franz Grandits, "ma posso dirti già ora cosa ne verrà fuori: niente. Quei testimoni anonimi erano solo dei mitomani. Sai quanti coglioni ci sono capaci di tutto pur di avere una foto sul giornale locale?"

L'analisi dei dati degli ospiti dello stabilimento termale sembrò dargli ragione. Nel fine settimana della "Notte delle Mongolfiere" erano state in cura donne di nome Veronika e Vanessa, una Valerie e una Valburga. Ma nessuna Viktoria o Vicky.

45.
I trenta giorni delle donne

La crescita dei palchi nel cervo è regolata dall'ormone sessuale maschile testosterone.

"Gli antichi germani credevano che nelle donne fossero insite sacralità e capacità di visione, per questo rispettavano il loro consiglio e davano loro ascolto," disse Johanna con voce chiara e profonda aprendo così la riunione del "Club del pollice verde".

Vera sorrise incantata. Amava ascoltare le storie dei tempi antichi.

"Oggi è il 15 agosto," proseguì Johanna, "e i prossimi trenta giorni sono un periodo molto speciale, soprattutto per noi donne. Le erbe medicinali hanno in questo arco di tempo il massimo potere curativo. Li chiamano 'i trenta giorni delle donne' perché la conoscenza delle erbe è tradizionalmente considerata un'arte femminile, coltivata e tramandata dalle donne, che a tal proposito vantavano un talento particolare, un'intuizione."

"Stregoneria," disse Mathilde.

"Sì, stregoneria con le erbe," confermò Johanna. "Potremmo dire così. Le erbe un tempo venivano usate non solo per scopi curativi, ma anche per rituali magici e alcune di esse erano considerate piante protettive o magiche.

In epoca precristiana le donne e i bambini andavano per i prati a metà estate a raccogliere ceste di erbe. Soprattutto le ostetriche e le guaritrici facevano provvista per l'inverno. Esistevano anche particolari rituali da osservare durante la raccolta."

Johanna continuò a leggere dagli appunti.

"L'usanza di raccogliere mazzetti di erbe e consacrarli agli dèi risale al 'Lugnasad', la festa celtica della luce, celebrata tra la metà di luglio e la metà di agosto. Il dio della luce Lug e la dea della terra festeggiavano le loro nozze e tutti gli esseri umani erano invitati a partecipare. Era una festa del fuoco, in cui si mangiava, si beveva e si ballava. Una parte importante della festa era la legatura dei mazzetti di erbe, che venivano consacrati con una preghiera di benedizione. Con il cristianesimo la benedizione delle erbe fu affidata alla Madonna – da allora si celebra questo rito il 15 agosto, il giorno dell'Assunzione di Maria. La leggenda narra che nel terzo giorno dopo la sepoltura di Maria gli apostoli visitarono la sua tomba e non trovarono il corpo. Al suo posto c'erano rose, gigli ed erbe medicinali."

Ascoltando il racconto di Johanna, Vera non poté fare a meno di pensare a Paul e all'aiuola a cumulo dell'orto. Quella storia non l'avrebbe più abbandonata.

"Noi portiamo sempre un mazzetto di erbe a benedire in chiesa per l'Assunzione di Maria," disse Mitzi. "Per l'angolo del Signore."

Raccontò del suo angolo del Signore, un armadietto sopra la panca della cucina, dove conservava il crocifisso, il suo rosario e la Bibbia. Dentro c'erano anche il ramo di palma benedetto e le immaginette dei defunti distribuite durante i funerali.

"Un mazzetto di erbe nell'angolo del Signore ha lo scopo di proteggere la casa e i campi da malattie, catastrofi naturali e forze maligne," spiegò Johanna. "I mazzetti non si gettano via, si bruciano in inverno come incenso, specialmente durante le dodici notti tra Natale e l'Epifania."

"Di quali erbe è composto il mazzetto?" chiese Vera.

"La più importante è il verbasco," spiegò Johanna, "che veniva chiamato anche 'pianta dei demoni'. Si credeva che proteggesse dal malocchio. Poi ci sono l'artemisia, la valeriana, l'arnica, l'iperico, l'erba cipollina, la calendula. A seconda delle tradizioni e delle regioni, varia il numero. Esistono mazzi di sette, nove, dodici o persino trentatré, settantasetta e novantanove erbe. Qui entra in gioco la magia dei numeri. Un numero specifico di erbe nel mazzetto dovrebbe potenziarne l'effetto."

Johanna si schiarì la voce, si sistemò gli occhiali da lettura e proseguì con la sua esposizione. "Le erbe medicinali sono collegate ai rituali fin dai tempi più remoti. I nostri antenati avevano un legame molto più forte di noi con la natura e con le piante. Alcuni rituali, secondo la loro credenza, potenziavano l'effetto delle erbe, ma erano anche una manifestazione di rispetto, reverenza e gratitudine, perciò nel raccogliere le piante venivano pronunciate invocazioni e preghiere. E le radici non si dovevano mai dissotterrare con utensili di ferro, si usavano invece attrezzi sacri, come corna di cervo o forchette di legno di tiglio."

"Quando tuonava, mia nonna gettava sempre erbe secche sulla piastra calda del fornello e diceva: 'Iperico e aneto, fate tacere il tuono'."

"Sì, iperico e aneto sono piante che proteggono dai temporali. Oggi, in molte località, si combinano erbe selvatiche e piante da giardino per il mazzetto: un verbasco al centro, una rosa per la Madonna, spighe di grano come ringraziamento per il nostro pane quotidiano. Io aggiungo anche l'alchemilla, il fiordaliso, il timo selvatico e la cicoria e poi appendo il mazzetto sotto il portico."

"Isabella vi ha preparato una lista di varie piante, del loro simbolismo e delle loro proprietà," proseguì Johanna.

L'educatrice erboristica distribuì dei fogli. Vera sapeva ormai cosa implicasse quella professione: le educatrici erboristiche si occupavano di piante alimentari e medicinali autoctone e del loro utilizzo, e a questo fine dovevano frequentare un corso di formazione.

Le donne con le liste in mano si aggiravano per il giardino di Johanna. Avevano il permesso di raccogliere a piacere piante adatte al loro mazzetto di erbe.

Solo Vera non era completamente concentrata.

Mathilde le diede di gomito: "Ehi, dove sei con la testa?". Quel giorno indossava un abito a pois celeste e si era fatta la banana, in perfetto stile rockabilly. Di sicuro aveva usato mezzo flacone di lacca per capelli.

"Sinceramente sto pensando a Eva in questo momento," rispose Vera.

"È ancora... a Eisenstadt?" Mathilde evitò deliberatamente la parola "prigione".

"Sì. Ma non credo proprio che sia stata lei. Vorrei davvero poterla aiutare."

Vera raccontò a Mathilde, in poche parole, delle sue indagini e della reazione della polizia locale.

"Una coppia gay in cura termale e il gatto di Karl Lagerfeld che sceglie gli smalti. Suona strano davvero," si stupì Mathilde.

"Io sono comunque convinta che i due Herbert non se la siano inventata, quella donna esiste. Me lo dice il mio intuito femminile," disse Vera,

"Il tuo intuito da strega erborista," rise Mathilde.

"Allora, se questa donna esiste, la troveremo. Com'era di nuovo? Puoi darmi una descrizione?"

"Capelli biondi lunghi, trentacinque-quaranta anni, attraente, smalto color pesce rosso," rispose Vera.

"Allora basta perlustrare tutti gli hotel e le pensioni di Bad Tatzmannsdorf. Se non era un fantasma, qualcuno deve averla vista."

"Ci ho già provato, ma gli hotel si sono tutti rifiutati di darmi informazioni per questioni di privacy," sospirò Vera.

"Perché non sei di qui," disse Mathilde, mettendosi poi la mano sulla bocca. "No, scusa, ovviamente sei di qui, ma sei stata via troppo a lungo. Regola più importante nel Sud Burgenland: puoi ottenere tutto, devi solo conoscere qualcuno che conosca qualcuno."

"Non credo che questa regola valga solo nel Sud," disse Vera un po' irritata. Il fatto che Mathilde non la considerasse del posto la infastidiva.

"Sì, ma molte persone qui sono piuttosto ansiose e remissive. Hanno un sacro rispetto per le autorità, timore di infrangere qualche regola, di fare qualcosa di sbagliato. È colpa della storia. I burgenlandesi del Sud si sono dovuti costantemente piegare ai dominatori stranieri. Non hanno la fierezza dei tirolesi, ma se a chiedere è qualcuno di cui si fidano ti aiuteranno, vedrai."

Vera sapeva che lo chef di Mathilde era un tirolese, ma non amava gli stereotipi.

Guardò Mathilde dubbiosa.

"Fidati, farò leva sulle mie relazioni. Una giovane bionda e bella in cura termale non passa inosservata a Bad Tatzmannsdorf, credi a me," la incoraggiò Mathilde.

46.
Vera al cimitero

I pulcini sono in grado di comunicare tra loro pigolando da quando sono ancora nell'uovo – per questo la schiusa avviene per lo più in contemporanea.

Vera era seduta sotto il portico a lavorare sul suo laptop. Queen Latifah era nel suo nido improvvisato in una vecchia cassetta di mele nel fienile a covare undici uova. Undici!!! Era potuto accadere solo perché lei e Letta, tutte prese dai cavalli, avevano dimenticato di raccogliere le uova. Vera tremava al pensiero della quantità di polli che la attendeva. Anche se il periodo ideale per covare era la primavera, Queen Latifah aveva deciso di farlo in piena estate.

Letta era naturalmente entusiasta e aveva subito costruito attorno alla cassetta di mele una piccola recinzione di legno e rete metallica a prova di faine e topi, con dentro cibo e acqua a disposizione. Fino a quel momento, però, Vera non aveva visto la gallina avvicinarsi alle ciotole.

Letta la faceva bere versandole sul becco l'acqua a gocce e ogni tre giorni la toglieva dal nido per farle fare i bisogni. In quei momenti fortunatamente la gallina becchettava anche qualche chicco di granturco prima di riprendere la cova.

"Sei sicura che ci siano davvero dei pulcini dentro?" chiese la madre di Vera, dubbiosa. "Certe galline covano fino alla morte se le uova non si schiudono."

"Ha avuto atteggiamenti molto intimi con il gallo dei vicini," sottolineò Vera.

"Speriamo che Carla sia tornata quando le uova si schiuderanno," disse Letta.

"Speriamo," sospirò Vera. Non aveva fatto progressi nelle sue indagini personali. La polizia pareva convinta che Eva e Finz fossero coinvolti, ma Vera non poteva e non voleva crederci.

"Vieni con me? Faccio un salto ad Apetlon. Devo andare al cimitero, potresti portarmi tu con la bella auto della tua amica." Hilda Horvath era diretta come sempre.

"Cosa ci vai a fare al cimitero ad Apetlon?" chiese Vera. "È su al Nord, nessuno della nostra famiglia è sepolto lì, no?"

"Tu non ti preoccupare," rispose vaga Hilda. "Poi ti invito a cena. Vieni con me, in macchina da sola mi annoio."

Vera esitò, ma poi pensò che le avrebbe fatto bene distrarsi. Il piccolo cimitero di Apetlon era noto in tutto il Burgenland soprattutto perché ospitava trenta gufi, ma quel pomeriggio non ce n'era nemmeno uno in vista. Peccato, altrimenti avrebbe assistito a una scena assurda.

Hilda si guardò attorno varie volte in tutte le direzioni, e quando ebbe via libera, tirò fuori un mazzo di rose rosse da una grande busta di carta e lo depose sulla tomba di un uomo, che stando alla lapide era morto di recente in tarda età.

Vera ne fu così sorpresa che prese a balbettare, tanto veloci si affastellavano i pensieri.

"Mamma, ma che significa? Chi è? C'era qualcosa tra

voi? Perché metti delle rose sulla sua tomba? Stavate insieme?"

Hilda sorrise maliziosa. "Neanche per sogno. L'uomo non mi interessa, ma non sopporto la sua vedova. Voglio farla arrabbiare. È sempre stata una donna gelosa. Diventerà pazza quando troverà le rose."

"Ma non si fa!" esclamò Vera intransigente.

"Tu non sai niente," rispose Hilda. "Erano i miei vicini quando andavi sempre in Brasile. Sai, quelli della casa di fronte, dove ora vive l'esperta di fiori di Bach con il marito scansafatiche. Be', la vicina di prima era un inferno, non puoi immaginare quello che mi ha fatto passare e tutto solo perché avevo piantato un albero di Natale vero in giardino. Ha dato di matto. Diceva che l'albero avrebbe gettato ombra nel suo giardino, che dovevo levarlo. Mi hanno denunciato al comune per un albero di Natale e, dato che non ha portato a niente, quella stupida ha sparso del sale antighiaccio attorno all'albero e ha infilato dei chiodi nel tronco. Allora ho messo un cartello davanti a casa sua con su scritto: 'Qui abita un'assassina di alberi!' in modo che tutto il paese sapesse che razza di persona era. E da allora è stata guerra, finché suo marito non è andato in pensione e si sono finalmente trasferiti. Ma non è finita, adesso la cretina mi attacca su internet. L'ho già bloccata tre volte, ma continua a scrivere commenti stupidi sotto i miei post. Non puoi immaginare cosa scrive. Queste vecchie rimbambite non dovrebbero nemmeno avere internet. Per internet devi essere a posto con la testa, devi informarti, proprio come faccio io," disse Hilda. "Mamma, togli quei fiori da lì," disse Vera.

"Certo che no!" rispose Hilda Horvath, scuotendo testardamente la testa e alzando il mento con orgoglio.

"Non voglio essere complice nelle tue assurde ripicche," insistette Vera.

"Allora non guardare, vatti a fare un giro. Voglio scrivere ancora un biglietto da mettere accanto alle rose. Hai dietro un rossetto?"

Vera scosse la testa, ma non riuscì a trattenere un sorriso. Sua mamma era proprio simpatica. Ma meglio non farsela nemica. "Ti aspetto in macchina," disse.

Si avviò lentamente verso il parcheggio. Passando tra le file di tombe leggeva distrattamente i nomi e le iscrizioni sulle lapidi. Una in particolare la colpì.

"Non coprire il mio petto di lacrime e sospiri. Non addolorarti per la mia dipartita, chiudi gli occhi invece, e mi vedrai tra voi, ora e sempre."

Il morto lì sepolto si chiamava Hans Tschida. Tschida, come Irene, l'ex amante di Paul. All'improvviso Vera si animò. E se fosse stato quello suo marito? Tschida era un cognome molto comune nel Burgenland settentrionale, ma le date di nascita e di morte erano compatibili.

"Ecco fatto," disse la voce di Hilda, strappandola dai suoi pensieri. "Ora possiamo anche andare a mangiare. Ad Apetlon c'è 'La locanda dell'operaio', cucinano bene. Ho già una fame!"

Il locale doveva il nome alla consuetudine degli operai degli anni venti e trenta del secolo scorso di ritrovarsi lì a bere un bicchiere dopo aver ricevuto il salario.

La vendetta evidentemente metteva appetito. Hilda ordinò un cordon bleu con formaggio di montagna, prosciutto crudo e peperoni al forno.

Vera optò per la zuppa di pesce all'ungherese con abbondante pesce e interiora, doppia paprika e un po' di pasta grattugiata che dava alla zuppa una piacevole consistenza.

Il cordon bleu era enorme. Hilda non riuscì a finirlo, così chiese al cameriere con un sorriso se aveva un po' di "argento dei pensionati". L'uomo le portò un foglio di alluminio per avvolgere gli avanzi e iniziò a parlare con lei delle specialità della cucina locale.

Vera colse l'occasione per porre la domanda che aveva sulla lingua da un po'. "Siete per caso parenti di una certa Irene Tschida, che ha perso il marito in un incidente d'auto l'anno scorso? Siamo appena state al cimitero... Ahi!" Hilda le aveva pestato il piede sotto il tavolo e la guardava con occhi severi.

Ovviamente non era affatto contenta che Vera avesse spiattellato che venivano dal cimitero.

Il cameriere, per fortuna, parve non aver registrato. Si grattò il mento pensieroso. "Be', noi Tschida siamo tutti più o meno parenti. Ma non sono direttamente imparentato con Irene Tschida. La conosco perché suo marito Hans è sepolto qui in paese e lei ha tenuto il rinfresco funebre da noi."

Vera esultò: bingo! Che coincidenza. Si ricordò quello che le aveva raccontato Irene Tschida.

"Irene mi ha detto che al rinfresco è successa una cosa imbarazzante," disse Vera sforzandosi di essere disinvolta. Sapeva che un buon oste non avrebbe mai spettegolato sui suoi clienti, quindi doveva fingere di essere già informata.

"Il dolore fa strani scherzi alle persone," tagliò corto l'uomo. "Irene non dovrebbe prendersela troppo per le accuse della cognata, è stato un incidente." E se ne andò.

"Vado al bagno," disse Hilda. Quando tornò dieci minuti dopo, aveva l'aria ancora più soddisfatta. "Tutto bene?" chiese Vera. "Sei stata via un sacco."

"Certo che sto bene," rispose decisa Hilda. "Dai, puoi anche pagare e torniamo a casa."

Meno male che ero invitata, pensò Vera.

Hilda spinse Vera verso il parcheggio, salì sulla macchina di Paul, si allacciò la cintura di sicurezza, posò sul cruscotto il pacchetto di alluminio con dentro il cordon bleu avanzato e inforcò gli occhiali da sole.

"Dovresti assumermi per le tue ricerche," disse. "La cognata si chiama Stephanie, fa la parrucchiera e ha buttato un Almdudler in faccia a Irene durante il rinfresco funebre perché se la faceva col marito della tua Eva."

"E lo hai scoperto in bagno?" Vera era incredula.

"Ma certo che no. Sono andata sul retro, dove le lavapiatti ungheresi vanno a fumare. Io parlo ungherese. E anche russo. Tutti nel Burgenland hanno dovuto impararlo dopo la guerra, con l'occupazione russa. Avresti potuto imparare anche tu un po' di ungherese a scuola. Per amore della tua bisnonna. Era ungherese, che Dio l'abbia in gloria. Ma no, hai voluto fare portoghese e si sa dove ti ha portato. Con quel brasiliano. E la povera Letta, senza padre. Sarebbe stato meglio un ungherese, almeno avrei potuto andare da lui e dirgliene quattro. Perché io in aereo non ci salgo mica, ti becchi tante di quelle radiazioni, come a fare una lastra. Ti viene il cancro se voli tanto."

"Mamma, puoi tornare al punto per favore?"

"Ringrazia prima la tua investigatrice e ammetti che l'ungherese è una lingua importante e che è stato un errore non impararla."

"Grazie, mamma. Ho sbagliato a non fare ungherese."

Hilda si mise a fischiettare tutta allegra.

"E poi?" insistette Vera.

"Nient'altro," disse Hilda. "È tutto quello che ho scoperto. Non ho chiesto altro. Non si devono mettere le persone sotto pressione. Non lo gradiscono, soprattutto gli ungheresi, sono un popolo fiero."

"Sì, ma come fa di cognome questa Stephanie e dove lavora?"

"Lo scoprirai da sola. Sei una giornalista e hai internet. Possiamo mettere Radio Burgenland adesso?"

Vera accese la radio. C'era Marianne Mendt con *Wia a Glockn*.

Hilda cantava a squarciagola, amava le vecchie canzoni.

Vera accompagnò la madre a casa e la lasciò sulla porta.

"Da quando avete una GoPro?" chiese Hilda prima di scendere dalla macchina.

"Non abbiamo una GoPro," disse Vera.

"Ma c'è un telecomando per la GoPro appeso al portachiavi."

"Doveva essere attaccato alle chiavi dell'auto di Paul," disse Vera. "Le ho messe nel mio mazzo di chiavi per praticità. Come fai a sapere che è quello?"

"Perché sono mentalmente sveglia e mi tengo informata," disse Hilda. "Se a Eva non serve la GoPro, la prendo io, diglielo."

"Mamma, Eva è in prigione. Non posso parlare con lei."

"Be', in prigione di sicuro non ha bisogno di una GoPro. È logico. Usa la testa," disse Hilda.

47.
Vera fa una scoperta

La Cymothoa exigua *è l'unico parassita ad oggi conosciuto in grado di rimpiazzare integralmente una parte del corpo del suo ospite. Si nutre della lingua di un pesce fino a sostituirsi a essa, assumendone anche la funzione.*

Vera osservava il portachiavi che aveva davanti. Alle chiavi dell'auto di Paul erano attaccate una chiave di casa e un aggeggio di plastica che fino ad allora aveva creduto fosse il telecomando del garage.

Ma Hilda aveva ragione, era il telecomando di una telecamera.

Che se ne faceva Paul di una GoPro? E, soprattutto, perché quella telecamera era così importante per lui da tenerne il telecomando attaccato alle chiavi dell'auto? Non serviva alle persone per riprendersi a folle velocità sugli sci, in mountain bike, skateboard, snowboard e così via?

A quanto ne sapeva in base ai racconti di Eva, Paul non faceva attività sportiva oltre ad allenarsi nella sua palestra privata. A meno che non si considerasse il sesso uno sport. Di quello ne faceva in abbondanza, stando ai pettegolezzi.

Doveva scoprire il nome della cognata che aveva gettato in faccia a Irene Tschida una bibita durante il rinfresco funebre. Chiamò Irene. Segreteria telefonica. Nessuna risposta.

Eva avrebbe saputo dirglielo, ma era in carcere e fino al riesame della custodia cautelare nessuno poteva parlarle. Avrebbe dovuto chiamare di nuovo la polizia? Loro avrebbero scoperto il nome in un batter d'occhio. Ma poi Vera pensò a come l'aveva liquidata l'ispettore. Non le andava di sorbirsi un'altra predica sulle sue presunte teorie folli. Aveva bisogno di prove.

Doveva informarsi su quel tipo di telecamera e sapeva a chi rivolgersi. All'unico dei suoi amici che era appassionato di tecnologia. Anche se definirlo "amico" non era proprio corretto.

Tom.

"Cosa ci fa con la GoPro uno che non pratica sport estremi?"

"Buongiorno, eh. Mi chiami solo quando hai bisogno di me?"

"Chi ha detto che ho bisogno di te? Voglio solo sapere una cosa," disse Vera impertinente.

Tom rise. "Be', da te mi sono sempre lasciato usare volentieri."

Vera cercò di non reagire al doppio senso. Anche se segretamente era lusingata che ancora flirtasse con lei.

"Dunque, quanto alla GoPro il vantaggio è che è incredibilmente piccola e leggera. Il mio vicino ne ha una, la monta su un drone e controlla i suoi campi di fragole. Ha quattro ettari di fragole, che maturano tutte in fasi diverse, così non deve andare continuamente avanti e indietro tra i filari, può verificare comodamente dalla sdraio."

"Ma Paul non ha campi di fragole."

"Ah, parli di quello del bondage. Lui di sicuro ci ha girato dei porno."

"Chiaro che avresti pensato a quello."
"I video girati con la action cam sono una categoria a parte sui siti porno amatoriali."
"Evidentemente te ne intendi."
"Dimmi, insulti tutti gli esperti che intervisti?" Tom aveva di nuovo il tono sfrontato che faceva impazzire Vera. "A parte gli scherzi, qual è il problema?"
"Ho le chiavi dell'auto di Paul, e c'è attaccato il telecomando di una GoPro."
"Allora andiamo a cercarla."
"Ho già guardato dappertutto in macchina."
"Non in macchina, dico a casa sua."
"Ma la scientifica ha messo i sigilli."
"E allora ci mettiamo anche noi tute e guanti da imbianchino. Li trovi in qualsiasi negozio per l'edilizia."
"Tu sei pazzo."
"Per questo sei ancora innamorata di me."
"L'importante è crederci."
"Questa sera alle 20.15 alla Morte Nera? Danno pioggia, e in tv c'è una serie investigativa seguitissima, così non ci saranno vicini curiosi in giro."
Vera rise. Aveva sempre pensato che la casa degli Achleitner somigliasse alla stazione spaziale di *Star Wars*. "Va bene, questa sera alle 20.15."

Vera tremava d'emozione mentre apriva la porta della casa degli Achleitner. Tom le posò rassicurante la mano sulla spalla. Per un istante Vera ebbe paura che scattasse l'allarme, ma Eva le aveva spiegato che non lo inserivano quasi mai, perché in passato aveva dato spesso dispendiose false segnalazioni. "Il nostro sistema di allarme si chiama Elfriede. Non c'è vicina più curiosa di lei," aveva detto. Ma fortunatamente di Elfriede non c'era traccia. Vera e Tom non indossavano tute da imbianchino, ma Vera aveva portato con sé due paia di sottili guanti in lattice che entrambi avevano infilato. Li usava sempre quando affettava i peperoncini.

La casa appariva vuota e abbandonata, come se fosse disabitata da molto tempo, non solo da qualche settimana.

Tutto era perfettamente in ordine. Per terra o in giro non c'era niente, solo qualche mosca morta sul pavimento di fronte alle enormi vetrate.

Vera non sapeva da dove cominciare a cercare. In cucina aprì qualche cassetto. Incredibile quanto fosse ordinata Eva. Mestoli, spatole, palette, tutto era pulito e in ordine. Da Vera i cassetti a volte non si aprivano nemmeno perché gli utensili da cucina erano messi alla rinfusa.

"Non credo che tu debba cercare in cucina," le strizzò l'occhio Tom. "Andiamo piuttosto in camera da letto."

Vera non poté fare a meno di ridacchiare tra sé e sé. *Concentrati*, si disse. *Lui fa sempre battute, non significa niente.* Ma si accorse che la paura e l'emozione la facevano sentire più del solito attratta da Tom. Vera si schiarì la voce e ingoiò il rospo che aveva in gola.

"La camera da letto è di sopra."

La trovarono subito. Pareti in cemento, lenzuola grigie, solo mobili aperti, senza cassetti. La camera da letto degli Achleitner era asettica e fredda come lo show room di un costosissimo negozio di mobili. Vera si sentì in colpa ad aprire la scatola rivestita in pelle, chiaramente appartenente alla sua amica. Non conteneva niente di speciale: una crema per il viso, tappi per le orecchie e gocce di Cbd. Ma Vera era a disagio a frugare tra le cose di Eva. *Lo fai per aiutarla*, si disse per farsi coraggio. Non le piacevano neanche i pensieri che le passavano per la mente guardando il letto. Cosa le aveva raccontato Eva? Paul pretendeva da lei "certe cose". Quali cose?

"Allora, qui di sicuro non c'è nascosto niente, semplicemente perché è impossibile nascondere qualsiasi cosa," disse Tom. "Dov'è la stanza del bondage?"

"La palestra deve essere nel seminterrato, ma non ci sono mai stata."

Scesero la scala aperta. "Dammi la mano," disse Tom.

Si ricorda che soffro di vertigini, pensò Vera, e quella consapevolezza la rassicurò. La mano di Tom era calda e forte. La sua fredda come il ghiaccio.

Fu semplice trovare la palestra. Ignorarono i nastri gialli della polizia. Era strano trovarsi nella stanza che conoscevano solo dalle foto su internet e dai giornali.

Vera e Tom si fermarono davanti al lettino bianco e, anche se era vuoto e spoglio, ci vedevano ancora sopra Paul, legato e imbavagliato con lo smalto sul petto. Forse era morto proprio lì. Vera avrebbe voluto stringere ancora la mano di Tom, ma le mancò il coraggio.

Tom ispezionò la cassetta accanto al lettino. "Gel lubrificante, pinze per capezzoli e manette," disse. "Non è difficile immaginare cosa gli piaceva fare." Si voltò verso Vera e la guardò attentamente. "Sdraiati un attimo."

Lei lo guardò spaventata. "Ma sei matto? Assolutamente no!"

Tom alzò gli occhi al cielo. "Ma che hai capito, voglio solo vedere da dove si può filmare meglio."

Vera si sentì avvampare. Si sedette sul bordo del lettino. *Finta pelle*, annotò mentalmente dopo averne toccato la superficie. Doveva essere più facile da pulire.

"Devi proprio sdraiarti," disse Tom, "e apri le gambe."

"Sì, baciami il culo va."

"Forse più tardi. Ora concentriamoci sull'obiettivo."

"Fai sempre battute sessiste."

"Ognuno sente ciò che vuole sentire."

Vera era spazientita, quegli scambi con Tom la irritavano e la stuzzicavano al contempo. E ciascuno dei due voleva sempre avere l'ultima parola.

Si sdraiò con grande riluttanza, con le gambe ben chiuse.

"Lui non ha montato la GoPro su un drone come il mio amico, l'ha installata da qualche parte," rifletteva Tom. "A quanto si dice in giro passava da una all'altra. Le donne con cui si divertiva qui non si prestavano sicuramente a essere filmate."

Vera si alzò di scatto. "Vuoi dire una telecamera nascosta, di quelle con cui si controllano le baby sitter?"

"Sì, esatto, qualcosa del genere."

"Solo che qui non c'è un orsacchiotto di peluche in cui nasconderla."

Vera lasciò vagare lo sguardo per la stanza. Qual era il punto migliore da cui riprendere il lettino? Tom seguì il suo sguardo. "Solo che purtroppo non c'è niente tranne il muro. Se ha davvero girato dei video qui, probabilmente ha usato un cavalletto. E allora le donne erano consenzienti. Credo che tu possa rialzarti."

"No, aspetta," disse Vera.

"Allora vuoi proprio farlo qui con me. Sei sicura?" disse Tom chinandosi su di lei.

"Ma no, idiota," disse Vera con lo sguardo fisso al soffitto. "Voglio capire cos'è quella scatoletta bianca sopra di me."

"Il rilevatore di fumo," disse Tom. "Tutte le case costruite di recente devono averne uno, per legge."

"Ne sei proprio sicuro?"

"Sì."

"Io no, il coperchio ha un buco al centro," disse Vera elettrizzata.

Prese il tavolino lì accanto, lo posò sul lettino e ci salì sopra, con l'intenzione di staccare il coperchio.

"Lascia perdere, smettila, rischi di cadere," esclamò Tom, ma poi le venne in aiuto. La prese per i fianchi e la sollevò, in modo che arrivasse al coperchio.

Vera non sapeva in quale direzione dovesse girarlo, ci mise tutta la forza, a costo di spezzarsi le unghie ma alla fine si staccò.

Nastro adesivo dappertutto. Nastro biadesivo grigio. E in mezzo un obiettivo.

"Guarda un po'," esultò Vera.

"Sì!" esclamò Tom, "Una telecamera. Una dannata telecamera. Non ci posso credere." Si grattò la testa. "Su cinquecento metri quadri di casa tu hai trovato la maledetta telecamera. Era come cercare un ago in un pagliaio."

Aveva ancora le mani sui fianchi di lei. Vera gli buttò le braccia al collo. Dalla gioia, dal sollievo.

Non sapeva perché.

"Dammi le chiavi dell'auto," disse Tom.

Si avvicinò allo schermo sul muro e lo accese.

"Non ci sono cavi, quell'aggeggio deve essere connesso tramite wi-fi. C'è il wi-fi qui?"

Vera prese il suo cellulare. "Sì."

"Allora scarica per favore il manuale d'uso della GoPro. Ti dico subito che modello è."

Vera stava per rispondergli che non era la sua segretaria, che se lo scaricasse da solo, ma poi fece come gli era stato detto. Avrebbero potuto litigare anche dopo.

Tom lesse le istruzioni, trovò il telecomando per lo schermo e premette alcuni pulsanti.

"Meno male che ci sei tu," disse Vera. "Io non riesco a usare nemmeno il telecomando della tv di casa nostra, ci pensa sempre Letta."

"Nemmeno io so bene cosa sto facendo," ammise Tom.

"Occhio a non cancellare nulla!"

"Sta tranquilla."

Lo schermo si illuminò sfarfallando. Si udirono dei gemiti.

Si vedeva una coppia, ripresa dall'alto. La telecamera nel falso rilevatore di fumo aveva fornito immagini nitide. Una donna a cavalcioni di un uomo si muoveva ritmicamente. L'uomo era Paul. La donna aveva i capelli neri tinti, un tatuaggio sul fondoschiena e il seno che sporgeva quasi in orizzontale dal suo corpo. "Silicon Valley," disse Tom.

"È la Zieserl," bisbigliò Vera senza fiato. "Eva ha sempre sospettato che avesse un tribale sul fondoschiena. Ora abbiamo la prova."

"Sì ma non conta ai fini dell'omicidio," ironizzò Tom.

Prese il telecomando e fece per spegnere il video.

"No, aspetta," disse Vera, "voglio guardarlo fino alla fine."

"Cos'è, ti eccita?"

"No, ma chissà, magari dicono ancora qualcosa."

"Oltre a 'Oh sì' e 'Dammelo, baby'? Le probabilità non sono molto alte."

"Hanno finito, comunque," disse Vera, osservando la Zieserl che crollava su Paul gemendo teatralmente. Anche lei emetteva quei suoni strani durante il sesso?

La Zieserl aveva affondato la testa nell'incavo del collo di Paul che guardava verso il soffitto direttamente in camera, sorridendo soddisfatto. "Ma non abbiamo ancora finito, fammi un pompino," disse poi alla donna.

Ma Vera e Tom non avrebbero mai saputo se Sylvia Zieserl avesse obbedito perché improvvisamente lo schermo iniziò a lampeggiare e a tremolare, la registrazione si interruppe e tutto divenne nero.

"The End," disse Tom e prese il telecomando per spegnere. "Ottimo, ora hai la prova che Paul tradiva Eva. Un movente per cui la tua amica potrebbe averlo ucciso." Ma all'improvviso lo schermo tornò a lampeggiare. E Paul era di nuovo lì. Solo che la Zieserl non c'era più. Paul era completamente solo sul lettino. Sembrava impaziente. E nell'istante successivo apparve una donna bionda apparentemente in grado di soddisfare le sue aspettative.

"Chi è quella? Non la conosco," disse Tom.

"Neanch'io," disse Vera.

La donna aveva delle bande elastiche per il fitness in mano e Paul si lasciò legare. Solo quando lei cercò di mettergliene una sulla bocca a mo' di bavaglio scosse la testa in preda al panico. Sembrava che volesse dire qualcosa, ma non trovasse le parole. La donna ignorò il suo farfugliare e gli tappò la bocca. Paul collassò, sembrava addormentato.

Faceva pena così legato e imbavagliato, e il suo membro, poco prima in piena forma, si era ammosciato e sembrava un bruco.

Per un'eternità Vera e Tom videro Paul rannicchiato sul lettino. Sembrava un condannato in attesa di esecuzione, la testa gli era ricaduta in avanti, aveva difficoltà a respirare, rantolava e ansimava, aveva lo sguardo vitreo e disorientato.

All'improvviso la donna parlò. La voce era tagliente, fredda, decisa: "Voglio che tu chieda scusa. Voglio che pubblichi un annuncio a tutta pagina sull''Eco del Burgenland' in cui chiedi pubblicamente scusa alla mia famiglia". La donna gli si avvicinò. "Sei una merda schifosa," disse. "Hai portato Hans nella tomba e hai tolto il padre a suo figlio. Sei un fedifrago e un assassino. Sei un essere meschino e, se non ti scusi, ti distruggerò. Il mondo intero saprà che razza di porco perverso sei. La tua famiglia, i tuoi clienti, nessuno vorrà più avere a che fare con te. Mi senti? Guardami, maiale."

Paul alzò la testa. Aveva lo sguardo vuoto, da drogato. La donna si avvicinò ancor di più, apparve sullo schermo. Si vedeva solo la parte superiore della testa. Era bionda.

Vera afferrò il braccio di Tom. "E lei, l'abbiamo trovata."

"Shhh, attenta, lui vuole dire qualcosa." Ma Paul gemeva solo. Il sudore gli bagnava la fronte. Annuì vigorosamente con la testa. Provò a dire qualcosa, ma a causa del bavaglio si sentivano solo dei balbettii indistinti.

La donna glielo tolse. "Non sento niente. Voglio che tu dica qualcosa."

Paul tacque e prese a ridere, una risata isterica.

La donna lo colpì con violenza in faccia. "Non ridi più, porco, tu no, basta ridere."

Afferrò Paul per i capelli. Lo colpì di nuovo con il pugno, più e più volte. "Non sento niente."

"Oddio, gli rompe il naso," disse Vera, sconvolta. Paul smise finalmente di ridere. "Sì, sì, sì," balbettò.

"Non capisce più niente, è completamente fuori di testa," sussurrò Tom.

La donna rimise il bavaglio a Paul.

Poi tirò fuori qualcosa dalla borsa. Un flacone di smalto per unghie. Ne fece colare il contenuto sul torace di Paul a disegnare una P, una I, una G.

È Chanel. Gli Herbert avevano ragione. Vera riconobbe il flacone squadrato tipico del marchio di lusso. "È Chanel!" esultò Vera, portandosi la mano alla bocca. "Quello a edizione limitata."

"Ora ti scatto qualche bella foto," disse la bionda, estraendo il suo cellulare e fotografando la sua vittima da ogni angolazione. "E se il tuo annuncio non apparirà nella prossima edizione, pubblicherò queste foto online. Vedremo se qualcuno vorrà ancora avere a che fare con te. Allora sarai proprio finito. Credi che un politico vorrà ancora stringerti la mano? Penso proprio di no. Potrai fare subito i bagagli e trasferirti. Ammesso che la tua famiglia ti voglia ancora."

La donna scomparve dallo schermo. "Dico sul serio. Hai quattordici giorni. Non uno di più."

Si udirono passi in allontanamento.

La donna doveva essersene andata.

Paul guardò implorante verso la telecamera. Sembrava che cercasse di spostare con la lingua la fascia che aveva sulla bocca. Ma non ci riuscì, per quanti sforzi facesse. Boccheggiava come un pesce fuor d'acqua. Ansimava e tossiva. Le lacrime gli scorrevano sul viso, che diventava sempre più gonfio e tumefatto.

"Oddio, è terribile," mormorò Vera.

Per altri dieci minuti guardarono Paul dimenarsi, ansimare, tossire, piangere e gemere. Alla fine la testa gli ricadde sul petto. E si fece silenzio.

Vera si rese conto che stava tremando e piangendo a sua volta. Aveva il viso rigato di lacrime. Il tutto era terribile, angosciante e irreale al contempo.

"Pensi che sia morto? Voglio dire, lo so che è morto. Ma pensi che l'abbiamo appena visto morire?"

"Non lo so," disse Tom. Anche lui era bianco come un lenzuolo.

Il telefono di Vera squillò facendola sussultare.

Rispose come in trance.

"Vera, sono io, Mathilde. Sai, ti ho detto che avrei indagato sulla tua misteriosa bionda in cura termale. Allora, ho parlato con Regina della reception e si ricorda di una donna che corrisponde alla tua descrizione. Se la ricorda perché disdiceva sempre all'ultimo momento la cena e andava e veniva come voleva. La mandava in bestia. C'è gente che prende le cure termali come una vacanza, se ne fregano delle regole e quando Regina cortesemente gliele ricorda la trattano anche male."

Lo shock per quello che aveva appena visto era ancora vivo in Vera. Sentiva le frasi di Mathilde come attraverso una nebbia lontana. Ma il messaggio principale le era arrivato.

"Hai trovato Vicky," disse incredula.

"Niente Vicky. Quella che dico io si chiama Stephanie, Stephanie Lentsch ed è parrucchiera a Neusiedl."

Vera lasciò cadere la mano che impugnava il cellulare.

"Si chiama Stephanie," disse. "La donna del video è quasi con assoluta certezza Stephanie Lentsch. Che facciamo adesso?"

"Tu hai già fatto abbastanza," disse Tom. "Adesso chiami la polizia."

48.

Vera trova Stephanie

Nel 1493 anche Cristoforo Colombo scrisse nel suo diario di aver avvistato delle sirene al largo delle coste di Haiti. Scrisse: "Non sono belle come si pensa e hanno volti da uomo". Oggi si ritiene che alludesse ai lamantini.

"Mi verrebbe voglia di arrestarla immediatamente," disse Franz Grandits, su tutte le furie. "Accesso non autorizzato alla scena del crimine violando i sigilli, intralcio all'operato della polizia..."

"Un momento ispettore, la signora Horvath non è stata di ostacolo, ha piuttosto contribuito a raccogliere prove importanti," disse Tom in tono deciso. Era stato lui a chiamare la polizia criminale e aveva mostrato a Franz Grandits e alla sua collega il materiale video.

Vera era uscita dalla stanza e si era seduta sulle scale. Aveva la nausea, non avrebbe retto a una seconda visione del video in cui Paul lottava contro la morte. Sentiva gli agenti parlottare. "Pare sia morto soffocato dal suo stesso vomito. Forse era sotto l'effetto di droghe. Dovremmo far esaminare tutto dai nostri esperti."

Vera andò in cucina a prendersi un bicchiere d'acqua. Franz Grandits la seguì. "Cosa ci faceva qui in realtà? Come ha fatto a entrare?" Le si rivolgeva come se fosse una scolaretta indisciplinata e questo risvegliò lo spirito combattivo di Vera.

"Non scriverò che i suoi uomini sono stati disattenti nel perquisire il seminterrato se da ora in poi mi coinvolge nelle indagini," disse ribelle.

Franz Grandits rimase a bocca aperta. "Mi sta forse ricattando? Ma chi crede di essere? Solo per questo potrei arrestarla. Ma guarda tu quanta importanza credono di avere questi pseudogiornalisti. Non si dia tutte queste arie, in fondo scrive di mostre di giardinaggio su un giornaletto locale!"

"Vieni, Franz, calmati," cercò di placarlo l'ispettrice. "Signora Horvath, non faremo certo accordi con l''Eco del Burgenland', sono cose che succedono solo in televisione. Verificheremo tutto il materiale e lo presenteremo al giudice istruttore. E se in seguito ci sarà un comunicato pubblico, ne verrà informata. Per il resto, si tenga fuori da questa faccenda, mi sono spiegata?"

Senza abbandonare l'aria di sfida Vera sibilò a denti stretti un "Sì". Tom non riuscì a trattenere un sorriso.

"Si tenga comunque a disposizione, dobbiamo ancora verbalizzare la sua testimonianza e farle qualche domanda."

"Certo," tagliò corto Vera. "Posso andare adesso?" Voleva solo andarsene dalla Morte Nera. Ora il nomignolo era diventato una terribile realtà.

"Io vengo con te," disse Tom. "Domani andremo in commissariato a fare la nostra deposizione ufficiale."

"Non gli hai detto che hai un sospetto sull'identità della donna del video," chiese a Vera quando furono in macchina.

"Perché voglio parlare prima io con lei. E poi sono stati così arroganti nei miei confronti."

"Orgogliosa e testarda. Sei sempre stata così," disse Tom.

"Non mi dire come sono," rispose Vera.

"E devi sempre avere l'ultima parola."

Quando Tom arrivò davanti alla casa di Vera, sembrava scontato che sarebbe entrato in casa con lei. Nessuno dei due voleva rimanere solo quella notte.

"Che ne pensi del video?" chiese Marlies al collega Franz Grandits. "Non sembra che sia stato ucciso intenzionalmente," rispose lui. "Non sono nemmeno sicuro se sia stato ucciso o se sia morto a causa delle sostanze che aveva chiaramente assunto. Era un creativo e in quel mondo le droghe girano. Questi forestieri danno solo problemi."

"Be', almeno ora abbiamo una sospettata. Farò fare un fermo immagine dal video. Se è stata qui in giro, la troveremo."

Stephanie Lentsch era davanti all'ingresso posteriore del suo salone di parrucchiere e fumava. Erano le 9.30 del lunedì, giorno di chiusura dell'attività, ma era venuta comunque in negozio per rifare la vetrina. Era uno di quei nuovi concept store che mirava alla clientela ricca ed elegante dei forestieri che frequentavano i dintorni del Lago di Neusiedl.

L'arredamento era in stile vintage retrò. Lo store comprendeva un barber corner, un bar con caffè cold brew e brownies senza glutine, e un'area dedicata ai cosmetici e all'abbigliamento minimalista.

Stephanie spense la sigaretta e tornò a occuparsi della vetrina.

Seduto su una seggiola c'era un manichino a grandezza naturale, privo di abiti, con lunghi capelli biondi da Raperonzolo a coprire il corpo. Stephanie prese le forbici e tagliò la metà sinistra dei capelli all'altezza della mascella. Ora il manichino era letteralmente mezzo nudo. Aveva intenzione di dare ondulazione ai capelli corti per un effetto inatteso, che avrebbe attirato attenzione. Sì, molto progressista. Disseminò ad arte i capelli tagliati ai piedi del manichino.

Qualcuno bussò al vetro. Era una donna. Capelli castani, raccolti in una coda di cavallo, abito a sacchetto grigio antracite con orlo asimmetrico. Sicuramente non una del posto. Lì nessuno si vestiva così.

Stephanie si avvicinò alla porta. "Oggi siamo chiusi, ma ben volentieri possiamo fissare un appuntamento," disse dirigendosi verso il bancone.

"Sono qui per Paul Achleitner," disse Vera. Stephanie si bloccò e ripose le forbici.

"Ah. Mi chiedevo proprio quando sarebbe finalmente venuto qualcuno."

***

Le mongolfiere sembravano a Stephanie dei draghi sputafuoco. Le fiamme si alzavano all'improvviso e gonfiavano poco alla volta i palloni con il loro fiato caldo. Quanta forza, quanta energia veniva liberata per rendere possibile l'impossibile, ossia alzarsi dal suolo grazie a semplice aria calda e volare. I palloni si espandevano fino a contenere ciascuno circa 3500 metri cubi d'aria. Le corde si tendevano. Le gondole iniziavano a danzare sul terreno. Una fiammata e un'altra ancora, finché i draghi di fuoco non si alzavano delicatamente in cielo.

Le persone si erano radunate attorno al prato e osservavano lo spettacolo incantate. Sedute sull'erba ridevano, bevevano, mangiavano. Un unico grande picnic. Una festa popolare. E proprio nel bel mezzo di quella allegria arrivò Paul barcollando. Stephanie aveva subito capito che c'era qualcosa che non andava. All'inizio lo aveva creduto semplicemente ubriaco, ma nel momento in cui lo aveva visto grattar via la gomma da masticare dal marciapiede aveva capito che era drogato.

In passato, prima di mettersi in proprio, aveva avuto un collega che si drogava regolarmente nei fine settimana. Una volta l'aveva portata a un rave. Mdma per ballare e "Lsd" per darsi la scossa. Stephanie aveva preso solo mezzo "zuccherino" e subito erano iniziate le allucinazioni. *La prima e l'ultima volta*, si era detta.

Stephanie vide Paul afflosciarsi sull'erba, togliersi le scarpe e carezzare felice i fiori e gli steli che lo circondavano. Vide anche quando all'improvviso trasalì e si mise a correre urlando verso il tiro a segno, per poi afferrare un fucile. Vide il proprietario dello stand che cercava di strapparglielo di mano, e poi Paul che si toglieva i vestiti e, completamente nudo, saltava nella fontana, incurante della gente che cercava di fermarlo.

Tutti gli occhi erano puntati su di lui in quel momento, nessuno aveva badato a Stephanie, che si si era chinata sul mucchio di abiti lasciati a terra. Dopo una breve esitazione prese la giacca di lino di Paul in cui aveva tastato il mazzo di chiavi.

Paul correva come se fosse inseguito dal demonio. Fendeva la folla in direzione del bosco di Vogelsang, e più si allontanava dalla fontana più le persone erano perplesse alla vista di quell'uomo nudo, tutto bagnato. Era un esibizionista, uno che faceva jogging di notte, una provocazione, una trovata pubblicitaria dell'ente del turismo in linea con lo slogan "Reduce to yourself"?

Stephanie si infilò la giacca di Paul e gli corse dietro. Si allenava regolarmente col sacco in palestra, era in formissima. Al riparo degli alberi del boschetto sopra la chiesa, Paul infine si fermò e si accovacciò sotto un cespuglio, come se volesse nascondersi. Tremava e piangeva.

Stephanie gli si avvicinò con cautela. "Shhh, andrà tutto bene. Ti porto a casa," disse.

Gli posò la mano sulla fronte. Scottava. "Sirena," disse Paul. "Tu sei la sirena." Sorrideva felice, come un bambino.

Stephanie gli mise addosso la giacca. Perplessa si domandò perché non avesse preso anche i pantaloni, o almeno i boxer, ma poi si tolse il giubbotto e lo legò attorno ai fianchi di Paul. Avrebbe attirato troppa attenzione con un uomo nudo accanto nel parcheggio dove aveva lasciato la sua auto, ma così poteva andare, per fortuna era già buio. Prese Paul per mano. "Vieni." Lui la seguì sempre sorridendo. Verso la sua rovina.

Paul si sentiva come sotto una campana di vetro. La testa gli pulsava, era incapace di pensare, di dire qualcosa di sensato, immerso in uno stato di dormiveglia in un buco caldo e buio. La tana di un coniglio. Alice nel paese delle meraviglie. Era addirittura piacevole. Da quanto tempo provava quella sensazione? Cinque minuti, cinque ore? Non lo sapeva. A un certo punto riemerse dal buco e si accorse di trovarsi sul lettino della palestra di casa sua. Dov'erano le chiavi? Fece per cercarle nella tasca dei pantaloni ma si rese conto che non li indossava. Sentì la similpelle fredda sotto i glutei. Aveva il sedere nudo. Era tutto nudo. Sentì parlare una donna. Guardò a destra. Riconobbe la voce. Era Vicky.

La bionda sexy dall'aura glaciale. Paul era trionfante. Sapeva che l'avrebbe conquistata. Dopo aver esaminato i suoi attrezzi da fitness, Vicky aveva preso le bande elastiche. Ah, le piaceva il bondage. Paul si accorse di avere un'erezione. Doveva fare un video. Ma dove cazzo erano le chiavi. Stava per chiedere a Vicky, ma poi si accorse che aveva accanto la giacca. Le chiavi erano lì per forza, se no come avrebbero fatto a entrare in casa? La performance poteva iniziare. Prese il telecomando e premette il pulsante.

***

"Paul è sempre stato un grandissimo stronzo. Raccontava un sacco di balle. Anche la fobia dei gatti se l'era inventata, solo per finire sul divano di mia cognata, Irene." Stephanie si era accesa una sigaretta. "Mia cognata si crede una grande psicologa, ma non ha capito niente." Rise beffarda. "Qualunque parrucchiera conosce le persone meglio di lei."

"Il mio povero fratello, Hans, all'inizio non ha capito cosa stava succedendo. Andava persino a dare da mangiare a quei maledetti pesci mentre quei due se la spassavano altrove. Si fidava.

Ma io ho subito capito che c'era qualcosa tra Paul Achleitner e la moglie di Hans. Li ho seguiti, li ho osservati. Andavano sempre nella zona residenziale in costruzione a scopare. Gli operai lo sapevano tutti, nessuno escluso." Stephanie diede un tiro energico alla sigaretta e soffiò fuori il fumo. "Ho detto tutto a Hans. All'inizio non volevo farlo, ho riflettuto per settimane se fosse o meno il caso. Sapevo che gli avrei spezzato il cuore. Ma tutto il paese già ne parlava, le clienti mi chiedevano. Dovevo permettere che facesse la figura del cretino?"

"E poi suo fratello ha avuto un incidente?" chiese Vera.

"Ma che incidente!" esclamò Stephanie voltandosi di scatto. Per un momento, Vera temette che le si scagliasse addosso. "Non è stato un incidente, Hans è morto perché li ha colti sul fatto. Gli si è fermato il cuore. Quei due glielo hanno spezzato."

L'odio le trasformò il viso in una maschera crudele. "La mia bella cognata e quello stronzo pseudoarchitetto.

Non potevo permettere che se la cavasse così. Sono andata a fare le cure termali e ho stretto amicizia con lui. È stato un gioco da ragazzi. Non aveva idea di chi fossi. Non sapevo quando avrei avuto l'opportunità di costringerlo a confessare. Ma poi alla 'Notte delle Mongolfiere' l'ho visto scappare, completamente fuori di testa. L'ho raggiunto e l'ho portato a casa. Pensava che volessi qualcosa da lui. In realtà volevo solo che confessasse finalmente quello che ci ha fatto."

"So cosa è successo quella notte," disse Vera, "Paul ha filmato tutto. Aveva una sorta di cinema porno segreto nella palestra di casa. Ha attivato la telecamera prima che lei lo legasse."

Stephanie tacque per un minuto intero. Parve sorpresa, ma anche sollevata.

"Ha fatto un video, davvero? Oh mio Dio, è fantastico. Allora lei sa che non l'ho ucciso. Non ho mai nemmeno pensato di ucciderlo. Volevo solo che si assumesse la responsabilità di quello che ha fatto."

"Signora Horvath, non credo ai miei occhi. Non ci siamo spiegati forse? Che diavolo ci fa qui?"

Vera si voltò e vide Franz Grandits e Marlies Murlasits. "Siamo della polizia criminale, signora Lentsch, dobbiamo fare due chiacchiere."

Stephanie guardò Vera. "Credevo che *lei* fosse della polizia criminale."

"Io sono dell''Eco del Burgenland'," disse Vera.

"Ma non mi dica!" Stephanie Lentsch la guardò incredula.

"Sì," annuì Vera. Rifletté per un attimo se non fosse il caso di tirar fuori il biglietto da visita, ma poi decise di lasciar perdere. La situazione era già abbastanza surreale di per sé.

"Bene, allora Paul finirà davvero sul giornale," disse

secca Stephanie. Un sorriso soddisfatto le si disegnò sulle labbra.

"Avrei dovuto immaginare che non era un'agente in borghese, è troppo ben vestita per essere una poliziotta," disse e poi guardò l'ispettrice. Marlies indossava una maglietta lunga sopra i pantaloni con le pence. Tutto largo, in modo che non si notasse subito la pistola di servizio e i chili che aveva preso per consumare la roba rimasta in congelatore. Ma di sicuro Marlies Murlasits non si sarebbe lasciata provocare da quella tipa.

"Lei è in arresto, sospettata di omicidio in relazione alla morte di Paul Achleitner," disse in tono il più possibile professionale. Quella frase non le usciva tutti i giorni di bocca. "Ecco," disse Stephanie, tirando fuori dalla tasca le forbici da parrucchiere. "Presumo che gli oggetti appuntiti vadano consegnati."

Quella Stephanie era di una freddezza sorprendente. Marlies e Franz non avevano mai visto un sospettato di omicidio così calmo e composto.

A dire il vero entrambi non avevano visto molti sospettati di omicidio. Nel Burgenland gli omicidi erano pochi, e al Sud ancora meno. Se poi si trattasse davvero di un'assassina era ancora da dimostrare.

"Ho ancora una domanda," disse Vera a Stephanie, mentre veniva portata via: "Lo smalto era davvero l'edizione limitata di Chanel scelta da Choupette?".

"Ci risiamo con 'ste stronzate," brontolò Franz, ma Marlies gli diede di gomito.

"Koi Carp," annuì Stephanie. "Sì, esatto. È stato un caso che abbia usato proprio quello, ma ripensandoci lo considero un piccolo omaggio alla passione di Paul per le carpe giapponesi."

49.
Scendere all'inferno è facile

Secondo uno studio scientifico, il fumo della salvia bianca è in grado di uccidere i batteri nell'aria purificando l'ambiente.

Seduta nel suo negozio Johanna spalmava della marmellata di ciliegie fatta in casa sulla treccia di pan brioches appena sfornata. In realtà aveva preparato due Striezel, uno con le uvette e uno senza. Eva non amava l'uva passa.

Vera sì.

Portò il piatto al tavolino nell'angolo in fondo al negozio. "Ecco, servitevi pure. Ne ho ancora. E comunque tu sei troppo magra." Guardò Eva con compassione. Evidentemente in prigione aveva tenuto la bocca chiusa in ogni senso.

Vera guardò fuori dalla finestra. Tutto tranquillo. Le ragazze giocavano con i cani. Si lanciavano una piccola palla rossa, che i cani cercavano di prendere al volo. Come erano cresciuti negli ultimi mesi tutti quanti, ragazze e cani. Sulla strada passò una mietitrebbia. La settimana successiva a Oberwart si sarebbe tenuta la tradizionale mostra agricola, e poi l'estate sarebbe finita. "Vi lascio da sole," disse Johanna. "Io sono in giardino. Se volete ancora un caffè, fatevelo voi." Con questo lasciò la stanza.

"Cosa è successo quella notte?" chiese Vera. Aveva l'incarico di scrivere per l'"Eco del Burgenland" un articolo sulla soluzione del caso Achleitner ed Eva aveva accettato di parlare con lei della fatidica "Notte delle Mongolfiere".

"Prima sono stata da Finz, ma per favore non scriverlo. Quando sono tornata a casa, Paul non c'era ancora. Naturalmente ero sollevata. Sarebbe stato un casino altrimenti. "Dove eri? Con chi eri? Mi hai tradito con il giardiniere." Non riuscivo a dormire e sono andata in cucina per prendermi da bere e ho notato che c'era la luce accesa sulla scala che porta alla palestra. Così sono andata a vedere. Oh Dio, Vera, ho già dovuto raccontare questa storia così tante volte. Lo sai già cosa ho trovato là sotto. Paul, legato e morto."

"Cosa hai provato a vederlo così?" chiese Vera.

"Cosa ho provato? Non me lo ha ancora chiesto nessuno..." Eva rifletté. "All'inizio rabbia, sembrerà terribile ma è così. Pensavo che avesse scopato con qualche troia e gli fosse capitata quella sbagliata, una che aveva invertito i ruoli nei suoi giochini perversi." Fece una pausa. "E poi sollievo, ma non puoi scriverlo, nessuno capirebbe. Nemmeno tu capisci."

"In un certo senso sì," disse Vera. "Ne hai passate tante."

"Poi ho chiamato Finz. Ha risposto subito ed è venuto. Ha detto che si sarebbe occupato di tutto, che dovevo tornare a dormire e che la mattina dopo mi sarebbe sembrato solo un brutto sogno. E così è stato. Solo che da quel brutto sogno non mi sono più svegliata. Fino ad oggi."

Vera guardò il braccio di Eva. Si era tatuata. La pelle intorno al nuovo tatuaggio era arrossata e gonfia. Una scritta in latino con inchiostro rosso: "Facilis descensus averno" – scendere all'inferno è facile.

"Lei la conoscevi?" chiese Vera.

"Chi? Stephanie?"

Eva scosse la testa. "No, ma Hans me ne aveva parlato molto quando eravamo ancora vicini di casa su al Nord e amici," disse con un sorriso amaro. "Era molto legato a sua sorella, e fiero di lei perché era una donna d'affari di successo. Un po' la classica situazione, avevano perso presto i genitori, entrambi morti di cancro, così erano molto legati. E Stephanie si è sempre presa cura di tutto, aveva tutto in mano, Hans era più il tipo dolce e gentile. Sua moglie, Irene, era simile a Stephanie, probabilmente le due non si sopportavano per questo. Stephanie comunque odiava Irene, già prima che iniziasse la storia con Paul. È strano che abbia aspettato così tranquilla nel suo salone che andassero a prenderla."

"Credo che pensasse semplicemente di non avere colpe. Non ha ucciso Paul, l'ha solo punito. Ha anche detto che non aveva più nulla da perdere, aveva già perso tutto ciò che le era caro," disse Vera. "La polizia ha scoperto la causa effettiva della morte di Paul?"

"Presumono si sia trattato di uno shock anafilattico. Ho detto alla polizia che Paul aveva una grave allergia al lattice. Il nostro medico di famiglia lo ha confermato. Stephanie non lo sapeva quando lo ha imbavagliato con la banda elastica."

"E poi anche le tue trombe degli angeli," disse Vera.

"Ma che dici? Ti prego, avevo appena messo i fiori in acqua, non potevano fargli nessun effetto," le rispose Eva con sguardo severo.

"Sì, lo so, ovviamente non lo scriverò," la rassicurò.

"Altrimenti dico che l'idea era stata tua," disse Eva.

"Credo che in questa storia siano già coinvolte abbastanza persone. Hai sentito che gli Zieserl si separano?" chiese Vera.

"Davvero?" Eva rise. "Be', almeno lei non avrà problemi a trovare una nuova sistemazione, stanno costruendo altri due complessi residenziali."

"Che farai della casa?" chiese Vera.

"La metto in vendita, ma l'agente immobiliare ha detto che non sarà facile piazzarla. Primo per il costo elevato, e poi in considerazione di quello che ci è successo dentro. Nessuno del posto vorrà comprarla, ma di sicuro si troverà qualche stupido forestiero," disse Eva con un sorriso amaro.

"E Finz?"

"Che c'entra Finz?"

"Eva. So che ti piace. Oppure sei arrabbiata perché ha detto tutto alla polizia e tu sei finita in prigione per colpa sua?"

Eva scosse la testa. "No, è un tipo onesto, e lo apprezzo, è solo che è andato tutto storto."

"Quindi lo rivedrai?" Vera non mollava.

"Intanto lo vedrò in tribunale. Siamo entrambi accusati di disturbo della quiete dei defunti."

Vera, che aveva appena preso un sorso di caffè, scoppiò a ridere e iniziò a tossire. "Sul serio? Disturbo della quiete dei defunti! Pazzesco. Esiste davvero un reato simile? Non ci posso credere. E comunque puoi andarci piano con Finz," disse quando si calmò.

"Vacci tu piano con Tom," ribattè Eva.

"Tom ci va piano da venti anni, a questo ritmo staremo insieme quando ne avremo sessanta," disse Vera. "E comunque, non viviamo in uno di quei film in cui la donna torna nel luogo d'infanzia, rincontra il suo amore giovanile, il Casanova del paese, e lui le dichiara il suo amore e le resta fedele fino alla fine dei suoi giorni."

Eva rise: "Peccato, mi piacerebbe una storia così".

La porta si aprì. "Avete finito?" chiese Johanna, "Perché sto per aprire ufficialmente. Fuori c'è un sacco di gente. È il passaparola. Da quando è uscito sul giornale che Eva fa parte del 'Club del pollice verde' tutti vogliono vedere il mio negozio."

"Preferisco uscire sul retro," disse Eva. Vera la accompagnò. Eva fischiò ai cani.

Aveva rinfrescato. Scrutò il cielo.

"La prossima settimana iniziano le scuole," disse Johanna, "il tempo sta cambiando. Dobbiamo pensare al programma autunnale. Cosa ne pensate di cucinare con l'uva e le noci, o verdure autunnali, zucca e mela cotogna? Anche le radici sarebbero un ottimo tema autunnale, o la fumigazione."

"Di certo non mancano le idee," disse Vera congedandosi.

Johanna si voltò e tornò in negozio. Entrarono decine di persone. "Qualcuno vuole un caffè?" chiese Johanna. "Ho anche dello Striezel con marmellata di ciliegie, se avete appetito."

"Quella non era la Achleitner?" disse una donna con le sopracciglia ad ala di gabbiano e una maglia di lurex.

"È una poco di buono, sicuramente aveva una storia con quello di Terra Inca. Stavano sempre insieme. Questi forestieri sono proprio senza morale."

Era Elfriede, la vicina (purtroppo ancora) di Eva. Johanna se la sarebbe mangiata.

"E allora?" disse con studiata leggerezza, "Non conosci il detto: 'Scordati il principe, prenditi uno che tosa l'erba?' E poi tu dovresti saperlo meglio di tutti. Quanto chiede Achmed all'ora per i suoi servigi amorosi?"

Gli altri clienti, che avevano sentito lo scambio, ridacchiarono.

Elfriede rossa di rabbia uscì dal negozio imprecando. "Fa attenzione a quello che dici, è calunnia, pazza di una strega."

Johanna rise. Era immune a quel genere di insulti, ma l'atmosfera era chiaramente tesa. Come prossimo argomento per il club del giardinaggio avrebbe trattato la fumigazione. Serviva ad allontanare le energie negative, era perfetta per ristabilire l'equilibrio quando le cose andavano storte.

"Torno subito," disse ai suoi clienti. Andò nell'orto, verso la spirale di erbe aromatiche, e prese salvia, lavanda e artemisia. Si sarebbero seccate entro una settimana, in tempo per una fumigazione purificatrice.

Sotto il cespuglio di lavanda c'era qualcosa di rosso. Johanna si chinò. Era una palla, quella con cui giocava sempre il cane di Eva. Stava per raccoglierla e metterla da parte per restituirla in seguito quando si accorse che era tutta morsicata da un lato. "Non va più bene. Gliene comprerò una nuova," disse, andò alla pattumiera e vi gettò la palla rotta dentro.

Poi prese le erbe e tornò in negozio a passo ondeggiante.

50.
Epilogo – È successo qualcosa

Quello che nessuno è mai venuto a sapere: la memoria della GoPro a quel punto era già esaurita.

Paul era legato nel seminterrato da ore. Da quando era tornato lucido, svanito l'effetto della droga, gli erano sembrate un'eternità. Aveva urlato più che poteva, considerando che era stato imbavagliato con una maledetta banda di lattice. Più che urla sembravano i bramiti di un cervo in amore, ma in ogni caso, nessuno lo aveva sentito. Eva non c'era. Dov'era, dannazione? Dove diavolo si era cacciata da due giorni? Non si era fatta più nemmeno sentire. Sarà stata con quella Vera o con quel dannato giardiniere. Lo avrebbe ucciso se ci fosse stato qualcosa tra loro. Paul ansimava, faceva sempre più fatica a respirare. Maledetta allergia. Le labbra gli si erano gonfiate e pizzicavano, gli colava il naso e gli bruciavano gli occhi. Le braccia, legate dietro la schiena, erano insensibili e doloranti. Si era pisciato addosso e l'urina gli irritava la pelle proprio come lo smalto appiccicoso sul petto. Aveva freddo. La lingua gli aderiva al palato. Gli doleva la testa. Tutta colpa di quella pazza, quella Vicky. E di quella deficiente di Eva, che chissà dov'era invece di stare a casa come una brava moglie.

Poi Eva si materializzò all'improvviso.

Alla vista del proprio marito completamente nudo, legato e imbavagliato nel seminterrato la reazione può variare da sorpresa a panico, a compassione, a paura. Eva non provò nulla di tutto ciò, solo un'irresistibile voglia di ridere.

"Uhmmmpfff," fece Paul dietro il bavaglio.

Cominciò a contorcersi e a scalciare, ma era inutile con i piedi legati. Era seduto sul lettino a gambe tese, aveva le mani dietro la schiena legate a un pesante manubrio di ferro, che non si spostava di un millimetro.

Vedendolo dimenarsi così a Eva venne ancor più da ridere.

"Uhmmmpfff," grugniva Paul cercando di alzare le gambe, anche quelle bloccate da una banda elastica.

Era tutto così buffo che Eva non riusciva a smettere di ridere a crepapelle. Le bastava guardare Paul per ricominciare. Dovevano essere i nervi. Da ventiquattro ore era lanciata a folle velocità sulle montagne russe e ora aveva la sensazione che il suo vagone stesse deragliando. Rise fino ad avere le lacrime agli occhi, tanto che le dolevano gli addominali e rischiava di farsi pipì addosso. "Uhhhuuhuuuhuu." Il grugnito di Paul si fece irritato. Quasi minaccioso. Ce l'aveva con lei anche in quella situazione, in cui si era cacciato probabilmente perché l'aveva tradita di nuovo? Nella loro casa, con una persona che evidentemente aveva dato ai grotteschi giochi sessuali di Paul un finale diverso rispetto alle aspettative?

Era stata la Zieserl? Be', allora tanto di cappello! Doveva essere più sveglia di quanto si pensasse. Eva si asciugò le lacrime di riso dagli occhi e si avvicinò a Paul. Vide del rosso sul suo petto e per un attimo ne fu spaventata. Era ferito? Ma no, sembrava solo tinta. Rossetto? No, smalto. C'era scritto "PIG", evidentemente la quantità non bastava a scrivere “MAIALE”. Eva ricominciò a ridere. Paul il porcellino questa volta l’aveva pagata cara.

Tirò verso il basso la banda elastica che gli copriva la bocca, lasciandola penzolare come un collare attorno al collo.

Paul boccheggiava, tossiva, sbuffava, poi prese dei respiri profondi.

Deglutì e si schiarì la gola. Voleva dire qualcosa. Voleva dirle qualcosa. Spiegarsi? Scusarsi?

Invece, si mise a urlare.

“Cos’hai da ridere, brutta stronza? Non c’è proprio niente da ridere,” gridò schiumante di rabbia. “Smettila stupida, liberami piuttosto!”

Eva sussultò. Stava per obbedire all’ordine. Poi però si bloccò. Brutta stronza? A lei? Lo aveva colto in flagrante dopo qualche gioco sessuale perverso e la insultava pure.

Paul si fece impaziente. “Eva, slegami cazzo!”

Lei fece un passo indietro e lo guardò dritto negli occhi. Gli pulsava la vena sulla tempia, aveva una scia di bava all’angolo della bocca e un brufoletto giallo sul naso. Le fece improvvisamente ribrezzo.

“Se no?”

“Che significa? Sei completamente impazzita?”

“E se non ti slego?” disse Eva. Sembrava una domanda puramente retorica. Ma dopo aver pronunciato quelle parole ebbe una sensazione nuova, mai provata in presenza di Paul. Un senso di potere e superiorità.

Paul era sconcertato.

“Tu adesso mi sleghi immediatamente oppure succede qualcosa!” sibilò furioso.

Eva sobbalzò. Era sempre stata la minaccia che la spaventava di più. Ma adesso cosa poteva succedere? Che lui l’insultasse, la picchiasse, la violentasse, come d’abitudine? Respirò profondamente. Non poteva farle nulla di tutto questo. Almeno finché rimaneva legato. Non lo avrebbe mai liberato. Assolutamente no. Si era messo da solo nei pasticci e per una volta nella vita doveva affrontare le conseguenze delle sue azioni.

"Non ti slego!" disse con disinvoltura. "Magari torna la puttana che ti ha conciato così e ci pensa lei."

"Arrrrghhh!" Paul urlò in preda alla frustrazione. Eva si spaventò, ma si riprese subito. Era solo rumore, non poteva farle nulla.

Paul capì che era inamovibile e cambiò tattica.

"Macchè puttana, sono stati i ladri," disse.

"Ma su, non prendermi in giro. Quali ladri ti spogliano nudo e ti scrivono "PIG" sul petto? Io non ti slego."

"Aaarrghhhhh!" Paul urlò di nuovo tentando di strappare i lacci. "Aspetta solo che io sia libero, stupida capra! Vedrai cosa ti succede. Te la farò pagare cara. Ti renderò la vita un inferno."

La sua rabbia aveva l'effetto di un uragano, ma Eva non si lasciò impressionare come prima. *Non ha più potere su di me!* La consapevolezza di questo la colpì come un fulmine. All'improvviso vedeva Paul con altri occhi. Non stava più sotto il suo giogo. Non era figo né potente, era solo un uomo di mezza età, nudo, che sbavava, che lanciava minacce vuote e stupide. Patetico. Era patetico. Un miserabile, un verme.

"La mia vita è già un inferno," lo corresse Eva, "da troppo tempo. Ma non ancora per molto. Non ci sto più. Me ne vado."

Si voltò e andò alla scala.

"Eva, non fare la matta. Eva. Eva, resta qui. Te lo dico solo un'altra volta..."

Lei salì le scale. "La donna delle pulizie arriva alle 10. Ti libererà sicuramente. Nel frattempo puoi riflettere sui tuoi peccati."

“Eva resta qui, devo parlarti.”

Quando Paul vide che Eva non scherzava si spaventò. Il suo tono cambiò di botto, divenne mellifluo, affettuoso, quasi colpevole.

“Eva, aspetta, per favore. So di aver combinato un casino. Ma credo che qualcuno mi abbia dato qualcosa per stordirmi ieri, droga dello stupro, non so cosa. Alla ‘Notte delle Mongolfiere’ non ero in me. Non ricordo nemmeno come sono arrivato qui. Devi credermi. Te lo giuro. Eva, per favore, non andare.”

Eva si voltò. Non gli credette nemmeno per un attimo, ma provava gusto a vederlo supplicare così.

“Eva, per favore vieni qui. Devo dirti una cosa.” Eva tornò accanto al lettino.

“Cosa hai da dirmi?”

Paul deglutì.

“Voglio dirti che mi dispiace.”

“Cosa ti dispiace?”

Paul si rese conto che stava riconquistando terreno.

“Mi spiace per tutto. Sono stato uno stronzo, lo ammetto. Ma non ti ho tradito la scorsa notte, te lo giuro. Eva, ti amo. Per favore, sii buona, Eva, per favore liberami.”

Eva rifletté.

Forse potevano risolvere le cose da persone adulte e mature. Riconsiderò il suo programma di vendetta. Alla donna delle pulizie sarebbe preso un colpo se da lì a poco avesse trovato Paul nudo nel seminterrato. Avrebbe finito per chiamare la polizia. La cosa sarebbe stata di dominio pubblico. Poteva risparmiare tutto questo a se stessa e anche a Carla.

Sospirò, si inginocchiò davanti al lettino e provò a togliere la banda attorno ai piedi di Paul.

“Ecco fai la brava,” disse Paul.

Cosa aveva detto? Fai la brava? Eva sentì montare la rabbia.

La banda elastica che teneva in trazione per sfilarla le sfuggì di mano e schioccò contro la pelle martoriata delle caviglie di Paul, che lanciò un urlo e di riflesso le tirò un calcio che la colpì in piena pancia.

"Ahi!" Gli occhi le si riempirono di lacrime. Mise le mani sul ventre a protezione.

"Dai, per favore. Non volevo, ti ho presa di striscio. Non fare la vittima."

Davvero tre minuti prima aveva pensato che sarebbe stato finalmente gentile e normale con lei?

"Non faccio la vittima. Sono incinta," disse gelida.

Paul rise incredulo.

"Ma dai, non ci credo. Tu incinta. È uno scherzo, vero? Praticamente non facciamo mai sesso insieme."

Un sospetto maligno si fece strada nel cervello di Paul. Il giardiniere. E se fosse stata incinta di lui? L'ultima volta che aveva portato le uova, la vicina di casa aveva fatto delle allusioni. Gli aveva detto di badare di più a sua moglie perché il tizio della terra si infilava sotto le gonne di tutte le donne sposate.

La gelosia e la rabbia lo travolsero con un impeto improvviso e incontenibile.

Paul vide rosso. "Ti sei fatta mettere incinta da quel fallito!"

Quand'era stata l'ultima volta che aveva fatto sesso con Eva? Paul cercò di ricordare, ma senza successo. E quel vuoto di memoria lo confermò ancor di più nei suoi sospetti. "Lo sa il cielo quante volte vi siete visti. Alle mie spalle. Lo sa persino la vicina di casa." Gli occhi di Paul si erano stretti a fessura. "Ho visto come lo guardavi. Ma ti dico una cosa, questo avrà delle conseguenze, per te e per lui. Lo prenderò. Lo distruggerò. Vi distruggerò entrambi. Mi senti? Puoi cominciare ad aver paura. Puttana, troia. Tutte 'ste scenate di gelosia per poi farsi ingravidare dal giardiniere!"

Eva corse via tappandosi le orecchie. Si sedette di sopra nel guardaroba. Sentiva ancora Paul urlare. "Eva, torna subito giù, o succederà qualcosa." La riempiva di ogni genere di insulti. I pensieri le vorticavano in testa. "Non smetterà mai, non cambierà mai," mormorò.

Si guardò allo specchio e stentò a riconoscersi. Non voleva più essere quella donna smunta, terrorizzata, pallida. Doveva fare qualcosa, o sarebbe andata avanti così in eterno. Era indifferente se lo avesse liberato o avesse aspettato che fosse la donna delle pulizie a trovarlo, loro due sarebbero sempre ricaduti in situazioni del genere, superando ogni volta nuovi limiti di violenza e mancanza di rispetto.

Sarebbe andata avanti così, ma invece doveva finire. Paul doveva chiudere il becco. Silenzio, pace finalmente.

Nel guardaroba c'era una pallina di gomma rossa. A un tratto seppe come farlo tacere. Prese la palla e tornò giù nel seminterrato. Tremava in tutto il corpo, le lacrime le scorrevano sul viso.

Paul continuava a sputare veleno e bile. "Sei l'ultima delle donne," urlava, "la più stupida, incapace e zotica che mi sia mai capitata. Se tuo padre non mi avesse dato la grana, non ti avrei mai presa."

"Ti odio," gridò Eva. "Ti odio. Chiudi quella bocca." Sentì la sua voce spezzarsi, diventare isterica. "Taci," urlò. "Chiudi quella dannata bocca!"

"Spero che tu perda il bambino, spero che moriate entrambi," gridò Paul. "I miei li hai sempre persi, non sei buona neanche a cucinare e a far figli." Sbottò in una risata folle, come impazzito.

Perso ogni freno, Eva si scagliò su di lui. Ne fu così

sorpreso da restare a bocca aperta e lei ne approfittò per infilarci brutalmente la pallina e tirare su la banda elastica che gli penzolava sul collo, fino a coprirgli anche il naso. L'aveva fatto. Gli aveva tappato la dannata bocca.

Paul si dimenò come un animale selvaggio, con tanta forza che per un attimo riuscì a sollevare il manubrio e Vera temette che le bande elastiche potessero strapparsi. Poi però le forze lo abbandonarono, il manubrio ripiombò giù. Paul tentò disperatamente di sputare la pallina, ma non riuscì a fare nemmeno quello. Aveva gli occhi fuori dalle orbite, ma lo sguardo all'improvviso non era più rabbioso, bensì impaurito e quasi sorpreso. Eva lo sostenne, non abbassò gli occhi. Questa volta non avrebbe ceduto, questa volta no. Rimase così per un tempo che non seppe calcolare, a guardarlo rantolare e ansimare sempre più debolmente.

"Non devo cedere. Non devo cedere. Non devo cedere." Eva continuò ad aggrapparsi a quel mantra.

Poi lo sguardo di Paul si abbassò. Eva non aveva ceduto. Eva aveva vinto.

Non provò un senso di trionfo, né di sollievo, ma nemmeno rimorso, né colpa. Non provò nulla.

Si avvicinò e tolse la palla dalla bocca di Paul. Era viscida e bavosa. Eva sentì montare la nausea, fece dei respiri profondi e aspettò che passasse.

Tenendo la palla con la punta delle dita la portò al lavandino, la lavò, la asciugò e se la infilò in tasca. Poi prese il cellulare.

"Finz, è successa una cosa. Credo che Paul sia morto."

Ringraziamenti

Venerdì 13 marzo 2020, ho aperto il laptop e ho deciso di scrivere questo libro durante il lockdown. Scrivevo ogni giorno 10.000 caratteri. Il migliore dei mariti badava che non morissi di sete (Do you want a tea or G&T, darling?), sopportava le mie fantasie omicide e si spostava in cucina con il suo laptop ogni volta che lo guardavo male perché disturbava le mie riflessioni. Ma spesso mi ha anche aiutato a riflettere. Lo ringrazio per questo. Il migliore dei figli si chiedeva come mai fossi distratta anche più del solito: a cosa stai lavorando mamma? Mamma, mi ascolti?

Dopo 140.000 caratteri in lockdown narrativo, la solitudine mi ha spinto sui social network. Lì ho invitato le persone a decidere insieme a me l'andamento della trama. In brevissimo tempo, centinaia di complici hanno votato ogni settimana sul destino dei miei personaggi. Cari coassassine e coassassini, questo libro è il vostro monumento. Siete i migliori e vi ritroverete ovunque tra le pagine.

Amici di vecchia data sono diventati miei congiurati nel mondo analogico. Grazie a Niki per elaborazione e critica, a Sigrid per documentazione e correzioni, a Barbara, Sandra e Kathi per lettura e supporto, a Tina per la sua competenza nel giardinaggio e i ricordi d'infanzia, e a Petra per i preziosi spunti da "forestiera" perfettamente integrata. *L'ordine di apparizione è stato sorteggiato, non voglio certo cacciarmi nei guai.*

Altri amici hanno contribuito con il loro know-how: Alex ha fatto ricerche sulle telecamere, Johannes mi ha insegnato il gergo dei cacciatori e X, Y e Z, sono autori delle rivelazioni su nepotismo, edilizia e politica locale che preferiscono rimanere anonimi. Vi ringrazio in segreto.

Ma mancava ancora la competenza più importante. Non avevo idea di come si commette un omicidio, quindi ho fatto ricerche. Gerald Dunst, proprietario di Terra del sole a Riedlingsdorf, che ha ispirato Terra Inca, mi ha spiegato come ci si libera di un cadavere senza lasciare tracce. Il professor Christian Reiter, patologo forense, mi ha indicato i problemi che possono insorgere. E Marion Bieler (all'epoca portavoce del dipartimento di polizia del Burgenland) mi ha spiegato come la polizia risale alla dinamica dei fatti. Grazie a tutti voi. Spero di non aver mai bisogno di mettere in pratica le competenze acquisite.

I media hanno iniziato a interessarsi al progetto del libro interattivo e sono usciti articoli e interviste radiofoniche. Mio marito da buon britannico scuoteva la testa: "Sul serio parlano di un libro che non esiste?" "Arriverà," rispondevo speranzosa. Dopo tutto avevo già la copertina (grazie, Lena!), la foto dell'autore (grazie, Vanessa, Rafaela e Nico), un sito web con logo (grazie, Tine) e il miglior revisore possibile (omaggi a Klaus).

Il libro ancora inesistente e io siamo finiti sulla bocca di tutti. Mi hanno fatto notare che le mie storie inventate avrebbero potuto offendere qualche abitante del Sud Burgenland, una orribile prospettiva. Ho girato il distretto dicendo a tutte le persone che incontravo che non erano loro i soggetti del libro che (prima o poi) sarebbe uscito, rendendomi ancor più sospetta. Alla posta sconosciuti mi chiedevano se fossi "l'autrice del libro". Annuivo lusingata, tacendo la verità: si è autori solo quando si ha "terminato" di scrivere un libro.

A inizio ottobre ho inviato trenta pagine di manoscritto alla casa editrice Gmeiner in Germania. Una settimana dopo, Claudia Senghaas mi ha scritto che lo accettavano. All'inizio temevo che si fossero sbagliati, non avevano ancora letto tutto! Quando l'ho chiamata, si è messa a ridere dicendomi che sapeva benissimo cosa faceva. Grazie alla mia fantastica editor e a tutto il team per aver creduto nel "Club del pollice verde" fin dal primo istante. Ho firmato il contratto venerdì 13 novembre.

Resta una sola cosa da dire:

Grazie, cara lettrice e caro lettore per aver acquistato questo libro imbarcandovi in questo viaggio emozionante. Spero che vi siate divertiti a leggere, quanto io a scrivere. E se vi chiedete se esistano riferimenti a fatti e persone reali, posso rassicurarvi: tutto quello che ho narrato sarebbe potuto accadere, ma non è accaduto – ed è un bene così.

Indice